Buffy – Im Bann der Dämonen

# DIE DIENER DES BÖSEN

Christopher Golden/Nancy Holder

# Buffy

## Im Bann der Dämonen

### Die Diener des Bösen

Aus dem Amerikanischen
von Thomas Ziegler

vgs

Die Deutsche Bibliothek – CIP-Einheitsaufnahme

**Buffy, im Bann der Dämonen.** – Köln: vgs
Die Diener des Bösen/Christopher Golden/Nancy Holder.
Aus dem Amerikan. von Thomas Ziegler. – 2000
ISBN 3-8025-2721-6

Das Buch »Buffy – Im Bann der Dämonen. Die Diener des Bösen« entstand nach der gleichnamigen Fernsehserie (Orig.: *Buffy, The Vampier Slayer*) von Joss Whedon, ausgestrahlt bei ProSieben.



Erstveröffentlichung bei Pocket Books, New York 1998.
Titel der amerikanischen Originalausgabe:
*Buffy, The Vampire Slayer. Child of the Hunt*

Umschlaggestaltung: Sens, Köln
Titelfoto: © Twentieth Century Fox Film Corporation 1999
Produktion: Wolfgang Arntz
Satz: Kalle Giese, Overath
Druck: Pustet, Regensburg
Printed in Germany
ISBN 3-8025-2721-6

**Besuchen Sie unsere Homepage im WWW:**
http://www.vgs.de

Für meine Söhne Nicholas und Daniel.
Helden sind Menschen, die tun, was getan werden muss,
und keinen anderen Grund brauchen.
– C. G.

Für meine beste Freundin Kirstine Lighthart.
Als ich keine Hoffnung mehr hatte,
gabst du mir etwas von deiner.
– N. H.

# Prolog

Obwohl Buffy Summers das achtzehnte Lebensjahr noch nicht erreicht hatte, war sie vertraut mit dem Tod. In gewisser Hinsicht war der Tod ihr Leben.

Der Wind hatte gerade gedreht, und die nächtliche Brise wehte den salzigen Geruch des Meeres herüber. Normalerweise hätte Buffy das genossen, aber diesmal ignorierte sie es. Blätter rauschten in den Bäumen über ihrem Kopf, und irgendwo im Norden, in einer der typischen sauberen Vorstadtstraßen rings um den Weatherly Park, schrie eine Frau ihren Hund an, mit dem Bellen aufzuhören.

Buffy fragte sich, was der Hund wohl anbellte.

In jeder anderen Stadt hätte es sich um etwas so wenig Bedrohliches wie ein Nachbarskind auf dem Fahrrad handeln können. In Sunnydale konnte das, was den Hund aufgeschreckt hatte, ohne weiteres ein grausiges Wesen sein, das aus der Finsternis in das trübe Licht der Straßenlaternen gekrochen war.

Traf diese Vermutung zu, dann war es Buffys Pflicht, die Kreatur aufzuspüren und zu vernichten. Das war ihre Aufgabe. Sie war die Auserwählte. Sie war die Jägerin. Sunnydale, Kalifornien, war ein Magnet für die namenlosen Schrecken der Welt, für Wesen, deren Existenz der rationale menschliche Verstand hartnäckig bestritt. Aber, oh, sie existierten.

Die Toten. Die Untoten. Die Jägerin verbrachte viel zu viel Zeit mit ihnen; sie lauerte auf Friedhöfen, um bei ihrer vampiristischen Wiederauferstehung zur Stelle zu sein; sie schlich durch Parks und Spielplätze auf der Suche nach den Mächten der Nacht – Vampire, Dämonen, Werwölfe. Sie war sogar einmal selbst gestorben. Für einen Moment. Bevor man sie wieder belebt hatte.

Wiederbelebt.

Buffy Summers war für ihren eigenen Geschmack viel zu vertraut mit dem Tod. Aber er war nun einmal so etwas wie ihr Leben.

Sie kauerte in der Dunkelheit unter den Bäumen am Westzaun des Weatherly Parks und lauschte. Nicht nach bellenden Hunden, plärrenden Autoradios oder dem Wind in den Bäumen. Buffy lauschte nach den Lauten, die ihr die Gegenwart der Toten verraten würden.

Die Gegenwart eines Vampirs.

Etwas hatte zum wiederholten Mal Parkbesucher überfallen. Wenn Sunnydale der Höllenschlund war, dann war der Park einer seiner Jagdgründe. Buffy machte auf ihrer nächtlichen Patrouille dort regelmäßig Halt. Aber in der letzten Zeit hatte Patrouillieren allein nicht mehr genügt. Auf dem Schild am Tor stand, dass der Park um zehn Uhr geschlossen wurde, doch das wollte nichts heißen. Die Vorschriften wurden ständig missachtet, und immer wieder kletterten irgendwelche Teenager über den Zaun, die eine Party feiern wollten, oder Liebespaare auf der Suche nach einem stillen Plätzchen zum Knutschen.

Die Leichen waren auf eine Weise zugerichtet, die selbst die Brutalität eines Vampirs überstieg. Die Morde verrieten die Handschrift maßloser Wut, und weder Buffy noch ihr Wächter Giles hatten bisher den Täter ermitteln können.

Jetzt kauerte sie nieder und wartete. Giles hatte ihr gesagt, dass sie die Nähe eines Vampirs spüren müsse. Vielleicht war es nur Einbildung, aber sie war sicher, dass sie etwas spürte. Bosheit. Gefahr. Blutdurst. Was auch immer sie dort draußen registrierte, sie konnte es nicht eingrenzen, es nicht zu seinem Ursprung zurückverfolgen. Sie war jetzt schon seit fast zwei Stunden im Park und hatte nur ein paar Jungs von der Schule entdeckt, die zu viel warmes Bier tranken.

Buffy wurde allmählich ungeduldig. Wütend auf sich selbst. Während sie hier saß, konnte der Vampir wieder zuschlagen. Warten allein genügte nicht. Sie sollte ihn suchen, ihn jagen, wie er die frische menschliche Beute jagte.

Das Warten machte sie langsam verrückt.

Sie schwor sich, es aufzugeben, wenn sie bis hundert gezählt hatte.

Bei neunundsiebzig hörte sie einen Schrei.

»Wurde auch Zeit«, knurrte Buffy und rannte durch den Park in die Richtung, aus der der Schrei gekommen war.

Sie sprang über eine Parkbank, trampelte ein paar Blumen nieder, die sie nicht einmal dann hätte identifizieren können, wenn ihre Biologienote davon abhängen würde, und näherte sich einer Baumgruppe neben dem Ententeich im Zentrum des Parks.

Ein weiterer Schrei zerriss die Nachtluft; eine männliche Stimme, deren Besitzer zu viel Angst hatte, als dass er sich noch Sorgen um seine Männlichkeit machte. Der Schrei eines Menschen, der ermordet wurde.

Zweige peitschten an ihrem Gesicht vorbei. Buffy schlich geduckt um den mächtigen Stamm einer uralten Eiche. Dann sah sie ihn direkt vor sich, die Lippen an der bleichen, blutbefleckten Kehle eines Obdachlosen, dessen Augen bereits vom Tod verschleiert waren. Die Leiche lag in der Mitte einer Lichtung auf dem Boden. Der Vampir kauerte über ihr, wie ein Hund, der einen Knochen bewacht.

Vor seinem Tod war der Vampir ein Junge gewesen, kaum älter als elf oder zwölf Jahre. Buffy glaubte sogar, ihn zu kennen. Vielleicht hatte sie ihn gesehen, wie er zur Schule gegangen war.

Zum ersten Mal fehlten Buffy Summers die Worte.

Er drehte sich zu ihr um, mit gelben Augen, die hell in der Dunkelheit leuchteten. Blutige Vampirzähne blitzten im fahlen Mondlicht, das durch die Bäume sickerte. Dann stürzte er sich auf sie, die Finger zu Klauen verkrümmt.

Buffy griff in ihre Lederjacke und zog einen Holzpflock aus der langen Innentasche.

»Nun komm schon, Kleiner«, flüsterte sie. »Mami sucht nach dir. Es wird Zeit, dass du nach Hause gehst.«

Obwohl Buffy nie darum gebeten hatte, die Jägerin zu sein, und es auch nie hatte sein wollen, hatte sie zu ihrer Überraschung festgestellt, dass sie diese Rolle perfekt beherrschte. Früher hätte sie der Gedanke, zu Gewalt und Mord fähig zu sein, entsetzt. Aber damals hatte sie auch noch nicht gewusst, dass es Kreaturen auf der Welt gab, die nichts anderes als den Tod verdienten. Die Welt brauchte eine Jägerin. Und Buffy war die Auserwählte. Eine Tatsache, mit der ihre Mutter große Schwierigkeiten hatte.

Buffy hatte die Wahrheit so lange wie möglich vor ihrer Mom zu verbergen versucht, und um ehrlich zu sein, sie glaubte, dass Joyce Summers ganz bewusst die Hinweise übersehen hatte, die sie zu dieser Wahrheit hätten führen können.

Doch schließlich war die Hölle losgebrochen. Und zwar im wahrsten Sinne des Wortes. Und dann hatte Buffy keine andere

Wahl mehr gehabt. Ihre Mutter musste eingeweiht werden. Zwar war es einerseits eine Erleichterung, keine Ausflüchte mehr erfinden zu müssen. Zumindest musste sich ihre Mutter nicht länger fragen, wie ein Mädchen so viel »Nachhilfestunden« nehmen konnte, wie Buffy es angeblich tat, und dennoch nur mit knapper Not versetzt wurde. Andererseits jedoch war es eine Katastrophe. Joyce kam mit der Wahrheit überhaupt nicht zurecht.

Nach jener schrecklichen Nacht hatte Buffy für eine Weile die Stadt verlassen. Sie konnte es einfach nicht mehr ertragen. Aber jetzt war sie wieder zurück, und sie würde bleiben, und sie und ihre Mutter mussten einfach mit dieser Spannung zwischen ihnen zurechtkommen.

Sie mieden das Thema so weit wie möglich. Vor allem, weil Buffy ihrer Mutter so nicht erzählen musste, wohin sie ging und welche Schrecken sie erwarteten. Meistens verließ Buffy das Haus heimlich durch das Fenster und kehrte auf demselben Weg wieder zurück. So war es viel einfacher.

Den Baum hinauf, dann durch das offene Fenster. Mit jedem Mal fiel ihr die Klettertour leichter.

Buffy schlüpfte in ihr dunkles Schlafzimmer, und ihre Mutter saß auf der Bettkante und hielt etwas in den Händen. Für einen Moment fühlte sich Buffy an die Schreckensnacht erinnert, als sie ihr Zimmer betreten hatte und dort von Ted erwartet worden war, dem letzten Freund ihrer Mutter – er hatte in jener Nacht ein gewaltsames Ende gefunden. Diese Erinnerung verblasste jedoch, als sie die Traurigkeit im Gesicht ihrer Mutter sah und erkannte, was sie in den Händen hielt. Es war ein kleiner Pokal, den Buffy mit elf Jahren beim Eiskunstlauf gewonnen hatte.

»Hallo, Buffy«, sagte ihre Mutter.

»Mom«, nickte Buffy, ihrem Blick ausweichend. »Weißt du, ich will schon seit Tagen mein Zimmer aufräumen. Ich verspreche dir, dass ich gleich morgen damit anfange ...«

Buffy schluckte, als ihre Mutter aufstand und eine Lampe anmachte.

Joyces Gesicht war tränenüberströmt.

»Ich hatte dich lediglich gebeten, heute da zu sein«, sagte sie leise. »Ich habe dir nicht vorgeschrieben, was du anziehen sollst. Ich hätte auch nichts dagegen gehabt, wenn du einen Freund mit gepiercten

Lidern und Tattoos mitgebracht hättest ... Ich wollte nur, dass du kommst.«

Schon wieder habe ich als Tochter versagt, dachte Buffy niedergeschlagen. Ihr Blick fiel auf eine Karte, die auf ihrem Bett lag. Es war die Einladung zu einer Veranstaltung in der Kunstgalerie ihrer Mutter. RETTET DIE VERSCHWUNDENEN stand dort in Großbuchstaben. Der Text darunter lautete:

> »In diesen schweren Zeiten wissen junge Leute oft nicht, wohin sie sich wenden sollen. Viele von ihnen landen schließlich auf der Straße.
>
> Besuchen Sie unsere Sonderausstellung einer Privatsammlung von Gemälden von Mary Cassatt mit anschließender Versteigerung einiger ausgewählter Werke, deren Erlös dem Sunnydaler Straßenkinderprojekt zugute kommen wird.«

Buffy schluckte hart. Sie wusste alles über das Leben auf der Straße.

Mary Cassatt war bekannt für ihre Bilder von Müttern mit ihren Kindern. Als ein wohlhabendes Paar aus L.A. eine Reihe von Cassatt-Gemälden für die Auktion gestiftet hatte, war Buffys Mom völlig aus dem Häuschen gewesen. Joyce hatte die Werke Buffy gezeigt, alles Darstellungen von Müttern, die ihre Kinder in den Armen halten, baden, in den Schlaf wiegen.

»Schau dir diese Zärtlichkeit an, diese Liebe«, hatte ihre Mutter mit feuchten Augen gesagt. Und das Lächeln, mit dem sie ihre Tochter ansah, hatte Buffy beschämt. Denn sie hatte eine Mutter wie die ihre nicht verdient. Ständig ließ sie sie im Stich.

Wie heute Abend.

Joyce sah sie offen an. »Eine Menge Leute waren da und wir haben eine Menge Geld für das Projekt eingenommen.« Ihre Stimme bebte. »Und eine Menge Leute haben mich gefragt, wo meine Tochter ist. Oh, ich habe gelächelt und gesagt, dass du in der Bibliothek bist und lernst. Buffy, ich weiß, dass du deine ... Verpflichtungen hast, aber du hattest versprochen zu kommen.«

Buffy sah auf ihre Hände hinunter.

»Mom«, setzte sie wieder an. Aber ihr fehlten die Worte. Es gab nichts, was sie sagen konnte.

»Geh einfach schlafen«, sagte Joyce müde und wandte sich zur Tür.

Deprimiert setzte sich Buffy auf ihr Bett und verfluchte ihr Leben.

»Manchmal wünsche ich mir ...«, murmelte Joyce, als sie in der offenen Tür stand, und Buffys Nackenhärchen richteten sich auf.

Sie wünschte sich was?

Dass Buffy nie zurückgekommen wäre?

Ihre Mutter trat auf den Korridor und blieb dann stehen, als wollte sie sich noch einmal umdrehen, aber sie drehte sich nicht um. Fast so, als brächte sie es nicht übers Herz, Buffy noch einmal anzusehen.

»Ein Ehepaar hat sich an die Vertreter des Straßenkinderprojekts gewandt«, sagte sie leise mit dem Rücken zu Buffy. »Ihr kleiner Junge wird seit fast einer Woche vermisst. Sein Name ist Timmy. Er ist im siebten Schuljahr. Die Eltern sind verzweifelt. Hast du irgendeine Ahnung, wie es ist, wenn man sich Nacht für Nacht fragen muss, wo das eigene Kind ist?«

Tränen liefen über Buffys Wangen.

Timmy.

Der kleine Timmy Stagnatowski. Jetzt erinnerte sie sich wieder an dieses Gesicht. Sie hatte die Flugblätter im Lebensmittelladen gesehen: »Vermisst. Bitte helfen Sie uns, ihn zu finden.«

Buffy wusste genau, wo er war. Oder vielmehr, wo er zuletzt gewesen war; sie hatte ihm in dieser Nacht einen Pflock durch das Herz getrieben.

Ohne sich noch einmal umzudrehen, griff ihre Mutter nach hinten und schloss die Tür zu ihrem Zimmer.

Es dauerte lange, bis Buffy die Kraft aufbrachte, aufzustehen und das Licht auszumachen. Sie zog sich aus und schlüpfte dann unter die Decke.

Es war schon nach zwei Uhr morgens, als sie endlich einschlief.

Es war drei Uhr morgens. Die Stunde des Wolfes.

Am Busbahnhof von Sunnydale lehnte Connie DeMarco an einer Mauer und verfolgte schweigend, wie zwei Frauen Handzettel mit Informationen über das neue Sunnydaler Straßenkinderasyl verteilten. Eine der beiden trug einen altmodischen lavendelfarbenen Mantel mit wattierten Schultern. Die andere war krampfhaft bemüht, besonders hip auszusehen, und lief in einem Overall und einer Stretchjacke aus Polyester herum. Sie waren beide alt genug, um Connies Mutter zu sein.

Eine von ihnen *war* sogar Connies Mutter.

Der Name ihrer Mom war Liz. Sie sah alt aus, ihr schwarzes lockiges Haar war von grauen Strähnen durchzogen. Voller Abscheu schnitt Connie eine Grimasse. Ihre Mutter hätte sie wenigstens färben können. Und etwas Makeup auftragen und sich schicker kleiden. Sie wünschte, sie hätte eine coole Mom, eine, die gut auszusehen versuchte, so wie Cordelia Chases Mutter. Sie wünschte an Cordelias Stelle zu sein. Die DeMarcos waren arm gewesen, so lange Connie denken konnte. Sie gehörten zur Unterschicht, Wohnwagenparkproleten, die in einem billigen Apartment hausten, das die ganze Zeit nach Öl roch, weil Connies Dad in einer Autowerkstatt arbeitete.

Connie vermutete, dass Cordelia sie deshalb vor den Augen all ihrer Freunde in der Schule fertig gemacht hatte. Cordelia hatte ein Gespür für Klasse, und sie wusste, dass Connie keine hatte. Willow Rosenberg war das einzige Mädchen, das je nett zu ihr gewesen war. Im Computerlabor hatte sie Connie für ihr Programmiertalent gelobt. Connie war so überrascht und glücklich gewesen, dass es ihr die Sprache verschlagen hatte. Nicht ein einziges Wort hatte sie hervorgebracht. Wahrscheinlich hielt Willow sie seitdem für eine Idiotin.

Kurz darauf hatte Willow angefangen, mit Cordelia herumzuhängen. Deshalb hatte Connie keine Gelegenheit mehr gehabt, sich bei ihr zu bedanken. Jetzt würde sie nie wieder die Chance bekommen.

Denn sie war von zu Hause ausgerissen.

Connie befingerte den Anhänger, der an einer Goldkette um ihren Hals hing. Er bestand aus dem Wort CONNY, weil Bobby nicht gewusst hatte, wie ihr Name richtig buchstabiert wurde. Er war, von der Kleidung an ihrem Leib einmal abgesehen, das Einzige, was sie von zu Hause mitgenommen hatte. Bobby hatte ihn ihr zum Geburtstag geschenkt. Das und einen wundervollen Kuss, bei dem ihre Mutter sie beobachtet hatte.

Die Dinge, die Mom über Bobby gesagt hatte …

Sie berührte den Anhänger und schluckte.

Liz DeMarco und ihre beste Freundin Lesley Jones verteilten Flugblätter, die wortreich anpriesen, wie sicher das Asyl war und dass man dorthin gehen konnte, ohne seinen Namen nennen zu müssen. Garantiert kein Theater.

Vielleicht glaubte Connies Mom es sogar, vielleicht hoffte sie es, aber es stimmte nicht. Wenn Connie jetzt dort hinging, würde sie sich wer weiß wie viele abfällige Bemerkungen über Drogen und alle möglichen anderen Dinge anhören müssen. *Alle* möglichen Dinge. Vorwurfsvolle Fragen, was sie die ganzen Monate auf der Straße getrieben hatte. Sie verurteilten einen, diese idiotischen Sozialarbeiter und die ach so liberalen und coolen Freiwilligen vom Straßenkinderprojekt. Vor allem die alten Kirchenfrauen, die Decken und Sandwiches anschleppten. Die Blauhaarbrigade. Bevor sie auch nur irgendetwas über einen wussten, stand für sie bereits fest, dass man aus einem großartigen Heim und einer wundervollen, liebenden Familie ausgerissen war. Dass die Kids die Freaks waren. Das Problem.

Sie waren fest davon überzeugt, dass es den Familien ohne die Problemkinder viel besser ging und dass es richtig von ihnen gewesen war, von zu Hause wegzulaufen. Aber etwas in ihnen, Schuldgefühle vielleicht, brachte sie dazu, einem helfen zu wollen.

Es war einfach widerlich.

»He, Treasure.«

Connies Herz machte einen kleinen Sprung, als sie sich umdrehte und den Jungen in dem schwarzen Mantel begrüßte. Es war Shock, der seinen Namen von der weißen Strähne in seinem Haar hatte. Er hatte angeblich gesehen, wie sich ein toter Mann aus seinem Grab auf dem Sunnydaler Friedhof gewühlt und sich dann mit einem Mund voller großer, spitzer Zähne auf ihn gestürzt hatte. Connie kaufte ihm die Geschichte nicht ganz ab, aber irgendetwas hatte diese Haarsträhne weiß gefärbt.

Shock war es auch, der ihr den Namen Treasure gegeben hatte. Er war mindestens neunzehn – sie war sechzehn – und er war ihr Partner auf der Straße. Sie gingen zusammen auf Diebestour, stahlen Sachen. Kleinigkeiten. Zum Überleben. Arme Leute beklauten sie nie. Nur solche, die wie Cordelia Chase aussahen oder wie ihre Mom, wie Connie zugeben musste. Und wie Moms blöde beste Freundin von der Kirche, die in dem altmodischen Mantel, Lesley. Liz und Lesley. Zu süß, dass beide Namen auch noch mit »L« anfingen.

Connie hätte sich am liebsten übergeben.

»Alles paletti?«, fragte sie Shock.

»Irgendwas geht hier vor, Kumpel«, antwortete er. Immer wenn er sie »Kumpel« nannte, erinnerte er sie daran, dass sie nur Freunde waren. Manchmal machte sie das ein wenig traurig, aber es rief ihr auch ins Gedächtnis zurück, dass er versprochen hatte, bei ihr zu bleiben. Sollte er ihr je sagen, dass er sie liebte, würde sie Angst bekommen, denn dann würde er sie wahrscheinlich irgendwann verlassen. Das war es, wozu die Liebe die Menschen trieb. Man musste sich nur umsehen, um zu wissen, dass dies die Wahrheit war.

Ihre Mutter hatte Bobby Lopez schließlich dazu gebracht, sie zu verlassen.

Shock fuhr fort: »Unten im Park flippen alle aus.«

Die meisten Nächte schliefen sie im Weatherly Park. Hin und wieder verkrochen sie sich in eine stille Gasse oder ein leer stehendes Haus, aber der Park war okay, und viele Straßenkinder verbrachten dort die Nacht.

»Was heißt hier ausflippen? Warum?«, fragte sie und lächelte, als er seine Hand in die Gesäßtasche ihrer Jeans steckte und sie auf die Stirn küsste. Vielleicht waren sie kein richtiges Liebespaar, aber sie waren ein Team. Sie mochte ihn sehr, und das war einer der Gründe, warum sie auf der Straße bleiben wollte. Ihre Eltern hatten Bobby schon nicht leiden können, Shock würden sie hassen. Und sie würde ihn nie allein hier draußen zurücklassen.

»Es sollen noch mehr Leichen aufgetaucht sein.« Er klapperte mit den Zähnen, als würde er etwas essen. »Irgendein Perverso hat sie wieder angeknabbert.«

»Horror.« Sie schüttelte entsetzt den Kopf.

»Vielleicht sollten wir weiterziehen.«

Panik stieg in ihr hoch. Shock hatte Sunnydale vor Jahren verlassen und war durchs ganze Land gezogen. Ungefähr eine Woche nachdem er zurückgekehrt war, hatten sie sich zusammengetan. Sie wusste nicht, warum der Gedanke, die Stadtgrenze zu überqueren, sie so nervös machte, aber es war so. Irgendwie schien sie fast zu Hause zu sein, wenn sie in der Stadt blieb.

Nicht, dass sie nach Hause zurück wollte. Aber in der Welt draußen, hatte sie festgestellt, war es auch nicht viel besser als in ihrem eigenen Hinterhof.

»Wir haben jedenfalls nie was gesehen. Ich halte das Ganze für einen Schwindel. Die Polizei hat sich das nur ausgedacht, um uns von dort fern zu halten«, sagte sie aufgeregt.

Etwas huschte über sein Gesicht – Schmerz, eine schlimme Erinnerung, sie wusste es nicht genau. Dann war es auch schon wieder verschwunden, wurde von Shock verborgen gehalten, wie er fast alles vor ihr verborgen hielt. Er war vielleicht nicht ihr Lover, aber sie war der einzige Mensch auf der Welt, dem er sich öffnen, mit dem er seine Gefühle teilen konnte. Er hatte ihr das bei ihrer ersten Begegnung gestanden, als sie beide die Müllcontainer hinter der Sunnydale High Cafeteria nach Essensresten durchwühlt hatten. Sie war erst zwei Tage zuvor ausgerissen, und ihr ging es so schlecht, dass sie schon überlegt hatte, nach Hause zurückzukehren.

Er stand jetzt hinter ihr und zupfte an ihren Haaren, sodass sie den Kopf leicht nach hinten legte. Sie wusste nicht, was sie sagen sollte, denn vielleicht war dies seine Art, mit ihr zu flirten, und sie war sich nicht sicher, wie sie reagieren sollte, wenn er tatsächlich mit ihr flirtete. Sie waren schon seit sechs Monaten zusammen auf der Straße, und er hatte nie versucht, sie anzumachen. Er nannte sie Treasure, weil er sie wie einen vergrabenen Schatz in einem Müllcontainer gefunden hatte. Für ihn war sie »ein Fund«. Er war der netteste Junge, den sie je kennen gelernt hatte, und nach einer Weile gelang es ihr, sich in seiner Nähe zu entspannen.

Sie spürte, wie das Zupfen an ihren Haaren heftiger und ihr eine Strähne ausgerissen wurde. »He!«, schrie sie unwillkürlich, fügte dann aber hastig hinzu: »Tut mir Leid, das hat wehgetan.« Denn sie war zu Shock immer sehr höflich. Er musste sich schließlich nicht mit jemand abgeben, der so jung war wie sie – auch wenn sie ziemlich frühreif war und mühelos durch die Alterskontrolle im Bronze kam –, und sie war ihm unendlich dankbar dafür. Wenn sie hier draußen ganz allein gewesen wäre, dann wäre sie längst tot. Daran hatte sie keinen Zweifel.

»Was?«, fragte Shock, der immer noch hinter ihr stand.

»Au!« Diesmal fühlte es sich an, als hätte ihr jemand eine Nadel in die Schädeldecke gestochen. Sie fuhr herum und stieß ihn an. »Hör auf, an meinen Haaren zu ziehen, Shock.«

Er neigte den Kopf. »Du spinnst, Treasure.« Er hielt seine freie Hand hoch. Die andere steckte noch immer in ihrer Gesäßtasche. »Ich habe dich nicht angefasst.«

»Nun, dann – au!« Sie griff nach ihrem Hinterkopf. »Etwas ist in meinen Haaren!«, schrie sie hysterisch. »Es beißt mich!« Sie kreischte jetzt und senkte den Kopf, damit Shock nachsehen konnte. »Da ist was in meinen Haaren!«

»Halt still!«, befahl Shock.

»Connie?«, fragte eine hohe, ungläubig klingende Stimme. »Connie, bist du das?«

Diese Stimme. Diese nasale, weinerliche Stimme. Liz!

»Los, lauf«, sagte Connie zu Shock. »Sieh zu, dass wir hier wegkommen.«

»Connie!«, rief Liz. Sie rannte ihnen hinterher. »Connie!«

Die Stimme ihrer Mutter verklang im säuselnden Wind, als Connie und Shock mit flatternden Mantelschößen wie Geistervögel in die Nacht hinausflohen.

Als sie um eine Ecke bogen, liefen Tränen über Connies Gesicht. Unter einer Straßenlaterne blieb sie keuchend stehen und neigte den Kopf. »Vielleicht ist es eine große Spinne«, sagte sie. »Finde sie. Au! Sie beißt mich!«

»Halt still.« Er strich ihr suchend durchs Haar.

Ein Grollen rollte aus der Ferne heran.

»Klingt nach Gewitter«, knurrte er. »Großartig.«

»Au!«, schrie sie auf und schlug heftig den Kopf hin und her, als der Schmerz ihre Schädeldecke durchbohrte. »Beeil dich!«

»Ich kann nichts sehen …«, sagte Shock. »He, warte doch!«

Beide Hände krampfhaft gegen den Kopf gepresst rannte Connie in blinder Panik davon.

Nicht weit vom Stadtzentrum entfernt, in einem malerischen, im spanischen Stil gehaltenen Apartmentkomplex, zappte sich Jamie Anderson durch sein gesamtes Mega-Gold-Kabelpaket, doch nichts nahm seine Aufmerksamkeit lange genug gefangen, um ihn am Umschalten zu hindern. Er tat so, als würde er nicht merken, wie seine linke Hand nach der Scotchflasche auf dem Beistelltisch neben seinem Fernsehsessel griff. Er wollte nicht wahrhaben, dass er die Flasche an die Lippen hob. Aber nichts konnte das heiße Brennen überspielen, mit dem der Whisky durch seine Kehle lief.

Er wusste, wie viel noch in der Flasche war – ungefähr ein Drittel. Er wusste auch, wie viel er noch trinken konnte, ohne seine Arbeitsfähigkeit zu riskieren: nichts.

Und so nahm er noch einen weiteren Schluck für unterwegs und stellte die Flasche entschlossen zurück auf den Tisch.

Vor ein paar Monaten hatte er seinen Nachbarn getroffen, Rupert Giles, an einem Samstagmorgen, als beide ihre Post aus dem Briefkasten im Foyer des Gebäudes geholt hatten. Jamie wusste, dass er nach Alkohol roch und schrecklich aussah, und er machte ein paar lässige, scherzhafte Bemerkungen darüber, dass er in der vergangenen Nacht wohl ein Glas zuviel getrunken habe. Ein typischer Kalifornier wäre darüber hinweggegangen und hätte irgendetwas Belangloses gesagt – schließlich gab es nicht grundlos Zäune zwischen den Häusern typischer kalifornischer Vorstädte –, aber Rupert Giles hatte ihn überrascht.

Der Engländer hatte sich für einen Moment an die Wand gelehnt und Jamie mit aufrichtigem Mitgefühl betrachtet. Er hatte gesagt: »Vor nicht allzu langer Zeit habe ich selbst die Flucht zur Flasche angetreten. Womit ich nicht gesagt haben will, dass Sie so etwas tun. Nun ja … ich habe jedenfalls keinen Dschinn am Grund der Flasche gefunden. Nur einen Dämon, von dem ich glaubte, dass ich ihm längst entkommen wäre.«

Jamie hätte ihm fast von dem Kampf erzählt, den er jeden Tag aufs Neue auszufechten hatte. Nein, nicht die Tage waren unerträglich. Es waren die Nächte. Die Nächte, in denen er sich hin und her wälzte und alles Mögliche zu sich nahm, um sich zu betäuben und so den nächsten Arbeitstag überstehen zu können. Der Alkohol, in dem er seine Gefühle zu ertränken versuchte. Die Suche nach irgendetwas, das ihm half, den ständigen Sorgen zu entkommen, die ihn erbarmungslos erdrückten. Die Angst, dass er zu weit wegdriftete, um das Telefon zu hören, falls Brian anrief. Schweißgebadet schreckte er dann aus dem Schlaf auf, rief nach seinem Sohn, seiner Frau und überprüfte wieder und wieder den Anrufbeantworter.

Und weinte in sein Kissen.

Vier Jahre der Hölle, Nacht für Nacht.

Aber er war ein harter Mann, und ins Bier zu heulen löste keine Probleme. Und obwohl Jamie sich danach sehnte, diesem völlig Fremden die ganze traurige Geschichte zu erzählen, hatte er irgendetwas davon gemurmelt, dass er nicht von Dämonen verfolgt werde, sondern nur seinen Sohn vermisse. Dann hatte er die Augen abgewendet und so getan, als wolle er nicht darüber reden.

Aber er wollte. Wollte es unbedingt.

Er hatte dem anderen Mann hastig den Rücken zugedreht, um seine Tränen zu verbergen.

Erst bei ihrer zweiten Begegnung in der Highschool hatten sie offen miteinander geredet. Ungefähr einmal pro Semester schickte die Polizei einen ihrer Mitarbeiter in die Highschool, um mit den Kids über Probleme wie Ausreißen und Selbstmordgefährdung zu sprechen und ihnen die Stellen zu nennen, von denen man Hilfe bekommen konnte, bevor man in eine derart verzweifelte Lage geriet. Jamie wusste, dass die städtischen Behörden die Statistiken nicht veröffentlichen wollten, aber unter den Jugendlichen von Sunnydale gab es eine alarmierend hohe Anzahl von Schulschwänzern, Ausreißern und Todesfällen.

In diesem Semester war Jamie die Aufgabe zugefallen, die er und seine Kollegen von der Wache als »Deprie-Dienst« bezeichneten – ja, hatte er versichert, natürlich könne er damit zurechtkommen; nein, es gehe ihm nicht zu nahe. Den ganzen Tag hatte er eine Klasse nach der anderen besucht. Er hatte pflichtgemäß die Infoblätter über Hotlines und das neue Straßenkinderasyl verteilt, das Liz DeMarco gegründet hatte, eine Frau, deren eigene Tochter von zu Hause ausgerissen war. Es war auch höchste Zeit für ein solches Projekt gewesen. Wenn es dieses Asyl schon gegeben hätte, als Brian weggelaufen war …

In einer der Klassen hatte ein Mädchen die Hand gehoben und aus heiterem Himmel gefragt: »Haben Sie etwas von Brian gehört?«

Der Schmerz, ja, und die Scham hatten Jamie wie ein doppelter Scotch durchflutet. Für einen Moment war er sprachlos gewesen. Er stotterte und stammelte hilflos vor sich hin, nicht bereit – und nicht in der Lage –, seinen Schmerz mit diesem Kind zu teilen.

Aber Rupert Giles, der in der hintersten Reihe saß (der Bibliothekar hatte keine eigene Klasse, war aber gekommen, um sich Jamies Vortrag anzuhören), räusperte sich und sagte: »Habe ich richtig verstanden, dass das Asyl Spenden braucht, ja? Vielleicht könnte der Key Club eine Spendenaktion veranstalten. Oder irgendeine andere Wohltätigkeitsorganisation. Die Sache ist es allemal wert.«

Das Gespräch wurde von Brian abgelenkt, aber das Mädchen schien weiterhin beunruhigt zu sein. Vielleicht hatte sie für ihn geschwärmt. Jamie nahm sich vor, hinterher mit ihr zu reden, aber als die Glocke losschrillte und die Schüler aus dem Raum drängten, verlor er sie aus den Augen.

Rupert war zu ihm gekommen und sagte: »Ist alles in Ordnung mit Ihnen, alter Knabe?« Und dann hatte er ihn zu einer Tasse Tee in die Bibliothek eingeladen.

Sie hatten geredet und sich dabei auf gefährliches Terrain begeben, obwohl der Engländer sich als sehr britisch erwies, sehr diskret eben und ein wenig zurückhaltend. Auf die Wahrung der Privatsphäre bedacht. Das war okay. Jamie war ohnehin nie sehr gut darin gewesen, über seine Gefühle zu sprechen. Vielleicht war Brian deshalb weggelaufen.

Bei dieser Gelegenheit fiel Jamie auch ein, wo er Giles' Namen schon einmal gehört hatte. Oder vielmehr gelesen. In einer Kriminalakte. Über die Sunnydale High-Lehrerin, die ermordet und deren Leiche im Bett ihres Freundes deponiert worden war. Der Freund war Giles gewesen.

Verdammt harte Sache.

Er war zwar nicht mit dem Fall betraut gewesen, aber nachdem er erfahren hatte, dass Rupert darin verwickelt war, hatte Jamie ein wenig herumgeschnüffelt. Bis jetzt hatte er nichts Belastendes gefunden. Es sah auch nicht so aus, als würde er noch etwas finden. Er erzählte Giles nichts von seinen Nachforschungen. Der Mann hatte ihm die Hand zur Freundschaft gereicht, und Jamie wollte die Geste auf seine Art erwidern. Nein. Er würde es ihm nicht erzählen, bis er neue Informationen gesammelt hatte, die vielleicht Licht ins Dunkel brachten. Er verriet Giles auch nicht, wie lange der Bibliothekar nach der Ermordung seiner Freundin als Hauptverdächtiger gegolten hatte.

Jetzt – als er sich an die Freundlichkeit des Mannes erinnerte und ihm bewusst wurde, dass er seit dem Zerbrechen seiner Familie viel zu wenig Freunde hatte – spielte Jamie kurz mit dem Gedanken, auf Ruperts Angebot zurückzugreifen, ihn jederzeit anzurufen, wenn er jemanden zum Reden brauchte. Er warf einen Blick auf die Uhr. Es war fast vier Uhr morgens. Selbst die Gutmütigkeit britischer Bibliothekare hatte ihre Grenzen.

Rupert arbeitete erst seit drei Jahren als Schulbibliothekar. Jamies Sohn hatte er nie kennen gelernt. Der Mann hatte noch in England gelebt, als Brian verschwunden war. Giles konnte nicht wissen, was für ein wundervoller Junge Brian gewesen war.

Heute war Brians Geburtstag. Neunzehn wurde er.

Falls er noch am Leben war.

Jamie Anderson betete, dass er noch lebte, und feierte den Geburtstag seines Sohnes mit einem Glas von dem guten Stoff. Der Fusel war für die übrigen dreihundertvierundsechzig Nächte des Jahres. Er betete, dass er bald von seinem Sohn hörte. Er betete, dass Brian wieder anrief.

Ein Anruf. Ein einziger Anruf in den letzten vier Jahren. Sechs Wochen, nachdem Brian weggelaufen war, hatte das Telefon geklingelt, nur einmal.

Sarah hatte Jamie angesehen und den Atem angehalten. Während sie ihn anstarrte, hatte sie den Hörer abgenommen, sich geräuspert und »Hallo?« gekrächzt.

Nach dem Anruf hatte sie mühsam, Wort für Wort, wiederholt, was Brian gesagt hatte: »Mom, ich bin okay. Ich lebe. Ich rufe bald wieder an.« Dann war sie zusammengebrochen.

Jamie war nicht dazu gekommen, Brians Stimme zu hören. Er hatte sich in seinem ganzen Leben noch nie so betrogen gefühlt.

Brian hatte nie wieder angerufen.

Jetzt war auch Sarah fort, hinweggerafft von einem inoperablen Tumor, und Jamie wartete noch immer neben dem Telefon, um die Stimme seines Jungen zu hören.

Er trank einen weiteren Schluck Scotch und wägte den Grad seiner Trunkenheit ab. Wenn er am Morgen noch eine kleine Dosis zu sich nahm, um sich aufzupeppen, würde er vielleicht okay sein.

Nein. Nicht okay. Er würde nie wieder okay sein. Aber vielleicht war er dann in der Lage zu arbeiten.

Er stellte die Flasche wieder weg und zappte sich durch vier, fünf, sieben Kanäle. Überall lief dasselbe Programm. Es war immer dasselbe.

Alles war immer dasselbe.

Er dachte an seine Waffe.

Er dachte an die Flasche.

Er dachte an sein Kind.

Er nahm den Hörer ab und wählte die Nummer, die handschriftlich auf der Rückseite einer seiner Visitenkarten notiert war. Sie hatte schon so lange neben dem Telefon gelegen, dass sie von einer Staubschicht überzogen war.

Die Leitung war frei. Der Hörer am anderen Ende wurde bereits nach dem ersten Klingeln abgenommen, als hätte man nur auf seinen Anruf gewartet.

»Giles, äh, Rupert?«, sagte Jamie leise. »Es tut mir Leid. Ich weiß, es ist spät ...«

»Ganz und gar nicht«, sagte der Brite überaus höflich. »Ich werde uns einfach eine Kanne Kaffee aufsetzen.«

Verschwunden ... aber nicht vergessen. Verschwunden ... aber nicht vergessen.

Als Buffy erwachte, liefen ihr Tränen übers Gesicht. Hatte sie wieder davon geträumt, auf der Straße zu sein?

Sie blieb reglos liegen und schloss fest ihre Augen, spürte den Schmerz, gab sich ihm noch einen kurzen Moment hin. Dann wischte sie entschlossen die Tränen fort. Wenn sie ehrlich zu sich war – und wenn sie in diesen letzten Monaten etwas gelernt hatte, dann Ehrlichkeit –, wusste sie, dass sie überhaupt nicht geträumt hatte.

Sie hoffte, dass die Tränen eine tief sitzende Wunde heilen, den Schmerz, den sie selbst beim Lächeln spürte, lindern würden.

Sie hatte so viele Freunde verloren. Ford. Kendra. Ms. Calendar.

Sie hatte ihre Liebe verloren. Angels Gesicht stand ihr deutlich vor Augen.

Selbst jetzt noch klammerte sich ihre Mom verzweifelt an den Glauben, dass Buffy irgendetwas getan haben musste, wodurch sie zur Auserwählten geworden war. Es war, als würde Joyce ihr irgendeinen Fehler vorwerfen – so als wäre sie dafür, dass sie damals, während ihres ersten Semesters in L.A. einen Lippenstift bei Macy's geklaut hatte, mit dem lebenslangen Kampf gegen die Mächte der Finsternis bestraft worden. Denn wenn man zur Jägerin wurde, weil man sich etwas zu Schulden hatte kommen lassen, konnte man vielleicht, so hoffte ihre Mutter, durch Wiedergutmachung seine Strafe reduzieren.

Was natürlich völliger Unsinn war.

Buffy wusste jetzt, dass manche Leute ihr Leben lang vom Bösen verschont blieben. Wer nicht viel erwartete, bekam, was er wollte: einen Ehepartner, einen guten Job, ein paar Kinder. Solche Leute kauften im Einkaufszentrum kleine Magnetplaketten, die sie an ihren Kühlschrank hefteten: Nimm dir Zeit, an den Blumen zu riechen. Küss den Koch. Wenn du an dich glaubst, kannst du alles erreichen. Vielleicht gingen sie zur Kirche oder betätigten sich künstlerisch wie Mrs. Calhoun zwei Türen weiter, die den halben Tag mit Malen-nach-Zahlen verbrachte. Sie war ungeheuer stolz auf die fertigen Bilder, aber im Grunde musste sie nicht mehr tun, als die vorgegebenen Flächen auf der Vorlage auszumalen. Sie musste nicht einmal entscheiden, welche Farben sie nehmen sollte. Sie wurden in kleinen, nummerierten Tuben gleich mitgeliefert.

Buffys Leben sah völlig anders aus. Da gab es keine vorgegebenen Flächen, die nur auszufüllen waren.

Dann gab es noch Leute, deren Leben voller Glück war. Leute wie diese Künstlerin Mary Cassatt, die selbst eine sehr glückliche Mom gewesen sein musste, um all diese Bilder von Müttern und Kindern malen zu können. Buffy konnte sich geradezu vorstellen, wie sie ein pausbäckiges kleines Baby badete oder es sacht in den Schlaf wiegte.

Dann sah sie das Bild von Timmy Stagnatowski vor sich, wie er vor ihren Augen in einer Staubwolke explodierte.

Nein, es war kein Selbstmitleid, das Buffy dazu brachte, sich in den Schlaf zu weinen. Sie war die Jägerin, die Einzige in ihrer Generation, die zwischen den Mächten der Finsternis und dem Rest der

Menschheit stand. Sie hatte das akzeptiert und gelernt, damit zu leben.

Sie glaubte, dass es ein persönlicher Exorzismus war, der sie all diesen Schmerz fühlen ließ, und sie wollte ihn auch herauslassen. Aber manchmal hatte sie den Eindruck, dass sie mit jeder Träne mehr als nur den Schmerz verlor. Eine Erinnerung. Die Fähigkeit, tief zu empfinden, von Herzen zu begehren ...

Sie hielt den Atem an und stoppte den Fluss ihrer Tränen. Sie konnte es nicht mehr ertragen, nicht jetzt. Es war einfach so, dass es vor der Morgendämmerung am finstersten war. Zumindest würden das Leute wie Mrs. Calhoun oder die berühmte Babymalerin sagen. Aber für Buffy wurde die Welt immer dunkler, und die Morgendämmerung schien mehr und mehr in weite Ferne zu rücken.

Draußen grollte ein Gewitter, ein Wolkenbruch kündigte sich an, und der Donner hallte in ihrem Zimmer wider. War das echter Donner?, fragte sie sich wie stets. Oder war es in Wirklichkeit ein Omen, dass sich etwas Böses anschickte, über die Stadt herzufallen, eine finstere Macht, die sie bekämpfen musste, wenn nötig bis in den Tod?

Aber auch das brachte sie nicht zum Weinen. Wirklich nicht. Sie hatte ihre Pflichten als Jägerin akzeptiert. Sie suchte nicht nach einem Weg, sich ihnen zu entziehen.

Sie versuchte nicht davonzulaufen.

Nicht mehr.

Versonnen betrachtete sie das, was von ihrem Leben als normaler Teenager übrig geblieben war: Mr. Gordo, ihr Plüschschwein, und all die anderen Stofftiere. Die Schmetterlinge an der Tür und ihre japanischen Schirme. Eine Freundin ihrer Mom war beim Anblick ihres Zimmer in helles Entzücken ausgebrochen. Natürlich ohne zu ahnen, dass in dem doppelten Boden ihres Kleiderschranks Phiolen mit Weihwasser versteckt waren, Knoblauchknollen und jede Menge spitze Holzpflöcke.

Nein, wie süß!

Auf dem Nachttisch stand ein Foto von Xander und Will. Buffy lächelte matt. Es gab nur eine Willow auf der Welt, und Xander konnte man genauso wenig klonen. Wunderbare Freunde, die gut zu ihr waren.

Sie vernahm Stimmen und runzelte leicht die Stirn. Hatte Mom zu dieser frühen Stunde bereits Besuch? Oder befand sich etwas in diesem Haus, das nicht hierher gehörte?

Ihre Jägerreflexe ließen sie aus dem Bett springen, in ihren Morgenrock schlüpfen und einen Holzpflock in die Tasche stecken. Lautlos eilte sie durch den Flur zur Treppe, um dort zu verharren und auf mögliche Gefahren zu lauern.

Sie hörte ein Weinen, laut, verzweifelt. Sie kannte diese Art des Weinens. War … damit vertraut.

»Mom?«, rief sie leise.

Sie lief die Treppe hinunter und dann in die Küche.

Dort stand Joyce Summers in ihrem Morgenrock, die Haare vom Schlaf zerzaust, in ihren Armen eine Frau in einem schwarzen Regenmantel, die sich verzweifelt schluchzend an Buffys Mutter klammerte und kaum noch in der Lage war, sich auf den Beinen zu halten.

»Sie werden ihn schon finden, Anne«, sagte Joyce. Sie hob den Kopf und sah Buffy an. Ihre Blicke trafen sich. Buffy wusste nicht, was sie tun sollte. Für einen Moment stand sie verlegen da, um dann auf Zehenspitzen aus dem Raum zu schleichen und auf der Treppe stehen zu bleiben.

»Joyce, er ist doch noch so klein. Viel zu klein, um auszureißen. Ihm muss etwas zugestoßen sein. Etwas Schlimmes. Ich weiß es einfach. Ich weiß es!« Die Frau schrie fast. »Oh mein Gott, Timmy!«

Buffy erstarrte, von Schuldgefühlen überwältigt. Sie hatte keinen Grund, sich schuldig zu fühlen, rief sie sich ins Gedächtnis zurück. Der Junge, der Timmy Stagnatowski gewesen war, war schon tot gewesen, bevor sie seinen wandelnden Leichnam gepfählt hatte. Sie hatte nicht das Kind dieser Frau getötet.

Aber sie wusste, was ihm zugestoßen war, und doch konnte sie es seiner Mutter nicht sagen. Mrs. Stagnatowski würde sich bis an ihr Lebensende fragen, was mit ihrem glücklichen kleinen Jungen passiert war. Jede Nacht würde sie ans Fenster treten, nach draußen schauen und beten, dass er den Bürgersteig entlanggerannt kam. Wenn das Telefon klingelte, würde sie zusammenzucken. Für den Rest ihres Lebens.

Buffy konnte ihr diese Qual ersparen. Sie konnte hier und jetzt die Frage beantworten.

Mit hämmerndem Herzen stieg sie eine Stufe hinunter. Ihr war verboten, irgendjemand von dem Höllenschlund zu erzählen, von den Schrecken und Gefahren, die sie bekämpfte, um ihre Mitmenschen zu retten. Wäre es für Mrs. Stagnatowski besser, die Wahrheit zu kennen? Würde sie Buffy überhaupt glauben? Oder würde sie sie – wie früher ihre Mutter – für verrückt halten?

»Wir werden noch mehr Flugblätter verteilen«, sagte Joyce sanft. »Und ich werde Liz DeMarco im Asyl anrufen. Wenn er dort auftaucht, wird man ihn bitten, zu Ihnen zu gehen.«

»Und wenn er nicht auftaucht?«, fragte Mrs. Stagnatowski dumpf. »Was ist, wenn er nicht weiß, wie sehr wir ihn lieben und vermissen?«

Wurden jene, die ausrissen, immer vermisst? Buffy spürte, wie ihr frische Tränen in die Augen traten. Mühsam schluckte sie sie hinunter und starrte in die Ferne, dachte an die Straße und den Weg zurück nach Hause.

Sie blickte zu der Glasscheibe in der Haustür hinüber.

Die Sonne war aufgegangen.

Es war Zeit, zur Schule zu gehen.

Buffy rannte durch den prasselnden Regen über den Rasen der Sunnydale High und rutschte mit ihren Schnürstiefeletten auf dem Gras, das sich binnen kürzester Zeit in eine Schlammfläche verwandelt hatte. Unterwegs fluchte sie unablässig vor sich hin. Ihre Bluse mit den chinesischen Stickereien war nass und klamm, der Saum ihres langen Rockes schlammbespritzt.

Sie stieß die Tür zur Schule auf, wobei sie fast die Tasche mit den Büchern verlor, in die sie schon seit Tagen keinen Blick mehr geworfen hatte, und schlüpfte hinein. Sie fuhr sich mit den Fingern durch die ruinierte Frisur und lief den Korridor entlang zur Bibliothek.

»He, Buffy!«

Sie drehte sich um und sah Willow und Xander näherkommen. Willow hatte sich natürlich mit einer gelben Regenjacke mit Kapuze ausstaffiert, wohingegen Xanders einzige Konzession an das Wetter eine zerschlissene Baseballkappe war. Sie war vielleicht geeignet, ihn, wenn auch nur spärlich, vor dem Regen zu schützen, aber sie stand ihm überhaupt nicht. Er war einfach nicht der Kappentyp. In seinem typischen XXL-Hemd mit den überlangen Ärmeln sah er leicht dämlich aus, aber das war Xanders Standardaufmachung. Sie war inzwischen überzeugt, dass dies für ihn eine Art Rebellion war: Ja, ich bin ein Dämlack, na und?

»Guten Morgen, du beklagenswert schirmloses, in die neueste Triefmode gekleidetes Wesen«, stichelte Xander, der zweifellos nicht ahnte, dass sie seine modische Provokation genauso kritisch betrachtete, sich aber nicht bemüßigt fühlte, es zu erwähnen.

Müde und frustriert funkelte sie ihn an. »Ja«, sagte sie. »Ich bin nass. Hast du sonst noch irgendwelche genialen Erkenntnisse auf Lager? Und nebenbei, die Kappe sieht reichlich bescheuert aus.«

»Ooh«, sagte Willow mitfühlend. »Komm runter, Mädchen. So ein schlimmer Morgen?«

Buffy holte tief Luft und versuchte sich zu beruhigen. Xander tat so, als wäre er nicht gekränkt, aber sie kannte ihn besser. Sie sah, wie er mit der Hand nach der Kappe griff, als wollte er sie abnehmen, doch dann nahm er die Hand wieder herunter, als wollte er nicht noch mehr Aufmerksamkeit auf die Kopfbedeckung lenken.

»Und eine schlimme Nacht, und überhaupt ist alles schlimm«, gestand sie. »Mindestens einer unserer jüngsten Ausreißer war gar kein Ausreißer. Und Mom war nicht gerade glücklich darüber, dass ich völlig vergessen habe, gestern Abend zu ihre Wohltätigkeitsveranstaltung zu gehen.« Den Rest konnte sie ihnen nicht erzählen. Es tat zu weh.

»Ausreißen«, sagte Willow seufzend. »Klingt irgendwie gut, finde ich.«

Buffy schwieg einen Moment und kniff die Augen zusammen.

»Nein«, sagte sie unverblümt. »Das ist gar nicht gut. Glaub's mir, Will.«

Willow sah verlegen drein. »Tut mir Leid, Buffy.«

Xander wandte sich an Willow und sagte: »Außerdem bist du in der Oberstufe. Da wäre Ausreißen ziemlich kindisch, findest du nicht? Außer du würdest zum Zirkus gehen, das wäre dann wieder cool. Will auf dem Drahtseil. Du wärst eine gute Artistin. Aber kein guter Clown.«

»Clowns sind sowieso blöd«, bemerkte Willow mit einem Lächeln.

»Und zwar ohne Ausnahme«, bestätigte Xander und lächelte ebenfalls.

»Also heraus mit der Sprache, Will«, verlangte Buffy. »Sonst werde ich mich weiter über meine Probleme beklagen, und deine fallen komplett unter den Tisch.«

Willow zuckte mit den Schultern und ließ ihre Hände geräuschvoll gegen ihre Hüften klatschen.

»Meine Eltern meinen, dass Oz keinen Ehrgeiz hat.«

Buffy und Xander starrten sie an und warteten gespannt auf die Fortsetzung.

»Das war es schon«, fügte Willow hinzu und zog dabei die Brauen hoch. »Sie mögen ihn. Auch wenn es ihnen lieber wäre, er würde mich etwas früher nach Hause bringen, wenn wir ausgehen. Aber sie sind der Ansicht, dass er keinen Ehrgeiz hat, keine Ziele.«

»Also, das ist einfach lächerlich«, sagte Xander. »Oz hat jede Menge Ehrgeiz ...«

Xander brach ab, sah Buffy an und nickte ihr unauffällig zu, um ihr anzudeuten, dass sie weitermachen sollte, da ihm die Argumente ausgegangen waren. Buffy überlegte einen Moment. Oz war eher der zurückhaltende Typ. Er ließ alles auf sich zukommen, lächelte viel, wartete ab, was als Nächstes passierte. Nicht, dass er nicht eingriff, wenn die Situation es erforderte. Erst gestern Nacht hatte er einen Vampir zu Fall gebracht, damit Buffy ihn pfählen konnte. Er hatte außerdem hart daran gearbeitet, Willow Xander wegzunehmen. Okay, wegnehmen war vielleicht nicht das richtige Wort. Eigentlich hatte er sie nur mit ein paar Zuckerstückchen gelockt. Ihr das Gefühl gegeben, interessant zu sein. Hübsch.

All die Dinge, die Xander nicht getan hatte.

»Ja«, sagte Buffy lahm. »Oz hat jede Menge Ziele. Mit ... der Band und so. Und, na ja ...«

Willow schüttelte den Kopf. »Vergesst es, Leute. Ihr beide habt euch ein Fleißkärtchen verdient ... nun, Oz' Ziele im Leben gehören nun einmal nicht zu den Dingen, die Eltern verstehen können. Er setzt ganz andere Prioritäten und ... nun, sie werden schon darüber hinwegkommen, wenn ich erst mal aufs College gehe.«

»Ah ja.« Xander nickte weise. »Höhere Bildung heilt alle Wunden. Hat man mir jedenfalls immer erzählt.«

Xanders Gedanken schweiften ab. Er wusste nicht genau, ob er aufs College gehen würde. Seine Zensuren waren katastrophal, und niemand hatte ihn je darauf angesprochen. Oh, sicher, man hatte Will aus der Klasse gezerrt, um mit ihr in der Studienberaterung über ein Stipendium zu reden. Und Cordy, nun, sie schwärmte ständig von diesen teuren Privatschulen, in die man sich einkaufen konnte, wenn man die Aufnahmeprüfung verbockte. Aber wohin gingen all die Xanders? Zur Air Force?

Dennoch, er hatte es nicht so schwer wie Buffy. Er nahm an, dass sie nach Yale gehen konnte, wenn sie wollte – nun, vielleicht auch nicht, weil ihre Zensuren ebenfalls im Keller waren –, aber sie war klug genug, um nach Yale gehen zu können. Vielleicht nicht unbedingt zum Studieren. Doch auf der anderen Seite – und das war das Schlimme, Unfaire an der ganzen Sache – spielte es keine Rolle, was sie werden wollte, wenn sie erwachsen war. Wichtig war nur, dass sie überhaupt erwachsen *wurde*. Denn in der Vampirjägerbranche war das nicht gerade eine Selbstverständlichkeit.

Er richtete seine Aufmerksamkeit wieder auf die Mädchen – seine Mädchen, seine allerbesten Freunde, die eine, mit der er gerne zusammen sein wollte, und die andere, mit der er besser zusammen gewesen wäre – doch dafür war es jetzt zu spät –, und er lächelte sein bezauberndstes Xander-Lächeln. Er war der Mann der Sprüche und Gags, und er würde seine Frauen jetzt nicht hängen lassen, wo sie ganz offensichtlich eine Aufheiterung brauchten. Das war sein Job in ihrem kleinen Freundeskreis. Willow war für die genialen Bemerkungen zuständig, Buffy erledigte die Bösen und er machte die Witze.

Selbst auf die Gefahr hin, sich angreifbar zu machen. Zum Teufel damit, er war ein harter Kerl. Er konnte mit seinen Problemen allein fertig werden.

Buffy schüttelte ihre Arme, dass die Regentropfen nur so durch die Luft flogen. »Bin ich die Einzige, die meint, dass es in Städten wie Sunnydale eine Art Verordnung gegen Regen geben sollte?«

»Im Gegensatz zu Giles, der meint, dass es eine Verordnung *für* Regen geben sollte. Wie in diesem Vers aus *Camelot*.« Xander schwieg und versuchte sich an den Text zu erinnern. »Ihr wisst schon. ›Es regnet wie bekloppt hier in Camelot.‹ Oder so.«

Als weder Willow noch Buffy auch nur andeutungsweise lächelten, schnitt er eine Grimasse. »Autsch. Schwieriges Publikum. Heute Morgen hat's wohl allen die Laune verregnet. Also wird sich der gerissene Xander von der Bühne schleichen.«

»Tut mir Leid, Xander«, sagte Willow. »Ich bin einfach nicht daran gewöhnt, Probleme mit meinen Eltern zu haben. Ich war immer die *gute* Tochter.« Sie dachte für einen Moment nach. »Im Gegensatz zur bösen. Die sie nicht haben.« Denn Willow war die einzige.

Buffy nickte mitfühlend. »Ich bin vielleicht daran gewöhnt, Ärger zu haben, weil ich eine verrückte Tochter bin, aber eine schreckliche Tochter bin ich auch nicht. Wenn überhaupt, rangierst du auf der Bosheitsskala irgendwo ganz unten, Will, doch ich weiß, dass es für dich ein Schock sein muss.«

»Ein Schock«, sagte Willow bedächtig, als würde sie die Worte prüfen. »Ja. So könnte man es nennen.« Sie nickte.

»Dacht ich's mir doch«, erwiderte Buffy grinsend. »Also, Xander«, fuhr sie fort, »ich habe mal wieder eine dieser Nächte hinter mir, die uns allen vor Augen führen, dass Eltern vom Mars kommen und Teenager von der Venus, und Willows Mom und Dad haben vielleicht endlich erkannt, dass ihre Tochter keine neun mehr ist. Wie sieht's bei der Harris-Familie aus? Hast du schon mal Ärger bekommen, weil du ständig spätnachts nach Hause kommst?«

»Eigentlich nicht«, meinte Xander schulterzuckend. »Meine Eltern erleben gerade eine Art zweiten Frühling. Zusammen natürlich. Sie gehen abends oft aus, kommen dann völlig zerzaust und rot im Gesicht heim. Es ist wirklich, hm, ›schockierend‹ ist unser ›Wort des Tages‹, ja? Ansonsten gehen sie davon aus, dass ich mit Cordy unterwegs bin.«

»Bis spät in die Nacht, obwohl am nächsten Morgen Schule ist? Und das stört sie nicht?«, fragte Buffy stirnrunzelnd.

Um die Wahrheit zu sagen, war er es, den es ein wenig störte. Er wünschte sich irgendwie, seine Eltern würden bemerken, dass er das Lernen und all das vernachlässigte. Wie die Eltern der Mädchen. Was kindisch war, wie er sehr wohl wusste, aber bei all diesen elterlichen Ängsten, über die alle lamentierten, konnte er offen gestanden nicht mitreden. Vorschriften und Regeln? So was gab es bei den Harris' kaum. Höchstens regelmäßige Essenszeiten. Was vielleicht seine Leidenschaft für Junkfood erklärte. Oder auch nicht.

»Nun, ich kann nicht behaupten, dass sie mich nie ausschimpfen, wenn ich zu spät heimkomme, aber solange ich meine Hausaufgaben mache und vor den Nachrichten wieder da bin, lassen sie mich in Ruhe.«

Würden sie es überhaupt bemerken, wenn ich ausreiße?, fragte er sich. Um sich gleich darauf zur Ordnung zu rufen: Zu bitter, Harris. Viel zu bitter.

So schlimm ist es wiederum auch nicht.

Es war eher so, dass es bei ihm zu Hause ... weder schlimm noch gut war.

Buffy und Willow sahen sich missmutig an. »Die reinste Scheinmoral«, sagte Buffy seufzend und wandte sich ab, um ihren Weg zur Bibliothek fortzusetzen.

Willow folgte ihr. »Absolut ungerecht. Nebenbei, wir beide haben gestern Nacht bei Cordelia gelernt ...«

»Bei Cordelia?«, fragte Buffy so verblüfft, dass sie fast über ihre eigenen Füße gestolpert wäre.

»Was Besseres fiel mir auf die Schnelle nicht ein.« Willow zuckte verlegen die Schultern. »Außerdem kennt meine Mom Cordelia nicht. Sie weiß nicht, wie lächerlich diese Vorstellung ist.«

Buffy überlegte. »Stimmt. Natürlich wirst du es Cordelia sagen müssen.«

»Sie wird schon nichts dagegen haben«, versicherte Xander ihnen. »Sie sucht auch ständig nach irgendwelchen guten Entschuldigungen für ihr Zuspätkommen.« Er verdrehte die Augen. »Sieht aus, als wären wir dazu verdammt, für den Rest unseres ... nun, wenigstens für den Rest unserer Highschoolzeit als rebellische Teens zu gelten.«

»Wir sind eben zum Wildsein geboren«, sagte Buffy und seufzte erneut, als sie die Tür zur Bibliothek aufstieß.

»Verdorben bis ins Mark«, fügte Willow hinzu.

»Ich bin nicht verdorben«, protestierte Xander. »Ich fühle mich nur zu Verdorbenen hingezogen.«

Die Mädchen kicherten. Xander strahlte.
Mission erfüllt.

Die Bibliothek war unvorstellbar trostlos. Feucht und dunkel, wie sie war, erinnerte sie Buffy an ein Schiffswrack, an die versunkenen Überreste einer alten Galeone. Das matte Licht und der Staub, die braunen und vergilbten Bücher ... es war, als würde man durch trübes Wasser auf Bücher, Tische, Stühle blicken. Allerdings waren nirgendwo versunkene Schätze zu bergen.

Sie seufzte.

Buffy schätzte, dass sie seit ihrem Umzug nach Sunnydale mehr Zeit an diesem einen Ort verbracht hatte als an allen anderen zusammen, ihr Bett eingeschlossen, und dennoch hatte die Bibliothek nichts Anheimelndes an sich. Vielleicht sollte sie Giles bitten, die Wände zu streichen. Ein paar Plüschtiere zu besorgen.

Alles gemütlicher und schöner zu machen.

»Ah, da seid ihr ja«, sagte Giles, als sie die Bibliothek betraten. Er sah etwas müde aus, aber vielleicht war das auch normal, wenn man allmählich älter wurde. Unter den Augen hatte er dunkle, verquollene Ringe. »Schrecklicher Sturm, nicht wahr? Erinnert mich ein wenig an meine Heimat.«

Trotz seiner Müdigkeit oder vielleicht trotz seines Alters lächelte Giles. Buffy wusste nicht, warum er lächelte, aber wenn es nach ihr gegangen wäre, hätte er auch nicht lächeln müssen.

»Sie haben eine völlig perverse Einstellung zum Wetter, Giles«, sagte sie. »Zum ersten Mal sieht es draußen wirklich so aus, als würden wir auf dem Höllenschlund leben, und Sie grinsen.«

»Hmm? Ja, nun, der Sturm soll bald wieder nachlassen«, erwiderte Giles. »Und morgen Abend beginnt das Renaissancefest. Es dauert mehrere Wochen, und ich hoffe, dass ihr euch den unterhaltsamen und lehrreichen Besuch des Festes nicht entgehen lasst.«

»Des Testes?«, fragte Xander geistesabwesend.

»Des Renaissancefestes«, korrigierte Willow. »Eine Art Karneval im mittelalterlichen Stil. Hofdamen. Buckelige. Turnierkämpfe. Essen mit den Händen.«

»Ich bin fürs Essen mit den Händen«, sagte Xander sofort. »Die Zweckmäßigkeit von Bestecken wird bei weitem überschätzt.«

»Und Manieren unterschätzt …«, murmelte Buffy.

»Es hat nichts mit dem Mittelalter zu tun, Willow.« Giles zog halb amüsiert, halb missbilligend eine Braue in die Höhe. »Wie du eigentlich wissen müsstest, da du Buffy Nachhilfe in Geschichte gibst. Die Renaissance begann in Italien und breitete sich schließlich über ganz Europa aus. Sie erreichte ihren Höhepunkt in Italien im fünfzehnten Jahrhundert, griff im sechzehnten und siebzehnten Jahrhundert auf Europa über und gilt allgemein als Ende des Mittelalters und Beginn dessen, was wir heute als die moderne Zeit bezeichnen würden. Sie propagierte ein völlig neues Konzept vom Stellenwert des Menschen im Universum und zeichnete sich durch eine neue Wertschätzung von Kunst und Bildung aus.«

Giles warf den drei Schülern einen erwartungsvollen Blick zu. Sie jedoch starrten ihn nur an und warteten auf weitere Erklärungen.

»Und wann kommt der interessante Teil?«, fragte Xander schließlich.

»Das kannst du dann auf dem Fest herausfinden«, schlug Buffy vor.

Willow überlegte. »Eigentlich klingen Turnierkämpfe nach einer Menge Spaß.« Sie nahm Fechthaltung ein. »*En garde.*«

Buffy sah ihren Wächter mit hoch gezogener Braue an. »Okay, lassen wir das. Was gibt es Neues von den Kreaturen der Nacht?«

»Also gut«, sagte Giles und kramte in einem kleinen Stapel Papiere. Schließlich fand er, was er offenbar gesucht hatte, und blickte zu ihnen auf.

»Das sind die Autopsieberichte der verschiedenen Weatherly Park-Opfer von letzter Woche«, erklärte er. »Willow ist es gelungen, sie von dem Computer des gerichtsmedizinischen Institutes … abzurufen.«

Willow grinste stolz. »Ihr könnt mich Webmasterin nennen, wenn ihr wollt.«

»Du Hacker«, neckte Xander sie.

Buffy griff nach den Autopsieberichten. »Wozu der ganze Aufwand? Sie sagten doch, dass wir es hier mit einem Vampir zu tun haben, der lediglich etwas brutaler ist als die anderen.«

Giles zeigte mit einem Finger auf die Fotos. »Nun ja, davon war ich ausgegangen. Allerdings bin ich nach einigem Nachdenken und den Presseberichten über die Mordfälle zu der Überzeugung gelangt, dass die Angelegenheit einer genaueren Untersuchung bedarf.«

»Und das so schnell wie möglich«, fügte er hinzu, und der letzte Rest des Lächelns, mit dem er sie begrüßt hatte, war jetzt vom Gesicht des Wächters verschwunden. »Es scheint, dass nur eins dieser Opfer die üblichen Spuren eines Vampirangriffs aufweist. Die anderen fünf wurden ... gefressen. Zumindest teilweise. Und zwar nicht von irgendeinem Tier, das dem gerichtsmedizinischen Institut bekannt wäre.«

Buffy sah sich die Fotos an und wünschte sich rasch, sie hätte es nicht getan. Schweigend gab sie sie Giles zurück und dachte traurig an den kleinen Timmy und seine Mutter. Sie bekam eine Gänsehaut, die nichts mit niedrigen Temperaturen zu tun hatte.

Xander sah Willow an. »Besteht die Möglichkeit, dass Oz von der Leine entwischt ist?«

Willow schlug ihm auf den Arm.

»He, was soll das?«, fragte Xander gekränkt. »Ich stelle die Frage, die jedem auf der Zunge liegt, und werde zum Lohn körperlich misshandelt.«

»Ich habe daran nicht gedacht«, sagte Buffy mit leiser, trauriger Stimme.

Xander drohte ihr mit dem Finger. »Schwindlerin. Du hast bloß Angst, dass du Prügel beziehst.«

»Eigentlich«, sagte Giles und legte die Berichte mit der Kopfseite nach unten, »geht das gerichtsmedizinische Institut von einem sehr kleinen Tier aus, mit einem Gebiss, das nicht größer ist als das eines Waschbären. Aber kein Waschbär kann dafür verantwortlich sein.«

»Welches Tier war es dann?«, fragte Willow mit einem schnellen Blick in Xanders Richtung, als wollte sie ihn davor warnen, noch einmal irgendetwas Abfälliges über ihren Freund zu sagen.

»Ich habe keine Ahnung«, gestand Giles. »Und bis ich etwas Genaues weiß, Buffy, solltest du besser besonders vorsichtig sein. Achte auf alles, was klein und schnell ist. Es kann so klein sein, dass du es vielleicht nicht einmal siehst, bevor es zu spät ist.«

»Okay. Tollwütige Waschbären. Ich pass schon auf.«

Giles seufzte und kramte in einem Stapel Unterlagen herum, bis er einen Stoß grüner Zettel fand. »Nun«, fragte er nach einer kurzen Pause, »wie ist es dir gestern Nacht ergangen?«

Sie starrte die Zettel an. Es waren Flugblätter des Straßenkinderasyls. Unten auf der Seite war die Kunstgalerie ihrer Mom aufgeführt. Ihre Mutter musste sie gestern Abend bei der Wohltätigkeitsveranstaltung verteilt haben. Buffy schloss daraus, dass Giles, im Gegensatz zu ihr, dort gewesen war, was ihr Schuldgefühl nicht gerade verringerte.

Aber wer hätte dann Timmy erledigt?

»Buffy?«, drängte Giles.

»Oh, gestern Nacht? Einfach super!«, sagte Buffy barsch.

Xander starrte sie an. »Super?«

»Gefällt dir ›prima‹ besser?«, gab sie zurück und funkelte ihn an.

»Nein.« Xander hob die Hände. »Ich dachte nur, wenn jemand in einer derartigen Stimmung ist wie du ... würde er, äh, bestimmt nach jemand suchen, auf den er viel härter einschlagen könnte als Willow auf mich. So was bezeichnen wir nicht gerade als Superstimmung, wenigstens nicht meine Leute.«

Buffy hob ihr Kinn. Sie wollte es ihnen nicht erzählen, sie schämte sich viel zu sehr dafür. »Meine Leute schon.«

»Super«, wiederholte Giles und sah sie erwartungsvoll an.

»Okay«, gab sie nach. »Ich habe einen zwölfjährigen Jungen gepfählt, aber erst, nachdem noch jemand im Weatherly Park gestorben ist. Seine Mutter war heute Morgen bei mir zu Hause und hat in den Armen meiner Mutter geweint, weil sie nicht weiß, dass er tot ist. Nun, ist das für alle super genug?«, fragte sie.

Alle drei wirkten plötzlich bestürzt.

»Ja, nun«, sagte Giles schließlich und räusperte sich. »Ich weiß, dass es für deine Mutter derzeit schwer ist ...«

»Für meine Mutter?«, wiederholte Buffy fassungslos. »Meine Mutter?«

»Buffy«, sagte Willow sanft und berührte den Arm ihrer Freundin, »wenn wir irgendetwas für dich tun können ...«

»Vielleicht solltest du mal ausspannen, dir freinehmen«, sagte Xander. »Das Pfählen uns überlassen.«

Giles räusperte sich. »Ja, nun, das bringt uns zu einem Thema, über das wir meiner Meinung nach reden sollten. Ich weiß nicht, ob das jetzt der richtige Zeitpunkt ist, aber ich schätze, man muss diese Dinge offen angehen.«

Buffy neigte den Kopf und warf Giles einen prüfenden Blick zu. Er wirkte beunruhigt, aber soweit sie wusste, war in der vergangenen Nacht nichts passiert, worüber er sich Sorgen machen musste. Im Gegensatz zu ihr.

»Buffy«, begann er, zögerte dann aber und schob seine Brille hoch. Der Bibliothekar wirkte aschfahl im trüben, von den Gewitterwolken verdüsterten Licht. An diesem Morgen schienen alle ein wenig traurig zu sein. Und ein wenig langsam im Denken.

»Giles«, drängte sie.

»Ja, nun, von dem tragischen Vorfall einmal abgesehen scheint es doch wohl so zu sein, dass du diesen ... Vampir aufgespürt hast, weil du dich ganz und gar auf deine Aufgabe konzentrieren konntest. Diese Sache mit den »Hilfsjägern« bereitet mir in letzter Zeit doch einige Sorgen. Ich fürchte, dass wir das Ganze ein wenig übertrieben haben.«

»*Un momento, Señor Libro*«, sagte Xander und hob seine Hand. »Die Familie, die gemeinsam jagt ...«

»Nicht jetzt, Xander«, warnte Giles.

Xander ließ seine Hand sinken und sah Buffy und Willow an. Willow biss sich auf die Unterlippe und runzelte nervös die Stirn in Erwartung dessen, was Giles als Nächstes sagen würde.

Giles setzte sich auf die Kante des Schreibtisches und verschränkte die Arme. Es war seltsam, aber manchmal vergaß Buffy fast, dass er nur nach Sunnydale gekommen war, um als ihr Wächter zu dienen. Ihr ganz persönlicher. In dem einen Moment war er noch in England gewesen und hatte irgendwelche Exponate – Knochen oder was auch immer – im Britischen Museum archiviert. Und im nächsten ... was? Hatte er einen Anruf vom HQ bekommen und sofort ein Flugzeug nach Kalifornien bestiegen? Giles, alter Knabe, die Jägerin zieht um. Kümmern Sie sich um sie.

Es wurmte sie noch immer, dass sie und ihre Mutter geglaubt hatten, rein zufällig nach Sunnydale gezogen zu sein, und nicht, weil diese verfluchte Stadt auf einem mystischen Brennpunkt des Bösen errichtet worden war, in dem alle denkbaren Kreaturen der Finsternis ihr Unwesen trieben.

»Wie du weißt, arbeitet die Auserwählte traditionell allein«, fuhr Giles fort. »Es gibt sogar eine Lehrmeinung, nach der die Jägerin grundsätzlich allein arbeiten sollte. Natürlich bin ich kein Verfechter dieser Theorie.«

»Natürlich«, sagte Xander nachdrücklich.

»Als dein Wächter habe ich dir relativ viel Freiraum gegeben«, erklärte Giles. »Und angesichts des Engagements deiner Freunde und der Tatsache, dass sie von deiner wahren Identität und deiner Aufgabe erfahren haben, weil ihr eigenes Leben bedroht war, hatte ich nichts dagegen einzuwenden, dass Willow und Xander dir zur Seite standen, wenn die Bedrohung dieses Risiko zu rechtfertigen schien.«

»Ja, und das war auch gut so«, sagte Xander. Willow trat an seine Seite und nickte ernst.

»Aber jetzt, da dich Cordelia und Oz ebenfalls unterstützen, scheint es ein wenig zu viel zu sein«, schloss Giles. »Ich weiß, dass es nur selten vorkommt, dass ihr alle zusammen auf Patrouille geht, aber vielleicht müssen wir in Zukunft sorgfältig abwägen, ob die jeweilige Krise bedrohlich genug ist, um die Involvierung deiner Freunde zu rechtfertigen.«

Xander lehnte sich auf seinem Stuhl zurück. »Giles, für den Fall, dass Sie es noch nicht bemerkt haben: Es ist nicht so, dass Buffy uns aus lauter Jux und Tollerei einlädt, sie zu begleiten. Wenn sie uns überhaupt einlädt.«

»Genau«, bekräftigte Willow mit leicht gekränkter Miene. »Wir helfen ihr, weil … nun, ich weiß, was in dieser Stadt vorgeht, und ich könnte nachts nicht schlafen, wenn ich ihr nicht helfen würde. Wenn das bedeutet, dass ich Nachforschungen betreiben muss, dann betreibe ich Nachforschungen. Aber wenn das bedeutet, dass ich die Bösen zur Strecke bringen muss, nun, dann mache ich das auch.«

Buffy hatte genug gehört. Sie stand auf, ging zu Giles hinüber und riss ihm das Buch, in dem er geblättert hatte, aus den Händen. Überrascht blickte er auf.

»Wissen Sie was, Giles? Sie haben Recht«, sagte sie. »In den meisten Nächten sollte ich allein unterwegs sein. Oder vielleicht zusammen mit Angel.« Ein Ausdruck des Unbehagens huschte über sein Gesicht, aber sie ignorierte es diesmal. Sie wusste, dass er Angel gemischte Gefühle entgegenbrachte. Wer nicht?

»Und Sie wissen, dass ich unter keinen Umständen will, dass meinen Freunden etwas zustößt. Aber wenn es vor Vampiren und Dämonen nur so wimmelt, bin ich die Erste, die zugibt, dass ich vielleicht nicht allein damit fertig werde.«

Sie sah ihre Freunde an, und ein Dutzend Bilder blitzten vor ihrem inneren Auge auf, als sie daran dachte, wie oft sie ihr schon zu Hilfe geeilt und ihre Rettung gewesen waren. Obwohl keiner von ihnen die heilige Pflicht hatte, auf Patrouille zu gehen und zu kämpfen. Obwohl keiner von ihnen auserwählt war.

Sie taten es einfach, weil sie ihre Freunde waren. Und weil irgendjemand es tun musste. In dieser Hinsicht hatte Buffy oft das Gefühl, dass sie viel heldenhafter waren als sie. Sie wusste nicht, was sie tun würde, wenn sie nicht die Jägerin wäre ... aber sie war die Jägerin. Es war müßig, sich zu fragen, was unter anderen Umständen gewesen wäre.

»Es ist schließlich nicht so, dass wir Strandpartys feiern, wenn wir zusammenarbeiten«, fuhr sie verärgert fort. »Wir tun, was wir tun müssen und weil wir es tun müssen. Also machen Sie es uns nicht noch schwerer.«

Giles antwortete zunächst nicht, aber Buffy konnte sehen, dass er noch nicht fertig war. Dass er noch immer etwas auf dem Herzen hatte. Er sah den Bücherstapel auf dem Tisch an und strich über den Einband des zuoberst liegenden Werkes, bis Buffy es nicht mehr länger aushielt.

»Spucken Sie's aus, Giles!«, fauchte sie. »Sie machen mich ganz nervös.«

»Das bist du doch schon gewesen, als du hier ankamst«, bemerkte Xander. »Du weißt schon, der Regen, deine Mom und alles.«

Buffy warf ihm einen giftigen Blick zu.

»Nicht jetzt, Xander«, schalt Xander sich selbst.

»Nun«, seufzte Giles, »vor ein paar Nächten hatte ich den Eindruck, dass wir alle die Sache ein wenig zu locker nehmen. Es ist kein Spiel, weißt du? Was du tust, ist schrecklich. Furchterregend. Die Wesen, mit denen wir es zu tun haben, sind das personifizierte

Böse, und die Sorglosigkeit, die ich während der Jagd in jener Nacht bei euch beobachtet habe, könnte euch irgendwann alle das Leben kosten.«

Buffy wusste genau, welche Nacht er meinte. Eine merkwürdige kleine Gruppe von Vampiren war aufgetaucht, die sich offenbar intensiv mit Numerologie beschäftigt oder zuviel *Star Trek* gesehen hatten – jedenfalls hatten sie sich so alberne Namen wie »Sieben« und »Zwölf-B-Zwei« zugelegt. Aus irgendeinem Grund waren sie zu der Überzeugung gelangt, dass der siebte Tag des Monats der perfekte Zeitpunkt für einen Überfall auf den Strand war, wo sie die Kids aussaugten, die dort an Lagerfeuern Partys feierten. Buffy und Giles hätten es wahrscheinlich bloß als eine besonders höllische Nacht auf dem Höllenschlund abgetan, aber Angel hatte von diesem neuesten kleinen Subkult gehört und Buffy informiert.

Im nächsten Monat hatten sie sich dann alle zum Strand begeben, wo Xander prähistorische Beach-Boys-Texte verhunzt und die anderen jede Menge Witze gerissen hatten. Vielleicht weil sie eines der Mädchen gekannt hatten, das dort ermordet worden war. Dafür war der Galgenhumor schließlich da, nicht wahr? Das Lachen sollte verhindern, dass man weinte, oder?

Das war Giles sehr wohl bewusst, aber es war offensichtlich gewesen, dass er trotz dieses Wissens geglaubt hatte, dass sie zu weit gegangen waren. Sein Gesichtsausdruck und seine reservierten Kommentare hatten dies überdeutlich gemacht. Nur hatte Buffy nicht damit gerechnet, dass er so nachtragend sein würde.

Nach allem, was er selbst durchgemacht hatte – all die Schmerzen, die er hatte erleiden müssen –, hatte Buffy erwartet, dass Giles Verständnis dafür aufbringen würde. Zumindest ein wenig.

»Wie können Sie es wagen?«, fragte Buffy empört und bot ihm die Stirn. Sie tat es nicht nur für sich, sondern auch für ihre Freunde, die so viel auf sich genommen hatten.

Giles sah sie verdutzt an. »Ich bin dein Wächter, Buffy. Mit Wagen hat das nichts zu tun. Ich habe die Pflicht ...«

Buffy schlug wütend mit den Handflächen auf den großen Schreibtisch der Bibliothek.

»Das reicht!«, sagte sie. »Ich habe genug für heute.«

Er streckte eine Hand aus. »Buffy ...«

Sie fuhr zu Giles herum. »Ich glaub es einfach nicht!«, schrie sie außer sich. »Sind Sie eigentlich nie auf den Gedanken gekommen, dass wir vielleicht nur Dampf ablassen? Vielleicht ist diese ganze Sache so widerlich und schrecklich, dass wir damit nur zurechtkommen, indem wir darüber lachen? Indem wir die Art Witze machen, die Sie Xander immer vorwerfen? Vielleicht können wir es nur so Tag für Tag ertragen, Giles. Denn nur im Bronze oder im Einkaufszentrum herumzuhängen oder darüber zu tratschen, wer was zum Tanzfest getragen hat, genügt nicht als Ausgleich.

Wir ... nein, ich will nur für mich sprechen. Ich, Giles ... ich gehe nicht tanzen! Wie oft müssen wir das noch durchkauen? Wenn mir das Zusammensein mit meinen Freunden und das Witzemachen dabei hilft, die Jägerin zu sein, wenn es mir hilft, die Nacht zu überstehen – und meine Nächte sind sehr, sehr lang –, warum können Sie es dann nicht einfach akzeptieren?

Wenn Sie in Ihrem Schmerz schwelgen, wenn Sie jeden Moment des Leidens genießen wollen, he, nur zu, wir helfen Ihnen dabei! Aber machen Sie uns bloß keine Vorwürfe, nur weil wir für ein paar Sekunden alles vergessen wollen. Versuchen Sie nicht, uns in Ihr Elend hineinzuziehen, Giles. Ich habe selbst genug davon!«

Buffy funkelte Giles an. Sie musste tief durchatmen nach dieser Tirade. Jetzt wartete sie auf eine Antwort.

Giles blinzelte mehrmals. »Es war bloß eine Feststellung«, sagte er schließlich.

»Nun, dann hören Sie auf mit Ihren Feststellungen. Sie sind fast schon so schlimm wie meine Mutter.« Sie errötete und ihr schlechtes Gewissen machte sich wieder bemerkbar, aber sie würde nicht nachgeben. Sie hatte Recht mit dem, was sie gesagt hatte.

Jetzt war Giles an der Reihe. Er nahm seine Brille ab, was gewöhnlich bedeutete, dass es Ernst wurde.

»Nun, Buffy, es ist dein gutes Recht, es so zu sehen«, sagte er kühl. »In gewisser Hinsicht stimmt es sogar, wenn du mich mit deiner Mutter vergleichst. Da ich hier der einzige Erwachsene und dein Wächter bin, trage ich in vielerlei Hinsicht die Verantwortung für dein Wohlergehen.«

Buffy wandte sich ab und marschierte wütend zur Tür. »Wissen Sie was, Giles? Mein Dad ist weg. Der ›abwesende Vater‹. Daran habe ich mich gewöhnt, und ich brauche niemanden, der seinen Platz einnimmt. Sie wollen mein Wächter sein? Schön! Sie wollen mein Freund sein? Okay. Aber versuchen Sie nicht, mein Vater zu sein!«

Damit stürmte sie hinaus.

Giles sah ihr hilflos hinterher.

»Ich habe nichts gesagt, was ich nicht schon früher gesagt hätte«, murmelte er nach ein paar Sekunden.

»Heute ist einfach nicht der Tag dafür, Giles«, erklärte Willow.

»Genau«, stimmte Xander zu. »Eltern sind vom Mars. Teenager von der Venus.«

Das machte Giles sprachlos. Was ein überaus seltenes und denkwürdiges Ereignis war.

»Jedenfalls hat uns Giles von diesem Renaissancefest erzählt«, flüsterte Buffy.

Sie schlich über Mrs. Calhouns Hinterhof, und der aufgeweichte Boden schmatzte bei jedem ihrer Schritte. Sie hoffte, dass der nervöse Hund der alten Dame nicht wie verrückt losbellte. Immerhin hatte es aufgehört zu regnen. Aber es war kalt und nass, und sie fragte sich unwillkürlich – und das nicht zum ersten Mal –, ob sie überhaupt so alt werden wurde, dass sie sich über Rheumatismus, Arthritis oder – das Schlimmste auf der Liste – nachlassende Sehkraft beklagen konnte, was sie zum Tragen einer Brille zwang.

Angel war an ihrer Seite, unsichtbar in der Nacht, genau wie sie ganz in Schwarz gekleidet. Beide hielten die Augen nach Vampiren auf. Nach solchen von der üblen Sorte.

»Das war vor meiner Zeit«, erwiderte Angel. »Die Renaissance.«

»Wow.«

»Ja«, bestätigte Angel. »Wow.«

»Ich habe ihn damit aufgezogen – bevor ich ihn wegen etwas anderem angeschrien habe –, aber ich weiß nicht. Ritter und Schwerter und Damen in diesen wunderschönen Gewändern, das hat bestimmt was«, räumte Buffy ein. »Ich dachte, wir könnten vielleicht zusammen hingehen.«

»Ich weiß nicht«, antwortete Angel leise. »Ich versuche, nicht viel über die Vergangenheit nachzudenken, auch wenn sie so weit zurückliegt, dass ich mich nicht erinnern kann.«

Buffy blieb stehen. Sah ihn an. Bemerkte flüchtig den Widerschein des Mondlichts auf seinen Haaren und bleichen Gesichtszügen, in Schwarz gerahmt. Wie Angels Leben: Lichtschimmer und unendliche Finsternis.

»Ich schätze, ich kann dir deswegen keinen Vorwurf machen«, sagte sie.

Und sie tat es auch nicht. Aber sie wünschte, er würde mit ihr zu dem Fest gehen. Sie hatte es sich sehr romantisch vorgestellt, nachdem ihre Wut auf Giles verraucht war und sie näher darüber nachgedacht hatte. Nicht, dass Romantik und Angel derzeit gut zusammenpassten. Aber sie glaubte irgendwie, dass es auch Angel gefallen würde, einmal eine andere Ära kennen zu lernen. Eine Zeit, die wahrscheinlich größere Ähnlichkeit mit der Ära hatte, in der er aufgewachsen war, als das Sunnydale kurz vor der Jahrtausendwende.

»Wir könnten ins Museum gehen«, schlug Angel vor.

»Darum möchte ich lieber in der nächsten Zeit einen großen Bogen machen«, erwiderte Buffy. Denn dort hatte Angel die Statue von Acathla gestohlen, damals, als er nicht ... er selbst gewesen war.

Angel sah sie an. »Ja«, sagte er. »Ich weiß, was du meinst.«

Willow beendete das Telefonat mit Oz, legte sich auf den Rücken und streckte die Beine aus, sodass ihre Füße mit den Häschenslippern über die Bettkante ragten. Sie trug ein Big-Shirt und ihr rotes Haar fiel offen über ihren Rücken. Oz hatte ihr gesagt, dass er die Farbe ihres Haares mochte.

Ihre Plüschtiere lagen auf der Tagesdecke. Ihre Fische schwammen vergnügt im Aquarium. Das Leben war schön.

Nun, abgesehen von dem Teil des Telefonats, als Oz erkannt hatte, dass er den nächsten Dingoes-Gig im Bronze absagen musste, da er sich in dieser Nacht in einen Werwolf verwandeln würde. Das war irgendwie unschön.

»Willow?«, rief ihre Mutter vom Flur. »Es ist ein wenig spät für Telefonate, meinst du nicht auch?«

Willow seufzte. Buffy und Xander riefen viel später an, und zwar regelmäßig. Sie fragte sich, ob ihre Mom den Hörer des Zweitapparates abgenommen und das Gespräch belauscht hatte. Wenn sie das tatsächlich machte, würden sie vorsichtiger mit dem sein müssen, was sie sagten. Willow versuchte sich zu erinnern, ob sie heute irgendetwas gesagt hatte, was ihre Mutter beunruhigen konnte.

Sie fuhr zusammen.

Oz, du bist ein verdammtes Tier, hatte sie gesagt. Er hatte gekichert und geantwortet: Nur manchmal. Ihre Mutter hätte diesen Dialog zweifellos missverstanden. Großartig, dachte Willow. Noch ein Grund mehr zur Sorge.

»Willow?«

Willow seufzte. »Tut mir Leid, Mom.«

Ihre Mutter ging.

»Bald geh ich aufs College«, erinnerte sich Willow und schob angriffslustig das Kinn nach vorn. »Aber auf eines, das weit, weit entfernt ist.«

Xander klappte Cordelias Handy auf, wartete auf das Zustandekommen der Verbindung und sagte: »Hi, ich bin's.«

Queen C persönlich saß am Steuer. An der Ecke Bartholomew bog Cordelia mit quietschenden Reifen nach links ab. Wie gewöhnlich würde sie wieder einmal zu spät nach Hause kommen. Sie hatte ein derartiges Theater gemacht, weil er so weit von ihr entfernt wohnte – Übersetzung: nicht im vornehmen Teil der Stadt, wo Rapunzel residierte –, dass er ihr vorgeschlagen hatte, ihn einfach unterwegs abzusetzen, er würde dann per Anhalter nach Hause fahren.

»Das ist vielleicht keine gute Idee«, hatte sie zögernd gemeint.

Sie war bereits genervt, als seine Mutter geistesabwesend »Bitte?« sagte, da sie offenbar nicht erkannt hatte, wer »ich« war.

»Xander.« Er atmete geräuschvoll aus. »Dein Sohn.«

»Hi, Schatz.«

Sie sah fern. Eigentlich sah sie immer fern. Manchmal, wenn er rechtzeitig daran dachte, achtete er darauf, dass er sie während der Werbung anrief. Allerdings hatte sie auch eine Vorliebe für manche Werbespots. Was immerhin bedeutete, dass sie noch andere Interessen hatte.

»Ich habe eine tödliche Krankheit und bin entschlossen, mein Leben zu beenden und vor einen Zug zu springen«, sagte er.

Cordelia verdrehte die Augen. Sie überholte einen Miata, wobei sie ihn fast rammte, und deutete verzweifelt auf die Digitalanzeige des Tachometers. Als würde sein Telefongespräch das Tempo beeinflussen.

»Hast du irgendwas genommen?«, fragte Mrs. Harris misstrauisch.

»Nein, Ma, nur eine Überdosis Leben«, witzelte er.

»Okay. Nun, komm bald nach Hause.«

Sie legte auf.

»Die Aufnahme der Nachrichten können wir getrost vergessen«, sagte Xander und klappte das Handy zu.

»Was?« Cordelia nahm die Augen von der Straße. Was keine gute Idee war. »Warum hast du sie nicht einfach darum gebeten?«

Er zuckte die Schultern. »Willow wird die Nachrichten schon aufnehmen.«

Möglicherweise würde ein Bericht über die zunehmende Zahl von Ausreißern gesendet. Giles hatte ihnen geraten, ihn sich anzusehen, und Xander, darauf erpicht, dem Wächter zu beweisen, dass er und die anderen Hilfsjäger nützliche und produktive Bürger des Höllenschlundes waren, wäre seiner Aufforderung nur zu gerne nachgekommen.

Nun, so viel dazu. Aber im Grunde war es nicht die Schuld seiner Mom. Er und Cordy hätten schließlich auch etwas früher mit dem Knutschen aufhören können.

»Wir könnten uns die Nachrichten bei mir zu Hause ansehen«, schlug Cordelia vor. »Das ist näher.«

»Ja, genau. Du kommst wieder mal zu spät, und ich marschier direkt mit durch die Haustür! Und hinterher musst du mich dann auch noch nach Hause fahren. Nicht gerade der beste Plan.«

»Stimmt.« Sie seufzte und überprüfte im Rückspiegel ihr Make-up nach verräterischen Schmierspuren. »Ich wünschte, du würdest umziehen.«

Er sah aus dem Fenster. »Nun ja, wir haben alle unsere Träume …«

»Was war'n das?«

Bernie Sayre setzte sich in dem Bett auf, das er einst, vor langer Zeit, mit seiner Frau geteilt hatte, und blickte stirnrunzelnd in die Dunkelheit. Durchwühlte Simon wieder den Abfalleimer?

»Verdammter Kater.«

Er gähnte und stieg mit einem leisen Ächzen aus dem Bett. Seine Hüfte machte wieder Probleme – wovon der Manager des Sunnydale S&L besser nichts erfuhr, denn sonst würde er den alten Bernie feuern, und das so kurz vor der Rente –, und die Schmerzen wurden stärker, als er in den Flur humpelte.

»Simon, Schluss damit«, rief er.

Als Vera noch gelebt hatte, war die Küche immer in tadellosem Zustand gewesen. Aber mit seinem Job und seiner Hüfte und allem ... nun, wem wollte er etwas vormachen? Er war für die Hausarbeit einfach nicht geschaffen. Nicht, dass es eine große Rolle spielte. Er bekam nicht oft Besuch, und den Kater schien es nicht zu stören.

Er hörte ein Klappern, als wäre eine Dose Katzenfutter zu Boden gefallen. Bernie grunzte und sah im Geiste den Boden schon von einem Haufen Müll bedeckt – Kaffeesatz, Bananenschalen, durchweichte Reklamesendungen –, und er sagte: »Simon, hör auf damit!«

Ein weiteres Klappern.

Er humpelte schneller und stolperte fast über den Klumpen in der Mitte des Flures.

Der Klumpen gab ein protestierendes Miauen von sich, hob den Kopf und sah Bernie an. Es war Simon; er stand auf, streckte sich und gab Bernie gnädig den Weg frei.

Bernie war ganz und gar nicht froh, ihn zu sehen.

»Wenn du hier draußen bist – was zum Henker ist dann in der Küche?«, fragte er.

»Miau«, machte Simon.

# 2

Die Sunnydale High galt als wohlhabende Schule. Die Schüler waren zwar wild, aber im Großen und Ganzen wohlerzogen. Das im mediterranen Stil gehaltene Hauptgebäude wurde nie länger als ein paar Stunden von hässlichen Graffiti verunziert – und auch das kam nur höchst selten vor. Niemand kippte Kool-Aid in das olympiareife Schwimmbecken. Die Klassenräume wurden in den Pausen nicht abgeschlossen, wie es in vielen südkalifornischen Schulen der Fall war, und die Lehrer empfingen ihre Schutzbefohlenen zu Besprechungen allein in ihren Büros.

Die Tatsache, dass Sunnydales eskalierendes Ausreißerproblem schlicht auf böse Kids zurückgeführt wurde und man die wesentlich häufigeren und ausufernden Vorfälle von Vandalismus generell den »Teenagern« in die Schuhe schob, schien aus diesen Gründen mehr als unfair zu sein. Dass sich der Direktor bemüßigt fühlte, in der ersten halben Schulstunde einen diesbezüglichen Vortrag über die Lautsprecheranlage zu halten, mochte bei einigen für Verwunderung sorgen. Für andere wurde er damit nur seinem Ruf gerecht, und der war nicht der beste.

Der Direktor schwadronierte so langatmig über Respekt vor fremdem Eigentum, Toleranz und ähnlichem Blablabla, dass der Geschichtstest auf Montag verschoben werden musste. Wenigstens bis zu dem Moment, als der Protest der Schüler die Aufmerksamkeit der Lehrerin auf den Umstand lenkte, dass eine Klassenarbeit am Montag das ganze Wochenende ruinierte. Sie waren schließlich in der Oberstufe und hatten das Gefühl, ein wenig Freizeit verdient zu haben.

Die Lehrerin schien ihre Ansicht nicht zu teilen.

»Wenn ihr mir eine Veranstaltung an diesem Wochenende nennen könnt, bei der ihr etwas lernt«, sagte sie, »werde ich den Test auf Dienstag verschieben.«

Willow hob die Hand.

»Miss Rosenberg?«

»Nun, es gibt ein Renaissancefest in der Stadt«, sagte sie strahlend. »Das müsste doch cool sein.«

Die Mienen einiger Schüler verrieten Zweifel. Aber als der Test verschoben wurde, erntete Willow donnernden Applaus.

Nach dem Unterricht traf sie sich mit Oz, und auf dem Korridor stießen noch Cordelia und Xander hinzu. Die beiden waren der fleischgewordene Gegensatz, Xander in seinen Xander-Klamotten (die Willow eigentlich gefielen) und Cordelia in einem aufgedonnerten Outfit, das den Eindruck erweckte, sie wäre ein französisches Model auf dem Laufsteg. Kurzes kariertes Trägerkleid, adrette weiße Bluse. Willow war froh, dass sie und Oz garderobenmäßig harmonierten, sie in Kordhose und einem braunen Pullover, er in einem seiner vielen extrem coolen Bowlinghemden, in Grün und Blau, was farblich zu ihren Sachen passte.

Cordelia und Xander stritten sich wie so häufig, während sich die vier einen Weg durch das Tohuwabohu bahnten, in das sich die Korridore der Sunnydale High während der Pausen verwandelten. Schließlich funkelte Cordelia Xander wütend an.

»Hör auf, mir so dicht auf den Pelz zu rücken«, stieß sie zwischen zusammengebissenen Zähnen hervor. »Du verletzt meine Privatsphäre.«

Was hat es mit dieser Sache namens Begierde nur auf sich, dachte Xander, dass sie mich dazu bringt, mich an diese Frau zu hängen? Aber zu dem Objekt dieser Begierde sagte er: »Ja, Majestät«, um dann seine Schritte zu beschleunigen, sodass er sie ein Stück hinter sich ließ. Dann sagte er über seine Schulter: »Gestern Nacht hast du dich jedenfalls nicht darüber beklagt. Und heute Morgen auch nicht.«

Oz kicherte, als Cordelia beleidigt einen Flunsch zog.

Dann sagte sie: »Da hast du dich auch nicht auf mich gestürzt.«

»Hab ich doch.«

»Halt die Klappe.«

Jetzt war Willow mit dem Kichern an der Reihe.

»Cordy, Schätzchen, Liebling.« Xander verlangsamte seine Schritte, sodass Cordelia entweder stehen bleiben oder direkt in ihn hineinlaufen musste. Theatralisch ergriff er ihre Hand, als sie seufzend die Augen verdrehte. Er deutete auf ein Mädchen, das mit einem leeren, fast zombiehaften Gesichtsausdruck an ihnen vorbeiging.

»Ein kurzer Blick in die Runde sollte genügen, um festzustellen, dass viele Schüler nichts miteinander gemeinsam haben, aber dennoch gezwungen sind, wie eine Viehherde durch diese Korridore zu trotten.«

Cordelia versuchte ihm ihre Hand zu entreißen. »Xander ...«

Er schob ihre Hand unter seinen Arm und tätschelte sie väterlich. »Oberschichtkälber und Oberstufenochsen trotten zusammen ins Schlachthaus der Unabhängigkeit, auch als Klassenzimmer bekannt. Selbst wenn diese wilde Stampede möglicherweise – nur möglicherweise – den Eindruck erwecken könnte, dass ich tatsächlich – keuch – in deiner Nähe bin, ohne dass es dich das Leben kostet ... sieh dich um, Cordy, niemand bemerkt es, niemand interessiert sich dafür.«

Cordelia schüttelte seine Hand ab, als hätte er die Tollwut. Mit Sicherheit hatte auch Oz so seine Probleme mit Willow – wer wusste das schon? –, aber eines stand jedenfalls fest, bis jetzt hatte Willow ihren Schatz nicht all jener schrecklichen Verbrechen beschuldigt, die Xander in seiner wichtigen neuen Rolle als Cordelias offizieller Fußabtreter offenbar begangen hatte. Das schlimmste seiner Vergehen war sein schlechter Modegeschmack. Okay, damit konnte er leben.

Andererseits, wenn das alles war, was Cordelia an ihm wirklich kritisieren konnte – obwohl sie sich nach Kräften mühte –, dann musste sie ihn irgendwo tief in ihrem Innern ... nicht abstoßend finden.

Wenn sie allein waren, fand sie ihn eindeutig *nicht* abstoßend. Diese Schizophrenie machte ihn ganz schwindlig und warf ihn aus dem Gleichgewicht. Und da behaupteten alle, Angel und Buffy hätten eine merkwürdige Beziehung ...

»Als ob es niemand kümmert! Du weißt doch, dass jeder meiner Schritte von Klatsch begleitet wird.« Cordelia blieb stehen und warf ihr Haar zurück.

Oz kicherte, und Xanders Grinsen wurde breiter. Er konnte es sich einfach nicht verkneifen. Schizo oder nicht, manchmal war seine herrische Freundin einfach hinreißend. Er wollte ihr schon eine flapsige Antwort geben, als ein Donnerschlag die Schule erzittern ließ und alle auf dem Korridor johlten und klatschten. Ein paar Sekunden später trommelte der Regen aufs Dach.

»Oh, toll, und was wird jetzt aus dem Renaissancefest?«, fragte Willow düster.

»Es wird schon wieder aufklaren«, versicherte Oz. Dann, als der Regen stärker wurde, fügte er hinzu: »Mmm. Oder auch nicht.«

»Mir ist das egal.« Cordelia verzog das Gesicht. »Ich werde ganz bestimmt nicht im Schlamm herumwaten, nur um mir irgendwelche duellierenden Liliputaner anzusehen.« Sie hielt den Atem an.

Über ihnen prasselte der Regen wie Schrotschüsse aufs Dach. Xander zuckte die Schultern, als Cordelia ihm unter ihren mascaraschweren Wimpern den bösen Blick zuwarf. Wie hieß es noch gleich? Ein Tag ohne Sonnenschein war wie ein Tag mit Cordy.

Obwohl Willow es niemals zugeben würde, tat Cordelia ihr ein wenig Leid. Perfekte Kleidung, perfekte Frisur, perfekter Körper; aber selbst alles zusammen verschaffte ihr kein perfektes Leben. Willow war noch immer perplex, dass Xander und Cordy überhaupt zueinander gefunden hatten – sie hassten sich schließlich schon seit dem Kindergarten –, und natürlich schwang bei ihr noch etwas Eifersucht mit. Willow und Xander waren seit dem Windelalter enge Freunde, und Willow hatte insgeheim immer gehofft, dass sie und Xander … nun, dass er in ihr das Mädchen sehen würde, nicht nur den Kumpel.

Aber da das in etwa so wahrscheinlich war wie die Aussicht, dass Giles MTV sah, wartete Willow nicht auf ihn. Jetzt, wo sie sich damit abgefunden hatte, war sie bereit, Cordelia eine Chance zu geben. Das Mädchen mochte ja oberflächlich sein, aber es hatte mehrfach sein Leben für sie riskiert. Und wenn Xander mit seinen spitzen Bemerkungen zu weit ging, fühlte Willow mit Cordy mit. Abgesehen von Oz war er der netteste Junge, den sie kannte, aber sein Humor konnte manchmal ziemlich verletzend sein. Willow wusste das aus eigener Erfahrung.

»Wenn du dich dadurch besser fühlst«, sagte Willow und lächelte Cordy hilfsbereit an, als sie und Oz die beiden erreichten, »können Oz und ich uns auch von dir fern halten.«

»Nein«, sagte Cordelia schnell. »Es ist okay. Oz ist cool, und du bist mit ihm zusammen. Es genügt, wenn ihr darauf verzichtet, mit mir zu reden, okay?«

Oz warf Willow einen amüsierten Blick zu, nahm ihre Hand und drückte sie.

»Du bist ein freundlicher Mensch«, sagte er leise. »Das gefällt mir an dir.«

Willow zuckte schüchtern die Schultern, aber ihr schlug das Herz bis zum Hals. Das schaffte Oz im Handumdrehen.

»Also, machen wir direkt weiter«, sagte Xander fröhlich, klatschte in die Hände und rieb sie gegeneinander, als der Strom der Menge allmählich langsamer wurde und alle nur noch vorwärts schlichen. »Wo waren wir stehen geblieben? Das Renaissancefest. Morgen Nachmittag. Irgendwelche Schlammliliputaner werden sich zum Vergnügen des Burgfräuleins duellieren. Ich bitte um Handzeichen.«

Willow hob die Hand und Oz befand: »Einen Tag lang ohne Besteck essen? Sicher, warum nicht? Außerdem wollte ich schon immer mal wissen, wie es die Ritter angestellt haben, wenn sie mal pinkeln mussten.«

»Nun, auf dem Fest gibt es diese mobilen Klos«, warf Willow ein. »Aber ich glaube nicht, dass es so was schon im Mittelalter gab.«

Cordelia starrte alle verblüfft an. »Soll das ein Witz sein?« Sie schüttelte den Kopf. »Kommt nicht in Frage. Ich geh da nicht hin.«

»Das ist dir wohl zu unhip, was?«, fragte Xander.

»Nun ja, wenn du es so formulieren möchtest. Das ist nur was für langweilige Erwachsene und Stupidos mit Schauspielerambitionen.«

»Cor, du wirst einiges verpassen«, gab Xander zu bedenken. »Man kann da echt coole Kostüme kaufen. Die lassen deine Taille ganz schmal und deine, äh, anderen Vorzüge ganz, ganz groß rauskommen. Für so ein hinreißendes Babe wie dich wäre das ein umwerfendes Halloween-Outfit.«

»Bitte, Xander«, sagte Cordelia verdrießlich. Und dann neigte sie versonnen den Kopf. Willow konnte förmlich sehen, wie sich die Rädchen drehten, als Cordelia sich in Gedanken in einem sexy Renaissancekostüm sah.

»Außerdem wird da jede Menge Schmuck verkauft«, fuhr Xander lockend fort. »Glitzerndes Geschmeide.«

»Und es gibt Shakespeare-Stücke und Flötenkonzerte«, fügte Willow begeistert hinzu, verstummte aber sofort, als Xander ihr einen Erwähn-bloß-das-nicht-Blick zuwarf.

»Vielleicht können wir uns einfach dort treffen«, sagte Cordelia langsam. »Wenn ich dann jemand sehe, den ich kenne – was nicht sehr wahrscheinlich ist –, könnte ich immer noch sagen, dass meine Mom mich dazu gezwungen hat. Oder so.«

Giles saß in seinem Büro und hatte eine Tasse mit kaltem Tee in Reichweite stehen. Er tat so, als würde er in einem kriminaltechnischen Nachschlagewerk über Bissmale blättern, aber in Wirklichkeit starrte er auf einen Streifen Fotos, die ihn zusammen mit Jenny Calendar zeigten. Sie hatten sie in einem dieser Fotoautomaten gemacht. Trotz seines Kummers musste er unwillkürlich lächeln. Er hatte ein idiotisches Grinsen aufgesetzt; sie hatte Grimassen geschnitten. Selbst jetzt erinnerte er sich noch deutlich an die Erregung, die ihn ergriffen hatte, als sie ihm gesagt hatte, er solle auf dem Hocker so weit wie möglich nach hinten rutschen, und sie sich dann halb auf seinen Schoß, halb auf den Hocker setzte.

»Beweg dich nicht«, hatte sie ihn gewarnt, und dann war auch schon das erste Blitzlicht losgegangen. »Sonst wirst du unscharf.«

»Du liebe Güte, das kann ich mir nicht leisten«, hatte er erwidert. »Bloß keine Unschärfe.«

»Mund halten, Engländer. Und still sitzen!«, hatte sie befohlen.

Er hatte versucht, still zu sitzen. Oh, wie sehr hatte er es versucht.

Er seufzte. Eine glücklichere Zeit. Eine einfachere Zeit? Vielleicht.

Memento mori, Jenny, süße Jenny.

Er zog die oberste Schublade auf, um die kostbaren Fotos zurückzulegen. Seine Hand strich über den Stapel Beileidskarten, die mit schwarzem Band zusammengeschnürt waren. Sein Herzschlag setzte für einen Moment aus. Zuoberst lag eine schlichte Kondolenzkarte aus feinem Papier, schwarz eingefasst. Sie war von seinem Vater, der ihn einst gewarnt hatte, dass ein Wächter, der sich verliebt, ein großes Risiko eingeht. Er hatte es nicht näher ausgeführt, und Giles hatte nicht nachgefragt.

Jenny.

Er senkte seinen Kopf und versuchte sich zu sammeln.

»Hallo?«

Verärgert bemerkte er, dass jemand vor ihm stand und ihn ansah. Womöglich wollte ihn der Besucher sogar nach einem Buch fragen, und das in diesem gottverlassenen Land der Vergnügungsparks und Einkaufszentren.

»Ja«, sagte er barsch, bemühte sich aber sofort wieder um einen etwas freundlicheren Tonfall: »Kann ich dir behilflich sein?«

»Äh, ich suche etwas über ...« Der schlaksige Junge vor ihm kniff die Augen zusammen. »Äh, über 'nen Typen, der wie dieser Bursche aus *Titanic* heißt. So'n Erfindertyp.«

Giles seufzte. »Leonardo da Vinci?«

»Ja.« Der Junge nickte heftig. »Woher wussten Sie das?«

Manchmal fragte sich Buffy, wie Giles es nur schaffte, mit seinem Job klarzukommen. Sicher, er war sowohl bei den Schülern als auch bei den Lehrern beliebt. Aber jeder, der die Bibliothek der Sunnydale Highschool schon einmal von innen gesehen hatte, musste zugeben, dass er nicht gerade eine Atmosphäre geschaffen hatte, die dem Lernen förderlich war.

Die Bibliothek war dunkel, deprimierend und nicht besonders gut durchorganisiert. Die kuriosen Zeitschriften, die Giles für die Schule abonniert hatte, gehörten nicht unbedingt zu der Art von Lektüre, die man auf Anhieb mit den Bedürfnissen und Interessen von Highschoolschülern assoziierte. Es kam tatsächlich auch nur sehr selten vor, dass die Highschoolbibliothek von den Schülern benutzt wurde. Wer Nachforschungen betreiben musste, suchte lieber die Stadtbibliothek auf.

Das kam Giles natürlich gelegen. Ebenso Buffy und ihren Freunden, die die Bibliothek praktisch als ihr Basislager benutzten. Dennoch wunderte es Buffy nach wie vor, dass Giles noch immer von der Schule beschäftigt wurde. Sicher, die Lehrer besuchten die Bibliothek genauso selten wie die Schüler und wussten deshalb nicht, dass dieser Ort die meiste Zeit über so gut wie verwaist war. Aber es musste noch mehr dahinter stecken. Wahrscheinlich lag es an Giles' britischer Herkunft und dem Umstand, dass er Kurator des

Britischen Museums gewesen war. Vermutlich war das der Schulbehörde Grund genug, ihn zu beschäftigen.

Was auch immer die Ursache war, Buffy war dankbar dafür. Obwohl er manchmal geradezu nervtötend sein konnte, wusste sie nicht, was sie ohne Giles tun würde. Mit diesen Gedanken setzte sich Buffy auf den Rand des Schreibtisches und beobachtete, wie er die wenigen Bücher, die von den Schülern tatsächlich ausgeliehen und zurückgegeben worden waren, ohne große Begeisterung abstempelte.

Nach ihrem gestrigen Ausbruch gab es eine gewisse Spannung zwischen ihnen, und Buffy wusste nicht, wie sie sie abbauen konnte. Oder ob sie es überhaupt versuchen sollte. Aber sie hasste es, sich mit Giles zu streiten. Schließlich war er ihr Wächter. Und ihr Freund.

Aber nicht mein Vater, rief sie sich trotzig ins Gedächtnis zurück. Und er musste lernen, sich manchmal zurückzuhalten.

»Giles, es tut mir Lei ...«, begann sie.

»Nun, gestern nicht auf der Jagd gewesen?«, unterbrach er sie, und ihr wurde klar, dass er gar nicht zugehört hatte.

»Äh, nein.« Ein Schuldgefühl stieg in ihr hoch. »Wir, das heißt, ich habe überall gesucht, aber niemand wollte – puff! – in Rauch aufgehen, schätze ich. Oder sich in Asche verwandeln.«

Er sah sie durchdringend an, mit dem typischen Ausdruck dessen, der soeben aus dem Nebel geistiger Wanderungen auftaucht. »Tut mir Leid, Buffy. Du wolltest etwas sagen?«

»Nein, nein«, stieß sie hervor. Sein kühler Tonfall verletzte sie. »Ich habe mich nur gefragt, äh, ob Sie vielleicht Lust hätten, zusammen mit ein paar anderen Leuten zum Renaissancefest zu gehen.«

Wow. Sie wusste selbst nicht, wie sie jetzt darauf gekommen war. Gar keine schlechte Idee jedenfalls, wenn sie die Brücke zu ihm, die sie gestern abgerissen hatte, wieder neu schlagen wollte.

»Mit mir und ein paar Leuten, die Sie kennen.« Buffy hob die Schultern zu einem angedeuteten Achselzucken. Sie hatte damit angefangen. Sie würde es auch zu Ende bringen. »Ich meine die anderen Kids, mit denen wir herumhängen. Mit denen ich herumhänge.«

Giles kühler Gesichtsausdruck taute ein wenig auf. »Wirklich, Buffy, das ist sehr nett von dir.« Er zwinkerte ihr zu. »Ich hatte angenommen, ihr hättet kein großes Interesse an dem Fest.«

»Tja, Überraschung.« Sie ließ die Beine von dem Tisch baumeln. »Es gibt hier nur das Bronze und ein Kino mit Filmen, die wir bereits im Pay-Per-View gesehen haben. Und das Fest ist Pay-Per-View. Also ...« Sie lächelte hoffnungsvoll. »Vielleicht ist es dort gar nicht so beknackt.«

»Ein wenig beknackt schon, fürchte ich«, sagte er eifrig. »Die Leute, die dieses Fest organisieren, meinen es natürlich gut, aber sie machen viele historische Fehler. Prächtige Halskrausen in den falschen Dekaden, glattrasierte Männer, als Bärte in Mode waren, solche Dinge. Aber wenn man darüber hinwegsieht, kann es überaus unterhaltsam sein.«

»Oh, für Sie mit Sicherheit«, sagte sie aufrichtig.

»Gut.« Sein geistesabwesender Ausdruck war zurückgekehrt. »Wie dem auch sei, ich habe etwas Dringendes mit dir zu besprechen. Ich fürchte, ich habe einige recht beunruhigende neue Informationen über diese ›Waschbär‹-Zwischenfälle«, erklärte er.

Sie stöhnte auf.

Am Samstagmorgen verhingen schwere graue Wolken den Himmel und kündigten neue Regenfälle an. Der Meereswind war allerdings kräftig, und kurz vor Mittag waren die letzten Reste des sich zusammenbrauenden Sturmes weiter landeinwärts gezogen, und der Himmel war wieder von einem strahlenden Blau, als hätte es niemals eine einzige Wolke gegeben.

Sie wollten sich alle in der Abenddämmerung auf dem Fest treffen, und als die Stunde näher rückte, hatte Buffy einen langen Nachmittag mit ihrer Mutter hinter sich. Sie hatten zusammen die Exponate für eine neue Galerieausstellung ausgepackt und anschließend im Garten überzuckerten Eistee getrunken. Sie sprachen nicht über Timmy oder die anderen Ausreißer, aber Joyce nahm an ihrem Handy mehrere Anrufe entgegen, die offensichtlich vom Asyl kamen. Buffy zuckte bei jedem Klingeln zusammen.

»Nun, äh, Oz«, sagte Ira Rosenberg. Er stolperte jedes Mal über Oz' Namen.

Oz blieb völlig cool. Er hatte einen ungewöhnlichen Namen, das wusste er.

»Wie sehen deine Pläne für die Zeit nach deinem Abschluss aus – sofern du überhaupt Pläne hast?«

Sie saßen am Küchentisch. Willows Mutter wuselte herum und toastete Käsesandwiches. Sie hatte sich schon dafür entschuldigen wollen, dass die Küche nicht blitzsauber war, doch ein Blick von ihrem Mann hatte sie verstummen lassen.

Mr. Rosenberg, Willow und Oz tranken Eistee. Willow schien nicht gerade ausgesprochen beunruhigt, sah aber auch nicht so aus, als würde sie im nächsten Moment vor lauter Übermut aufspringen und tanzen.

Oz hätte ihr am liebsten geraten, ebenfalls cool zu bleiben. Sie waren ihre Eltern. Sie liebten sie. Nur darum ging es. Nicht um Oz' Namen oder seine beruflichen Wünsche.

»Oz war der einzige Schüler außer mir, der seine Praktikumswoche bei dieser Computerfirma machen durfte«, sagte Willow eifrig. Sie hatte ihnen das schon erzählt. Vielleicht war sie so nervös, dass sie es ganz vergessen hatte.

»Computer«, sagte Mr. Rosenberg gedehnt. »Damit kann man eine Menge Geld verdienen, meinst du nicht auch?«

»Ja, Sir.« Oz nippte an seinem Tee. »Der Tee ist großartig, Mrs. Rosenberg. Diese Sandwiches – kann ich Ihnen dabei helfen?«

Sie drehte sich halb um und sah zunächst Oz, dann Willows Dad mit einem überraschten Lächeln an, als wollte sie sagen: Siehst du? Er ist doch ein netter Junge, Ira.

Mr. Rosenberg grunzte. »Hast du dich bei vielen Colleges beworben? Unsere Willow wollen alle haben.« Er schlug Willow auf den Rücken. Sie schluckte hastig den Tee hinunter, den sie im Mund hatte, und rang sich ein Lächeln ab.

»Ich versuche mir alle Optionen offen zu halten.« Jetzt war nicht der richtige Zeitpunkt, um zu erklären, dass die Dingoes sich um einen Plattenvertrag bemühten.

»Optionen.« Mr. Rosenbergs Stimme fiel um einige Oktaven, als würde es sich um ein schmutziges Wort handeln. »Willow weiß, dass sie zu jung für Optionen ist.«

Willow lächelte tapfer weiter.

Oz sagte: »Mrs. Rosenberg, soll ich Ihnen helfen, den Tisch zu decken?«

»Irgendwie ist das seltsam«, sagte Cordelia zu Xander. Sie saßen unter einem Baum im Weatherly Park – einem der wenigen, unter denen an diesem sonnigen Samstagnachmittag kein Obdachloser im Schatten eines Einkaufswagens sein Nickerchen hielt – und hatten zwischen sich den Inhalt einer großen Tüte von Subway Sandwiches ausgebreitet. Selbst für Fastfood war es ein schnelles Essen, und dennoch zog Cordelia es in die Länge, um Xander einen Gefallen zu tun –, was in der Tat recht seltsam war. Aber in einer Beziehung musste man Opfer bringen. Wenigstens hatte sie das irgendwo einmal gelesen.

Obwohl ihr nicht ganz klar war, was für einen Sinn das haben sollte.

»Was ist seltsam?«, fragte Xander.

Cordelia lächelte ihn an. Er sah nervös aus. Sie war ein Aas, und das wusste sie. Nun ja, sie war es wert.

»Wir streiten uns nicht«, eröffnete sie ihm.

Er hob die Schultern. »Der Tag ist erst halb vorbei.«

»Stimmt.«

Unter den ausladenden Ästen des Eukalyptusbaumes setzten sie ihr Picknick fort.

Der normalerweise pünktliche Giles traf als Letzter zu ihrer Verabredung ein, was Buffy dem antiquierten Transportmittel zuschrieb, das er hartnäckig als »Auto« bezeichnete. Zum Erstaunen aller – und zur Erheiterung einer deprimierten Jägerin – trug der Wächter eine Kopfbedeckung, die Xander spontan »Puffmütze« taufte, ein brauner, runder, niedriger Filzhut, der »Porkpie« – Schweinefleischpastete – genannt wurde, wie Giles sie aufklärte, was Xander natürlich sofort zu einigen launigen Bemerkungen über die Vorzüge von Snacks provozierte.

Giles setzte daraufhin zu einem Vortrag über die Geschichte des Porkpiehutes an, mit Fußnoten und allem, aber Buffy hörte nicht mehr hin, als eine vertraute Hand sanft ihre Schulter berührte.

»Hi, Buffy«, sagte Angel.

»Hallo«, antwortete Buffy und drehte sich zu ihm um. Für einen Moment klopfte ihr das Herz bis zum Hals, obwohl sie versuchte, ihre Gefühle vor allen zu verbergen, sogar vor sich selbst. Angel und sie konnten nicht länger zusammen sein, mehr gab es dazu nicht zu sagen. Er trug ein schwarzes Seidenhemd und eine schwarze Lederhose, und seine Augen leuchteten, als er sie anlächelte. Sie war plötzlich heilfroh, dass sie Cordelias erprobte Methode zur Beseitigung von Augenringen ausprobiert hatte, die aus Gurkenscheiben und einer dampfend heißen Dusche bestand.

»Danke, dass du gekommen bist.« Sie fragte sich, ob er wohl bemerkte, dass ihr roter Samtpullunder mit den Doppelträgern neu war. Und dass auch sie eine schwarze Lederhose trug. Und Stiefel wie seine. Dass sie aussahen, als wären sie ein Paar.

Angel schenkte ihr sein berühmtes schräges Lächeln, und Buffy seufzte leise. Sie waren kein Paar, nicht im üblichen Sinne.

Aber waren sie überhaupt je eins im üblichen Sinne gewesen?

Angel nickte den anderen zu, die alle zurücknickten. Selbst Giles, auch wenn er einen Moment länger brauchte als die anderen. Buffy konnte es ihm nicht einmal verdenken. Angels … Rückkehr war für ihren Wächter wahrscheinlich ein zutiefst aufwühlendes Ereignis gewesen. Er hatte Jenny Calendar sehr geliebt.

So sehr wie Buffy Angel geliebt hatte … und noch immer liebte.

»Wir werden bestimmt eine Menge Spaß haben, was?«, sagte Willow aufmunternd.

»Ich bin froh, dass ich dabei sein darf«, erklärte Angel.

»Aber nur, weil wir nicht am *Tag* gegangen sind«, bemerkte Xander. »Was eine viel bessere Idee gewesen wäre.«

Angel warf ihm einen verärgerten Blick zu, was aber wahrscheinlich eher eine Sache der Gewohnheit war, und wandte sich dann wieder mit einem Lächeln an Buffy.

»Können wir?«, fragte er und bot ihr auf altmodisch galante Art den Arm an.

»Wir können«, erwiderte sie, und zusammen betraten sie das Festgelände, während die anderen ihnen folgten.

Über dem Eingang zum Festplatz war ein verschnörkeltes, mit echten Blumen dekoriertes Holzschild mit der Aufschrift KÖNIG RICHARDS FEST angebracht. Es gab mehrere Gassen mit Buden, die wie Cottages und kleine Burgen aussahen, und Zigeunerzelte. Es roch nach gebratenem Geflügel und über offenem Feuer gebackenen Fleischpasteten. An kleinen Verkaufsständen wurde alles dargeboten, angefangen von historischen Kostümen über handgefertigten Schmuck und Kettenhemden bis hin zu Fantasy-Schachsets.

»Seht nur, holde Maid«, sagte Xander. »Dafür haben wir bezahlt? Nichts als Schwindel, der uns dazu verführen soll, alten und nutzlosen Tand zu kaufen.«

»Oh, Xander, sei doch nicht so negativ«, sagte Cordelia, während sie mit leuchtenden Augen das umfangreiche Warenangebot bestaunte. »Es ist richtig toll hier!« Erst dann schien ihr bewusst zu werden, was sie soeben gesagt hatte, denn sie murmelte: »Und wenn du das irgendjemand erzählst, werde ich dich umbringen.«

Sie stolzierte davon, was in hautengen schwarzen Jeans nicht einfach war, und ging zu einem nahe gelegenen Zelt. Als Buffy und die anderen ihr folgten, hörten sie ein Schellen wie von winzigen Glocken.

»Was gibt's denn da drinnen?«, fragte Willow, als sie den Eingang erreichten.

»Oh ...«, rief Xander beeindruckt.

Es war eine Bauchtanzshow. Die Zuschauer saßen auf großen orientalischen Kissen, während auf einer Bühne drei Frauen in paillettenbesetzten Oberteilen und Seidenröcken mit aufgenähten Glöckchen sich verrenkten und den Shimmy tanzten. Zwei Männer mit kegelförmigen roten Hüten flankierten die Plattform; einer von ihnen spielte eine Art Flöte und der andere schlug eine Trommel.

Cordelia riss an Xanders Arm. »Oh nein«, sagte sie. »Nein, nein, nein.«

»Wir können uns ja später wieder treffen«, bettelte Xander.

»Platz da, Leute!«, donnerte eine Stimme.

Buffy zuckte zusammen, fuhr herum und zog Angel halb mit sich.

Ein Mann in grünem Hemd und Strumpfhosen, der einen Bogen geschultert hatte und einen Köcher mit Pfeilen auf dem Rücken trug, stand neben einem feisten Mann in einer langen goldenen Robe. Von den Schultern des Dicken fiel ein purpurner, mit weißem Pelz besetzter Umhang, dessen Enden von zwei kleinen Jungen in engen Hosen und blusenähnlichen Hemden getragen wurden. Auf seinen langen braunen Haaren saß eine schwere goldene, mit bunten Glasperlen verzierte Krone.

»Beugt Euer Haupt vor Richard Löwenherz!«, dröhnte der Mann in Grün.

Die Zuschauer klatschten, und einige verbeugten sich und lachten.

»Seht ihr«, meinte Giles, »genau das habe ich gemeint. Das ist Robin Hood, und der König ist Richard Löwenherz. In Wirklichkeit war Richard während der Zeit der Kreuzzüge König von England, das heißt im zwölften Jahrhundert. Was bedeutet, dass sein Auftritt hier historisch nicht ganz korrekt ist. Und Robin Hood wurde zwar gewöhnlich mit ihm assoziiert, war aber …«

»Seid Ihr taub, Schurke?«, brüllte Robin Hood. Er packte Giles' Arm und drückte ihn zu Boden. »Kniet nieder!«

Völlig überrumpelt beugte Giles sein linkes Knie und sagte verärgert: »Ich bitte um Vergebung!« Sein Porkpiehut war zu Boden gefallen.

»Gewährt!«, donnerte der König. Er hob sein Schwert und richtete es auf Giles. »Doch seid gewarnt, dass Wir in Unserer Gegenwart Ehrerbietung erwarten.«

Nach diesen Worten stolzierte Seine Majestät davon, hochnäsiger als Cordelia in ihren schlimmsten Momenten. Robin Hood ging vor ihm her und rief: »Macht Platz für den König!«

Die kleinen Jungen – es waren Zwillinge – folgten mit dem Umhang.

»Großer Gott, das geht ein wenig zu weit.« Giles straffte sich und sah der kleinen Gruppe hinterher. Er setzte den Hut wieder auf und strich seine Tweedkleidung glatt. »Er hat mich wahrhaftig geschlagen.«

»Dann können Sie ihn verklagen«, meinte Cordelia.

»Nein«, wehrte Giles bedächtig ab. »Wir Briten sind nicht so prozesssüchtig wie ihr Amerikaner.«

»Deshalb haben Sie auch den Krieg verloren«, eröffnete ihm Xander.

Giles sah ihn an. »Welchen Krieg?«

»Den … den Sie verloren haben.«

Giles schüttelte tieftraurig den Kopf. »Folgt mir, ihr verirrten Seelen.«

»Wir haben uns nicht verirrt«, wehrte Xander ab. »Wir sind nur am falschen Ort.«

Der Zwischenfall mit Robin Hood hatte die Feststimmung getrübt, aber nur ein wenig. Bald probierten Buffy und Cordelia Burgfräuleinkostüme an, Modelle aus knappen Rüschenblusen, eng geschnürten Westen und weiten Röcken, und Buffy bemerkte den bewundernden Ausdruck in Angels Augen, als sie den Vorhang der Umkleidekabine zur Seite zog und einen Knicks vor ihm machte. Es tat noch immer weh, wenn sie an all das dachte, was sie durchgemacht hatten, aber sie gewöhnte sich allmählich daran. Manchmal hatte sie den Eindruck, dass sie sich als Jägerin an alles gewöhnte. Sie fragte sich, wie es ihr wohl gefallen hätte, in diesem Zeitalter zu leben, hübsche Kleidung zu tragen und Brot zu backen.

»Du solltest es kaufen«, drängte Angel. »Blau steht dir perfekt.« Er grinste. »Genau wie Schwarz. Und Weiß.« Sie war ganz in Blau gekleidet. Cordelia trug Rot und sah mit ihren dunklen Haaren und Augen wie eine feurige Zigeunerin aus.

Cordelia posierte und fragte Xander: »Was denkst du?«

»Ich denke Dinge, die ich besser nicht denken sollte«, keuchte Xander. »Oder zumindest sollte ich nicht zugeben, dass ich sie denke.«

»Nun, ich kaufe mein Kostüm«, erklärte Cordelia und zückte ihre American Express-Karte. »Man soll nie ohne aus dem Haus gehen.«

»Ich verzichte.« Buffy seufzte und bewunderte sich ein letztes Mal im Spiegel. »Es ist zu teuer.«

Willow blickte melancholisch drein. Sie hatte es abgelehnt, etwas anzuprobieren, sehr zu Oz' Enttäuschung, wie Buffy glaubte, aber bei Oz konnte man sich nie sicher sein. Er war so locker. Und außerdem total vorurteilslos. Buffy hätte sich für ihre beste Freundin keinen besseren Freund vorstellen können ... von Xander einmal abgesehen. Aber das sollte offenbar nicht sein.

Sie zögerte einen Moment. Aus den Augenwinkeln erhaschte sie einen Blick auf einen Jungen, der etwa in ihrem Alter war und ein rotblaues Narrenkostüm mit einer Schellenkappe trug. Er beobachtete sie etwas zu aufdringlich für ihren Geschmack. Sie runzelte die Stirn und wollte ihn schon anfahren, als er sich hinter einen Vorhang duckte.

Sie verzog das Gesicht, kehrte mit Cordelia zu den improvisierten Umkleidekabinen zurück und sagte zu ihr: »Achte darauf, dass dein Vorhang zugezogen ist, okay?«

»*So* pervers ist Xander nun auch wieder nicht«, murmelte Cordelia, um dann Buffy anzugrinsen. »Leider.« Buffy musste lachen.

Nachdem sie sich umgezogen und Cordelias Kostüm gekauft hatten, erklärte Willow, die Hüterin des Programmheftes, dass in zehn Minuten ein Turnier beginne.

»Hal-lo! Programmänderung!« Xander deutete auf ein Budenschild mit der Aufschrift SCHWEINERIPPCHEN. TRUTHAHNSCHENKEL. Frauen in tief ausgeschnittenen Rüschenblusen und gebauschten Röcken servierten dampfendes Essen auf Styroportellern. »Genug Zeit, um sich einen authentischen Renaissance-Truthahnschenkel zu schnappen und die Dienstmägde zu begaffen.«

»Ich nehme an, du bist nicht hungrig«, sagte Buffy leise zu Angel. Sie zog an dem Strohhalm ihres Bechers mit waschechter Cola Light.

Angel lächelte und stellte sich in die Schlange vor der Bude. »Ich stehe auch auf Schenkel.« Er nahm ihren Becher, zog an dem Strohhalm und trank einen Schluck. »Was möchtest du haben?«

Buffy erwiderte sein Lächeln. Manchmal vergaß sie immer noch, dass er essen und trinken konnte, wenn er wollte. Er brauchte es zwar nicht, um sich am Leben zu erhalten, aber er konnte es. In dieser Hinsicht war er wie jemand, der nur in Gesellschaft rauchte. Was sie nicht tat. Aber man konnte es damit vergleichen.

»Ich stehe ebenfalls auf Schenkel. Truthahnschenkel, meine ich«, fügte sie leicht verlegen hinzu. Sie schüttelte den Kopf. »Danke jedenfalls.«

»Wisst ihr, es ist wirklich eine Schande, dass es heutzutage kaum noch Dienstmägde gibt«, sagte Xander hinter ihnen mit lauter Stimme. »Tja, die gute alte Zeit ...«

Dann folgte ein Klatschen wie von einer Ohrfeige, und Cordelia fauchte: »Halt die Klappe, Xander!«

»Nun, Kids«, sagte Oz gedehnt, um dann murmelnd hinzuzufügen: »Wow. Seht euch das an.«

Alle drehten sich um.

Auf einem Karren, der von einem riesigen Schlägertypen mit einer schwarzen Lederkapuze gezogen wurde, stand ein Mann, dessen Kopf und Hände in einem Holzgestell steckten. Sein Rücken war schmerzhaft verkrümmt, seine Beine waren gebeugt und zitterten.

»Wasser«, flehte er mit trockener, rasselnder Stimme, als der Kapuzenmann stehenblieb und den Griff des Karrens losließ.

Einige Festbesucher zeigten auf den Mann und lachten. Ein Junge und ein Mädchen klatschten. Der Junge machte ein Foto; das Blitzlicht erhellte das Gesicht des Mannes, es zeigte Risse und Wunden – oder zumindest erweckte sein Makeup diesen Eindruck.

»Wasser«, flehte er wieder.

Buffy neigte den Kopf und zog die Stirn kraus. »Das finde ich gar nicht komisch.«

»Nun, es ist historisch korrekt«, erklärte Giles. »Die Renaissance war trotz der Blüte des wissenschaftlichen Denkens und der Wiedergeburt von Kunst und Kultur noch immer im Mittelalter verwurzelt, das überaus barbarisch war.«

»Bitte«, sagte der Mann.

Buffy löste sich aus der Menge, riss den Deckel von ihrer Cola, lief auf den Mann zu und hielt ihm den Becher an den Mund.

Die anderen Zuschauer buhten und johlten. Buffy kniff die Augen zusammen und betrachtete den Mann genauer. Er sah schrecklich aus.

Er sah nicht so aus, als würde er Makeup tragen.

»Komm schon, Buffy«, rief Xander von der Schlange vor dem Imbissstand. »Wir verpassen sonst noch das Turnier! Giles' Kumpel König Richard wird da sein. Mit seinem Hofnarren und allem.«

»Ja, mit *seinem* Hofnarren«, sagte Cordelia spitz.

»Gott segne dich, Mädchen«, flüsterte der Mann Buffy zu.

Der Kapuzenmann fuhr herum und bedeutete ihr mit einer herrischen Handbewegung zu verschwinden. »Geh weg von ihm!«

Der andere Mann starrte sie an. Eine einzelne Träne rann über seine Wange, aber seine Augen flackerten nicht.

»Hinweg, Mädchen, auf der Stelle!«, donnerte der Mann mit der Kapuze.

Mit einem unsicheren Blick über die Schulter gesellte sich Buffy zu Angel in der Schlange.

»Wow, du scheinst ja richtig darauf abzufahren«, bemerkte er amüsiert.

»Ja, scheint so.« Sie runzelte die Stirn. »Aber ich weiß es nicht genau.« Sie betrachtete die Buden und die Leute darin. Alles wirkte völlig normal, völlig harmlos, wenigstens soweit sie es erkennen konnte. »Ich habe so ein merkwürdiges Gefühl.«

»Du bist bloß hungrig. Sobald du was gesaugt ... ich meine gegessen hast, wirst du dich besser fühlen.« Er legte seinen Arm um sie und drückte sie leicht an sich.

Sofort fühlte sie sich besser. Aber es machte sie auch traurig, weil es sie an eine Zeit erinnerte, in der zwischen ihnen alles viel einfacher gewesen war.

Der Kapuzenmann nahm den Karrengriff wieder in die Hand und zog seinen Gefangenen weiter.

»Wow, seht euch mal die Dienstmagd da an!«, sagte Xander in der Schlange hinter Buffy. »Was für wahnsinnige Rüschen die hat!«

Angel kicherte. »Xander fährt auch voll drauf ab.«

»Ja.« Buffy seufzte und versuchte sich auf ihre Freunde zu konzentrieren. Aber genau wie in Mathe war das Ergebnis wenig befriedigend.

»Zwei Schenkel«, sagte Angel zu der Dienstmagd in der Bude.

»Einen für dich und einen für das Mädchen, das sich in alles einmischt?«, fragte sie in scharfem Tonfall. Sie klappte eine Geldkassette auf und streckte mit finsterem Blick ihre Hand aus.

Angel sah sie verdutzt an. »Wie bitte?«

»Zwei Stück«, sagte die Magd in einem etwas freundlicheren Tonfall. »Das macht acht Dollar.«

»Wow«, entfuhr es Oz. »Teurer Fraß. Zum Glück haben die Dingoes seit neuestem viele Auftritte.« Er seufzte. »Bei denen ich meistens auch mitmachen kann.«

»Zum Glück habe ich eine Verabredung mit meiner Prinzessin von American Express«, flötete Xander.

Willow berührte Buffys Schulter. »Bist du okay?«

»Diese Sache vorhin war echt abgedreht«, gestand Buffy.

Willow nickte. »Irgendwie unheimlich.« Sie lächelte zaghaft. »Aber wie Giles schon sagte, historisch korrekt.«

Buffy nickte langsam.

# 3

Die Turnierarena lag am anderen Ende der Gassen mit den Verkaufs- und Imbissständen. Auf allen vier Seiten von unüberdachten Zuschauertribünen umgeben, die ein bunt gestrichener Holzzaun vom Turnierfeld trennte, war sie in Wirklichkeit der Veranstaltungsort des Sunnydale Rodeos und der Viehauktionen, die während der Sunnydale-Tage stattfanden, einer Art Volksfest im Juli.

Buffy hatte noch keinen Sommer in Sunnydale verbracht, aber wenn das Rodeo das Beste war, was die Stadt in dieser Zeit zu bieten hatte, dann hielt sich ihr Bedauern in Grenzen.

»Macht Platz, Leute!«, rief ein Straßenhändler mit einem großen Kasten Sodaflaschen vor der Brust, der ihm an einem dicken Ledergurt um den Hals hing. »Stillt Euren Durst!«

»Seht ihr, ein weiterer Stilbruch », bemerkte Giles, als die sieben auf eine leere Tribünenbank zusteuerten. »Wir sollen also unseren Durst mit kohlensäurehaltigen Getränken stillen, während die Zuschauer zur damaligen Zeit bei einem Turnier wohl eher Met oder Bier getrunken haben dürfen.« Er lächelte die Gruppe an. »Man vermutet sogar, dass während der Renaissance die meisten Menschen ihr Leben in einem leichten alkoholischen Rausch zugebracht haben.«

»Mit anderen Worten: ›Ich kauf mir jetzt 'nen Schnaps, Kids, seid also nicht schockiert‹?«, stichelte Xander.

Giles überlegte. »Nun, jetzt wo du es erwähnst ...«

»Bitte lassen Sie sich von uns nicht aufhalten«, sagte Buffy. »Ihre Vorbildfunktion ist gestern mit dem Läuten der Schulglocke zu Ende gegangen.«

»Außerdem sind Sie über einundzwanzig«, fügte Xander hilfsbereit hinzu. »Wir werden Sie also nicht kritisieren.« Er rieb sich die Hände. »Nun zum Turnier. Kämpfen die, ah, Hofdamen eigentlich mit? Und nebenbei gefragt, wie groß ist der Hof einer Dame eigentlich?«

»Halt die Klappe«, sagte Cordelia.

»Jawohl, Majestät.«

Die Plattform unter ihnen bestand ebenfalls aus Holz, ähnlich der heruntergekommenen Tribüne des alten Sportplatzes hinter der Sunnydale High. Ihnen gegenüber befand sich eine Bühne. Auf der Bühne flankierten Holzstühle ohne Rückenlehne – im Grunde waren es bloß Schemel – ein kleines Podest, auf dem ein prächtiger goldener Thron ruhte. An einem Draht, der zwischen zwei der großen Bühnenscheinwerfer gespannt war, hingen lauter Banner.

Die Papiertasche mit Cordelias neuem Renaissancekostüm lag auf ihrem Schoß. Sie lehnte sich zur Seite und sagte: »Ich würde sie lieber unter meinen Sitz stellen, aber ich fürchte, sie wird durch die Löcher im Boden rutschen.«

»Es wird schon nichts passieren«, versicherte Xander ihr, nahm die Tasche und schob sie unter seinen Platz. Er lächelte Cordelia an und legte einen Arm um ihre Schulter. »Siehst du?«, sagte er.

»Hör auf damit«, zischte sie und sah sich hastig um, ob jemand den Schaden bemerkt hatte, der ihrem öffentlichen Erscheinungsbild zugefügt worden war.

Buffy bemerkte seinen verletzten Ausdruck, als er seinen Arm zurückzog. Am liebsten hätte sie ihm gesagt: Was hast du erwartet, als du dich mit ihr eingelassen hast?

Nun, was hatte sie erwartet, als sie sich mit Angel eingelassen hatte? Sie blickte zur Seite und bemerkte, wie sich Oz und Willow aneinander kuschelten. Willow schien im siebten Himmel.

Eingezwängt zwischen Giles und Angel hoffte Buffy im Stillen, dass Angel ihre Hand nehmen würde, und als er es tat, war sie überrascht, wie kalt seine Haut war. Es hatte eine Zeit gegeben, in der sie es nicht mehr bemerkt hatte. Sie hatte aufgehört, sein Vampirgesicht zu sehen, wenn sie in seinen Armen lag. Sie hatte ganz vergessen, wie eisig sich seine Lippen anfühlten, wenn er sie küsste. Sie hatte nicht damit gerechnet, dass irgendetwas davon noch einmal eine Rolle spielen würde, nachdem sie sich ineinander verliebt hatten.

Wenn sie doch nur mit dem Schlimmsten gerechnet hätte …

»Oh.« Giles reckte sich plötzlich und hob eine Hand, um jemanden auf der anderen Seite der Arena zu grüßen. »Verdammt.« Er senkte seine Hand und seufzte schwer.

Buffy folgte seinem Blick. Giles beobachtete einen Mann mittleren Alters mit sandfarbenen Haaren, der einen Pappbecher mit Bier schwenkte. Ein Teil des Inhalts ergoss sich über die Frau an seiner Seite, und er bemerkte es nicht einmal. Ein Mann, der hinter ihm stand, beugte sich nach vorn und klopfte ihm auf die Schulter. Der Mann mit dem sandfarbenen Haar sprang auf und fiel dabei fast um.

»Verdammt«, sagte Giles wieder. Er sah Buffy an. »Äh, ich muss ... das Klo benutzen«, sagte er hastig. »Das heißt, ah ...«

»Bitte, Giles, gehen Sie einfach«, sagte Buffy. »Ich weiß, was ein Klo ist.«

Er zog die Brauen hoch. »Gewiss.«

»Ja, es ist wie eine Gitarre«, sagte sie in gespielter Naivität und kicherte über seinen entgeisterten Gesichtsausdruck. »Sie halten mich wirklich für ein blondes Dummchen, nicht wahr? Die hohlköpfigste Jägerin in ganz Südkalifornien.«

»Nein, ganz und gar nicht«, erwiderte er ernsthaft, während er seine Brille hochschob und seine Stimme ein wenig senkte. »Ich weiß, dass du über einen brillanten Verstand verfügst. Auch wenn ich zugeben muss, dass ich mir gelegentlich wünsche, du würdest ihn auch benutzen.«

»Na, danke, Giles.« Sie seufzte. »Gehen Sie ruhig Ihr Bier oder was auch immer holen. He.« Ihre Augen leuchteten auf. »Wenn Sie sich sowieso anstellen müssen, könnten Sie mir dann nicht etwas Popcorn mitbringen?«

»Ich hole mir kein Bier«, sagte er schroff. Dann drängte er sich an den anderen vorbei und murmelte gehetzt und recht ungileshaft eine Entschuldigung vor sich hin.

Angel sah sie fragend an. Buffy zuckte die Schultern. »Schau mich nicht so an. Ich habe nicht die leiseste Ahnung, was er vorhat.« Sie grinste. »Es hat irgendwas mit einem Kerl namens Klo zu tun.«

Angel grinste. »Buffy, ›Klo‹ ist der umgangssprachliche Ausdruck für ›Toilette‹. Giles muss sich nur mal erleichtern.«

»Im Ernst? Mein Gott, halten mich denn alle hier für den Rain Man?«

Angel grinste wieder sein schräges Grinsen, und Buffy spürte prickelnde Erregung. Warum musste er so charmant sein? So unglaublich ... unglaublich. Als sie in L. A. gelebt hatte, hatte ihre

Freundin Hilly immer gesagt, dass sie Jungs mit dem besonderen Etwas mochte, obwohl sie dieses Etwas nie in Worte fassen konnte. Sie nannte es einfach ›Grrrrr‹. Angel hatte jede Menge ›Grrrrr‹. Manchmal – zum Teufel, die meiste Zeit – machte das ihre neue ›Nichtbeziehung‹ überaus schwer erträglich.

Buffy zog einen gespielten Flunsch und beugte sich nach vorn, um ihre Freunde zu betrachten. Meine Damen und Herren, am einen Ende dieser Gruppe sehen Sie einen netten Jungen, der sich in einen Werwolf verwandelt. Am anderen Ende finden Sie eine Vampirjägerin. Neben ihr einen echten Vampir. Und dann haben wir da noch Morticia und Gomez, nur dass sie nicht …

»Tomaten! Verfaulte Tomaten!«, rief ein Händler. »Kopfsalat! Überreife Früchte!«

»Mmm«, machte Xander. »Ich spüre eine bevorstehende Snack-Attacke.«

»Vermutlich gab es in der Renaissance keine Hotdogs.« Buffy rümpfte voller Abscheu die Nase und sah Angel an.

Aber Angel blickte selbst verwirrt drein.

»Oh, wow«, sagte Willow. »Seht euch das an, Leute.«

»Tomaten!«, rief der Marketender.

Genau in diesem Moment betrat der Kapuzenmann, mit dem Buffy vorhin aneinander geraten war, die Arena und zog den Mann auf dem Karren hinter sich her. Der Mann war nach vorn gesunken, seine Knie zitterten, und es sah aus, als würde er sich selbst strangulieren, wenn er das Gleichgewicht verlor.

»Macht Platz für den Gefangenen!«, brüllte der Kapuzenmann. »Macht Platz für einen, der unseren König beleidigen wollte!«

Daraufhin brach ein Teil des Publikums in Buhrufe aus. Jemand warf eine Tomate nach dem Mann. Sie traf ihn an seiner Schläfe und zerplatzte wie ein Wasserballon. Ein weiterer Treffer. Und noch einer.

»Ich mag das nicht«, sagte Willow zu Oz. »Das ist für meinen Geschmack historisch *zu* korrekt.«

Buffy presste die Lippen zusammen und beobachtete, wie zwei Reihen weiter ein kleiner Junge vor Vergnügen in die Hände klatschte.

Angels Körper kannte nur die Restwärme des Tages und der Erde und der Luft und des Blutes, das er gesaugt hatte, Blut, das ihm nicht gehörte. Aber der Anblick, der sich ihnen bot, ließ selbst ihn irgendwie frösteln.

»So war es auch zu meiner Zeit«, sagte er leise, ohne überhaupt zu bemerken, dass er sprach. »Einmal, in Galway, glaubten die Leute, dass eine alte Frau für die Totgeburt verantwortlich gewesen war, die die Frau des Bürgermeisters zur Welt gebracht hatte. Sie trieben die arme Mistress McIntosh durch die Straßen ...«

Seine Stimme klang jetzt heiser. »Ich war damals noch ein kleiner Junge. Ich würde mir gern einreden, dass ich es nicht besser wusste, aber ich ...« Er verstummte. »Ich war sehr unfreundlich zu ihr«, schloss er.

Und für einen Moment war er wieder in Galway, der kleine Junge, der keine Ahnung von der höllischen Existenz hatte, die vor ihm lag, ein winziger Knirps, der nicht verstand, dass man für jede begangene Sünde büßen musste.

Dann sah er Xander an, dessen größtenteils unausgesprochenes Misstrauen ihm gegenüber Angel völlig verstehen konnte. Ein Teil von ihm wusste es sogar zu schätzen, denn er war sich sicher, wenn es jemals wieder zu einem ... Zwischenfall kommen sollte, würde Xander alles tun, um die anderen vor ihm zu beschützen.

Dann sah er Willow mit einem durchdringenden Blick an und staunte wie schon so oft über ihren großzügigen Charakter. Als er sich wieder in Angelus zurückverwandelt hatte, war sie die Erste gewesen, die er versucht hatte zu töten. Er – oder besser die Bestie in ihm – hatte auf der tiefsten Ebene verstanden, dass ihr Tod ein schrecklicher Schlag für Buffy wäre. Ihn packte Reue, als er sich erinnerte, wie sehr er sich darauf gefreut hatte, ihr das Genick zu brechen oder ihr jeden Tropfen Blut auszusaugen.

Willow wirkte zwar in seiner Nähe ein wenig nervös, doch ihre Besorgnis schien allein auf Buffys Wohlergehen gerichtet zu sein. Das galt im Übrigen für alle. Und dennoch, weil Buffy ihn erneut akzeptiert hatte, hatten sich alle größte Mühe gegeben, ihn vorurteilsfrei in ihren Kreis aufzunehmen. Für Willow musste es schrecklich schwer gewesen sein.

Für Giles sogar fast unmöglich.

»Ich werde dem ein Ende machen«, riss ihn Buffys Stimme aus seinen Gedanken.

»Buffy, entspann dich. Es ist bloß eine Show.« Cordelia bedeutete ihr mit einem Wink, sich wieder zu setzen. »Sie tun nur so, weißt du?«

»Es ist alles nur vorgetäuscht?«, fragte Xander laut. »Nun, du musst es ja wissen, Cor.«

»Das ist richtig, Xander. Ich muss es wissen.«

Xander blickte irritiert drein. Dann ein wenig besorgt. Er fiel in Schweigen und nippte an seiner Limonade.

Buffy fuhr zusammen, als sie den armen Teufel betrachtete, der auf der Bühne als Gefangener präsentiert wurde. Irgendein Gegenstand – es sah wie eine Bierdose aus – traf den Mann am Kopf. Er schrie vor Schmerz auf und erstarrte dann regelrecht. Sein Kopf in dem Holzgestell war seltsam verdreht, als hätte er sich das Genick gebrochen.

Das Publikum heulte vor Lachen.

»Okay, das reicht«, erklärte Buffy und sprang auf.

»Hinsetzen da vorne«, brüllte jemand.

»Lang lebe der König!«, dröhnte eine Stimme aus den Lautsprechern. »Lang lebe Richard Löwenherz!«

Mit diesen Worten donnerte ein Dutzend Reiter in prachtvollen Samtumhängen und federbuschgekrönten Helmen auf riesigen walnussfarbenen Pferden in die Arena. Sie wirbelten große Erdklumpen und Staubwolken hoch, die wie Schwaden in der Luft hingen und den Mann und den Karren vollkommen einnebelten.

»Macht Platz für den König!«, rief eine andere Stimme, eine, die sie wiedererkannte: es war die Stimme Robin Hoods.

»Hinsetzen!«, schrie jemand Buffy zu.

Angel zog an Buffys Hand. »Der Karren ist weg«, erklärte er. »Wahrscheinlich befreien sie den Mann hinter der Bühne aus seinem Gestell.«

»Hinsetzen!«

Buffy holte tief Luft und nahm wieder Platz. »Es war eine Bierdose. Vermutlich sogar eine volle.«

»Er hat bestimmt irgendwelche Schoner getragen. Ich bin sicher, dass sie mit derartigen Zwischenfällen gerechnet haben.«

Trompeten schmetterten, als die Reiter in die vier Ecken der Arena preschten, dann einen Kreis bildeten und losgaloppierten.

»Jetzt weiß ich, was die Leute, die bei der Medieval Times arbeiten, in ihrem Urlaub machen«, sagte Xander. »Oder diese Ritterfritzen sind in Wirklichkeit Cowboys, die gerade nichts Besseres zu tun haben.«

Die Reiter stellten sich in zwei Reihen auf. Wieder schmetterten die Trompeten, und ein Ritter in einer silbern funkelnden Rüstung und mit einer goldenen Krone auf dem Helm trottete in die Arena. Er war von Jungen und Mädchen auf Ponys umgeben, die Rosenblüten in die Luft warfen.

Die Trompeten verklangen. Dann gingen Männer in blauroten Hemden und Strumpfhosen vor jedem Tribünenblock der Arena auf und ab und forderten die Zuschauer mit schwungvollen Armbewegungen auf, in den Ruf »Lang lebe der König!« einzustimmen.

»Lang lebe der König!«, schrie Xander. »Elvis, wir lieben dich!«

Auf dem Feld wurde König Richard von seinen Höflingen zu der Bühne auf der anderen Seite der Arena geführt. Dort angekommen drehte sich Richard Löwenherz langsam im Sattel und blickte zurück in die Richtung, aus der er gekommen war.

Ein Esel steckte den Kopf aus dem Tor und musterte die Menge. Dann trottete er zögernd in die Arena.

Auf ihm saß ein vielleicht sechzehn- oder siebzehnjähriger Junge, der ein aus rotblauen Flicken zusammengenähtes Narrenkleid und eine bimmelnde Schellenkappe trug.

Buffy hielt den Atem an. Es war der Junge, der ihr und Cordelia nachspioniert hatte. Nun, vielleicht nicht direkt nachspioniert.

Der kleine Esel wurde schneller, um dann abrupt anzuhalten, den Kopf zu senken und die Hinterläufe in die Höhe zu werfen. Der Junge, der damit nicht gerechnet zu haben schien, segelte über den Kopf des Esels hinweg und landete unsanft im Dreck.

Die Menge johlte vor Vergnügen. Eine Salve aus Tomaten und verfaultem Obst prasselte auf ihn ein.

Buffy fühlte sich ganz krank. Sie sah Willow an, die den Kopf schüttelte und ein angewidertes Gesicht machte. Ihr gefiel es auch nicht. Ebenso wenig Oz. Cordelia war mit ihrer Einkaufstasche beschäftigt und bekam scheinbar nichts mit. Xander aber senkte langsam seinen Limonadenbecher in den Schoß und schnitt eine Grimasse.

Der Narr stand auf und humpelte langsam zur Bühne, wo die Reiter abstiegen und auf die Plattform kletterten. Jeder Ritter stellte sich vor einen der lehnenlosen Stühle. Alle verbeugten sich, als König Richard zu ihnen stieß.

»Wo ist Roland, mein nichtsnutziger Narr?«, rief Richard.

»Wohlan, mein König, ich komme«, antwortete der Narr ehrerbietig.

»Du Schurke! Du Tölpel!«, schleuderte ihm der König entgegen.

Roland war zu klein, um auf die Bühne zu klettern. Er versuchte, ein Bein auf das Podest zu schwingen, aber ohne Erfolg. Als die Zuschauer lachten, probierte er es erneut.

»Ich warne dich. Komm jetzt herauf, oder der Stock wartet auf dich!«, drohte Richard.

»Der Stock?«, fragte Buffy Angel.

»Das Holzgestell, in dem der Mann auf dem Karren gesteckt hat«, erklärte Angel und rieb sich das Genick. »Äußerst schmerzhaft.«

Buffys Augen wurden groß. »Du?«

»Öffentliche Trunkenheit«, gab er verlegen zu.

»Da wir gerade davon reden – wo ist mein Wächter?«, fragte Buffy und sah sich um.

Um Giles und seinen Begleiter wogte das Fest. Kreischend vor Vergnügen flitzten Kinder in Peter Pan-Kostümen und mit Blumenkopfschmuck zwischen den Beinen der Erwachsenen hin und her. Wohlproportionierte junge Frauen in einer Art Barbaren-Outfit – Kettenhemd-Bikinioberteile und Pelzsarongs – flanierten vorbei. Jemand spielte Blockflöte. Ein anderer Harfe. Aus der Ferne drang der rhythmische Jingle der Morris-Tänzerinnen. Zu einem anderen Zeitpunkt hätte er in Giles vielleicht ein wenig Heimweh ausgelöst.

Aber nicht jetzt. Im Moment bekam Giles von dem Pandämonium um sie herum kaum etwas mit. Während Jamie Anderson an seiner Seite schwankte und torkelte, fragte sich Giles, wie es wohl sein mochte, ein Kind zu verlieren. Schlimmer noch, dieses Kind zu verlieren, weil es von zu Hause ausgerissen war, und dann weiterzuleben, ohne je zu erfahren, ob das Kind auf der Straße überlebt hatte oder einsam gestorben war.

Giles hatte zwar keine Kinder, aber er glaubte, eine Ahnung davon zu haben, welche Qualen Jamie durchlitt. Auf gewisse Weise war er sogar froh, den Schmerz des anderen nicht in seinem vollen Ausmaß nachempfinden zu können.

»Es ist aus, Rupert«, sagte der Mann, als sie sich langsam von dem Imbissstand entfernten, Anderson mit einem Becher Kaffee und Giles mit einem scheußlich aromatisierten Tee, dessen durchdringender Geruch ihn an das Lavendelbadesalz erinnerte, das seine Großmutter in einem geschliffenen Kristallglas im Badezimmer aufbewahrte. »Ich bin völlig durch den Wind. Kommenden Montag wird man mich feuern.«

»Vielleicht ist noch nicht alles verloren«, meinte Giles. Aber er war sich dessen nicht sicher.

Vielleicht hatte der Zeitpunkt, zu dem sie einander über den Weg gelaufen waren, zu einer Art Freundschaft zwischen ihnen geführt. Jenny Calendar war erst kurz zuvor gestorben, und Giles hatte sich von allem zurückgezogen und in seinen Schmerz vergraben. Während Giles der bebenden Stimme des Police Officers zuhörte, musste er an Jamies verschwundenen Sohn denken und daran, wie viel schlimmer es für ihn, Giles, gewesen wäre, nicht zu wissen, ob Jenny tot war oder noch lebte, wenn sie eines Tages so wie Jamies Sohn, einfach spurlos verschwunden wäre.

Trotz aller Trauer hätte Giles es selbst jetzt vorgezogen, mit Sicherheit zu wissen, dass sie nie zurückkehren würde. Zumindest redete er sich das ein. Es war einfach, sich Dinge einzureden, wenn man sicher war, dass sie nie passieren würden. Von der Tatsache abgesehen, dass er auf dem Höllenschlund lebte und Jenny hier gestorben war. Man konnte hoffen. Beten. Einsam genug sein, um der Versuchung zu erliegen, sich mit Runenwerfen und Magie zu beschäftigen.

Zu trinken.

Aber Giles hatte das Trinken längst hinter sich. Er hatte sich nur ein einziges Mal in Sunnydale betrunken und Buffy dadurch so verängstigt, dass er sich geschworen hatte, nie wieder so selbstsüchtig zu sein. Im Gegensatz zu einem Police Officer konnte es sich ein

Wächter nicht leisten, in seiner Freizeit Vergessen im Alkohol zu suchen.

In England hätten Andersons Vorgesetzte es ignoriert, weil sie wussten, was er in seinem Privatleben durchgemacht hatte. Zumindest in dem England, das Giles kannte, liebte und zutiefst vermisste.

»Bist du sicher, dass du gehen kannst?«, fragte Giles.

»Nein, aber ich muss wieder nüchtern werden.« Anderson sah elend aus. Er roch nach Bier. »Ich kann nicht glauben, dass mir das passiert ist. Ich habe mir eine Cola zum Essen bestellt, aber sie haben mir versehentlich ein Bier gegeben. ›Okay, warum nicht?‹, sagte ich mir.« Er stürzte den Kaffee hinunter und schnitt eine Grimasse. Vielleicht war er so ungenießbar wie der Tee. »Drei Biere später sieht es so aus, als ich könnte ich meine Dienstmarke verlieren.«

»Du hast Cola bestellt und Bier bekommen?«, fragte Giles und legte den Kopf schief.

Anderson lachte hohl. »Genau. So stellt sich ein Neunzehnjähriger das Paradies vor. Ich bin jetzt seit fünfzehn Jahren im Dienst. Und das alles habe ich einfach so weggeworfen, nur weil ich mir einen lausigen Pappbecher Bier andrehen ließ. Dabei war es nicht einmal ein gutes Bier.«

»Nein?« Giles wies zu der schlammigen Wiese, die als Parkplatz diente. Anderson hatte bereits zugestimmt, sich von Giles nach Hause fahren zu lassen. Später konnte ihm jemand helfen, Andersons Auto vom Parkplatz abzuholen. Vielleicht Cordelia oder Oz. »Das tut mir Leid.« Mit einem Lächeln, das grimmige Befriedigung ausdrückte, goss er seinen Tee in den Dreck.

Als sie den Ausgang passierten, steckte der Kartenverkäufer den Kopf aus seinem Häuschen und bedachte Giles mit einem harten, stummen Blick. Der Wächter fühlte sich unbehaglich und fragte sich, ob es eine gute Idee war, Buffy hier allein zurückzulassen. Nun, nicht ganz allein. Sie war mit ihren Freunden zusammen.

Und Angel war bei ihr.

Und das ist auch gut so, sagte er sich streng. Vielleicht verstand er von allen am besten, dass Angel Angel war und Angelus der Dämon, der ihn besessen hatte. Und es war Angelus gewesen, durch den Giles die erste Liebe seines Lebens verloren hatte. Nicht Angel.

Giles musste sich immer wieder ermahnen, dass er nicht hier war, um Buffys Vater zu ersetzen, wie sie so scharf formuliert hatte. Aber trotz ihrer Körperkraft und ihres, nun, ihres Rückgrates war sie nichtsdestotrotz ein junges Mädchen, das mehr Tragödien erlebt hatte, als andere ihrer Generation sich überhaupt vorstellen konnten. Giles würde nie ihr Flehen vor dem brennenden Lagerhaus vergessen, wohin er sich in seinem rasenden Zorn begeben hatte, um Angelus zu vernichten, weil er Jenny getötet hatte:

»Lassen Sie mich nicht im Stich. Ich schaffe das nicht alleine.«

So viel Schmerz. Seine arme, liebe Buffy. Kein Wunder, dass sie im vergangenen Jahr Sunnydale verlassen hatte.

Und der ungeheure Mut, den es erfordert hatte, wieder zurückzukehren.

Der Mann, der an seiner Seite den Festplatz verließ, benötigte eine gehörige Portion von Buffys Mut, wenn er seinen eigenen Albtraum überwinden wollte.

Der Kartenverkäufer hörte nicht auf, Giles anzustarren. Er hatte etwas Seltsames an sich. Der Wächter fragte sich, ob er Makeup oder eine Art Maske trug. Er sah nicht ... echt aus.

Jamie seufzte schwer, und Giles konzentrierte seine Aufmerksamkeit wieder auf seinen Freund. Schweigend erreichten sie den staubigen Parkplatz. Er war voller Autos der unterschiedlichsten Modelle, angefangen von Kleintransportern bis hin zu einem schnittigen Jaguar XKE, mit dem er auch einmal gern eine Runde gedreht hätte. Die Bewohner von Sunnydale schienen sich fast manisch ins Vergnügen zu stürzen ... oder vielleicht suchten sie auch nur Ablenkung von den erdrückenden Problemen ihrer Stadt. Vom Glauben an übernatürliche Kräfte einmal abgesehen, brauchte man nicht allzu viel, um zu erkennen, dass Sunnydale mehr als genug Probleme hatte. Aber die meisten Erwachsenen waren auf diesem Auge blind.

Er dachte an Joyce Summers und das Straßenkinderprojekt. Er war sich nicht sicher, ob sie die geeignete Person für diese Aufgabe war. Sie wusste Dinge, die sie den anderen Eltern nicht erzählen konnte. Und dennoch hatte sie ihm ihre vage Hoffnung gestanden, dass ihre Arbeit eine Art »Nachahmeffekt« auslösen würde.

»Zumindest sollte den Eltern bewusst sein, dass die Welt ein gefährlicher Ort ist«, hatte sie ihm auf ihrer Wohltätigkeitsveranstaltung gesagt. »Weit gefährlicher, als die meisten Leute ahnen, aber wir behalten unsere Kinder nicht so ihm Auge, wie es eigentlich angebracht wäre.«

Sie erreichten seinen Citroën, und Giles fischte die Schlüssel aus der Tasche. Er schloss zuerst die Beifahrertür auf. Sein Begleiter murmelte einen Dank vor sich hin.

Dann ging Giles um den Wagen herum und stieg ein.

»Weißt du, mir kommen die Leute auf diesem Fest ziemlich merkwürdig vor«, begann er und blickte seinen Beifahrer fragend an, als dieser plötzlich loskicherte.

»Hast du mit dieser Kiste schon mal ein Bußgeld bekommen?«, fragte Anderson, während er aus dem Fenster sah.

»Wegen zu schnellen Fahrens, meinst du?«, fragte Giles höflich, obwohl ihn die Frage ein wenig irritierte.

»Nein. Wegen Sicherheitsgefährdung im Straßenverkehr«, erwiderte Anderson. Er drehte den Kopf und grinste Giles an. »Ich mache nur Witze, Rupe.«

»Offenbar«, gab Giles leicht verschnupft zurück.

Der Motor sprang an, und der Wagen machte einen Satz nach vorn, als wäre er ebenfalls betrunken.

»Er reagiert normalerweise besser«, bemerkte Giles und warf einen irritierten Blick auf den Schaltknüppel.

Anderson lachte schallend. »Warum fällt es mir nur schwer, das zu glauben?«

Auf dem Turnierplatz.

Zwei der Ritter hatten Rolands Arme und Beine gepackt und schwangen ihn hin und her, um ihn auf die Bühne zu werfen, während das Publikum schrie: »Hoch! Hoch!«

Von Buffys Gruppe rief niemand mit. Sie alle blickten sehr unbehaglich drein.

Schließlich sagte Xander: »Ich glaube, ein paar glitzernde Schmuckstücke rufen nach mir.«

»Genau.« Willow sah Oz an. »Nach mir auch.«

»Also düsen wir ab.« Oz blickte zu Buffy hinüber. Genau wie alle anderen, die ungeduldig auf ihr Zeichen zum Aufbruch warteten. Buffy war nicht sicher, ob es ihnen überhaupt bewusst war, aber es nervte sie jedes Mal, dass ihre Freunde sie auch dann in die Rolle der furchtlosen Führerin drängten, wenn es nicht um die Vampirjagd ging.

»Wir düsen ab«, sagte sie.

Trotz des Protestgeschreis um sie herum verließen sie den Turnierplatz.

# 4

Kristalle reflektierten das fahle Licht des Halbmonds auf eine Auslage aus blauem Samt. Windspiele fingen die nächtliche Brise ein. Weihrauch brannte in einem Kohlenbecken. In der Ferne pfiff ein Käuzchen.

Für einen Moment fühlte sich Angel wieder in das rumänische Zigeunerlager versetzt, wo er zum ersten Mal seine Seele zurückgewonnen hatte. Er spürte eine Welle aus Schwindel oder vielmehr Panik, und er umklammerte Buffys Schulter, ohne es zu merken. Ihm fiel ein Satz aus einem Buch ein, das sein Vater, dem Brauch jener Zeit entsprechend, der Familie vorgelesen hatte: »Es gibt mehr Dinge zwischen Himmel und Erde, als eure Schulweisheit euch träumen lässt.« Er glaubte sich zu erinnern, dass ein Engländer diese Worte geschrieben hatte, war sich aber nicht ganz sicher.

Aber es war die Wahrheit. Er hatte dies sofort gewusst, als er den Satz gehört hatte.

Er schloss die Augen und lauschte den Klängen des Windspiels. Die ganze Gruppe – außer Giles – war durch die Gassen mit den Verkaufsbuden geschlendert, hatte hier in den Auslagen gewühlt, dort ein Schwätzchen gehalten. Jetzt standen alle an einem Schmuckstand, aber Angel hatte das Gefühl, in einer anderen Welt zu sein. Einer älteren Welt. Der Geruch von gegrilltem Rind- und Truthahnfleisch, kräftig gewürzt und leicht angebrannt, mischte sich mit dem süßen Duft von Zuckerwatte und dem unverkennbaren Aroma von frischem Popcorn. All diese Gerüche hätten in Angel fast eine Sehnsucht nach Hunger geweckt, von dem er immer noch ziemlich genau wusste, wie er sich anfühlte.

Seine Erinnerungen an den Appetit verblassten ein wenig, als er einen anderen Geruch wahrnahm. Von den mobilen Toiletten auf der anderen Seite des Festplatzes trug ein schwacher Wind den Gestank menschlicher Exkremente herüber. Aber selbst das löste nostalgische Gefühle in ihm aus. Moderne sanitäre Anlagen waren ein Segen, und zwar nicht nur was die Bequemlichkeit, sondern auch was die Gesundheit und die Reinerhaltung der Luft anbelangte.

Er hatte erst lange nach der Renaissance gelebt, das stimmte. Aber zu seiner Zeit hatte sich Osteuropa nicht sehr von der historischen Epoche unterschieden, die dieses Fest darstellen sollte. Immer wieder Erinnerungen an Rumänien.

»Angel?«, fragte Buffy leise. »Was ist los?«

»Nichts.« Er zwang sich, die Augen zu öffnen und lächelte sie an. »Ich ... ich bin bloß ...« Wie konnte er es ihr erklären?

Willow trat zu Buffy. Sie warf beiden einen besorgten Blick zu. »Hi«, sagte sie. »Ah, ist alles okay, Angel?«

»Will«, protestierte Buffy, doch Angel drückte Buffys Hand und brachte sie so zum Schweigen.

»Ja, Willow. Ich bin okay. Alles ist in bester Ordnung.«

Aber Willow hatte ihr entschlossenes Gesicht aufgesetzt und ließ sich nicht davon abbringen, Fragen zu stellen, die sie normalerweise nicht gestellt hätte, wenn es dabei nicht um Buffys Wohlergehen gegangen wäre. »Du bist doch nicht hungrig, oder?«

Buffy runzelte die Stirn. »Willow Rosenberg!«

»Nein, mir geht's gut, Willow.« Angel zeigte in die Runde. »Ich schätze, diese historische Kulisse hat einen stärkeren Effekt auf mich, als ich angenommen hatte. Ich meine, ich habe nie in dieser Zeit gelebt, aber ...« Er zuckte die Schultern.

»Ich weiß, was du meinst«, sagte Willow. »Ich fühle mich auch desorientiert.«

Bei diesen Worten trat Oz mit besorgter Miene näher.

Angel war gerührt. Das waren gute Menschen, freundliche Menschen. Sie traten füreinander ein.

Sie traten für Buffy ein.

»Es ist dieser Ort«, erklärte Buffy. »Er ist unheimlich. Er ist unecht.«

Angel runzelte die Stirn. Das war nicht das, was er gedacht hatte, zumindest nicht bewusst. Aber er spürte es auch. Von diesem Ort ging etwas Böses aus, ohne dass er den Finger darauflegen konnte. Etwas Verdorbenes, als diente selbst die Luft einem dunklen Zweck.

Er wünschte nur, er wüsste, was dieser Zweck war.

»Seht mal, wie die funkelt«, sagte Cordelia begeistert und hielt eine Kristallkette hoch. »Irgendwie Lori Lori, nur ... neuer.«

»Oder älter«, meinte Xander, »irgendwie merlinesk.«

Sie versuchten, ihren Spaß zu haben, aber das Fest hatte für alle inzwischen fast jeden Zauber verloren. Es wäre weit sinnvoller, den Reinfall einzugestehen und nach Hause zu gehen.

Buffy war tief enttäuscht. Obwohl sie sich das Fest langweilig vorgestellt hatte, so hatte sie sich doch darauf gefreut, einige Zeit mit Angel zu verbringen, ohne dass sie auf Patrouille war und er nur in ihrer Nähe weilte, um sie zu beschützen. Sie hatte sich wie ein normaler Teenager verhalten wollen, einen draufmachen mit ihren Freunden und zu viel Geld für Sachen ausgeben, die sie eigentlich gar nicht haben wollte.

Aber dieser Ort war mehr als nur unheimlich und mehr als nur unecht. Und mit jedem verstreichenden Moment wurde das Gefühl des Unechten und Unheimlichen stärker.

Es lag an den Schaustellern, an der Art, wie sich ihre Augen bewegten. An der Tatsache, dass man ihre Gesichter nicht deutlich erkennen konnte, selbst wenn man sie direkt ansah. Buffy fühlte sich benommen, als wäre sie eingeschlafen und abrupt geweckt worden. Desorientiert, wie Willow es formuliert hatte.

»Seht mal, ein Menschenschachspiel«, rief Angel und zeigte in die entsprechende Richtung. »Das gab es zu meiner Zeit auch.«

Buffy drehte sich um. Auf einer großen, zu einem Schachbrett umfunktionierten Wiese standen zweiunddreißig Leute reglos wie Statuen in zwei Reihen auf jeder Seite. Eine Seite war in Rot, die andere in Schwarz gekleidet. Die Figuren auf der Grundlinie trugen prächtige Gewänder, einige mit Kronen, andere mit hohen, gebogenen Hüten, und manche waren wie die Ritter auf dem Turnier gekleidet. Die in der vorderen Reihe auf jeder Seite waren wie Bauern ausstaffiert. Buffy suchte nach dem Hofnarren und konnte ihn nirgendwo entdecken. Peinlicherweise musste sie zugeben, dass sie nicht das Geringste von Schach verstand, dass sie nicht einmal wusste, ob zu den Spielfiguren überhaupt Hofnarren gehörten.

»Wow. Cool.« Oz lächelte Willow an. »Möchtest du meine Königin sein?«

»Wenn du mein Läufer bist«, gab Willow strahlend zurück, und Buffy musste lächeln. Sie war sicher, dass dies in der Schachsprache eine unterschwellige Bedeutung hatte ... und offenbar auch in der Oz-und-Willow-Sprache. Oz beugte sich zu Willow und küsste sie leicht auf die Lippen.

»Sei du mein Deputy!«, rief Xander Cordelia zu.

Willow grinste Buffy an, die zurücklächelte. Willow hatte zweifellos vergessen, dass Buffy nicht zusammen mit ihr, Xander und Cordelia aufgewachsen war, und obwohl Willow und Xander schon des öfteren über diesen Satz in Verbindung mit Cordelia gelacht hatten, wusste Buffy noch immer nicht, was er bedeutete.

Angel sah sie neugierig an, als wollte er sie fragen, ob sie sich das Schachspiel ansehen wollte. Buffy zuckte die Schultern. Wenn eine der Figuren einen falschen Zug machte, überlegte sie, wurde sie dann geköpft? Nein, sie wollte das Fest nur noch weit, weit hinter sich lassen.

Und dann sah sie etwas, das sie vor Erleichterung ganz benommen machte: Der Mann aus dem Stock, der Mann, der um Wasser gebettelt hatte, stand auf dem Schachbrett. Er trug eine rote Robe mit einem gebogenen Hut, hielt einen Stab in der Hand und sah kerngesund aus. Er grinste breit, und in seinen Augen funkelte der Schalk.

Er entdeckte Buffy und winkte ihr fröhlich zu. Sie winkte zurück. Er tat so, als würde er etwas trinken, und sie nickte. »Sieh mal, Angel, da ist mein durstiger Freund«, sagte sie glücklich.

Aber Angel beachtete sie nicht. Er blickte über ihren Kopf hinweg und hob grüßend den Arm.

Giles kam auf sie zu. »Gott sei Dank«, sagte er ohne Umschweife. »Buffy, ich fürchte, ich habe Arbeit für dich.«

»Wieso? Ist dieses verdammte Batsignal wieder kaputt?« Ihre Stimme hatte einen bissigen Unterton, den sich eine Jägerin eigentlich nicht leisten konnte. Die Welt vor den Mächten der Finsternis zu retten – und zwar immer wieder – war ihre heilige Pflicht, bla, bla, bla, ihr besonderes Bedürfnis, ihre fast unmögliche Mission. »Nun, was gibt's, Alfred?«

Giles blickte leicht verwirrt drein, wurde aber gleich darauf ganz sachlich. »Jemand hat an meiner Hydraulik herumgepfuscht.«

Buffy blinzelte verständnislos.

»An meinem Auto«, fügte er erklärend hinzu.

Sie blinzelte erneut. Als er nichts weiter sagte, rieb sie sich das Kinn und meinte: »Ich schlage vor, wir machen noch einen Versuch, bevor wir uns an die Lösung des Rätsels begeben, okay?«

»An meinen Bremsen sind Bissmale zu erkennen, dieselben wie in den Autopsieberichten. Und obwohl wir schwerlich die Chance bekommen werden, die Leichen genauer zu untersuchen, hat mir Jamie ein paar andere Dinge verraten, die von der Polizei verschwiegen wurden.«

»Diese bekloppte Polizei«, sagte Xander scharf. »Das ist der Grund, warum ich sie so liebe.«

»Andere Dinge?«, hakte Buffy nach.

Giles beobachtete das Schachspiel. Als sich eine Figur mit würdevoller Anmut bewegte, murmelte er: »Ah, das unsterbliche Spiel.« Er nickte. »1851. Adolf Anderssen gewann es in London.«

»Und Sie waren dabei«, stichelte Buffy. »Und sind es offenbar immer noch.«

»Was?« Giles blinzelte. »Tut mir leid. Mit den anderen Dingen sind rituelle Verstümmelungen von Tieren gemeint. Das passierte zuerst. Danach kam es zu unerklärlichen Fällen von Zerstörungswut – beschädigte Wasserrohre, unterbrochene Stromleitungen, nicht unbedingt das, was man als kindliche Streiche bezeichnen konnte. Wenn es die Morde nicht gegeben hatte, würde ich fast sagen, dass wir es hier mit Gremlins zu tun haben. Und heute Abend sind Rinder verstümmelt worden«, fügte Giles hinzu. »Wie man es von UFO-Sichtungen her kennt, sehr stilisiert, mit fehlenden Eingeweiden …«

»Wow, cool!«, rief Willow. Als alle sie anstarrten, erklärte sie rasch: »Nun, das mit den Eingeweiden natürlich nicht. Aber es wäre cool, Wesen aus einer anderen Welt zu begegnen … im Gegensatz zu den Wesen von anderen Welten, denen wir bereits begegnet sind.« Sie straffte sich. »Okay, nicht Welten. Sondern Dimensionen. Waschbären aus anderen Dimensionen.«

»Ich bitte euch«, sagte Giles. »Auch meine Geduld hat ihre Grenzen.«

»Und wir sind schon hart an der Grenze«, nickte Xander weise.

»Ich wusste nicht, dass sie eine Verabredung hatten«, fügte Buffy wesentlich freundlicher hinzu. »Ich finde das ... gut. Wo haben Sie sie kennengelernt?«

Giles sah sie stirnrunzelnd an. »Wen?«

»Jamie.«

»Das ist ein Mann.« Giles rieb sich die Stirn. »Aber das ist unwichtig, weil ...«

»Sie haben recht, Giles, es spielt keine Rolle.« Buffy nickte. »Uns stört es nicht, oder?« Sie sah ihre Freunde an. »Wir freuen uns für Sie.« Alle anderen nickten.

Für einen Moment starrte Giles sie nur an. Dann öffnete er den Mund. »Oh, großer Gott, ist das alles, woran ihr denken könnt? Buffy, dieser Mann ist ein Police Officer, und sein Sohn ist von zu Hause ausgerissen. Das ist für ihn eine schreckliche Belastung. Deshalb wollte er ... unter vier Augen mit mir sprechen.«

»Oh. Und nicht, weil er die anderen Leute auf der Tribüne mit Bier bespritzt hat«, sagte Buffy neckisch.

Giles ging nicht darauf ein. »Er hat mir einen Anruf vorgespielt, den er vor kurzem von der Frau erhalten hat, die das Asyl leitet. Sie sucht ihre Tochter und hat sie gestern zusammen mit einem Jungen gesehen, auf den Brian Andersons Beschreibung passt. Das Mädchen ist davongerannt, als wäre ihre Mutter ein Dämon. Um genau zu sein, es war deine Mutter, Buffy, die ihr vorschlug, ihn anzurufen, da ich auf der Wohltätigkeitsveranstaltung von ihm erzählt hatte, und ...« Er verstummte, denn offenbar dämmerte ihm, dass er sich auf sehr dünnem Eis bewegte.

Nach einer ganzen Weile sagte Angel: »Sie haben von verstümmelten Rindern gesprochen.«

»Und Jamie«, warf Xander ein.

»Und UFOs«, fügte Angel hinzu.

Buffy räusperte sich. Es wurde Zeit, Spaß und Spiele und peinliche Momente zu vergessen und sich mit den wichtigen Dingen zu befassen. »Okay, Angel und ich werden ...«

In diesem Moment humpelte ein buckliger alter Mann auf sie zu, und Angel legte Buffy warnend eine Hand auf die Schulter.

»Zwei Pence für einen armen alten Mann?«, fragte er. Seine Haare waren fettig und verfilzt, und ihm fehlten fast sämtliche Zähne. Und zwei Finger an der linken Hand. »Einen Penny, ein Pfund für jemand, der kein Freund der Krone ist?«

»Das ist ein Vers aus *Mary Poppins*«, stellte Xander fest. »Das nennt man Verletzung des Urheberrechts, guter Mann.«

Der Bettler zerrte mit seiner verstümmelten linken Hand an Buffys Arm. »Habt Ihr dann vielleicht eine milde Gabe für einen Gesetzlosen?« Er beugte sich zu ihr und senkte seine Stimme zu einem Flüstern. » Miss«, zischte er Buffy zu. »Der Junge. Er ist ein ...«

»He, alter Kerl, was führst du jetzt wieder im Schilde?«, dröhnte Robin Hood, als er zu der Gruppe trat. Einige seiner mittlerweile nicht mehr allzu fröhlich wirkenden Gefolgsleute begleiteten ihn. Ein Bruder-Tuck-Typ mit einem seltsam künstlich wirkenden Gesicht und eine Frau in einem wallenden grünen Gewand und mit tief liegenden smaragdgrünen Augen. Jeder von ihnen ergriff den Bettler an einem Arm und zog ihn weg.

»Ich habe nichts gesagt«, rief der Bettler ihnen verängstigt über die Schulter zu. »So bestätigt doch, dass ich nichts gesagt habe!«

Buffy hob ihr Kinn, als sie Robin Hood musterte. »Was hat das zu bedeuten?«

Er hob ebenfalls sein Kinn und hielt ihrem stählernen Blick stand. »Ich entschuldige mich für den Schurken«, erklärte er. »Der Mann ist ein Dieb und ein Halunke.«

Irgendetwas in seinem Blick ließ Buffy zögern. Oh, nicht der Trotz oder die Dreistigkeit, sondern etwas zutiefst Böses. Wäre sie nicht die Jägerin gewesen, wäre sie vielleicht sogar ein paar Schritte zurückgewichen, um auf sichere Distanz zu diesem Blick zu gehen.

Aber sie war die Jägerin, und sie wich nicht von der Stelle.

»Ja, dann lass uns gehen«, sagte Giles und bedeutete Buffy, ihm zu folgen.

»Die Nacht ist noch jung«, protestierte Robin Hood. »Gewiss könnt Ihr noch eine Weile bleiben.«

Buffy wandte sich Richtung Parkplatz. Angel glitt an ihre Seite.

Dann stieß Cordelia einen Schrei aus, der ihnen das Blut in den Adern gefrieren und sie umkehren ließ.

»Seht nur!«, heulte Cordelia mit entsetzt aufgerissenen Augen.

Sie hielt ihr Renaissancekostüm hoch. Die hauchfeine Rüschenbluse und die karmesinrote Weste waren völlig zerrissen. Das leuchtend rote Kleid bestand nur noch aus Fetzen.

»Großer Gott«, entfuhr es Giles. Er nahm Cordelia das Kostüm ab und betrachtete den Schaden. Buffy trat hinzu und sah sich die Bescherung an. Robin Hood und der Rest seiner Schar waren weitergezogen. Nur noch die Gang starrte Cordelias ruiniertes Kostüm an.

»Ich werde mein Geld zurückverlangen«, sagte Cordelia. »Das ist Betrug! Außerdem sollte ich sie wegen seelischer Grausamkeit verklagen. Dieses Kleid hat mir wirklich gefallen!«

»Mir auch«, sagte Xander traurig.

Cordelia stürmte davon.

»Cordelia, vielleicht ist das keine gute Idee«, rief Giles ihr nach. Er warf den Kids einen besorgten Blick zu. »Ich bin heute nicht lange hier gewesen«, sagte er, »aber was ich gesehen habe, fand ich abstoßend, um es vorsichtig zu formulieren.«

»Wem sagen Sie das?«, seufzte Buffy und fügte hinzu: »Ich kümmere mich um Cordelia.« Sie sah Angel an. »Ich bin gleich wieder zurück.«

Cordelia hatte schon fast das Ende der Budengasse erreicht, als Buffy sie einholte. Sie war auf dem Kriegspfad, und als Buffy ihr riet, das Kleid lieber zu vergessen, wollte Cordelia nichts davon hören.

»Du hast gesehen, wie teuer das Kostüm war«, erwiderte sie hitzig. »Du konntest dir nicht mal eins leisten. Wenn du bei Neiman's ein Paar Schuhe gekauft hättest – was du nie tun würdest, da du offenbar einen großen Bogen um jede anständige Schuhabteilung machst – und du hättest anschließend noch in der Dessousabteilung nach einem Bustier oder einer passenden Strumpfhose gesucht, nur um dann festzustellen, dass irgendein durchgeknallter Psychopath deine Schuhe zerschnitten hat, weil du deine Einkaufstasche auf der Toilette vergessen hast, würdest du dann einfach seufzen und es bei einem ›Nun ja‹ bewenden lassen? Wohl kaum.«

»Cordelia, dieser Ort ist unheimlich«, sagte Buffy. »Wenn du Psychos sehen willst, musst du dich nur umschauen.«

»Darf ich dich daran erinnern, dass ich gar nicht auf das Fest gehen wollte?« Cordelia warf ihr rabenschwarzes Haar zurück.

»Aber ich habe es getan, und ich habe mich voll ins Vergnügen gestürzt, und ich werde mich nicht dafür bestrafen lassen, dass ich keine Spielverderberin bin. Da sind wir schon.«

Sie stürmte in das Zelt, wo sie und Buffy ihre Kostüme anprobiert hatten, und marschierte schnurstracks auf den Tresen zu. »Kundschaft!«, fauchte sie und warf erneut ihr Haar zurück. Buffy war erstaunt, wie viele verschiedene Gefühle Cordelia mit ihrem Haar ausdrücken konnte. Es musste sie jahrelange Übung gekostet haben.

»Aye, Mistress. Wohlan, ich komme«, krächzte eine Stimme aus dem hinteren Teil des Zeltes.

Eine ältere Frau, die Buffy vorher noch nicht gesehen hatte, humpelte langsam zum Tresen. Eines ihrer Augen war milchig, und ihre Unterlippe hing in einer starren Grimasse nach unten. Die Falten in ihrem Gesicht wirkten wie eingemeißelt, tief und schmerzhaft. Buffy sah zu, wie Cordelia sich in Pose warf, das perfekte Bild rechtschaffener Entrüstung.

»Sehen Sie sich das mal an!« Cordelia hielt das Kleid über den Tresen.

»Mistress, wir können nicht für den Zustand Eurer Waren verantwortlich gemacht werden, nachdem Ihr unsere Manufaktur verlassen habt.«

»Was?«

Cordelia sah aus, als würde sie im nächsten Moment über den Tresen springen und die Frau erwürgen. Trotz der unheimlichen Atmosphäre musste Buffy grinsen. Cordelia hatte ihr einmal erklärt, dass sie, Cordelia, die Rendezvousjägerin war. Aber die Verbraucherschutzjägerin war sie auch. Während Cordelia der Frau zu verstehen gab, dass sie dieses Stück Müll unter keinen Umständen behalten würde und so weiter und so fort, kam Buffy die Idee, dass Cordelia es zunächst behalten und später die Rechnung bei AmEx reklamieren könnte. Problem gelöst. Sie wollte sich schon umdrehen und es ihr sagen, als sie einen Blick auf eine blaurote Narrenkappe erhaschte, die hinter einer der Umkleidekabinen verschwand.

Buffy lief los und riss den Vorhang zur Seite, aber da war niemand. Allerdings hatte sich die Rückwand der Umkleidekabine gelöst und einen Durchschlupf freigegeben. Buffy zwängte sich durch den Spalt und fand sich in einem Lagerraum wieder. Ganze Reihen von Renaissancekostümen, in Plastikfolie eingeschweißt, hingen von der Decke.

Und die Tür – eine richtige Tür –, die aus diesem Raum hinausführte, stand offen.

Buffy zögerte, aber sie hörte, wie Cordelia ihre Schimpfkanonade fortsetzte, und schätzte, dass sie die Frau noch ein paar Minuten länger beschäftigen würde.

Buffy trat durch die Tür.

Wow, der berühmte Blick hinter die Kulissen.

Sie befand sich in einer Art Gasse, die von den Rückwänden der Buden gebildet wurde, die sich in zwei Reihen über den Platz zogen. Hier standen die Plastikmülleimer mit dem überquellenden Abfall und dem Verpackungsmaterial. Auf einem Sonnenstuhl lag ein Paar Gummisandalen, daneben ein Bier und eine Ausgabe der *Sunnydale Press*. Plötzlich schien die Atmosphäre des Festes ein wenig an Bedrohlichkeit zu verlieren.

Auf Betonblöcken stand ein alter Grill, auf dem eine Reihe von Hotdogs brutzelten, die bereits aufgeplatzt und angebrannt waren. Der Koch war nirgendwo zu sehen, aber alles deutete darauf hin, dass er jeden Moment zurückkommen musste. Es machte die Leute vom Fest in Buffys Augen ein wenig realer, und sie atmete auf. Real. Greifbar. Was bedeutete, dass sie im Notfall kein Problem haben würde, einen Schausteller in den Hintern zu treten, wenn er irgendwelchen Ärger machte.

»Wenn es blutet«, flüsterte sie, »können wir es töten.«

Von links erklang leises Bimmeln. Sie folgte dem Geräusch, vorsichtiger jetzt, ungewiss, ob es eine Falle oder ein Ablenkungsmanöver war, unsicher, ob sie weitergehen oder zu Cordelia zurückkehren sollte.

»Wie bitte?«, hörte sie Cordelia schreien.

Buffy hätte fast kehrtgemacht. Cordy schien nichts zu erreichen, und wenn sie ohne Ärger von hier verschwinden wollten, sollte sie besser zu ihr zurückkehren. Aber dieser arme Kerl in dem Narrenkostüm hatte so … traurig gewirkt. Buffy ging weiter und folgte dem Klang der bimmelnden Glöckchen.

Roland, der Narr, trat mit einem purpurnen Stoffbündel in die Gasse. Es war König Richards Robe.

Er entdeckte Buffy, und für einen Moment blieb er wie gelähmt stehen und starrte sie an. Er sah in seinem Narrenkostüm, ohne Kappe, auf eine traurige Weise komisch aus. Dann faltete er die Robe auseinander und warf sie über eine Wäscheleine. Er griff nach einem dicken Holzstock, schlug auf das Kleidungsstück ein und klopfte den Staub aus dem Stoff. Seine Bewegungen waren unbeholfen und langsam, als wäre er erschöpft.

Buffy trat zu ihm. Für einen Moment betrachtete sie ihn schweigend. Hübsches braunes Lockenhaar, große braune Augen. Eigentlich hätte er ein gut aussehender Bursche sein müssen, doch irgendetwas stimmte nicht mit ihm. Sie konnte es nicht genau benennen, aber es schien, als ob seine Haut nicht richtig zu ihm zu passte. Er wirkte alt ohne es zu sein. Vielleicht lag es an der Art, wie er blinzelte, oder an der Schwerfälligkeit, mit dem er die Robe ausklopfte. Staub stieg in einer kleinen Wolke auf, und Buffy hustete in ihre Hand. Er sah sie fragend an und senkte den Stock.

»Früher dachten wir, ich wäre allergisch auf Hausstaub«, erklärte sie ihm. »Also haben meine Eltern unser Haus in eine staubfreie Zone verwandelt und jede einzelne Flocke verbannt. Ich hatte immer noch eine laufende Nase. Es stellte sich heraus, dass es unsere Katze war.«

Sie erwartete zumindest ein höfliches Lächeln. Sie wurde enttäuscht. Er sah sie an, als wäre sie ein Wesen von einem anderen Planeten. Fast hätte sie gesagt: »He, warum habt ihr die Rinder verstümmelt?«

Stattdessen sagte sie: »Tut es nicht weh, wenn man dich so durch die Gegend schleudert?«

Zu ihrer Überraschung und akuten Beunruhigung zuckte er zusammen, seine braunen Augen bekamen einen abwesenden Ausdruck und er senkte den Kopf und sagte: »Doch.«

»Aber, äh, warum lässt du es dann mit dir machen?«

»Es gibt sonst nichts anderes zu tun.«

Hmm. Interessante Antwort. Sie legte eine Hand auf ihre Hüfte und sagte: »Nun, das Gaststättengewerbe bietet beste Aufstiegschancen. Und du bekommst so viele kostenlose Haarnetze, wie du willst.«

Sie entlockte ihm noch immer kein Lächeln. Er starrte sie nur mit sanften, traurigen Augen an. Verletzten Augen.

»Ich bin Buffy.« Sie hielt ihm ihre Hand hin.

Er ergriff sie nicht. »Roland.«

»Summers«, fügte sie hinzu.

Schweigen.

O-kay. Sie deutete auf die Robe. »Er ist also dein Dad?«

Rolands Blicke irrten nervös umher. Kaum merklich schüttelte er den Kopf und sagte: »Ich muss weitermachen.«

»Kann ich helfen?«

Er sah sie mit einem seltsamen Gesichtsausdruck an. Und dann kam ihr plötzlich ein Gedanke: War er etwa ein Ausreißer?

»He, hör mal«, sagte sie.

»Roland!«, donnerte eine Stimme.

Roland zuckte wie unter einem Peitschenhieb zusammen. Es war König Richard, und er klang wütend.

»Junge, wenn du weißt, was gut für dich ist, antwortest du!«

Roland erstarrte. Buffy streckte mitfühlend eine Hand aus, aber er wich vor ihr zurück. Sie vermutete, dass es ihm peinlich war – mehr als einmal hatte sie einen Jungen in Verlegenheit gebracht, indem sie ihm geholfen, ihn vor einer Tracht Prügel oder Schlimmerem bewahrt hatte. Offenbar lautete der männliche Ehrenkodex, dass es besser war, grün und blau geschlagen zu werden, als sich von irgendjemand, insbesondere einem *Mädchen*, vor diesem Schicksal retten zu lassen. Das war etwas, das sie nicht verstand, aber es war ihr inzwischen so oft passiert, dass sie, wenn es sein musste, jede Hilfe unterließ.

Und so, wie es aussah, verlangte Roland das von ihr.

»Tja.« Sie räusperte sich und hob zum Abschied die Hand. »Es war ... wie auch immer.« Sie wandte sich zum Gehen.

»Leb wohl«, sagte er so leise, dass sie einen Moment lang nicht sicher war, ob er wirklich etwas gesagt hatte. »Geh mit Gott.«

Sie drehte sich noch einmal. Seine Augen waren groß und furchtsam.

»Du musst hier nicht bleiben«, sagte sie hastig, aber dann verriet ihr das Poltern von Stiefeln, dass Seine Königliche Hohlheit gleich erscheinen würde.

Sie lief zurück zum Kostümgeschäft, wo die Verkäuferin mit dem milchigen Auge verbittert murmelte: »Und hier ist der Durchschlag Ihres Belegs.«

»Danke«, sagte Cordelia knapp. Triumphierend präsentierte sie Buffy ihren Kreditkartenbeleg. »Gehen wir.«

»Kaputt«, bestätigte Oz, als er unter Giles' Auto hervorglitt. Er wischte seine Hände an der Zeitung ab, die Willow ihm hinhielt, zerknüllte sie und behielt sie in der Hand. Manche Jungs waren eben aufmerksam. Andere hätten ihr die schmierige Zeitung einfach zurückgegeben, damit sie sie als Andenken aufbewahrte. Nicht so Oz.

»Ich weiß nicht, wie Sie es überhaupt bis hierher geschafft haben«, fügte Oz hinzu.

»Er ist eben daran gewöhnt, mit einem kaputten Auto zu fahren«, meinte Xander. Er runzelte leicht die Stirn. »Wo sind unsere anderen holden Maiden?«

Der Parkplatz war nicht mehr so voll wie zum Zeitpunkt ihrer Ankunft. Jetzt sah er mehr nach dem aus, was er eigentlich war: eine verschlammte Fläche, die früher einmal eine Wiese gewesen war. Giles' Wagen war zwischen einem Jeep Cherokee und zwei alten Harleys eingeklemmt, die an den Seiten mit großbusigen Barbarenfrauen bemalt waren. Xander hatte sich beim Anblick der Motorräder spontan in einen Kunstkritiker verwandelt.

Willow blickte zum Festplatz zurück. Aus der Entfernung wirkte das Ganze armselig und billig. Natürlich, sie hatten weder die Shakespeare-Stücke gesehen, noch das Flötenkonzert besucht. Vielleicht wäre es dort ja richtig cool gewesen. Aber alles in allem war sie froh, das Fest hinter sich zu lassen.

»Sind Sie Mitglied im Automobilklub, Giles?«, fragte Angel. »Dann könnten wir einen Abschleppwagen rufen.«

Nicht zum ersten Mal fiel es Willow schwer zu akzeptieren, was alles passiert war, seit sie Buffy kennen gelernt hatte. Böse Flüche, Ungeheuer, Reisen zur Hölle und zurück und all die anderen gespenstischen Dinge! Aber am unheimlichsten war vielleicht, dass Angel, der um das Jahr 1750 herum geboren war, an ihrer Seite stand und über den Automobilklub redete, als wäre es die natürlichste

Sache der Welt. In derartigen Momenten musste sie sich kneifen, um sich zu vergewissern, dass sie nicht träumte.

Dann drückte Oz ihre Hand. Vielleicht war dies noch unheimlicher: Dass ein cooler Typ wie der Leadgitarrist der Dingoes *sie* für cool hielt.

Oz grinste, als wüsste er genau, was sie dachte. Willow würde es nicht überraschen. Er konnte sich in einen Werwolf verwandeln, also konnte er vielleicht auch Gedanken lesen.

Dann tauchten Buffy und Cordelia auf, Seite an Seite, als wären sie die besten Freundinnen, und da wusste Willow, dass *das* unheimlicher war als alles andere.

Ja. Eindeutig.

Die beiden erreichten sie, und Giles sagte: »Gut. Dann verschwinden wir von hier. Buffy, du solltest auf Patrouille gehen.«

»Giles ...«, begann Buffy. »Ich würde vorher gern die Verstümmlungen überprüfen, wenn Sie nichts dagegen haben.«

»So morbide?«, fragte Cordelia.

»Cordelia, Buffy ist die Jägerin. So widerwärtig diese Übergriffe auch sein mögen, es ist ihre Pflicht, sie zu untersuchen.«

»Ich werde dich begleiten«, erbot sich Angel.

»Ah«, machte Giles, presste dann aber schnell die Lippen zusammen. Für einen Moment herrschte verlegenes Schweigen. Willow bemerkte, dass Buffy verärgert war, was Willow wiederum für unangebracht hielt. Sie mochte ja die Jägerin sein, aber Willow war der Ansicht, dass sie ein wenig Nachsicht mit dem Wächter haben sollte. Sie fühlten sich in Angels Gegenwart alle etwas unbehaglich.

Angel sah Buffy an; offenbar spürte er Giles' Besorgnis und wollte so schnell wie möglich weg von hier. Willow taten beide unendlich Leid. Ihre Beziehung war sicherlich nicht so verlaufen, wie sie es geplant hatten. Sie versuchten, das Beste daraus zu machen, aber viel konnten sie nicht mehr tun. Oz, nun, er war weitaus besser dran. Drei Nächte ein Werwolf, siebenundzwanzig ein normaler Junge. Das war ein guter Schnitt.

»Tja, was das Weggehen betrifft«, sagte Xander gedehnt. »Vergiss nicht, ein paar Kreuze zu schlagen, Buffy. Vielleicht solltest du auch etwas *Eau de garlique* auftragen.«

»Wir glauben nicht, dass wir es mit Vampiren zu tun haben, Xander«, erklärte Giles.

»Ich weiß«, erwiderte Xander und sah Angel direkt in die Augen.

Buffy warf ihm einen finsteren Blick zu. Xander blieb ungerührt. Er war derjenige, der dem A-Man das meiste Misstrauen entgegenbrachte, und hin und wieder ließ er es sich nicht nehmen, es die anderen – Buffy eingeschlossen – auch wissen zu lassen.

Allerdings war es offensichtlich, dass alle – nicht zuletzt auch Xander selbst – von dem Fest verschwinden wollten. Willow betrübte das. Manchmal schien es ihr, als würde in dieser Stadt alles, was Spaß machte, sich am Ende ins Gegenteil verkehren.

Es war Cordelia, die für den Aufbruch sorgte. »Tja, okay, verschwinden wir von hier. Diese Bande ist nicht gerade ein Ausbund an Normalität. Wie ungewöhnlich für einen Ausflug mit Buffy! Ich bin hundertprozentig davon überzeugt, dass irgendjemand versuchen wird, wenigstens einen von uns umzubringen – wahrscheinlich mich –, bevor das Wochenende um ist.«

»Wir können hoffen«, stichelte Xander und duckte sich. Aber Cordelia verdrehte nur die Augen und seufzte.

»Wie spät ist es, Babe?«, wandte sich Oz leise an Willow.

»Wie spät?«, fragte sie und fuhr dann hoch. »Oh!« Sie ergriff Xanders Handgelenk. »Wann hast du dir diese Uhr gekauft? Was ist aus Tweety geworden? Oh, verdammt! Oz, ich habe noch fünfzehn Minuten.«

Oz nickte. »Das können wir schaffen, wenn du versprichst, deinen Eltern nicht zu verraten, wie schnell ich gefahren bin.« Er legte einen Arm um sie und sagte zu den anderen: »Wir müssen los.«

Giles sagte: »Cordelia, könntest du mich vielleicht zur Bibliothek bringen? Ich will von dort den Abschleppdienst anrufen.«

Sie blickte ein wenig verwirrt drein und griff dann in ihre Handtasche. »Sie können mein Handy benutzen. Man kann Sie dann direkt nach Hause abschleppen.«

»Ja, nun, ich habe in der Bibliothek ein paar Bücher, die ich brauche«, sagte er.

»Oh. Bücher. Natürlich. Jetzt verstehe ich.« Sie sah Xander an, der die Schultern zuckte.

»Mir ist es egal, wohin wir fahren, Cor, solange wir nur von hier verschwinden.«

»Also gut«, sagte Giles. Er sah Buffy an. »Ich schätze, bei der Untersuchung der Rinder kannst du etwas Hilfe gebrauchen.«

Es war eine Kapitulation vor Angels Angebot, sie zu begleiten, aber Willow war nicht sicher, ob Buffy es bemerkte. Oder ob es sie kümmerte.

Stattdessen starrte Buffy ihn einfach an.

Der Wächter übersetzte: »Beeilt euch. Man wird die Kadaver heute Nacht bestimmt beseitigen.«

»Jetzt wo ihr Jungs mit dem Planen fertig seid, möchte ich auf den Punkt zu sprechen kommen, den ich schon seit zehn Minuten ansprechen will. Da war dieser Junge«, sagte Buffy. »Ich glaube, sie misshandeln ihn und ...«

»Wir können jederzeit hierher zurückkommen. Das Fest wird noch eine ganze Weile dauern.« Giles nahm seine Brille ab. »Unglücklicherweise.«

»Vielleicht verschwinden sie auch«, murmelte Willow, doch nur Oz hörte sie. Er drückte ihre Hand.

»Das Böse«, sagte Oz, »ist auf leisen Sohlen gekommen.«

Giles nickte ihm zu. »In der Tat, Oz, ich fürchte, du hast Recht. Und ich muss sagen, du hast es treffend formuliert. Es freut mich zu erfahren, dass zumindest einer von euch liest.«

»He«, protestierte Willow. »Ich kenne auch meinen Bradbury.« Sie hob ihr Kinn. *»Das Böse kommt auf leisen Sohlen.* Eine Geschichte über eine unheimliche ...« Sie warf einen Blick über die Schulter. »Kirmes«, schloss sie lahm.

»Aber das hier ist keine«, sagte Oz nachdrücklich, um sie zu beruhigen. »Unheimlich, nun ja. Aber Kirmes, nein. Okay?«

Willow lächelte. »Si«, nickte sie.

Shock starrte in den dunklen Weatherly Park und suchte nach Treasure. Er hörte ein Geräusch, vielleicht Schritte. Oder das Getrippel kleiner Tierpfoten. Er flüsterte: »Treasure?«

Auf einer Lichtung im Wald:
Der erste Schimmer der Dunkelheit.
Das leise Lachen der Verdammten.

Hunde hörten auf zu bellen, legten sich hin, winselten. Katzen machten einen Buckel und fauchten Schatten an. Babys erwachten schreiend und ließen sich nicht beruhigen.

Und der kleinen Stadt, die auf dem Schlund der Hölle lag, stockte der Atem vor Furcht.

# 5

In den ländlichen Außenbezirken Sunnydales, die höher lagen als die Stadt selbst, entlang der nordöstlichen Seite der Route 17, erstreckten sich Weiden bis zum Eingang des Los Viejos National Forest. Der Wald bestand hauptsächlich aus Nadelbäumen, und es gab dort riesige Granitblöcke, die wie Klippenhäuser in den Himmel ragten. Dieses abseits gelegene Gebiet gehörte nicht zu Buffys normaler Patrouillenroute. Sie kannte das Terrain nicht, und das trug nicht gerade dazu bei, die Spannung, die sich auf dem Renaissancefest in ihr aufgebaut hatte, zu verringern.

Zusammen mit Angel kauerte sie hinter einigen Manzanitabüschen und beobachtete die mondbeschienene breite Rinne, die etwa sechs Meter von ihnen entfernt war. In dem ausgetrockneten Flussbett lagen drei dunkle Haufen – die toten Kühe. Gelbes Absperrband spannte sich zwischen den Bäumen, aber ansonsten schien die Polizei den Tatort verlassen zu haben. Buffy war überrascht, und sie traute dem Braten noch nicht so ganz.

So blieben sie zunächst in Deckung, so dicht aneinandergedrängt, dass Angels Oberschenkel gegen ihren drückte. Buffys Muskeln verkrampften sich, und sie drohte das Gleichgewicht zu verlieren. Sie musste sich an ihm festhalten.

Er hob seine Hand und zeigte in eine Richtung.

Kein Zweifel, jemand richtete eine Taschenlampe auf die drei steifen Kadaver, ließ den Strahl dann über die Umgebung wandern und entfernte sich schließlich Richtung Straße.

Sie hörten, wie ein Motor angelassen wurde. Auf der zweispurigen Straße zu ihrer Rechten flackerten rote und blaue Lichter, und der Streifenwagen brauste davon.

»Sie werden wahrscheinlich bald zurückkehren. Mit einem Traktor, um die Kadaver abzutransportieren«, vermutete Buffy.

Angel nickte. »Sollen wir sie uns anschauen?«

»Wir schauen sie uns an.«

Vorsichtig schlich sie heran. Eines hatte sie als Jägerin gelernt:

Wenn man sich unter den Bösen bewegt, muss man sich auf zwei Dinge konzentrieren – aufs Töten und Überleben.

Während sie sich langsam vorwärts bewegten, sagte Buffy leise: »Sei vorsichtig. Es könnten sich kleine Tiere in der Nähe herumtreiben.« Dann stutzte sie, lächelte halb und fügte hinzu: »Aber ich schätze, du würdest sie rechtzeitig riechen.«

»Ja«, sagte er aufrichtig, »das würde ich.«

Sie krochen weiter auf die Kadaver zu. Dann runzelte Angel die Stirn und flüsterte: »Hast du das gehört?« Als sie den Kopf schüttelte, beharrte er: »Dieses Weinen? Nein. Es sind Hunde. Sie heulen.«

Sie lauschte ein paar Sekunden. »Ich höre nichts.«

»Wirklich? Ich schwöre dir, Buffy, sie sind so laut, dass sie ...« Er brach ab und senkte seinen Blick.

»Tote wecken könnten«, beendete sie für ihn den Satz.

Sie sahen sich an. Er lächelte sein trauriges Lächeln, das sie an all das erinnerte, wovon sie einst geträumt hatte, das aber niemals Wirklichkeit werden würde.

»Du kannst wirklich mit Worten umgehen«, sagte er.

»Das meint mein Englischlehrer auch«, erwiderte sie. »Nur meint er nicht gut, sondern schlecht.«

»Ich habe seit zweihundert Jahren keine Schule mehr besucht. Als Schüler, meine ich. Bevor ich verwandelt wurde, war ich allerdings auch kein guter Schüler.«

»Wir haben so viel gemeinsam«, flirtete sie. Vergeblich.

Irgendwo in der Nähe brach knackend ein Zweig. Buffy spannte alle Muskeln an und warf Angel einen Blick zu. Er schien es auch gehört zu haben.

Sie bedeutete ihm mit einer Handbewegung, sich nicht zu rühren. Sie waren schon so oft zusammen auf Patrouille gegangen, dass ein derartiger Wink überflüssig gewesen wäre, aber sie war daran gewöhnt, das Kommando zu übernehmen und allen, die sie begleiteten – vor allem den Hilfsjägern –, zu sagen, was sie tun sollten.

Ein weiteres Knacken. Buffy sah Angel an, dessen Kopf sich in Richtung des Geräusches drehte. Als würde er ihre Blicke spüren, streckte er seine Hand aus. Ohne zu zögern zog sie einen ihrer Holzpflöcke aus dem Gürtel und drückte ihn in seine Hand. Blitzschnell griff sie nach dem nächsten.

Angel fuhr erneut zusammen und sah sie an. Von seinen Augen konnte sie ablesen, dass er etwas gehört hatte, das ihr entgangen war.

Im nächsten Moment sprang etwas Kleines auf Buffys Rücken und biss sie. Es tat weh. Sie schrie überrascht auf und warf sich instinktiv auf den Rücken, um das Tier zu zerquetschen, als ein zweites auf ihrer Schulter landete. Scharfe Krallen oder Zähne bohrten sich in ihre Haut, als sie nach dem Angreifer tastete, ihn packte und von ihrem Körper riss. Der Ärmel ihrer Bluse wurde dabei zerfetzt, und das Wesen hielt ein Stück des blutigen Stoffes in einer winzigen, gefleckten Faust. Seine Hände endeten in gebogenen Miniaturklauen.

Es war ein unheimliches, missgebildetes Geschöpf, das vage an einen Menschen erinnerte, mit einem Kopf, Armen und Beinen, nur dass seine Haut grüne und graue Flecken aufwies, seine Augen leuchtend rot und blind wie die eines Maulwurfs waren und seine langen, spitzen Ohren an die einer Fledermaus erinnerten. Es ähnelte einer Figur aus einem alten Spiderman-Comic: dem Koboldman oder so.

Dann gruben sich Zähne in ihr Fleisch, und Buffy fluchte laut und wischte ein weiteres der Wesen von ihrer Wade. Jenes, das sie in der Hand hielt, trug eine Art grobwollene Kleidung, und als sie es anstarrte, kreischte es und versuchte sie anzugreifen, wobei es wild mit den Zähnen klapperte.

»Wow«, machte Buffy verblüfft.

»Buffy!«

Angel war sofort an ihrer Seite. Sie zeigte ihm das Wesen und hielt es dabei auf Armeslänge, während es in ihren Händen mit seinen Klauen um sich schlug. Dann warf es den Kopf zurück und kreischte und gickste wie ein kompletter Idiot.

»War es das, was du gehört hast?«, fragte sie.

Er schüttelte den Kopf. »Auf keinen Fall.« Er bedeutete ihr mit einem Wink, ihm das Wesen zu geben, aber sie hielt es weiter fest.

»Der Kleine fühlt sich bei mir pudelwohl«, erklärte sie.

Dann plötzlich flog eine weitere Kreatur durch die Luft. Und noch eine. Sie fielen von den Bäumen und sprangen aus dem Unterholz. Buffy schleuderte eine mit einem Fußtritt davon und wischte gleichzeitig eine andere von ihrem Rücken. Dann von ihrer Brust.

Angel erging es nicht besser. Er fuchtelte mit den Armen, während mindestens ein Dutzend von ihnen an ihm hing, ihn biss und mit ihren messerähnlichen Klauen seinen Mantel zerfetzte. Trotz sichtlicher Schmerzen gelang es ihm, eine der Kreaturen abzustreifen. Doch zwei, drei weitere nahmen sogleich ihre Stelle ein.

Mehr als ein Dutzend von ihnen fiel mit Zähnen und Klauen über Buffy her, und sie wehrte sich verzweifelt, ganz auf ihre Aufgabe konzentriert. Töten. Überleben.

Sie trat nach ihnen, zerrte an ihnen, schlug einen Salto und kam wieder auf die Beine. Vielleicht löste sich einer von ihr, doch sechs andere nutzten den Moment der Ablenkung und sprangen sie an.

Sie fügten ihr blutende Wunden zu, zerkratzten ihre Haut und zerfetzten ihr neues Samtoberteil und die Lederhose.

Sie stolperte zu Angel und schlug dabei wild um sich, als würde sie in Flammen stehen. Mit beiden Händen riss sie eins der kleinen Ungeheuer von ihm, zertrat es, ballte die Faust und hämmerte sie einem anderen auf den Kopf, während sie mit einem Fußtritt ein weiteres von Angels Wade schleuderte.

Angel griff jetzt die Kreaturen an, die an Buffy hingen. Ohne ein Wort befreiten sie sich gegenseitig von den Wesen, die unablässig kreischten oder wie wahnsinnig lachten.

Immer mehr Kreaturen fielen von oben auf die beiden herab, bis sie völlig von ihnen bedeckt waren. Insgesamt mochten es wohl an die hundert sein.

Buffy war am ganzen Körper von Biss- und Kratzwunden übersät, und ihr wurde bewusst, dass sie sterben würde, wenn es ihr nicht gelang, sie zu zertreten.

Als eine von ihnen ihre Zähne in Buffys Hand grub, hob Angel abrupt den Kopf. Von einer Sekunde zur anderen, als würde ein einziger Wille sie steuern, sprangen die Kreaturen davon und verschwanden im Wald. Kreischend und lachend huschten sie ins Gebüsch, tauchten auf der anderen Seite wieder auf, sammelten sich zu Gruppen, um dann wie der Blitz loszustürmen und sich zwischen den Bäumen zu verlieren.

»Machen wir sie endgültig fertig«, sagte Buffy keuchend und nahm halb humpelnd, halb rennend die Verfolgung auf.

»Nein, Buffy«, hielt Angel sie zurück. »Sie sind nicht allein.«

Sie presste eine Hand auf die Wunde an ihrer Seite und schnappte nach Luft. »Was?«

»Jemand hat sie zurückgerufen«, erklärte Angel und wies in den Wald. »Mit einem Jagdhorn.«

Buffy runzelte die Stirn. »Tja, dann treten wir diesem Horntypen ebenfalls in den Hintern.«

Sie setzte sich wieder in Bewegung. Dann wurde ihr plötzlich schwindlig, und sie stolperte über einen Felsvorsprung und fiel auf die Knie. Etwas lag auf dem Boden und glitzerte hell im Mondlicht.

»Buffy«, rief Angel und sank neben ihr zu Boden. »Bist du okay?«

»He, sieh dir das an.« Sie starrte den Gegenstand im Gras an. Es war ein funkelndes, herzförmiges Medaillon ... mit dem eingravierten Namen CONNY.

»Oh Gott«, sagte Buffy.

Xander war zum Essen in die Cafeteria gegangen. Cordelia verabschiedete sich gerade von Giles, als Buffy mit dem Medaillon in der Hand in die Bibliothek gehumpelt kam. Angel folgte ihr und warf immer wieder einen Blick über die Schulter, als rechne er jeden Moment mit einem erneuten Angriff der teuflischen Kreaturen.

»Großer Gott, was ist passiert?«, fragte Giles und eilte zu Buffy. »Cordelia, geh in die Mädchentoilette und hole Wasser und ein paar Papierhandtücher.«

Cordelia rannte schaudernd an Buffy vorbei und blieb bei Angel stehen. »Wow, ihr seht grauenhaft aus«, stellte sie fest, »aber so seht ihr ja eigentlich immer aus.« Dann rannte sie weiter.

»Was ist passiert?«, fragte Giles erneut, als Buffy langsam auf einen der Stühle am Schreibtisch sank. Sie stöhnte.

»Gut, dass ich die Jägerin bin und er ein Vampir ist«, sagte Buffy, »sonst wären wir wahrscheinlich tot.«

Giles untersuchte ihre Wunden. »Ihr wurdet angegriffen?«

»Nein«, sagte sie. »Wir waren bowlen.«

»Eine dumme Frage verdient eine dumme Antwort.« Er ging in sein Büro und kam mit einem Erste-Hilfe-Set zurück. »Angel, Sie sollten sich ebenfalls hinsetzen.«

Vorsichtig betupfte Giles die Schnitte an Buffys Arm mit Jod. Es brannte ein wenig, aber sie bemerkte es kaum, während sie das Medaillon anstarrte.

Angel durchquerte langsam den Raum. Sein Seidenhemd und die Lederhose waren zerrissen und entblößten einen Teil seiner Schenkel und ein Stück seiner rechten Hüfte. Seine Brust wies einen langen Kratzer auf, der quer vom Brustkorb bis zur Hüfte herabreichte. Und was sein Gesicht anging ...

Ihr stockte der Atem. Er sah sie an. Er lächelte gequält, und sie wusste, dass er sie auch vermisste. Ihre Berührung vermisste. Die Möglichkeit, sie zu berühren.

Entschlossen wandte sie den Blick ab.

»Diese Wesen ... Ich habe sie früher schon einmal gesehen, vor langer Zeit. Als ich noch ein Junge war«, sagte Angel. In seiner Stimme schwangen Ironie und Traurigkeit mit. »Ich dachte damals, ich hätte einen Albtraum gehabt. Ich schrie nach meiner Mutter.«

»Tatsächlich?« Giles hörte gebannt zu, während er den größten Schnitt an Buffys Arm verband. Dann hielt er inne und betrachtete ihre Haut genauer. »Diese Bissmale sind identisch ...«

»Ich glaube, wir haben unsere Mini-Waschbären gefunden«, sagte Buffy.

Angel zuckte die Schultern. »Bis jetzt dachte ich, es wäre nur ein Traum gewesen. Wir nannten sie das kleine Volk.«

»Kobolde?«, fragte Buffy erstaunt und zuckte leicht zusammen, als Giles etwas mehr Jod auf ihren Arm auftrug. »Wie in diesen Filmen?«

»Nein.« Angel versuchte, sie Giles zu beschreiben, und suchte nach den richtigen Worten. »Ich habe keine Ahnung, ob diese Legenden wahr sind, aber das hier sind völlig andere Wesen. Sie sind elfenhaft, aber sehr klein, fast gnomenhaft.«

»Böse Elfen?«, sinnierte Giles.

Angel zuckte die Schultern. »Wir nannten sie wie gesagt das kleine Volk. Keine angenehmen Kreaturen. Wenn irgendetwas schief ging, hielten wir sie für die Übeltäter. Wenn die Milch sauer wurde oder ein Kind erkrankte ...«

»Oder die Mathearbeit in die Hose ging«, fügte Buffy hinzu. »Wie praktisch.« Ihr fiel wieder das Medaillon ein. »Wir haben das hier gefunden.«

Giles legte das Erste-Hilfe-Set zur Seite und studierte den Kettenanhänger. »Conny.« Er schwieg für einen Moment. »Buffy, erinnerst du dich, dass ich die Frau erwähnt habe, die das Straßenkinderasyl leitet? Ich glaube, ihre verschwundene Tochter heißt Connie.«

»Connie DeMarco«, bestätigte Buffy. »Ja, ich weiß.« Ihre Stimme klang jetzt belegt. »Nur denke ich – na ja, okay, hoffe ich –, dass es ein anderes Mädchen ist. Eine andere Conny.«

»Ich habe gesehen, wie sich der Name schreibt. Deine Mutter hat in der Galerie eine lange Liste mit Fotos der Vermissten hängen.« Er betrachtete wieder den Anhänger. »Ich bin mir ziemlich sicher, dass der Name ihrer Tochter mit ie geschrieben wird. Vielleicht sollte ich Jamie anrufen.«

»Aber wie kommt ihr Anhänger an den Ort, wo die Kühe verstümmelt wurden?«, fragte Buffy.

»Das ist noch nicht alles«, warf Angel ein. Er sah Giles durchdringend an. »Ich habe ein Jagdhorn gehört. Und Hundegebell.«

»Jäger«, sagte Giles. »Es gibt hier kein jagbares Wild, zumindest nicht für normale Jäger. Kein Rotwild, keine Elche, nicht einmal Enten. Wie waren die Jäger gekleidet? Trugen sie Tarnjacken oder Ähnliches?«

»Ich sagte, ich habe sie gehört«, erwiderte Angel. »Ich habe sie nicht gesehen.«

»Weil sie irgendwo im Wald versteckt waren«, fügte Buffy hinzu, »und es dunkel war.«

»Sie haben das kleine Volk zurückgerufen.« Angel strich über eine Schnittwunde auf Buffys Gesicht. »Buffy hat Recht, wenn sie sagt, dass die Elfen uns hätten töten können, aber als das Horn erklang, haben sie sich zurückgezogen.« Er sah Buffy an. »Buffy konnte das Horn nicht hören. Und die Hunde auch nicht.«

»Das liegt an diesen bösen Rockkonzerten, die ich besucht habe«, erklärte Buffy. »Sie haben mein Gehör zerstört.«

In diesem Moment kam Cordelia mit Xander im Schlepptau zurück. »He, Buffy, wie willst du das deiner Mom erklären? Du musst mindestens einen Autounfall vortäuschen, denke ich.« Dann stutzte sie. »Oh, stimmt ja. Sie weiß Bescheid.«

»Oh, mein Gott, Buffy, was hat er dir angetan?«, rief Xander, verstummte dann aber, als er Angel sah. »Hallo, Dead Boy«, begrüßte er ihn lahm, doch Angel blähte nur empört die Nüstern.

»Wir wurden von Anti-Elfen überfallen«, sagte Buffy. »Unheimliche kleine Kreaturen.«

Xander sah Buffy besorgt an. Im Gegensatz zu Angel lag in Xanders Blick nicht Leidenschaft, sondern blankes Entsetzen. Denn im Gegensatz zu Angel, der wusste, dass die Wunden einer Jägerin heilen, hatte Xander das vergessen. Er sah eine schwer verletzte Freundin vor sich. Buffy wollte ihn nicht daran erinnern, dass er sie früher schon in diesem Zustand gesehen hatte und auch in Zukunft sehen würde.

»Cordy, keine Mom könnte ihr Kind derart übel zugerichtet sehen, ohne total zusammenzubrechen«, erklärte Xander, um dann hinzuzufügen: »Denke ich.«

Buffy sagte nichts. Sie würde eben wieder durchs Fenster klettern müssen. Mit etwas Glück würde ihre Mom nicht mit Tränen in den Augen auf ihrem Bett sitzen.

In der letzten Zeit hatte sie, was das betraf, nicht besonders viel Glück gehabt. Aber immerhin noch mehr als Conny.

Giles sagte: »Buffy, wenn du nach Hause gehen möchtest, können dich Cordelia und Xander mitnehmen. Angel und ich werden diese Angelegenheit etwas genauer untersuchen.«

Eine Fahrt mit Cordelia und Xander, das klang nicht sehr verlockend. »Nein«, wehrte sie ab, »ich bleibe auch hier.«

»Wenn es nicht zu anstrengend für dich ist«, sagte Giles. Sie nickte wieder.

Giles sah Cordelia an. »Ich habe gehört, dass einige von euch Schwierigkeiten bekommen haben, weil sie zu lange aus gewesen sind. Wenn dies der Fall ist, schlage ich vor, dass ihr euch so bald wie möglich zu Hause einfindet.«

»Großartig!«, rief Cordelia enthusiastisch. Dann runzelte sie die Stirn und sagte: »Oh, dabei hatte ich so gehofft, zusammen mit Ihnen diese schimmeligen Bücher nach Bildern von Monstern durchsehen zu können.« Sie zuckte die Schultern. »Zu schade. Das ist ein schwerer Schlag für mich.«

»Gute Nacht, Cordelia«, sagte Buffy trocken.

Cordelia griff nach Xanders Hand. »Ich bringe dich nach Hause.«

Xander wollte protestieren, aber Buffy schnitt ihm das Wort ab. »Xand, wir haben hier genug Augen«, erklärte sie. »Deine Eltern fragen sich wahrscheinlich bereits, ob sie nicht besser den Notruf wählen sollen.«

Er lächelte unglücklich. »Nein, Buffy, das tun sie garantiert nicht.«

»Xander, es wäre mir eine Beruhigung, wenn du dir Cordelias Auto ansehen würdest. Wer weiß, wo sich diese Kreaturen überall versteckt haben?«, sagte Giles. »Offenbar waren sie in meinem Wagen. Sie könnten auch in ihrem lauern.«

»Iih.« Cordelia verzog das Gesicht.

»Okay«, sagte Xander. Er sah noch einmal Buffy an. »Wenn wir diese kleinen Monster finden, mache ich sie persönlich fertig.«

Buffy lächelte. »Ich weiß.«

Cordelia drängte sich an Xander vorbei und sagte zu Buffy: »Willst du wissen, wie du diese Kratzer und so verbergen kannst? Mit einer Menge Grundierungscreme. Aber du musst jede Schicht dünn auftragen, dann trocknen lassen und dann die nächste auftragen. Du darfst sie nicht einfach draufklatschen. Deswegen siehst du auch die halbe Zeit so streuselkuchenmäßig aus.«

Dann lächelte sie freundlich und verließ mit Xander im Schlepptau die Bibliothek.

Buffy seufzte. »Und die andere Hälfte der Zeit sehe ich völlig zerschunden aus.«

»Nun, wie es scheint, hatten wir eine Begegnung mit bösen Elfen«, sagte Giles, als er in sein Büro ging. »Hmm. Ich glaube, ich habe hier ein paar Nachschlagewerke.« Er wühlte geschäftig in seinen Büchern herum. »Sogar eine ganze Menge, um genau zu sein.«

Buffy seufzte. »Was für eine Überraschung.« Vielleicht hätte ich doch nach Hause gehen sollen.

»Buffy, Angel, möchtet ihr vielleicht eine Tasse Tee?«

»Gern«, sagte Buffy. »Wenn Sie welchen da haben.«

»Ich setze sofort eine Kanne auf.« Er spähte aus dem Büro, schien seine Gastfreundlichkeit einen Moment zu überdenken und sagte dann: »Angel?«

»Danke«, erwiderte Angel und ließ sich neben Buffy auf einem Stuhl nieder.

Buffy überlegte fieberhaft, um einen Sinn in das bisherige Geschehen zu bringen, Zusammenhänge herzustellen. Alles, was in der letzten Zeit in Sunnydale passiert war, schien irgendwie miteinander in Verbindung zu stehen. Der kleine Timmy Stagnatowski – seine Eltern hatten geglaubt, er wäre bloß ausgerissen. Aber diese Connie und Jamie Andersons Sohn waren die wirklichen Ausreißer. Und dieser Junge auf dem Renaissancefest, Roland.

Buffy sagte: »Kennen Sie diesen Roland? Von dem Fest? Nein, Sie kennen diesen Jungen nicht. Er ist ein Ausreißer, Giles. Dessen bin ich mir sicher.« Sie dachte einen Moment nach und hob den Anhänger wieder hoch. »Wie Connie.«

Eine Lichtung im Wald:

Die Jäger strömten zusammen und sammelten sich. Umrisse schimmerten im Mondlicht, nahmen langsam Gestalt an, während die dunklen Elfen ausschwärmten und kreischend herumtollten. Der Atem der Jäger hing wie Nebel in der Luft, das Keuchen der Bluthunde und Hengste wallte wie Rauch.

Ein Phantomhorn ertönte.

Hunde bellten.

Dem Wahnsinn nahe, erschöpft und allein, kauerte Shock hinter einem Felsbrocken, während die hässlichen kleinen Kreaturen überall herumsprangen. Er war Treasures Schreien bis zu diesem Ort gefolgt; ein Trucker, der unterwegs nach L.A. war, hatte ihn mitgenommen.

Dass er noch immer ihre Schreie hören konnte, verwirrte und entsetzte ihn. Er hatte sie bis jetzt nirgendwo finden können.

Auf der anderen Seite des Felsens gacksten die kleinen Monster.

So leise wie möglich kroch Shock davon. Er konnte dieses Problem nicht allein lösen.

Nach all diesen Jahren war es an der Zeit, dass er nach Hause ging.

Stunden später, als ihnen die Köpfe rauchten von all den Informationen, die sie über das kleine Volk und die dunklen Elfen gesammelt hatten, ohne auch nur einen Schritt weiter gekommen zu sein, verabschiedeten sich Angel und Buffy von Giles. Der Bibliothekar, der mit verschiedenen Wächtern auf dem ganzen Erdball telefoniert hatte, sah die beiden nachdenklich an und sagte: »Gute Nacht.«

Es brauchte nicht viel, um Buffy daran zu erinnern, dass Angel Jenny Calendar das Genick gebrochen hatte, aber Giles hatte Angel immer in Schutz genommen, wenn Xander ihn angriff, und ihn daran erinnert, dass Angel jetzt Angel war, nicht Angelus. Deshalb schmerzte es sie, wenn sie die Besorgnis in Giles' Augen sah, nur weil sie mit Angel allein war. Sie wussten, dass sie ... niemals wieder zusammen sein konnten. Sie versuchten, sich damit abzufinden. Giles glaubte doch nicht etwa, dass sie noch einmal Angels Seele in Gefahr bringen würden, in einem Moment zügelloser Leidenschaft, oder doch?

An Buffys Tür blieb Angel stehen, und Buffy sagte: »Meine Mom ist nicht zu Hause. Möchtest du mit reinkommen?«

Langsam schüttelte er den Kopf. »Keine gute Idee.« Er wies auf ihre Verletzungen. »Du solltest ein heißes Bad und ein paar Aspirin nehmen. Morgen wirst du dich völlig zerschlagen fühlen.«

»Du aber nicht«, sagte sie.

»Vielleicht ein wenig.«

Dann küsste er sie, nur ganz kurz. Es war kein Liebeskuss. Aber auch kein Freundschaftskuss. Was gut war, denn Buffy war der Ansicht, dass es jetzt an der Zeit war, eine neue Art von Beziehung aufzubauen. Bisher hatte keine richtig funktioniert.

Doch als sie dort unter den Sternen standen, die Kleidung zerrissen, zerschunden von dem Kampf, den sie gemeinsam ausgetragen hatten, konnte sie dem Drang nicht widerstehen, ihre Arme um seinen Hals zu legen und ihn mit der alten Leidenschaft zu küssen. Und noch während sie es tat, dachte sie: Oh Gott, ich bin so dumm.

Es war Angel, der einen klaren Kopf behielt und sich sanft von ihr löste.

Dann wandte er sich ab und verschwand in der Nacht.

# 6

Am nächsten Morgen in aller Frühe begleitete Giles Jamie Anderson zum Haus von Liz DeMarco. Die Straßen ihres Viertels waren von Schrottautos und überquellenden Mülleimern gesäumt. Eine Familie, die in einem winzigen Haus lebte, veranstaltete einen Flohmarkt in ihrem Vorgarten. Auf einer Kiste am Bordstein stand GEBRAUCHTE SCHUHE 25 CENTS. Zwei Frauen in geblümten Morgenröcken durchstöberten neugierig das Angebot.

An einer Tankstelle mit angeschlossenem Supermarkt bogen sie links ab und fuhren zwei Blocks weiter.

Jamie hielt an und sagte zu Giles: »Achte darauf, dass die Tür verriegelt ist.«

Es war ein bedrückend kleines Apartment, in dem es nach Benzin und Motoröl roch. An der Wand über dem Fernseher hing eine Marienfigur mit ausgestreckten Händen. In dem schmalen dunklen Flur war ein Kruzifix angebracht.

Giles fragte sich, ob Mrs. DeMarco auch dann noch an ihrem Glauben festhalten würde, wenn er ihr von den Dingen erzählte, die er gesehen und getan hatte. Es war sogar möglich, dass seine Enthüllungen sie in ihrem Glauben noch bestärkten. Allerdings war heute kein guter Tag, um sie dieser Prüfung zu unterziehen.

»Artie?«, rief sie unsicher, als Giles freundlich durch die Fliegengittertür lächelte und um Einlass bat. Er hatte vorher angerufen und sie hatte »Oh mein Gott!« gemurmelt und ihn aufgefordert, sofort herüberzukommen. Aufgelöst hatte sie ihm erklärt, dass sie eigentlich zur Messe gehen wollte, aber zu Hause bleiben und auf ihn und den hilfsbereiten Police Officer warten würde, der ihren Anruf beantwortet hatte. Er hatte versprochen, Himmel und Hölle in Bewegung zu setzen, um Connie zu finden.

Das kleine Wohnzimmer war mit Flugblättern des Asyls, Kisten und Schmutzwäsche übersät. Die Couch lag voller Einkaufstüten. Errötend ergriff sie einen der Plastikbeutel und sah sich in dem voll gestopften Raum nach einem Platz um, wo sie ihn abstellen konnte.

»Bitte, setzen Sie sich«, sagte sie mit einem Blick über die Schulter in Richtung Flur. »Mein Mann ...« Sie fuhr sich mit den Händen durchs Haar. »Er, nun, er ist so wütend. Auf sie.« Sie holte Luft. »Zeigen Sie mir bitte den Anhänger.«

Wortlos zog Jamie Anderson einen Plastikbeutel aus einem braunen Umschlag, den er mitgebracht hatte. Auf dem Umschlag stand BEWEISMITTEL, MORDDEZERNAT. Giles hoffte, dass Mrs. DeMarco die Aufschrift nicht bemerkt hatte.

Kaum erblickte sie den Beutel, gab sie einen leisen Schrei von sich und sank auf die Couch. Sie beugte sich nach vorn und barg ihr Gesicht in den Händen. Sie nickte.

»Er gehört ihr.« Ihre Stimme bebte. Sie brach in Tränen aus. »Haben Sie sonst noch etwas gefunden?«

»Nein, Ma'am«, sagte Jamie mit leiser, sanfter Stimme. »Es ist sehr gut möglich, dass sie ihn nur verloren hat. Oder so etwas.«

Giles war nicht sicher, ob sie ihn gehört hatte. Sie fuhr fort: »Sie hatte einen Freund. Diesen ... Bobby. Seine Familie ist illegal hier. Seine Mutter putzt für die Leute, denen die Werkstatt gehört, in der mein Mann arbeitet. Der Vater – ich weiß nicht, wo er ist.«

Sie wischte sich das Gesicht ab. »Er hat Connie diesen Anhänger zum Geburtstag geschenkt. Er wusste nicht, wie ihr Name geschrieben wird. Er spricht kaum Englisch. Ich ... ich habe sie gesehen ... zusammen. Ich war besorgt. Man kann heutzutage gar nicht vorsichtig genug sein. Die Kinder werden so schnell groß.«

Sie nahm den Plastikbeutel. Jamie sagte: »Öffnen Sie ihn bitte nicht, Mrs. DeMarco.«

Sie hielt den Beutel und starrte durch das Plastik den Anhänger an. Strich mit ihren Fingern über den Namen. Sie sah aus, als würde sie im nächsten Moment erneut die Fassung verlieren, aber sie riss sich zusammen. Giles bewunderte sie sehr dafür.

»Ich fürchte, ich habe die Beherrschung verloren. Ich habe ein paar Bemerkungen gemacht. Ich ... ich habe den Jungen beleidigt. Ich wollte es nicht. Noch während ich es sagte, habe ich mich dafür geschämt.«

»Bemerkungen, Ma'am?«

Mrs. DeMarco sah den Anhänger an.

»Liz will damit sagen, dass sie ihn einen Schwachkopf genannt hat«, dröhnte eine Stimme aus dem Flur. Dann betrat ein Mann in einem schmierigen blauen Arbeitshemd und mit feuchten dunklen Haaren den Raum. Er hatte wohl gerade geduscht. In seiner Jugend musste er ein kräftiger Mann gewesen sein. Jetzt war er fett geworden.

»Ich bin Connies Vater. Was ist mit ihr? Haben Sie die kleine Herumtreiberin gefunden?«

»Artie«, sagte Mrs. DeMarco und sah ihren Mann mit einem gequälten Gesichtsausdruck an.

»Sie ist eine Herumtreiberin. Mit allen Jungs hat sie sich abgegeben. Wir haben sie gewarnt. Schau uns an: Wir haben viel zu früh geheiratet.« Er zögerte. »Nicht dass wir nicht glücklich sind. Aber wenigstens Liz hätte aufs College gehen können. Diese Göre hat ihre Figur verdorben, unsere Zukunft verbaut.« Er zuckte die Schultern. »Dann hat sie uns auch noch das angetan.«

Jamie nickte. »Ich verstehe.«

»Oh, Sie verstehen gar nichts«, sagte der Mann in einem feindseligen Ton. »Sie sehen ein billiges Apartment und einen fetten, schäbigen Kerl. Sie sehen nicht die Jahre, in denen wir versucht haben, sie glücklich zu machen, ihr alles zu geben. Ich bin verbittert, das streite ich nicht ab. Doch ich war nicht immer so. Viele andere Kerle hätten sich davongemacht, aber ich bin geblieben. Ich habe das Richtige getan.« Er seufzte. »Ich war ein junger Bengel. Siebzehn Jahre alt. Aber ich habe das Richtige getan.«

Mrs. DeMarco schluchzte. »Was verschweigen Sie uns, Detective?«, fragte sie. »Sie ist tot, nicht wahr?«

»Ma'am, ich hoffe nicht.« Jamie steckte den Plastikbeutel wieder in den Briefumschlag. Giles bemerkte, dass Mr. DeMarco nicht gebeten hatte, ihn sehen zu dürfen. »Mehr kann ich Ihnen im Moment leider auch nicht sagen.«

Sie nickte. »Ich werde nach dem Besuch bei meinem Priester ins Asyl gehen«, erklärte sie. »Wenn Sie irgendetwas hören …?«

»Rufe ich Sie dort an.« Jamie klopfte auf seine Tasche. »Die Nummer habe ich.«

»Okay.«

»Auf Wiedersehen, Mrs. DeMarco«, sagte Giles.

»Sie sind der Bibliothekar«, sagte sie zu ihm. »Ich habe einige Kinder im Asyl über Sie reden hören.«

»Tatsächlich?« Er war plötzlich alarmiert. »Und was sagen sie?«

»Sie finden Ihren Akzent cool.« Sie lächelte matt. »Einige der Mädchen möchten gern wissen, ob Sie Prinz William kennen.«

Sein Lächeln war traurig. »Erzählen Sie ihnen irgendeine Lüge.«

»Das mache ich«, sagte sie gequält. »Jeden Tag.«

Jamie neigte den Kopf. »Mrs. DeMarco. Mr. DeMarco.«

Die beiden Männer verließen die Wohnung. Die Fliegengittertür schlug hinter ihnen zu.

»Was ist los mit dir?«, schrie Mr. DeMarco seine Frau an. »Dauernd bist du bei diesem Priester, dauernd in diesem verdammten Asyl. Und was ist mit mir? Ich gehe vor die Hunde.«

»Artie, es tut mir Leid«, sagte Mrs. DeMarco. »Es ist nur so, dass ich die Chance habe, etwas Gutes zu tun ...«

»Ja, mit diesem kleinen Miststück hast du wirklich eine gute Tat vollbracht. Wenn sie nach Hause kommt, werde ich sie verprügeln ...«

»Du wirst sie nicht anrühren«, schrie sie.

Jamie warf Giles einen Blick zu, als sie in Jamies Streifenwagen einstiegen.

»Genau das ist es, was die Leute von uns denken«, erklärte er Giles. »Wenn dein Kind ausreißt, denken sie, dass es einen Grund dafür hat. Dass du es missbraucht oder geschlagen hast. Niemand glaubt ...« Er verstummte. »Niemand glaubt dir, dass es einfach ausgerissen ist und du keine Ahnung hast, warum.« Er wischte sich über die Stirn. »Mann, jetzt könnte ich einen Drink gebrauchen.«

»Bleib standhaft, alter Knabe«, sagte Giles.

Jamie seufzte und nickte. »Ich weiß. Morgen werde ich erfahren, ob ich noch immer einen Job habe. Brauchst du vielleicht Hilfe in der Bibliothek?«

»Es ist ein elender Job, ehrlich«, sagte Giles. »Highschoolbibliothekar zu sein, meine ich.«

»Als Cop geht's einem heutzutage auch nicht besser.«

Die beiden Männer tauschten verständnisvolle Blicke.

»Könntest du mich an der Bibliothek absetzen?« Giles' Auto war in der Werkstatt. Nicht in der, wo Artie DeMarco arbeitete. Sondern in einer, wo man ihm gesagt hatte, dass es wahrscheinlich billiger wäre, ein neues Auto zu kaufen, als seinen uralten Citroën reparieren zu lassen.

Er hatte ihnen gesagt, dass sie seinen Wagen um jeden Preis wieder fahrtüchtig machen sollten. Wie hieß es doch so schön: Neu war nicht besser. Nicht einmal in Amerika.

Joyce parkte ihren Wagen und sah sich unsicher um. Das Asyl lag im schlimmsten Viertel der Stadt, in einem völlig heruntergekommenen Gebäude, wo im ersten Stock sämtliche Fenster eingeschlagen waren. Es war aus Ziegeln erbaut, und mit viel Mühe – mit ausgesprochen viel Mühe – konnte es ganz schön werden. Es musste ein sehr altes Gebäude sein. Ziegelsteine waren in Südkalifornien wegen der Erdbeben eher ungewöhnlich.

Sie konnte sich einer gewissen Enttäuschung nicht erwehren. Als sie das Asyl geplant hatte, hatte sie sich ein helles kleines Haus vorgestellt, Pingpong spielende Kids, etwas in der Art. Sie wusste, dass es naiv gewesen war, vor allem im Vergleich zur Wirklichkeit: Hämmernde Musik, die so laut war, dass sie kaum noch denken konnte. Poster über AIDS, Schwangerschaft bei Minderjährigen und Selbstmordgefährdung hingen an beiden Seiden der Tür, an der schon der Lack abblätterte. Früher war es nicht so gewesen. In ihrer Highschoolzeit hatte es nicht einen einzigen …

Nein, hatte es doch.

Sie blieb stehen, die Hand an der Türklinke.

Da war ein Mädchen namens Elise Alexander gewesen, und sie hatte Selbstmord begangen. Mit einer Hand voll Tabletten. Niemand kannte den Grund. Manche meinten, Elise hätte es wegen einem Jungen getan. Andere behaupteten, ihr wäre etwas Schreckliches zugestoßen. Die ganze Schule hatte darüber geredet, aber niemand hatte etwas Genaues gewusst.

Jetzt erinnerte sich Joyce deutlich an die Worte ihrer Mutter: »Dieses arme Mädchen. Es hatte niemanden, an den es sich wenden konnte.«

Also war es vielleicht gar nicht so wichtig, dass sie, als sie die Tür öffnete, von einem Höllenlärm begrüßt wurde, den man heutzutage als Musik bezeichnete, einer erstickenden Wolke aus Zigarettenrauch und einer Hand voll feindseliger junger Gesichter, die sie anstarrten. Jungs mit riesigen, kunstvollen Tattoos und Mädchen mit Makeup, das sie härter und älter machte. Die Kids verkrampften, als sie im Türrahmen auftauchte. Blasse weiße und verschlossene, zornige schwarze Gesichter.

Verängstigte Gesichter.

Sie blieb auf der Schwelle stehen und sah sich nach Liz DeMarco um.

Ein Junge, der ungefähr in Buffys Alter war, kam auf sie zu stolziert. Er trug Jeans, die so weit ausgestellt waren, dass ein Wischeimer bequem hineingepasst hätte. Auf seinem fadenscheinigen T-Shirt stand THE MERMEN – DAS PHANTASTISCHE GLÜCKSGEFÜHL DES TODES.

»Sind Sie Sozialarbeiterin?«, fragte er abschätzig. »Oder ein Cop?«

»Weder noch«, erwiderte sie. »Ich wollte Mrs. DeMarco besuchen. Sie ist eine Freundin von mir.«

»Liz?« Er machte eine Kopfbewegung. »Sie ist hinten.«

»Danke.« Sie lächelte ihn an. Er lächelte nicht zurück. Stattdessen schlenderte er davon und schwang sich auf einen laut knarrenden Metallklappstuhl. Unter einem Schild mit der Aufschrift RAUCHEN VERBOTEN. GESETZ DES STAATES KALIFORNIEN zündete er sich eine neue Zigarette an, maß Joyce mit argwöhnischen Blicken und blies den Rauch langsam wieder aus.

Er tat ihr Leid. Es war schrecklich anstrengend, so zornig zu sein. Er musste glauben, einen guten Grund dafür zu haben.

Vielleicht hatte er Recht.

Sie eilte nach hinten und fand Liz an einem zerschrammten Schreibtisch sitzen, vor sich einen Stapel Rechnungen und ein offenes Scheckheft, auf dem eine Kaffeetasse stand, die verhinderte, dass es zuklappte.

Aber Liz schrieb keine Schecks aus. Sie weinte, als hätte ihr jemand das Herz gebrochen.

Joyce eilte zu ihr, kniete neben dem Schreibtisch nieder und berührte Liz' Arm.

Liz fuhr hoch und sank in Joyces Arme. »Man hat ihren Anhänger gefunden.«

Joyce wusste das. Liz hatte es ihr bereits am Telefon erzählt. Aber jetzt ließ sie die Frau weinen und sagte nur: »Oh, Liz!«

»Sie ist tot. Ich weiß, dass sie tot ist«, schluchzte Liz. »Mein Kind ist tot.«

»Das wissen wir nicht.« Denn in Sunnydale weiß man so etwas nie genau, dachte Joyce.

»Sie hat diesen Anhänger geliebt. Sie hat diesen Jungen geliebt. Ich hätte ihr erlauben sollen, ihn zu sehen.« Sie kämpfte um ihre Fassung. »Weißt du, man macht sich solche Sorgen, dass sie an den Falschen geraten. Meine Mutter hat das auch getan.«

Zurecht, dachte Joyce. Sie hielt Artie DeMarco für einen der widerlichsten Männer, die sie je getroffen hatte. Laut Giles betete Liz ihn an, was für Joyce völlig unverständlich war.

Liz nahm sich zusammen und zog eine Schublade auf. »Ich habe irgendwo eine Schachtel Kleenex«, sagte sie.

Joyce suchte in ihrer Handtasche. »Hier.« Sie gab der anderen Frau ein Taschentuch.

»Danke.« Sie schnäuzte sich. »Was ich nicht verstehe, ist, warum sie mich so sehr hasst.« Liz' Miene verdüsterte sich. »Ich denke, sie glaubt, dass ich sie nie haben wollte. Dass sie mein Leben verbaut hat. Weißt du, wir, äh, wir mussten heiraten. Aber wir haben sie immer geliebt. Sie ist das Glück meines Lebens.«

Joyce tätschelte ihren Arm. »Kinder machen nun einmal Dummheiten, Liz.« Genau wie ihre Eltern.

Aber Liz wollte sich nicht mit Plattitüden trösten lassen. »Jede Nacht liege ich wach und gehe wieder und wieder die Dinge durch, die ich zu ihr gesagt habe. Wir haben uns gestritten, sicher. Welche Mutter streitet sich nicht mit ihrer heranwachsenden Tochter? Aber dass sie glaubt, ich würde sie hassen ... Ich habe ihr nie einen Grund gegeben, so etwas zu glauben.«

Joyce wusste nicht, was sie sagen sollte. Sie wusste es wirklich nicht. Also tat sie das, was sie so oft mit Buffy hatte tun wollen.

Sie nahm Liz in den Arm und sagte nichts.

Nahm sie einfach in den Arm.

Buffy lag quer auf ihrem Bett, zerschunden und zerschrammt, wie Angel vorhergesagt hatte, und hörte, wie die Haustür ins Schloss fiel.

Sie hielt das Telefon ans Ohr und hörte halb zu, wie Willow fortfuhr: »Deshalb denke ich, dass du vorsichtig sein solltest, Buffy. Ich sage dir das nur, weil ich mir Sorgen um dich mache.«

Buffy öffnete den Mund und wollte protestieren, aber die Erinnerung an Angels Kuss lastete schwer auf ihrer Seele. »Ich weiß, dass es zwischen ihm und mir ... nie wieder so sein wird wie früher, Will«, erwiderte sie. »Aber wir ... wir wollen ... wir versuchen einen Weg zu finden, wenigstens weiter befreundet zu bleiben.« Sie seufzte.

»Ich will dir keine Schuldgefühle einreden«, sagte Willow ehrlich.

»Ich weiß.« Buffy seufzte erneut. »Du bist eine gute Freundin, Will. Ich bin froh, dass du diese Dinge aussprichtst, weil ich sie hören muss.«

»Es geht nicht darum, dass er versucht hat, mich zu töten«, beharrte Willow. »Nun ja, vielleicht hat es doch etwas damit zu tun. Ein wenig. Aber ich will nicht, dass er dir wehtut. Womit auch immer.«

Buffy traten Tränen in die Augen. »Ich weiß.«

»Buffy?«, rief Joyce.

Buffy schnaufte. »Ich muss auflegen. Meine Mom ist gerade nach Hause gekommen, und ich muss bestimmt Einkaufstüten reintragen oder Kunstwerke auspacken oder sonst was.«

»Wahrscheinlich ›sonst was‹«, meinte Willow. »Sie wird dich ins Einkaufszentrum schleppen, um dir neue Schuhe zu kaufen.«

»Das wird es sein«, spottete Buffy.

»Was hat sie gesagt, als sie dich gesehen hat?«

Buffy biss sich auf die Unterlippe. »Jetzt, wo du es erwähnst – sie hat mich noch nicht gesehen.«

Einen Moment herrschte Schweigen. »Da sitzt du schön in der Tinte.«

»Na ja, wenigstens muss ich nicht so tun, als wäre ich in einer Gang. Oder einer Rockband.«

Beide lachten grimmig.

»Wie läuft es bei dir?«, fügte Buffy hinzu. Sie hatten bis jetzt noch keine Gelegenheit gehabt, über die Probleme von Willows Eltern mit Oz zu reden, und Buffy machte sich Sorgen.

»Unverändert, schätze ich. Sie wollen, dass ich mit einem Atomphysiker ausgehe.«

»Der wohl etwas zu alt für dich sein dürfte«, stellte Buffy nüchtern fest.

»Buffy?« Ihre Mutter klang ein wenig gereizt.

»Ich muss jetzt Schluss machen«, sagte Buffy. »Tut mir Leid, Will.«

»Bis später.«

Buffy legte auf und schwang sich vom Bett, als ihre Mutter die Treppe heraufkam. Vor dem Spiegel blieb Buffy stehen und betrachtete sich, schnitt eine Grimasse. Sie sah grauenhaft aus. Stichworte: Grundierungscreme. Streußelkuchenteint. Autounfall. Blessuren.

Pssst.

Sie holte tief Luft und drehte sich zur Tür um.

»Oh, mein Gott«, sagte ihre Mutter, als sie sie sah.

»Äh, hi«, sagte Buffy fröhlich. »Wie war's im Heim?« Dann fiel ihr wieder ein, warum ihre Mutter dort gewesen war, und sie wurde ernst. »Wie geht es Mrs. DeMarco?«

»Mein Gott.« Joyce kam zu ihr und nahm sacht ihr Gesicht in die Hände. Sie starrte die Blutergüsse an. »Buffy, hast du ... kannst du ...?«

Buffy schluckte hart. »Mom«, warnte sie, »wir sind das schon eine Million Mal durchgegangen. Ich bin die Jägerin. Das gehört zu meinem Job. Zu den Dingen, die ich tun *muss*.«

»Du bist mein Baby«, sagte Joyce sanft. »Buffy, wir müssen miteinander reden. Ernsthaft reden.« Sie zögerte. »Ich muss jetzt in die Galerie. Und ich habe morgen Abend eine Besprechung mit der Polizei. Wir versuchen, das Department dazu zu bringen, eine Straßenkinder-Taskforce aufzustellen. Aber Dienstagabend will ich mit dir reden, sobald ich von der Arbeit nach Hause komme.«

Buffy sagte ruhig: »Okay, Mom.«

Ihre Mutter ließ sie los. »Ich denke, du solltest morgen nicht zur Schule gehen.«

»Dein Wunsch ist mir Befehl«, sagte Buffy leichthin.

Joyce verließ das Zimmer.

Buffy griff nach dem Telefon und drückte die Kurzwahltaste.

Bei Willow klingelte es.

»Äh, hallo?«, sagte Willow.

Buffy lächelte. »Lass mich raten. Oz ist auf der anderen Leitung.«

»Oh, kein Problem, Buffy. Ich kann ihm sagen, er soll später noch mal anrufen.«

»Nicht nötig. Ich wollte dir nur einen dummen Witz erzählen«, erklärte Buffy. »Das kann warten.«

»Ach was, heraus damit. Ich bin ganz Ohr.«

»Ist schon okay, Will. Unterhalt dich weiter mit Oz.«

Sie legte auf.

Buffy flüsterte: »Ich. Ich bin der Witz.«

Am Dienstagnachmittag parkte Oz' Transporter vor Willows Haus. Buffy saß zusammen mit Willow, Xander und Oz im Fond und zupfte gedankenverloren an ihren Verbänden. Ihre Mutter hatte entschieden, dass sie passabel genug aussah, um zur Schule zu gehen, und so war sie gerade noch rechtzeitig im Biologiekurs aufgekreuzt, um einen Test zu vermasseln.

Als sie jetzt aufblickte, sah sie, wie sich die Vorhänge am Wohnzimmerfenster der Rosenbergs bewegten. Die arme Willow. Ihre Eltern spionierten ihr nach. Buffys Freundin schien es nicht zu bemerken; sie war viel zu sehr damit beschäftigt, Oz' Bowlinghemd zu bewundern.

Xander klatschte in die Hände und sagte: »Okay. Als ehemaliger Schatzmeister des Wir-hassen-Cordelia-Klubs und derzeitiger Oberkasper der Vampir-Jäger AG eröffne ich diese Sitzung der ›Fröhlichen Vier‹.«

Buffy hob die Hand. »Roland steckt ganz offensichtlich in Schwierigkeiten. Wir hatten ja alle irgendwie ein komisches Gefühl auf diesem Fest. Diese bösen Elfenwesen haben einen Anhänger erbeutet, der einem vermissten Mädchen gehört. Dessen Mutter nebenbei das Asyl für Straßenkinder leitet und jetzt die neue beste Freundin meiner Mutter ist. Und Cordelias Kostüm wurde – auf dem Fest – genauso übel zugerichtet wie ich. Deshalb fange ich mich allmählich an zu fragen, ob es da nicht einen Zusammenhang gibt.«

»Ist es nicht immer so?«, warf Oz ein, als wäre diese Tatsache offensichtlich.

»Ich frage mich das auch«, sagte Xander. »Sollen wir also noch mal auf das Fest gehen?«

Oz nickte. »Ich bin dabei.«

Willow nickte. »Ich auch.«

Xander sagte: »Dann sind wir schon vier. Aber leider wird's kein Doppeldate«, fügte er etwas wehmütig hinzu. »Mann, echt schade, dass Cordy eine Verabredung mit ihrem Haarkünstler hat. Ihr wisst doch, wie gern sie uns begleitet hätte.«

Willow lächelte. »Sie hat schönes Haar.«

Oz sah sie bewundernd an, was Buffy nicht entging. Willow auch nicht. Oder Xander.

»Okay«, sagte Buffy. »Aber euch ist hoffentlich klar, dass es Ärger geben könnte. Man kennt uns dort inzwischen, und wenn dort irgendetwas vor sich geht ... nun, dass dort irgendetwas vor sich geht, ist so gut wie sicher. Wir wissen nur nicht, was es ist.« Buffy sah auf Xanders Uhr. Er hatte seine Tweety Watch gegen ein Modell eingetauscht, das Cordelia nicht in Rage brachte. Das machte Buffy traurig. Xander war Xander, nicht irgendein Plastiktyp aus einer Teenie-Zeitschrift. Wenn es das war, was Cordelia wollte, dann sollte sie sich einen Jungen nach ihrem Geschmack suchen, statt Xander mit aller Gewalt in ihren Märchenprinzen zu verwandeln.

»Hört mal«, sagte sie, obwohl sie nicht sagen wollte, was sie sagen musste. Denn sie hatte kein Recht, ihre Freunde zu etwas zu zwingen, was sie vielleicht nicht wollten – oder nicht sein wollten. »Vielleicht solltet ihr diese Sache einfach aussitzen. Vielleicht hat Giles Recht.« Sie sah Willow an. »Deine Eltern sind schon sauer genug auf dich.«

»Sie sind eigentlich nicht sauer auf mich«, wehrte Willow ab und zuckte dann zusammen, als wäre ihr gerade erst eingefallen, dass Oz neben ihr saß. »Sie wollen bloß, dass ich, äh, wie besessen lerne, damit ich aufs College gehen kann.«

Oz zuckte die Schultern. »Du bist eine Lernmaschine, Willow. Es wird echt cool werden.«

»Es wird echt cool werden«, sagte Willow bedeutungsvoll zu Buffy.

»Buffy, sieh dich doch mal an«, sagte Xander. »Ich will dich ja nicht beleidigen, aber seit der vorletzten Nacht bist du nicht gerade in Topform. Du hast uns früher schon gebraucht, und jetzt brauchst du uns mehr als je zuvor. Wir sind dabei. Die Herrschaft der Hilfsjäger ist unangefochten. Punkt. Ende. Aus.«

»Danke, Leute.« Buffy atmete tief durch. »Dann treffen wir uns später wieder. Ich muss jetzt nach Hause. Meine Mom hat Sonntagmorgen einen Blick auf mich geworfen und mich um eine offizielle Unterredung gebeten.«

Sie sah in mitleidige Gesichter. »Was ein langes Gespräch über meinen bizarren Lebensstil bedeuten könnte, zweifellos getarnt als Vortrag über meine schlechten Zensuren und mein häufiges unentschuldigtes Fernbleiben vom Unterricht. Oder wir backen in einem Anfall von Familienglück zusammen Kekse, die wir anschließend gemeinsam verzehren.«

Xander hob einen Finger. »Wenn Cordelia jetzt hier wäre, würde sie dich daran erinnern, dass Vorträge nicht dick machen.«

»Und ich wäre wahnsinnig dankbar dafür.« Buffy lächelte matt.

»He, ich versuche nur, dich etwas aufzumuntern.«

Willow und die anderen kletterten wieder auf die Sitze des Transporters. Oz ließ den Motor an und Xander sagte: »Auf die Plätze, fertig, los.«

Und schon waren sie unterwegs.

In der Bibliothek schüttelte Giles den Kopf und legte *Geisterjagd: Mythen und Legenden* zur Seite. Vielleicht hatten sich die von Angel beschriebenen Jäger als Renaissancefest-Schausteller verkleidet. Um von zu Hause ausgerissene Kinder zu fangen?

Das Telefon klingelte. Geistesabwesend nahm er ab. »Giles«, sagte er.

»Rupert? Hier ist Jamie Anderson.«

»Ja.«

Er wappnete sich für schlechte Neuigkeiten über Connie DeMarco. Auf dem Höllenschlund musste man stets mit dem Schlimmsten rechnen. Andererseits hatte Jamie Anderson nicht einmal einen Verweis wegen Trunkenheit im Dienst bekommen. Sein Vorgesetzter hatte ihn in sein Büro bestellt, ihn lediglich gefragt, wie es ihm ging, und ihm dann bedeutungsvoll geraten, in Zukunft vorsichtiger zu sein. Das war alles.

Und das waren schließlich gute Neuigkeiten.

»Rupert, mein Junge ist nach Hause gekommen! Er ist jetzt gerade bei mir.«

»Oh?« Giles war völlig überrascht. »Das ist wundervoll. Großartig. Ich freue mich wirklich für dich.«

»All diese Jahre. Ich war kurz davor, durchzudrehen ... nun, das weißt du ja. Du weißt, wie es ist, jemand zu verlieren ...« Der Mann brach schluchzend ab.

Plötzlich drang eine andere, jüngere Stimme aus dem Hörer. »Äh, Sie sind der Typ, der Treasures Anhänger gefunden hat?«

»Treasure ...«, fragte Giles, »du meinst Connie?«

»Ja, das ist sie. Hören Sie, ich muss Ihnen was erzählen.« Er zögerte. »Mein alter Herr glaubt mir nicht, aber ich weiß, was ich gesehen habe. Er sagte, ich soll mit Ihnen reden, da Sie sich mit okkulten Dingen auskennen. Er hat ein paar Bücher in Ihrem Apartment gesehen.«

Du liebe Zeit. Ich muss in Zukunft vorsichtiger sein. »Fahr fort.«

»Nicht am Telefon. Können Sie zu meinem Dad kommen?«

Giles zögerte. Er hatte mehrere andere Wächter angerufen und sie um Informationen über die dunklen Elfen gebeten, und er wartete auf ihre Rückrufe.

»Wir kommen zu dir in die Bibliothek«, sagte Anderson senior, der offenbar wieder den Hörer an sich genommen hatte.

»Sehr gut. Wir sehen uns dann später. Und, Jamie, ich freue mich wirklich für dich.«

»Danke, Rupert. Ohne dich hätte ich das nicht durchgestanden, ehrlich.«

Giles lächelte.

Sie legten auf.

Wie auf Kommando sprang das Fax an, und er nickte zufrieden, als er auf seine Uhr sah. Gute Arbeit. Er hatte nicht länger als dreißig Minuten warten müssen, bis sein Hilfeersuchen beantwortet worden war. Gar nicht schlecht, wenn man den Mangel an Organisation zwischen seinen Kollegen und seinen Vorgesetzten bedachte.

Er beugte sich über das Gerät und las. Das Fax war von Frau von Forsch. Sie war eine hervorragende Wissenschaftlerin, und die Frankfurter Universität, an der sie arbeitete, verfügte über eine umfangreiche mythologische Bibliothek. Auf dem Deckblatt stand: ›Hier ist etwas für Sie, Freund Giles. Die dunklen Elfen reiten mit der Wilden Jagd. Es gibt viele entsprechende Hinweise. In Kürze mehr.‹

Er war erstaunt. Ein Gedicht?

Erlkönig

Wer reitet so spät durch Nacht und Wind?
Es ist der Vater mit seinem Kind;
Er hat den Knaben wohl in dem Arm,
Er fasst ihn sicher, er hält ihn warm.

Mein Sohn, was birgst du so bang dein Gesicht? –
Siehst, Vater, du den Erlkönig nicht?
Den Erlenkönig mit Kron und Schweif? –
Mein Sohn, es ist ein Nebelstreif. –

»Du liebes Kind, komm, geh mit mir!
Gar schöne Spiele spiel ich mit dir;
Manch bunte Blumen sind an dem Strand,
Meine Mutter hat manch gülden Gewand.«

Mein Vater, mein Vater, und hörest du nicht,
was Erlenkönig mir leise verspricht? –
Sei ruhig, bleibe ruhig, mein Kind;
In dürren Blättern säuselt der Wind. –

»Willst, feiner Knabe, du mit mir gehn?
Meine Töchter sollen dich warten schön;
Meine Töchter führen den nächtlichen Reihn,
Und wiegen und tanzen und singen dich ein.«

Mein Vater, mein Vater, und siehst du nicht dort
Erlkönigs Töchter am düstern Ort? –
Mein Sohn, mein Sohn, ich seh es genau:
Es scheinen die alten Weiden so grau. –

»Ich liebe dich, mich reizt deine schöne Gestalt;
Und bist du nicht willig, so brauch ich Gewalt.«
Mein Vater, mein Vater, jetzt fasst er mich an!
Erlkönig hat mir ein Leids getan!-

Dem Vater grausets, er reitet geschwind,
Er hält in Armen das ächzende Kind,
Erreicht den Hof mit Müh und Not;
In seinen Armen das Kind war tot.

– Johann Wolfgang von Goethe

Giles schürzte die Lippen. »Frau von Forsch, Sie sind ein wenig zu oberflächlich, fürchte ich.«

Er durchmaß das Büro und griff nach seinem Telefon, wobei ihm gerade noch rechtzeitig einfiel, seine Telefonkarte zu benutzen. Es hatte eine Reihe von Anfragen gegeben, warum ein Highschoolbibliothekar so viele Telefonate ins Ausland führen musste. Natürlich hatte Giles sie selbst bezahlt, aber nichtsdestotrotz sorgte die bloße Tatsache, dass er stundenlang mit Leuten an Orten wie Kingston, Macao und Sydney zu schwatzen schien, in der Schulbehörde für einige hochgezogene Brauen.

Also war Diskretion angebracht.

Er wählte Deutschland an.

Frau von Forsch hob bereits nach dem ersten Klingeln ab.

»Drüben bei Ihnen ist ja etwas ganz schön Verrücktes im Gang, nicht wahr?«, sagte sie.

Es war fast 22:00 Uhr. Der Jahrmarkt würde in wenigen Minuten geschlossen werden. Buffy – die ziemlich erschöpft war, wenn auch nicht vom Keksebacken, sondern von einem peinlichen und unangenehmen Gespräch am Strand, als wäre ihr Haus einfach zu klein für die Probleme zwischen Mutter und Tochter – stand bei den anderen. Sie musterten den Maschendrahtzaun, der mit burgzinnenähnlichen Holzplatten verziert war.

»Kinderspiel«, meinte Buffy.

Nach einem Blick in die Runde wollte sie sich schon über den Zaun schwingen, aber die Schmerzen in ihren Gliedern hielten sie davon ab. Sie war noch immer ganz erledigt von dem Kampf gegen die dunklen Elfen. Sie trat einen Schritt zurück, holte tief Luft und wollte es erneut versuchen.

»Warte«, sagte Oz. Er drückte gegen das Tor. Es schwang auf. Er sah Buffy an, doch die zuckte nur die Schultern.

Buffy übernahm die Führung.

Wie geplant schwärmten sie aus. Buffy nahm den Weg, der zu der Gasse führte, wo sie Roland zum letzten Mal gesehen hatte. Sie hoffte, dass der arme Kerl nach König Richards Auftritt in der heutigen Show wieder die Robe reinigen musste. Wenn nicht, wusste sie auch nicht weiter.

Auf Zehenspitzen schlich sie an den Buden und Imbissständen vorbei und suchte nach einem Weg hinter die Kulissen, ohne eine der Buden betreten zu müssen.

Dann hörte sie eine wütende Stimme, und sie schlich näher heran, wobei sie sich in dem Schatten hielt, den ein purpurnes, mit schwarzen Monden und Sternen besetztes Zelt warf.

»Du Schwachkopf! Du undankbarer Wicht!«

Das war König Richard. Dann ein dumpfes Klatschen, wie wenn eine Faust auf weiches Fleisch trifft.

Gefolgt von einem Stöhnen.

Buffy wollte schon durch das Zelt laufen, als eine Hand ihren Ellbogen packte. Es war Xander.

»Du verdammter Idiot«, brüllte König Richard.

Willow kroch trotz Buffys geflüstertem Protest ins Zelt, und Buffy folgte ihr. Es war leer. Oz und Xander tauchten hinter ihnen auf.

Auf der anderen Seite zog Buffy vorsichtig die Zeltplane zurück. Willow hielt entsetzt die Luft an.

Roland kauerte auf den Knien und stöhnte. König Richard stand über ihm und schwang denselben dicken Knüppel, mit dem Roland den Staub aus seinem Mantel geschlagen hatte. Er prügelte damit auf Rolands Kopf und dann auf seinen Rücken ein.

Wieder und wieder.

Roland schrie auf, kippte nach vorn und stützte sich auf die Hände.

»Buffy«, flüsterte Willow verzweifelt.

Buffy trat einen Schritt vor.

»Duck dich, Mädchen«, flüsterte Xander.

Buffy nickte. Er hatte Recht. Sie musste den passenden Moment abwarten. Aber es war schrecklich, das alles tatenlos mitansehen zu müssen.

»Wenn ich zurückkomme, erwarte ich, dass meine Stiefel blitzblank sind«, sagte der König zu Richard. »Und wenn nicht, wirst du die Ställe mit deiner Zunge wischen.«

Er versetzte Roland einen brutalen Tritt, und der Junge rollte auf die Seite. Er rührte sich nicht. Buffy schloss die Augen und fragte sich, ob er tot war.

Sobald der König gegangen war, schlugen sie die Zeltplane zurück und stürzten zu Roland. Buffy griff nach seinem Handgelenk.

»Oh, mein Gott, er hat keinen Puls«, flüsterte sie.

»Das ist eine unzuverlässige Messmethode«, warf Willow ein.

Xander lief los, holte eine Decke und warf sie über Roland, der hustete und stöhnte. Buffy klopfte ihm leicht auf die Wangen und starrte seine fleckige Haut an.

»Roland, komm schon«, flüsterte sie. »Wir müssen von hier verschwinden.«

»Genau, und die Cops rufen«, fügte Xander wütend hinzu.

»Nein«, keuchte Roland und setzte sich abrupt auf. Er konnte kaum sprechen. »Keine Polizei, ich flehe euch an.«

Buffy runzelte die Stirn. »Aber dieser Mistkerl muss dafür bezahlen ...«

»Nein.« Roland schüttelte den Kopf. »Ich werde nicht mit ihnen reden.«

Xander sah Buffy an. »Diese Unterhaltung kann auch warten«, sagte er ernst. »Wir müssen ihn sofort von hier wegschaffen.«

Buffy nickte. Sie zog Roland auf die Beine und stützte ihn. Seine Kleidung war völlig zerlumpt, aber in seinen braunen Augen war ein Leuchten, das fast ... heilig war. Jedenfalls war dies das Wort, das ihr in den Sinn kam, aber es erschien Buffy zu übertrieben, und sie verdrängte den Gedanken.

»Kannst du gehen«, fragte sie ihn.

Er nickte.

»Gut. Dann beeil dich.«

Buffy legte ihm die Decke um die Schultern, und zusammen mit ihm und ihren Freunden eilte sie zum Ausgang.

Oz lenkte schweigend den Transporter und warf Willow einen beruhigenden Blick zu, der besagen sollte, dass alles gut ausgehen würde. Aber wenn es etwas gab, das er in der Zeit seiner Bekanntschaft mit dieser überaus interessanten Gruppe gelernt hatte, dann, dass es besser war, mit dem Strom zu schwimmen. Eine andere Sache, die er gelernt hatte, war, dass nicht immer alles gut ausging.

Während Xander und Buffy den armen Kerl auf dem Rücksitz mit Fragen bestürmten, sagte Oz deshalb zu Willow: »Devon hat einen Ersatzmann besorgt, der für mich den Gig übernimmt.«

»Wie hat er auf deine Entschuldigung reagiert?«, fragte sie.

Er zuckte die Schultern. »He, jeder muss mal zu einer Hochzeit gehen. Und ich habe ihm schon vor über einer Woche Bescheid gegeben.« Sein Mund verzog sich zu einem schrägen Grinsen, das noch breiter wurde, als sie errötete.

Sie war wirklich ein erstaunliches Mädchen.

Buffy blickte aus dem Fenster und sagte: »Meine Mom schläft wahrscheinlich schon. Ich werde reingehen und ihr erklären ...«

»Nein«, unterbrach Roland mit großen, verängstigten Augen. »Niemand darf erfahren, wo ich bin. Niemand.«

»Aber, Roland«, begann Buffy, »es gibt Leute, die dir helfen können. Meine Mom hat gerade eine Kunstausstellung organisiert für eine Gruppe, die Ausreißern hilft und ein Asyl betreibt ...«

»*Nein.*« Er klammerte sich an den Sitz. »Wenn ihr jemandem davon erzählt, laufe ich wieder weg.«

»Euer Keller«, schlug Xander vor, doch Buffy rümpfte die Nase. »Es ist spät, und der Junge ist völlig fertig. Außerdem sollten wir die Erwachsenen aus dieser Sache heraushalten, okay?«

Buffy zögerte noch immer.

»Okay«, willigte sie schließlich ein. »Wir haben irgendwo eine Luftmatratze. Und ich werde ihm ein paar Decken besorgen.«

»Asyl ist alles, worum ich bitte«, sagte Roland flehend.

Buffys Mutter hatte eine Nachricht hinterlassen, dass sie nach Elmwood gefahren war, um dort das Verpacken der Cassatt-Gemälde zu beaufsichtigen, die ihr als Leihgabe zur Verfügung gestellt worden waren. Sie würde wahrscheinlich die Nacht dort verbringen. Buffy war erleichtert; das machte die Sache wesentlich einfacher. Indes das Strandgespräch ging ihr nicht mehr aus dem Kopf. Ihre Mutter wollte nicht länger von allem ausgeschlossen werden. Aber begriff sie denn nicht, dass ihre Forderung Buffys Leben nur noch komplizierter machen würde?

Andererseits, dachte Buffy, hatte die Tatsache, dass sie die Jägerin war, das Leben ihrer Mutter zweifellos extrem verkompliziert.

Nachdem sie Roland untergebracht hatte, ging Buffy zu Bett, aber sie musste dauernd an die berechtigte Sorge ihrer Mutter und das ganze Geheimnis um Roland und diese kleinen dunklen Elfenwesen denken. Sie warf sich hin und her, sah immer wieder auf die Uhr und entschloss sich, um Mitternacht aufzustehen und nach Roland zu sehen. Als sie wieder einmal einen Blick auf die Uhr warf, war es einundzwanzig Minuten nach elf.

Spät genug.

Sie warf die Decke zurück und stand auf. Sie trug nur ein T-Shirt und Boxershorts; es war besser, wenn sie einen Morgenmantel überstreifte.

Sie wollte gerade zu ihrem Kleiderschrank gehen, als Angel mit unglaublicher Geschwindigkeit durch das Fenster schoss, sie mit voll ausgeprägtem Vampirgesicht ansprang und aufs Bett warf.

»Uh«, machte sie verdutzt.

»Buffy, schließ deine Augen«, flüsterte er mit brennend gelben Augen. »Rühr dich nicht.«

»Angel«, sagte sie und versuchte, sich aufzurichten. »Was soll das?«

Er warf sich auf sie und nagelte sie auf die Matratze. »Schließ deine Augen«, knurrte er. »Gib keinen Laut von dir. Atme nicht einmal.«

Eisiger Wind pfiff durch ihr Zimmer und schwoll zu einem derartigen Kreischen an, dass sie heftig zusammenzuckte. Reflexartig versuchte sie aus dem Bett zu springen.

Angel hielt sie unerbittlich fest und drückte sie mit seinem ganzen Gewicht nach unten. Eine Hand umklammerte ihr Handgelenk. Ihr anderer Arm war unter seinem Körper eingeklemmt.

»Es ist die Wilde Jagd«, flüsterte er. »Die Jäger reiten durch Sunnydale, Buffy. Sie sind auf der Jagd nach Seelen. Wenn du sie ansiehst, werden sie dich mitnehmen.«

# 7

In das Kreischen vor Buffys Haus mischte sich das durchdringende Heulen und Bellen von Hunden, wild und bedrohlich. Ihr Fenster lag im ersten Stock, aber der Lärm und die Hunde selbst schienen direkt auf sie zuzukommen. Sie versteifte sich und wollte die Augen öffnen, aber Angel bedeckte sie mit seinen Händen.

»Die Höllenhunde«, sagte er. »Sie sind die Vorhut der Jagd. Ihre Pfoten berühren nie die Erde.«

»Aber …«

»Still. Sie werden dich hören. Sie werden dich finden.«

Sie schluckte in der Dunkelheit, während er auf ihr lag und mit der linken Hand eines ihrer Handgelenke umklammert hielt. Mit der anderen Hand bedeckte er weiter ihre Augen. Sein Mund war gegen ihren Hals gepresst. Sie wusste, dass er das Pochen ihrer Ader spüren konnte, während ihr Herz hämmerte. Sie hatte einmal zu ihm gesagt: Wenn du mich küsst, möchte ich sterben. Aber manchmal glaubte sie, dass sie sterben würde, wenn er sie nicht küsste.

Sie bewegte sich unter ihm, wollte etwas sagen, aber Angel brachte sie mit einem »Pst!« zum Schweigen. Seine Brust drückte gegen ihre. Sie spürte die festen Muskeln seiner Oberschenkel, als er sie zwang, still dazuliegen.

Sie hörte grausiges Gelächter und Geschnatter und den klagenden Ruf eines Horns. Angel löste seinen Griff um ihre Gelenke, nahm eine ihrer Hände und hielt sie fest, als wollte er sie beschwören, keinen Laut von sich zu geben.

Dann folgte das Trippeln und Trappeln von Dutzenden, vielleicht Hunderten winziger Füße. Abscheu erfasste Buffy, und sie schauderte. Buffy hatte nicht nur Angst. Sie stellte zu ihrem Schrecken fest, dass sie vor Entsetzen wie gelähmt war, im Würgegriff einer hilflosen Panik, wie sie sie noch nie zuvor empfunden hatte. Eine Angst, die ihrem Unbewussten entsprang, hatte sich ihrer bemächtigt.

Als würde es ihrer Seele selbst grausen.

Die Jägerin wimmerte.

»Pst«, machte Angel. »Das waren die dunklen Elfen. Sie müssen die Späher sein. Jetzt kommen die Jäger.«

Dann erfüllte das Donnern von Hufen den Raum; die Fenster, Wände und Türen erbebten unter einem wütenden Sturm. Buffy biss sich auf die Unterlippe, um nicht laut aufzuschreien; es war nicht ihre Art, sich zu verstecken, und alles in ihr drängte sie, aufzuspringen und sich dieser Wilden Jagd entgegenzustellen.

Das Donnern der Hufe wurde lauter und immer lauter. Buffy war darauf gefasst, im nächsten Moment von ihnen zertrampelt zu werden. Sie zitterte vor Kälte; es war, als wäre sie in ein Meer aus Eis gestürzt.

»Ihr Anführer trägt die Hörner eines Bocks. Er ist zottig, und kein Mensch kann in sein Gesicht sehen, ohne seine Seele zu verlieren«, flüsterte Angel. »Alle Augen müssen sich abwenden, wenn die Jagd vorbeizieht.«

»Angel ...«

»Still, Buffy. Meine Seele ist mein Fluch; sie können sie mir nicht nehmen«, sagte er. »Aber sie können dir deine nehmen.«

Das Zimmer hallte vom Heulen und Donnern wider, in das sich das Hämmern von Buffys eigenem Herzschlag mischte. Unter Angels Gewicht konnte sie kaum noch atmen.

Dann legte sich eine weitere Last auf das Bett, drückte es nieder, näherte sich ihrem Fuß. Sie hörte Angel keuchen.

Und dann war die Last gewichen.

Aber die Reiter kamen weiter, galoppierten über sie hinweg oder durch sie hindurch. Sie konnte nichts sehen. Es machte sie wahnsinnig, dass sie nichts sehen konnte.

Sie hörte das Wiehern ihrer Pferde.

Den Knall einer Peitsche.

Gelächter, böse und dumpf.

Sie bemerkte den Geruch von feuchter Erde und verschwitzten Tieren und noch etwas anderem, das sie kaum einordnen konnte, als hätte jemand hundert Streichholzhefte angezündet und gleichzeitig ausgeblasen.

Von draußen, von der Straße, drang ein markerschütternder Schrei.

»Dad! Daddy!«, schrie Brian Anderson, als die Finsternis über ihm zusammenschlug und riesige, heulende schwarze Hunde ihn einkreisten. Shock hatte den Lärm auf der Straße gehört und war nach draußen gelaufen, um zu sehen, was passiert war.

Jetzt hatte ihn ein Wirbelwind gepackt. Shock wandte sich von den Hunden ab und rief wieder nach seinem Vater. Aber was er sah, ließ ihn aufschreien und sein Gesicht mit den Händen bedecken.

Dunkle, vermummte Gestalten galoppierten auf schwarzen Hengsten über den Himmel. An ihrer Spitze ritt ein mächtiger Schatten mit einem riesigen Umhang aus kreischenden Gesichtern und starrte auf Shock herab, und die Augen des schattenhaften Wesens glühten rot und böse. Sein Kopf war behelmt, aber sein Haar flatterte wild hinter ihm her. Ein Geweih krönte seinen Kopf, aber Shock konnte nicht erkennen, ob es ein Teil des Helmes war oder *durch* den Helm hindurchwuchs und in Wirklichkeit dem Kopf des Reiters entsprang!

Riesige schwarze Hunde hetzten vor ihm her und gaben keinen Laut von sich, bis sie alle auf einmal die Köpfe zurückwarfen und heulten. Flammen schossen aus ihren Mäulern und Nüstern.

Der gehörnte Mann zeigte direkt auf Shock.

In einer gewaltigen gesichtslosen Flut stürzte sich alles auf Shock. Hunde sprangen ihn an, Kiefer schnappten zu, nagten an seinen Händen und seinem Gesicht, als wäre sein Fleisch aus Leder. Dann sprangen die kleinen Kreaturen, die er im Wald gesehen hatte, von den Rücken der Hunde und den Sätteln der Jäger und warfen sich auf ihn, bohrten ihre Klauen in seine Haut, zerfleischten ihn, während er auf die Knie sank.

Um ihn herum heulte der Wind, und der brennende Atem der Hunde leuchtete wie ein Kometenschweif. Dann donnerten die Reiter auf ihn zu, mit Lanzen in riesigen Händen, die in schwarzen Lederhandschuhen steckten. Einer ließ ein Netz über seinem Kopf kreisen, warf es …

»Nein!«, kreischte Shock und bedeckte seinen Kopf. Er wurde rücklings aufs Pflaster geschleudert, dann wie eine Puppe in die Höhe gerissen, im Netz gefangen und grob über einen Sattel geworfen. Er versuchte den Kopf zu heben. Ein harter Schlag traf sein Genick.

»Brian!«, rief sein Vater aus weiter Ferne.

»Daddy ...« Shock – nicht Shock, Brian, Brian Evan Anderson war sein richtiger Name. Er war Brian und sein Vater war Jamie Anderson, ein Polizist, und während Brian fort gewesen war, war seine Mom gestorben – Brian, der sich so sehr gewünscht hatte, jemand anders zu sein, weil er nicht gewusst hatte, wie sehr seine Eltern ihn liebten. Weil er sich nicht selbst lieben konnte.

Brian, der gesehen hatte, wie ein toter Mann aus seinem Grab gestiegen war. Brian, dessen Haare jetzt schlohweiß waren, hob matt eine Hand und dachte: Wenn mein Vater mich berühren kann, kann er mich retten.

»Daddy«, flüsterte er und sank in Ohnmacht.

Jamie Anderson hörte, wie sich das Hufgetrappel entfernte, wie sein Sohn seinen Namen rief, sah schemenhafte Pferde in der Dunkelheit, und dann waren die Reiter verschwunden. Er sank auf die Knie und riss die Arme hoch, als der Lärm der Pferde und das Bellen der Hunde in der Dunkelheit verklang.

»Nein! Bitte nicht!«, schrie er. »Nicht jetzt!«

Buffys Kopf schmerzte. Ihr Körper wollte sich bewegen, wollte handeln.

Draußen brach das Kreischen abrupt ab.

Das Heulen des Windes wurde leiser. Das Trippeln und Trappeln entfernte sich. Das Donnern der Hufe sank zu einem dumpfen Trommeln herab.

Dann wurde es still.

Es war vorbei.

Angel atmete gegen Buffys Hals. Er sagte: »Ich muss gehen. Es ist fast Morgen. Aber verlass dein Zimmer nicht vor dem ersten Tageslicht. Bis dahin können sie wiederkommen.«

Er ließ sie los und stand auf, und Buffy bedauerte es.

Angel trat lautlos ans Fenster und spähte hinaus.

»Ich habe jemand schreien gehört«, sagte sie, als sie sich aufsetzte. »Ich meine, abgesehen von all dem übernatürlichen Geschrei.«

»Ich auch. Ich weiß nicht, wer es war, aber es bedeutet wahrscheinlich, dass es Opfer gegeben hat«, erklärte Angel, während er weiter die Straße beobachtete. »Übrigens, du kennst doch diesen Freund von Giles, den Cop? Dessen Sohn ist wieder aufgetaucht.«

»Oh, das ist ja großartig!«, rief sie.

»Still!« Er fuhr zu ihr herum. »Er wollte mit seinem Sohn in die Bibliothek kommen. Giles hat versucht, dich anzurufen, um dich über das zu informieren, was er herausbekommen hat. Er hat mir eine Nachricht hinterlassen, und ich habe versucht, ihn zurückzurufen. Mir ist eine der Legenden über das kleine Volk eingefallen; in einigen der Mythen heißt es, dass die dunklen Elfen mit der Wilden Jagd reiten. Da ich in der vergangenen Nacht das Horn gehört habe, hatte ich Angst, du würdest hinsehen und von der Jagd verschleppt werden.«

»Roland«, rief Buffy plötzlich und wandte sich zur Tür. »In meinem Keller ist dieser Junge, der von zu Hause ausgerissen ist. Ich muss nach ihm sehen.«

»Nein, Buffy!« Angel wirbelte herum. »Du musst dich bis zum ersten Tageslicht verstecken. Ihre Netze sind bereit. Sie sind noch immer auf der Jagd.«

»Aber er ist dort unten. Er wird von all dem nichts wissen.«

»Nein!« Angel warf sie wieder aufs Bett und hielt sie dort fest. »Du kannst ihm jetzt nicht helfen. Es ist durchaus möglich, dass sie ihn schon haben.«

»Oh nein!« Ihre Augen weiteten sich. »Vielleicht wäre er hier bei mir sicherer gewesen. Angel, was ist, wenn sie ihn durch meine Schuld mitgenommen haben?«

»Du konntest es nicht wissen. Niemand konnte das.« Er sah sie ernst an. »Giles hat mich geschickt, um dich zu warnen. Ich habe in ganz Sunnydale nach dir gesucht.«

»Ich bin noch mal zurück zum Fest gegangen«, sagte sie und hielt trotzig seinem missbilligenden Blick statt. »He, ich bin die Jägerin. Ich muss nicht überall, wo ich hingehe, eine Spur aus Brotkrumen hinterlassen.«

»Ich weiß.« Er berührte ihre Wange. »Sobald es hell wird, gehst du zu Giles. Er wird dir alles erklären. Zumindest alles, was wir herausgefunden haben.«

»Da heute Schule ist, gehe ich sowieso dorthin«, sagte sie trocken.

Er rang sich ein Lächeln ab. »Ich muss jetzt los, Buffy. Es wird bald dämmern.«

Sie nickte. »Geh.«

»Warte bis zum ersten Licht, bevor du nach deinem Freund siehst«, sagte er wieder.

»Ich werde warten.«

Auf dem Bett liegend verfolgte sie, wie er ein Bein aus dem Fenster schwang, dann das andere. Dann sah er sie noch ein letztes Mal an und verschwand aus ihrem Blickfeld.

Mit weit aufgerissenen Augen wartete Buffy ungeduldig auf die Morgendämmerung.

So sollte es nicht sein. Sie sollte keine Angst vor der Dunkelheit haben.

Die Dunkelheit sollte Angst vor ihr haben.

Bernie Sayre war fast eingeschlafen, als er hörte, wie jemand draußen im Mülleimer wühlte.

Er schoss hoch, verscheuchte dabei Simon aus dem Bett und stöhnte auf, als die plötzliche Bewegung den Schmerz in seiner Hüfte neu entfachte.

Vorsichtig schwang er seine Beine über die Bettkante, schlüpfte in die Slipper und griff nach seinem Morgenmantel.

»Okay, jetzt krieg ich dich«, knurrte er, als er in den Morgenmantel schlüpfte und den Gürtel zuband. »Bleib bloß, wo du bist. Dich hol ich mir jetzt.«

Er nahm seine Taschenlampe und eilte leise vor sich hin fluchend zur Küchentür. Seit zwei Wochen wurde er jetzt terrorisiert. Irgendjemand wühlte in seinem Müll herum. Zerriss die Briefe im Briefkasten. Zernagte sogar die Stromkabel in seinem Haus.

Waschbären, behauptete die Polizei. Schädlinge. Vielleicht große Ratten.

Vandalen, sagte Bernie. Teenager. Rabauken. Waschbären zerrissen keine Briefe.

Teenager zernagten keine Stromkabel.

»Denen werd ich's zeigen«, grunzte Bernie, als er die drei Stufen von der Küchentür zu seinem Hinterhof hinunterstieg.

Dann erstarrte Bernie.

Auf der anderen Seite seines Hofes sprang eine grausige Gestalt über den Holzzaun und federte ihre Landung mit den Knien ab. Sie sah ihn direkt an. Ihr Gesicht war ein Albtraum, ganz zernarbt oder verbrannt, aber vielleicht war es auch nur eine Maske. Ihre Augen glühten gelb. Ihre Zähne waren lang und spitz.

»Du ausgeflippter Punk! Mir machst du keine Angst!«, brüllte Bernie und hob die Fäuste. »Ich habe die Cops schon alarmiert. Du kannst also dein albernes Kostüm ablegen und dich mir wie ein Mann stellen.«

Die Gestalt sprang ihn an und warf ihn rücklings zu Boden.

»He, warte!«, keuchte Bernie wild um sich schlagend. Der Schmerz in seiner Hüfte war unerträglich. »He!«

Die Gestalt setzte sich rittlings auf ihn und bohrte ihre Zähne in seinen Hals. Sie war ebenfalls verletzt, ihr Blut tropfte auf Bernies Gesicht. Bernie schrie vor Angst und Schmerz laut auf.

Dann verstummte er.

Seine Augen waren weit aufgerissen.

Er sah nicht, wie der Vampir seinen Durst stillte und sich zufrieden von dem ausgesaugten Leichnam löste.

Er sah nicht seinen verwirrten Gesichtsausdruck, als sich eine Horde missgestalteter grüner Kreaturen aus dem Mülleimer wühlte, zu Boden sprang und sich dem Vampir näherte. Sie schnatterten und hüpften und stürzten sich hungrig auf ihn, wie er sich hungrig auf den Menschen gestürzt hatte.

Er hörte nicht das hallende Donnern der Hufe, als eine nachtschwarze Gestalt auf einem pechschwarzen Hengst vom mitternächtlichen Himmel galoppierte.

Der Schatten legte eine Armbrust auf den Vampir an, als sein Ross den Kopf zurückwarf und wieherte. Feuer fauchte wie brennendes Gas aus den Nüstern des Pferdes.

Der Schatten drückte ab. Der Bolzen bohrte sich in die Brust des Vampirs.

Mit einem Kreischen explodierte der Vampir in einer Staubwolke.

Der Staub senkte sich auf Bernies offene Augen.

Seine leeren, blicklosen Augen.

Endlich. Die aufgehende Sonne tauchte den Himmel in ein rotes Meer, als Buffy die Treppe hinunterrannte.

Sie stieß die Kellertür auf.

»Roland?«, rief sie, während sie in die Dunkelheit spähte. Sie hatte das Licht angelassen. Er musste es ausgemacht haben. Sie legte den Schalter wieder um und stürzte die Kellertreppe hinunter.

Zu ihrer ungeheuren Erleichterung saß er auf der Luftmatratze. Er drehte ihr den Rücken zu, schien aber unverletzt zu sein.

»Oh, Gott sei Dank. Hast du in der Nacht den Lärm gehört?«, fragte sie und wollte ihm schon alles genau erklären. Aber nein, Roland war bloß ein Ausreißer. Nach Giles' Verweis war es wirklich nicht klug, einem Außenstehenden vom Höllenschlund und seinen bösartigen Bewohnern … und Besuchern zu erzählen.

Roland rührte keinen Muskel. Erst jetzt dämmerte ihr, dass er sich nicht einmal umgedreht hatte, als sie die Treppe heruntergepoltert war.

»Roland?«

Von plötzlicher Besorgnis erfüllt, eilte sie zu ihm und kniete vor ihm nieder. Seine Augen waren geschlossen, aber er wirkte fast zu ruhig, zu entspannt, um zu schlafen. Seine Lippen waren geschürzt, aber er schien nicht zu atmen. Er bewegte keinen Muskel. Er saß völlig regungslos da, wie eine Statue.

»Roland?«

Sie fühlte seinen Puls und riss die Hand wieder zurück. Da war kein Puls, aber da war etwas anderes: sein Körper war wie Eis. Als wäre er gefroren. Sie dachte an den eisigen Wind und fragte sich, ob man so aussah, wenn die Jagd einem die Seele geraubt hatte. Ob das alles war, was von einem übrig blieb, Haut und …

»Lehm?«, sagte sie erstaunt.

Sie hob ihre Hand und betrachtete die braunen Flecken an ihren Fingerspitzen, rieb sie gegeneinander, untersuchte den Staub an ihren Fingern und starrte Roland wieder an.

An seinem Hals waren ihre Fingerabdrücke so deutlich zu sehen, als hätte sie ihre Hand in Farbe getaucht.

Oder Lehm.

Sie schob ihr Gesicht so nahe an ihn heran, dass sich ihre Nasen fast berührten, und musterte ihn.

Er bestand aus Lehm.

Auf einer Lichtung im Wald:

Der erste Schimmer des Bösen.

Das leise Lachen der Verdammten, die Schreie ihrer frisch gefangenen Opfer.

Die Höllenhunde stritten sich um die Reste.

Hunde hörten auf zu bellen, legten sich hin, winselten. Katzen machten einen Buckel und fauchten Schatten an. Babys erwachten schreiend und ließen sich nicht beruhigen.

Und die kleine Stadt, die auf dem Schlund der Hölle stand, schrie vor Angst.

# 8

Buffy zog ihre Jeans und eine schwarze Bluse an, während sie nacheinander ihre Freunde anrief. So weit, so gut. Sie versuchte sich zu entspannen, um ihre Haare mit einer Schmetterlingsklammer hochzustecken. Aber die Hand, in der sie ihr Handy hielt, zitterte jetzt, als sie Mrs. Harris vorsichtig fragte: »Sie wissen also nicht, ob Xander gestern Nacht nach Hause gekommen ist?«

»Nun, ich bin mir ziemlich sicher, dass er nach Hause gekommen ist«, sagte Mrs. Harris mit flacher Stimme. Im Hintergrund lief *Good Morning America* in einer derartigen Lautstärke, dass Buffy sie kaum verstehen konnte.

»Sie meinen, er könnte bereits zur Schule gegangen sein?«

»Ja, er ist wahrscheinlich in der Schule«, erwiderte Mrs. Harris, offenbar vom Fernseher abgelenkt. »Versuch ihn dort zu erreichen, Buffy.«

»Danke. Äh, gestern Nacht war's ziemlich stürmisch, hm?«

»Was?«

»Nichts, Mrs. Harris. Danke.«

Buffy legte auf. Bis auf Xander hatte sie alle erreicht. Und Giles, aber er war wahrscheinlich bereits in der Bibliothek. Sie würde ihn dort treffen.

Buffy ging erst zur Mitte der vierten Stunde in die Schule. Als sie durch das Schultor spazierte, fiel ihr ein, dass sie ihre Bücher vergessen hatte. Nicht dass es eine Rolle spielte. Sie wusste, dass sie nach den letzten vierundzwanzig Stunden dem Unterricht sowieso nicht folgen konnte, ob nun mit oder ohne Bücher.

Draußen war ein wunderschöner Herbsttag – sonnig und ungewöhnlich warm für die Jahreszeit, selbst für Südkalifornien. Buffy registrierte es kaum. Ihr war kalt. Ihr Körper fühlte sich fast taub an. Jetzt, wo alle Schüler in den Klassenzimmern waren, wirkten die Korridore der Sunnydale High gespenstisch verlassen, und es bedrückte sie. Buffy wollte nicht allein sein.

Hinter ihr polterte es, und sie fuhr herum. Am Ende des Korridors sammelte ein Schüler aus der Sekundarstufe, der ihr bekannt vorkam, die Bücher auf, die aus seinem Spind gefallen waren. Er sah dabei nervös den Korridor hinauf und hinunter, und Buffy konnte an seinen Augen erkennen, dass er längst im Unterricht hätte sein müssen, genau wie sie.

Sie fühlte sich jetzt etwas weniger einsam, aber ihr war noch kälter als zuvor. Der Lärm, der sie aufgeschreckt hatte, war nur das Klappern einer Spindtür und das Poltern von Büchern auf dem Linoleum gewesen, aber ihr Herz hämmerte noch immer.

Die Jägerin hatte Angst. Das ließ sich nicht bestreiten.

Sie hasste es.

Buffy beschleunigte ihre Schritte, blickte starr geradeaus und versuchte nicht daran zu denken, wie blass und erschöpft sie im Spiegel ausgesehen hatte, bevor sie sich endlich so weit beruhigt hatte, dass sie zur Schule gehen konnte. Sie hatte Roland unter einer dicken Decke versteckt, aber das war auch alles, was ihr eingefallen war.

Uh-uh, das war eindeutig eine Sache für den Wächter. Giles würde wissen, was zu tun war. Er würde die Antworten auf ihre Fragen finden. Im Moment konnte sie jede Hilfe gebrauchen. In den letzten Tagen war nichts so gewesen, wie es auf den ersten Blick erschienen war, und das hatte Buffy ziemlich verunsichert. Dieser Zustand war nicht gerade gesund.

Mit einem Seufzer der Erleichterung erreichte Buffy die Doppelschwingtür der Bibliothek und stieß sie mit beiden Händen auf wie ein Revolverheld, der einen Salon betritt. Ihre Stiefelabsätze klapperten auf den Fliesen. Sie hörte ihn in seinem kleinen Büro rumoren – wahrscheinlich setzt er gerade Tee auf, dachte sie.

»In Ordnung, Giles«, rief sie. »Briefen Sie mich. Was muss ich über etwas namens die Wilde Jagd wissen? Und falls sich Xander bei Ihnen gemel …«

Buffy starrte erwartungsvoll die Tür zum Büro an, um dann verdutzt zu blinzeln, als eine grauhaarige Frau mit Brille und drei Büchern unter dem Arm herauskam.

»Ich weiß nicht, wie Mr. Giles mit einem derart respektlosen Benehmen umgeht, junge Dame«, sagte die alte Frau, »aber zu meiner Zeit hätte eine Schülerin niemals in diesem Ton mit einem

Lehrer gesprochen. Ganz davon zu schweigen, dass du deine eigenen Nachforschungen anstellen solltest, statt dich auf die Freundlichkeit deines Schulbibliothekars zu verlassen.«

Sie sah Buffy missbilligend an.

»Wer sind Sie?«, fragte Buffy. »Wo ist Gi ... ich meine, Mr. Giles?«

»Mr. Giles hat sich für heute krankgemeldet«, erwiderte die Frau. »Ich bin Mrs. Winston, und vor langer Zeit war ich die Bibliothekarin hier. Ich bin vor sieben Jahren pensioniert worden, und ich danke Gott dafür. Mr. Giles ist nicht gerade ein Wunder an Organisation, nicht wahr?«

Die Frau hatte sich für einen Moment entspannt, doch jetzt richtete sie wieder diesen strengen Blick auf Buffy.

»Und du, junge Dame?«, fragte sie. »Solltest du nicht im Unterricht sein?«

Buffy blinzelte. Ihr fiel keine passende Antwort ein. Mit so etwas hatte sie nicht gerechnet. Giles hatte sich noch nie krankgemeldet, abgesehen von einigen Tagen nach ... nach dem Tod von Jenny Calendar. So vieles war in Sunnydale passiert, so viele Fragen quälten sie, und Buffy glaubte nicht, dass sie aus eigener Kraft die Antworten finden konnte. Sie brauchte Giles.

Andererseits hatte er schon häufig für sie die Patrouille übernommen. Vielleicht konnte sie erneut mit ihm die Rollen tauschen, doch dieses Mal umgekehrt.

»Äh, eigentlich arbeite ich an einem Forschungsprojekt«, erklärte Buffy, um dann leicht zu erröten. »Wie Sie schon sagten, ich sollte die Arbeit allein machen, aber ich brauche wirklich ein paar von den seltenen Büchern, die Mr. Giles in seiner Sammlung hat. Ich hatte gehofft, er könnte mir helfen, aber vielleicht könnten Sie ...«

Mrs. Winston sah sie entrüstet an. »Oh, ich fürchte, das kann ich nicht, meine Liebe«, sagte die Frau mit gedämpfter Stimme. »Mr. Giles' Sachen sind Mr. Giles' Sachen, und nur er darf sie anfassen. Ich bin sicher, wenn du morgen wiederkommst, wird er mehr als glücklich sein, dir helfen zu können. Ordentlich ist er ja nicht, aber Mr. Giles ist ein sehr freundlicher Mann, und er liebt Bücher.«

Buffy seufzte, murmelte ein Danke, machte dann kehrt und trat hinaus auf den Korridor. Sie hörte noch, wie Mrs. Winston sagte:

»... trotzdem könnte die Bibliothek etwas mehr Licht vertragen. Es ist so deprimierend hier.«

Buffy blieb ein paar Sekunden auf dem weiß getünchten Korridor stehen, ohne die schwarzen Bretter an den Wänden zu beachten, an denen bunte Plakate hingen, die von Anti-Rauchen-Kampagnen bis zu Henna-Körperbemalung fast alle Bereiche abdeckten. Die meisten Spinde waren ebenfalls bunt beklebt, mit verschiedenen Stickern oder abwaschbaren Tattoos, die vom Hausmeister nur halbherzig entfernt wurden.

Während sie dort stand und über ihre nächsten Schritte nachdachte, fiel ihr Blick auf ein Plakat zu dem großen Footballspiel am Samstag. Nur noch ein paar Wochen bis zum Saisonende, dachte sie.

Sie wünschte, sie könnte sich den Luxus erlauben, sich für so etwas zu interessieren.

Neben dem Plakat zu dem Spiel hing ein Flugblatt des Straßenkinderasyls mit einem Foto des kleinen Timmy. Es wäre schön, wenn der Schulsport eine wichtige Rolle in ihrem Leben spielen würde, aber Buffys Leben war einfach ... zu real.

Also was jetzt?, dachte sie. Sie konnte zu Angel gehen, obwohl er im Moment nicht mehr zu bieten zu haben schien als Warnungen und Furcht erregende Legenden wie in der vergangenen Nacht – er war wieder zu seinen alten Tricks zurückgekehrt, ihr Angel. Nun, nicht direkt *ihr* Angel.

Also war von dieser Seite keine Hilfe zu erwarten. Auch nicht von dem auf mysteriöse Weise verschwundenen Giles. Nicht von ...

Plötzlich kam Buffy der Gedanke, dass sich Giles vielleicht gar nicht krankgemeldet hatte. Dass der Direktor vielleicht nur angenommen hatte, dass er krank war, und Mrs. Winston gebeten hatte, für ihn die Vertretung zu übernehmen. Okay, in Ordnung, Angel hatte ihr befohlen, nicht hinzusehen, als die Jagd vorbeigeritten war, aber was war, wenn sich Giles entschlossen hatte, die Untersuchung der Jagd selbst in die Hand zu nehmen? Was war, wenn Xander sich ihm angeschlossen hatte?

Was war, wenn die Jagd Giles und Xander verschleppt hatte?

Die Kälte, die sie schon den ganzen Morgen erfüllt hatte, drang tief in Buffys Knochen, obwohl ein Feuer der Besorgnis in ihr hochloderte. Besorgnis, gemischt mit leichter Übelkeit.

Buffy riss sich zusammen. Sie machte sich nicht nur Sorgen um ihre Freunde, sie hatte auch Angst um sie, ohne genau zu wissen, warum. Aber Angst gehörte zu ihrem Job. Wäre sie zu dumm gewesen, um Angst zu haben, wenn die Situation es verlangte, wäre sie längst tot. Nein, sie war die Jägerin, die Auserwählte. Buffy wusste nicht genau, was vor sich ging, wie alles zusammenpasste, aber sie konnte spüren, wie das Unheil in der Luft knisterte, obwohl draußen noch die Sonne schien. Etwas Böses kam auf sie zu ... oder war wahrscheinlich schon hier.

Irgendwie würde sie einen Weg finden, es aufzuhalten.

In diesem Moment schrillte die Schulglocke los und Buffy fuhr zusammen, als der Lärm wie mit Nadeln in ihren Kopf stach. Hunderte von Schülern drängten aus den Klassenzimmern und machten sich auf die gefährliche Reise zur Cafeteria, um dort zu Mittag zu essen.

Buffy ließ sich von der Flut der hungrigen Teenager mittragen.

»Bitte, können wir uns nicht mir zuliebe hier darüber unterhalten?«, flehte Cordelia und machte ein Mitleid erregendes Gesicht. Eingerahmt von ihren schwarzen Haaren, erinnerten ihre großen haselnussbraunen Augen Buffy an eines dieser Weichzeichner-Fotos von traurig dreinblickenden Kindern. »Schließlich schrecke ich nicht davor zurück, mich mit dir in der Öffentlichkeit sehen zu lassen.«

Buffy zögerte. Cordelia bedachte sie weiter mit kindlich flehenden Blicken. Aber sie sah in ihrem feuerroten, kurzärmeligen Angorapullover, der schwarzen Hose und den hochhackigen Schuhen eindeutig nicht wie ein Kind aus. Buffy schaute sich in der Cafeteria um. Trotz Cordelias heißem Outfit schenkte ihnen niemand Beachtung. So wie immer. Aber es konnte nicht schaden, Umsicht walten zu lassen.

»Ich werde versuchen, mich zu benehmen«, versprach sie Cordy, die zufrieden nickte, einen raschen Blick in die Runde warf und ihre Aufmerksamkeit dann wieder auf Buffy richtete.

Xander – der wundervolle Xander, der wundervollerweise hier bei ihnen in Sicherheit war – schabte mit seiner Gabel den Käse von der angebrannten Kruste seiner sizilianischen Pizza. Typisches Xander-Verhalten, aber Buffy kannte ihn. Er war zu still. Außerdem waren da diese gileshaften Ringe unter seinen Augen.

Auch Willow wirkte heute ein wenig mitgenommen. Ihnen allen erging es so. Keiner sah besonders frisch aus, keiner lachte.

»Also gut«, fuhr Buffy fort. »Was wissen wir?«

Willow machte wie üblich ein ernstes Gesicht, obwohl ihre Augen nicht so groß, ihre Art nicht so fröhlich war wie sonst. Buffy konnte es ihr nicht verdenken. Sie selbst war zu sehr mit anderen Dingen beschäftigt gewesen, um sich die Morgennachrichten anzusehen, aber die ganze Stadt stand unter Schock.

»Mindestens dreiundzwanzig Leute sind in der Nacht verschwunden«, sagte Willow bedrückt. »Und ... es hat sieben Fälle von plötzlichem Kindstod gegeben.«

Sie sah erschüttert aus. Xander legte seine Gabel beiseite und blies seine Wangen auf.

»Oh, mein Gott«, flüsterte Buffy. »Die Jagd muss durch ganz Sunnydale geritten sein.«

»Mrs. Blakes kleines Mädchen ... war eins davon.« Cordelia hatte ein Beben in der Stimme, wie Buffy es noch nie zuvor bei ihr gehört hatte, nicht einmal dann, als sie sich die Leiche eines Jungen ansehen musste, mit dem sie gegangen war.

»Sie hatte mich gefragt, ob ich bei ihr Babysitten könnte«, fügte Cordelia hinzu, um dann den Blick abzuwenden, als suchte sie nach etwas, das sie ablenken konnte.

»Mr. Krasilovsky, dieser alte Knacker am Ende meiner Straße – er wird vermisst«, sagte Xander. »Meine Eltern waren im Bett, aber mein Dad sagt, etwas hätte ihn geweckt und er wäre ans Fenster gegangen. Er denkt, er hätte schlafgewandelt.«

»Gott, Xander«, flüsterte Cordelia. »Wenn Angel Recht hat und dein Vater sie gesehen hätte, dann ...«

»Ja.« Xander nickte, sah aber keinen von ihnen an. »Ich habe das Fenster überprüft. Ein großer Baum steht direkt davor. So ohne weiteres kann man die Straße nicht sehen.«

Cordelia ergriff seine Hand und rutschte näher zu ihm, ohne sich diesmal darum zu kümmern, ob jemand es sah.

»Das ist so typisch«, sagte Cordelia. »Ich meine, da haben wir diese gespenstischen Reitertypen, die Leute entführen und ... und

Babys töten, und niemand bemerkt es? Jeder sagt ›Hu, wieso bin ich mitten in der Nacht aufgewacht? Mann, ich muss schlafwandeln.‹ Was ist mit denen bloß los?«

»Der typische Sunnydaler Verdrängungsmechanismus«, spekulierte Willow.

»Aber war es bloß Glück, dass beispielsweise Xanders Dad nicht hingeschaut hat?«, fragte Buffy. »Ich meine, sind die Leute aus einem bestimmten Grund entführt worden, oder hat es sie nur rein zufällig getroffen? Und was ist mit Roland? Ich meine, Phantomreiter verschleppen nachts irgendwelche Leute, okay. Aber wie kommt es, dass sich ein misshandelter Ausreißer in einen Haufen Lehm verwandelt?«

Keine Antwort.

»Willow, geh ins Computerlabor. Besorg mir alle Informationen, die es im Netz über die Wilde Jagd gibt.« Buffy schwieg einen Moment und sah Willow bedeutungsvoll an. »Wann ist Vollmond?«

»Erst am nächsten Wochenende«, erwiderte Willow. »Keine Sorge. Oz geht es gut. Ich habe heute Morgen mit ihm gesprochen, und ihm war klar, dass wir etwas unternehmen müssen. Allerdings hat er heute Nachmittag einen Termin beim Zahnarzt.«

Xander öffnete den Mund und wollte etwas sagen, aber alle drei Mädchen warfen ihm warnende Blicke zu, und er überlegte es sich anders.

»Xander, versuch du weiter, Giles telefonisch zu erreichen. Ansonsten treffen wir uns nach dem Unterricht in der Bibliothek. Wenn Giles bis dahin nicht aufgetaucht ist, warten wir, bis Mrs. Winston nach Hause geht, und brechen ein. Wir brauchen seine Bücher.«

»Wir brauchen Giles, Buffy«, sagte Xander. »Eine Menge dieser Bücher sind nicht mal auf Englisch. Ohne ihn werden wir nicht viel Glück haben.«

Buffy holte Luft und sah ihn an.

»Dann werden wir uns eben nicht auf unser Glück verlassen.«

Draußen herrschte noch immer strahlender Sonnenschein, aber die Temperatur war drastisch gefallen. Um fast fünf Grad in einer Stunde. Sie lag jetzt bei sechzehn Grad und fiel immer noch weiter.

Hinter der Route 17 reckte sich der Los Viejos Wald in die kühle Luft. Die Nationalparkverwaltung hatte ihn vor Jahrzehnten vor der Umwandlung in Bauland gerettet, und obwohl seine Randgebiete zu Gunsten des »Fortschritts« abgeholzt worden waren, war er einer der größten Wälder in der Region.

Tief im Wald gab es eine Lichtung. Im Zentrum der Lichtung schimmerte etwas. In der ganzen Umgebung war das fahle Licht, das durch die Baumwipfel gesickert war, absorbiert, wie Mark aus einem Knochen gesaugt. Nur Dunkelheit blieb zurück. Dunkelheit und Kälte, die sich von dieser Lichtung über den Wald ausbreitete.

Die Menschen, die in ihren Autos die Route 16 entlangfuhren, bemerkten nichts Ungewöhnliches. Die Dunkelheit, die jetzt durch den Wald kroch, ihn Baum für Baum eroberte, konnte von draußen nicht gesehen werden. Es war, als wäre der Wald selbst dichter geworden. Als existierte er sowohl in dieser Welt als auch in einer anderen.

Nein, den Autofahrern fiel nichts auf. Aber von den wenigen Menschen, die an diesem Nachmittag den Wald betraten – ein Junge und ein Mädchen, die die Schule schwänzten, um den Tag zusammen zu verbringen; ein älterer Professor, der einen Spaziergang machte und sorgfältig darauf achtete, dass seine Pfeifenasche nicht das Gehölz in Brand setzte; ein Umweltschützer, der sich selbst zum Wächter dieses speziellen Waldstücks ernannt hatte – von diesen Menschen wurde nie wieder etwas gehört.

Manche glaubten selbst später noch, dass sich diese vier im Wald verirrt hatten; dass man ihre Hilferufe noch immer hören konnte.

Im Zentrum der Lichtung schimmerte etwas. Auf dem Waldboden, über Wurzeln und Steine und Zweige, breitete sich die Dunkelheit aus.

Es war halb drei, als Giles seinen treuen und teuer reparierten Citroën auf den Parkplatz der Sunnydale High steuerte. Zutiefst erleichtert stellte er fest, dass Direktor Snyders Wagen nicht auf dem fast leeren Platz stand. Die Werkstatt hatte eine Ewigkeit für die Reparatur gebraucht. Als er endlich in sein Apartment zurückgekehrt war, hatte er auf seinem Anrufbeantworter eine Unmenge an

Nachrichten von Buffy und ihren Freunden vorgefunden. Unglücklicherweise hatte er sie zu diesem Zeitpunkt nicht erreichen können, aber er war sehr froh gewesen, all ihre Stimmen zu hören. Er nahm an, dass Angel Buffy gefunden und Buffy die anderen vor der Jagd gewarnt hatte.

Vermutlich waren sie in der vergangenen Nacht tapfer, aber schlecht informiert losgezogen, um weitere Nachforschungen anzustellen. Aber wenn man die Probleme bedachte, die sie mit ihren Eltern zu haben schienen – eine Folge der Tatsache, so glaubte Giles, dass sie bald ihren Abschluss machen und damit der Autorität ihrer Eltern entfliehen würden –, war es durchaus möglich, dass sie doch nach Hause gegangen waren. In diesem Fall konnte er sie sicherlich unter einem Vorwand daheim anrufen.

Giles fiel ein, dass er bei Buffy keine Entschuldigung brauchte. Joyce Summers war nicht glücklich über die Rolle, die ihre Tochter spielte, aber sie wusste Bescheid.

Er zog sein Jackett enger um sich, als er sich der Schule näherte. Die Temperatur war seit dem Morgen um mindestens fünfzehn Grad gefallen, und obwohl die Meteorologen es weiter abstritten, war Giles überzeugt, dass es regnen würde. Derartige Wetterkapriolen führten fast immer zu Niederschlägen.

Gebeugt von der Last der Ereignisse des vergangenen Tages und der letzten Nacht schloss Giles die Tür auf und betrat die Schule. Er nickte dem freundlichen Burschen zu, der Georges Platz als Hausmeister eingenommen hatte, und putzte mit einem Taschentuch müßig seine Brille, bevor er sie wieder aufsetzte.

Leichtfüßige Schritte hallten durch den Korridor, und als Giles die Tür zur Bibliothek erreichte, tauchte Oz auf.

»Ah, perfektes Timing, Oz«, sagte Giles erleichtert, während er die Bibliothekstür öffnete. »Möglicherweise brauche ich deine Hilfe, um Buffy …«

»Giles!«

Der Wächter blickte in das zornige Gesicht der Auserwählten.

»Wo zum Henker haben Sie gesteckt?«, fragte Buffy, die Hände in die Hüften gestemmt.

Trotz allem musste Giles lächeln.

»Es ist wirklich bedauerlich, dass Angel nicht mitteilsamer war«, sagte Giles auf seine übliche geistesabwesende Art, während er in den Papieren auf seinem Schreibtisch blätterte. »Ich habe allerdings von einer Kollegin einige Informationen erhalten, die sich als nützlich erweisen könnten. Und Jamie und sein Sohn sind vorbeigekommen und haben weitere Teile des Puzzles hinzugefügt.«

Er kam aus seinem Büro und gab Buffy, die neben Willow auf dem Bibliothekstresen saß, ein Blatt Papier. Buffy überflog das Fax, runzelte die Stirn und reichte es an Willow weiter.

»Ohne jetzt näher auf den Wert von toten Kunstformen und so weiter eingehen zu wollen – wie genau soll uns ein Gedicht dabei helfen, diese Sache aufzuklären und Roland zu helfen?«, fragte Buffy und zog eine Braue hoch, während sie Giles erwartungsvoll ansah.

Xander und Cordelia saßen am Schreibtisch, wo sich Cordy im Licht einer Tischlampe die Nägel lackierte. Oz hatte einen der Stühle umgedreht, ließ sich jetzt darauf nieder und legte das Kinn auf seine verschränkten Arme. Buffy fand, dass er einfach süß aussah, was wiederum bedeutete, dass sie von Willow wahrscheinlich keine Hilfe zu erwarten hatten. Sie würde zu sehr damit beschäftigt sein, Oz anzuhimmeln.

»Nun ja, seht ihr, es ist mehr als ein Gedicht«, erklärte Giles. »Laut meiner Kollegin beschreibt es eine wahre Begebenheit. Es ist ein Sachtext, wenn ihr so wollt. Dieser Elfenkönig oder Erlkönig war offenbar der Anführer einer großen Gruppe dieser Kreaturen. Der Legende nach führte der Erlkönig die Feen und dunklen Elfen – Angels ›kleines Volk‹ – auf einer Wilden Jagd durch das Land, wobei sie nachts nur als Phantome sichtbar waren. Die Seelen der toten Jäger ritten mit ihnen, und sie wurden außerdem von wilden Tieren begleitet.«

Giles holte Luft, um fortzufahren, aber Oz unterbrach ihn.

»Es ist Odin.«

Alle starrten Oz an, der sich sonst nie einmischte.

»Wie bitte, Oz?«, fragte Giles.

»Aus der nordischen Mythologie«, erklärte Oz und legte dann wie entschuldigend den Kopf zur Seite. »Ich habe mich schon immer dafür interessiert. Als ich in der vierten Klasse war, habe ich dieses eine Buch, *Donner der Götter*, mindestens fünfzig Mal gelesen.«

»Odin war der König und der Vater aller Götter«, fügte Xander hinzu.

Buffy warf ihm einen skeptischen Blick zu.

»He, ich habe Mythologie studiert«, sagte er verärgert, aber als ihn alle weiter anstarrten und auf eine ehrliche Antwort warteten, biss er sich auf die Lippe. »Okay, okay. Eigentlich habe ich es in einem Thor-Comic gelesen. Das ist fast wie studieren.«

»Genau«, stimmte Willow zu. »Zum Beispiel, wenn man in der Prüfung die Namen aller Mitglieder der Gerechtigkeitsliga aufzählen muss.«

»Was ich kann.« Xander lächelte selbstzufrieden.

»Ja, Xander, vielleicht ein anderes Mal«, sagte Giles und wandte sich wieder an Oz. »Nun, Oz, ich bin mit der nordischen Mythologie sehr vertraut, aber ich kann nicht sagen, dass es dort irgendeine Verbindung zur Wilden Jagd gäbe.«

Oz schaukelte auf seinem Stuhl. »Sie ist außerdem als Große Jagd bekannt. Die Wikinger glaubten, dass in stürmischen Nächten Odin eine Horde berittener Jäger anführte, die ihre Beute mit Hilfe einer Art Geisterhunde aufspürten. Sie haben die Gegend dann stets bis Sonnenaufgang heimgesucht und unsicher gemacht«, erklärte er.

»Außerdem heißt es in der Legende, dass man nicht in die Gesichter dieser Jäger sehen durfte, weil man sonst wegteleportiert wurde oder so. Und wenn man mit ihnen sprach, musste man sterben.«

Buffy spürte einen kalten Schauder.

»Das passt«, meinte Cordelia leichthin und blickte von ihren lackierten Fingernägeln auf. »Angel wollte nicht, dass Buffy diese Typen ansah.«

»In der Tat«, sagte Giles nachdenklich und nickte Oz zu. »Gut gemacht, Oz. Vielen Dank. Mir scheint allerdings, dass es eine Vielzahl ähnlicher Legenden aus ganz Europa gibt. Gespenstische nächtliche Prozessionen von Jägern, Pferden und Hunden, Geistern und Hexen gibt es in vielen verschiedenen Sagen.

In einer dieser Mythen heißt es, dass die Göttin Diana die Jagd anführte, um die Faulen und Bösen zu bestrafen. In einer anderen wird Hekate als Führerin bezeichnet. Meine Freundin in Deutschland berichtete von einer regionalen Wilde-Jagd-Legende mit einer recht wohl wollenden Göttin namens Holda, die fast heroisch wirkt, bis man erfährt, dass die Seelen ungetaufter Kinder von ihrer Jagd entführt wurden.«

Für einen Moment herrschte unbehagliche Stille, als Giles schwieg, blinzelte und Buffy ansah. Sie wusste, dass sie alle an die große Anzahl der Säuglinge dachten, die in der vergangenen Nacht dem plötzlichen Kindstod zum Opfer gefallen waren. Buffy hielt Giles' Blick für eine Weile stand und wandte sich dann ab.

»Was ist mit ...?«, begann Oz, um dann die Stirn zu runzeln und in seinem Gedächtnis zu kramen.

»Oz?« Willow rutschte vom Bibliothekstresen, holte sich einen Stuhl und setzte sich an seine Seite.

Oz lächelte schwach. »Ich versuche mich an einen Namen zu erinnern, an ... Hern!«

»Gesundheit«, witzelte Xander, der der Gelegenheit offenbar nicht widerstehen konnte.

Die anderen ignorierten die Bemerkung.

»Hern der Jäger«, fuhr Oz fort. »In der nordischen Mythologie gilt er als wichtigster Vertreteter Odins.«

»In der Tat«, stimmte Giles zu. »Hern der Jäger ist die vielleicht bekannteste unter den mythologischen Gestalten, die angeblich die Wilde Jagd anführen. Die Jäger entführten die Seelen der Ungetauften, der Hoffnungslosen, und sie waren besonders hinter den Seelen derjenigen her, die sich selbst das Leben genommen hatten. Und natürlich hinter jedem, der so leichtsinnig war, die Jäger direkt anzusehen. In den Legenden wird Hern als zottige Gestalt mit dem Geweih eines großen Hirsches beschrieben. Allerdings weisen einige Forscher darauf hin, dass er in britischen Legenden als einer der Jäger von Heinrich dem Achten bezeichnet wird, der die Krone verriet und sich wegen seiner Verbrechen selbst erhängte.«

»Geweih«, wiederholte Buffy. »Sie sagten, Jamie Anderson hätte gestern Nacht einen Kerl mit einem Geweih gesehen.«

Giles nickte. »Was uns zu der Annahme führt, dass es sich dabei um diesen Hern gehandelt hat.«

»Aber das erklärt nicht die kleinen Elfentypen, die Angel und Buffy angegriffen haben. Oder Ihr Hornmann war der Erlkönig«, sagte Cordelia, ohne von ihren Fingernägeln aufzublicken.

»Ich habe bei meinen Nachforschungen bis jetzt noch keine Verbindung zwischen den beiden entdeckt«, erwiderte Giles.

»Also müssen wir unsere Nachforschungen intensivieren, oder?«, warf Xander ein.

Giles schenkte ihm ein angedeutetes Lächeln. »Vielen Dank, dass du dich freiwillig meldest, Xander.«

Xander hob abwehrend beide Hände. »Wer hat sich freiwillig gemeldet? Hat irgendjemand gehört, dass ich mich freiwillig gemeldet habe?«

»Für mich klang es so, als hättest du dich freiwillig gemeldet«, sagte Willow.

»Ich bin mir nicht ganz sicher, wie eine freiwillige Meldung klingt«, fügte Oz hinzu. »Aber da du dich nicht wie üblich darüber lustig gemacht hast, war es wohl so was eine freiwillige Meldung.«

Xander blickte finster drein.

»Okay, aber mir ist noch immer nicht klar, wie weitere Nachforschungen Roland helfen könnten«, wandte Buffy ein.

»Womit der Lehm-Boy gemeint sein dürfte«, stellte Xander fest, »der im Moment, wenn ihr mich fragt, dringend angefeuchtet werden müsste.«

Buffy funkelte ihn an. »Er war nicht immer aus Lehm. Er war vorher eindeutig aus Fleisch und Blut. Sicher, er hat etwas komisch ausgesehen, aber er war ein Mensch. Aus Fleisch.«

»Ich habe darüber nachgedacht«, sagte Giles. »Es ist möglich, dass es sich bei ihm um eine Art Homunkulus oder Golem handelt.«

»Gollum?«, fragte Willow. »Wie in *Der kleine Hobbit*?«

»Ein Golem ist eine seelenlose, zum Dienen bestimmte Kreatur, die aus totem Material erschaffen wird, aus Stein, Holz oder ...«

»Lehm.« Buffy warf einen Blick zur Tür, teils weil sie etwas unternehmen wollte, aber auch, weil Rolands Schicksal sie bekümmerte und sie von ihren Freunden kein Mitleid wollte.

»Während der Golem hauptsächlich in der hebräischen Mythologie vorkommt, gibt es in vielen anderen Kulturen Legenden von Homunkuli, Kreaturen ähnlichen Ursprungs«, erklärte Giles.

»Nun, Roland hat einen eigenen Willen«, sagte Buffy abwehrend. »Das heißt, wenn er nicht gerade, ihr wisst schon ...«

»Aus Lehm besteht, ja«, nickte Giles. »Nun ist es durchaus möglich, dass die Wilde Jagd den Lebensfunken deines Freundes Roland geraubt hat, aber es ist genauso möglich, dass der Zauber, der ihn lebendig erscheinen lässt, nur des Nachts wirkt. Was bedeuten würde, dass ...«

»Dass er nach Sonnenuntergang wieder zum Leben erwacht!«, rief Willow aufgeregt.

»Exakt.«

Buffy kaute für einen Moment auf der Innenseite ihrer Lippe, blickte zum Dachfenster hinauf, stellte fest, dass es schon fast dunkel war, und sah dann wieder ihre Freunde an.

»Ich weiß nicht, was es mit diesen Wilden Jägern und dem Rest auf sich hat«, sagte sie. »Aber ich weiß, dass es eine Verbindung zwischen Roland und diesem Fest gibt. Es könnte sein, dass die Schausteller mit den Jägern identisch sind.

Ich werde jetzt nach Hause gehen und nach Roland sehen. Wenn er nach Sonnenuntergang wieder zum Leben erwacht, bringe ich ihn hierher. Auch wenn er nicht zum Leben erwacht, bringe ich ihn her ... einen Teil von ihm, damit Giles ihn untersuchen kann.«

Sie sah Willow an. »Du und Oz, ihr nehmt den Transporter und holt Angel ab. Wenn die Sonne untergeht, werden wir ihn brauchen.«

Zu Xander sagte sie: »Du und Cordelia, ihr helft Giles bei seinen Nachforschungen.«

Zum Schluss wandte sie sich an Giles. »Was auch immer passiert, wir können nicht zulassen, dass die Wilde Jagd noch einmal durch Sunnydale reitet. Zu viele Menschen sind bereits tot. Zu viele Mütter weinen.«

Kurze Zeit später war es still geworden in der Bibliothek. Cordelia war längst mit dem Lackieren ihrer Nägel fertig und suchte in den staubigen alten, ledergebundenen Büchern nach irgendwelchen Hinweisen auf den Erlkönig oder die Wilde Jagd oder diesen Herni-Mann oder wie immer er auch hieß. Sie blätterte eins der Bücher bis zum Ende durch und ließ es mit einem lauten Poltern auf den Eichentisch fallen.

»Ah, Cordelia«, sagte Giles und blickte sie über die Ränder seiner Brille hinweg an. »Könntest du für mich in der Abteilung Weltreligionen nach einem Text über hebräischen Mystizismus suchen? Ich habe mich bis jetzt mehr auf die Mythologie statt auf Magie konzentriert. Wenn du das für mich erledigst, könnte ich die Wächtertagebücher nach Hinweisen auf einen Homunkulus oder die Jagd durchsehen.«

Cordelia hatte sich sofort einverstanden erklärt, als sie begriffen hatte, was er wollte. Erleichtert, aufstehen und sich etwas bewegen zu können, stieg sie hinauf in den zweiten Stock der Bibliothek und betrat das Magazin. Sie befand sich noch am Anfang der ersten Regalreihe, als sie erkannte, dass es die falsche Abteilung war. Cordelia wollte schon kehrtmachen, als sie das leise, Mitleid erregende Wimmern hörte.

»Hallo?«, sagte sie. »Ist da jemand?«

»Cordy?«, rief Xander von unten. »Führst du wieder Selbstgespräche?«

Sie erreichte das Ende des langen Gangs zwischen den Regalen und betrat den hinteren Teil der Bibliothek. Das Wimmern wurde lauter.

»Cordelia?« Xanders Stimme klang nicht mehr spöttisch, sondern besorgt, aber noch nicht alarmiert.

Sie bog um die Ecke, sah nach links und erstarrte. Im ersten Moment brachte sie nur ein ersticktes Keuchen hervor.

An der Rückwand der Bibliothek befand sich eine zweite Tür, die in den anderen Flügel der Schule führte. Sie war normalerweise verschlossen, aber als sie befürchtet hatten, dass Giles verschwunden war, hatte Buffy das Schloss aufgebrochen, um hineinzugelangen.

An der Tür lehnte ein Mann, der sich eine Pistole an die Schläfe hielt.

»Bitte«, flüsterte er, während die Tränen nur so über seine Wangen rannen. »Du musst mir dabei helfen. Es ist der einzige Ausweg.«

# 9

Als das letzte Sonnenlicht am Himmel verblasste, lief Buffy los und rannte dann so schnell sie konnte durch die Straßen von Sunnydale. Obwohl Mrs. Cantwell sie schon einmal deswegen ausgeschimpft hatte, nahm sie auf dem Heimweg die Abkürzung durch die Hinterhöfe. Der Pudel der Cantwells bellte sie durch die gläserne Schiebetür an, aber Buffy sah sich nicht einmal um.

Als sie den Revello Drive erreichte, brannten bereits die Straßenlaternen.

Die Sonne war untergegangen.

Buffy kniff die Augen zusammen und spähte zu ihrer Haustür hinüber, aber die Kiefern, die ihrer Mutter so sehr gefallen hatten, als sie das Haus gekauft hatte, versperrten ihr den Blick. Ihre Beine schmerzten von der Anstrengung, aber Buffy setzte zum Endspurt an. Drei Häuser weiter hörte sie einen Schrei und das Klirren von splitterndem Glas. Dann folgte ein lautes Krachen.

»Mom!«, rief Buffy.

Sie sprintete über den Rasen und durch die Lücke zwischen zwei Kiefern. Die Haustür war zertrümmert; ein großes Stück hing noch immer an einer Angel.

Buffy sah sich im Garten um, überprüfte die nähere Umgebung, konnte aber nichts Ungewöhnliches entdecken. Vorsichtig trat sie über die Türschwelle ins Haus und rief wieder nach ihrer Mutter.

Aus dem Wohnzimmer drang Schluchzen.

Der Raum war verwüstet. Nicht vollständig. Viele der Möbel waren noch brauchbar. Aber ihre Mutter hatte mehrere Kisten mit Kunstobjekten abgestellt, die sie für die Galerie auspacken wollte, und die waren umgekippt worden oder zersplittert. Zwei Kristalllampen waren zu Bruch gegangen, und kein Superkleber der Welt würde sie reparieren können.

»Mom?«, fragte Buffy sanft, als sie sich vor ihrer weinenden Mutter hinkniete und eine Hand nach ihr ausstreckte.

»Ich wünschte …«, brachte Joyce Summers mit krächzender

Stimme hervor. Dann schluckte sie, wischte sich die Augen, hob ihr Kinn und begann noch einmal. »Ich wünschte, du hättest mir gesagt, dass wir einen Gast haben. Er hat mich zu Tode erschreckt.«

»Roland hat das getan?«, fragte Buffy entsetzt.

»Nein. Es waren die anderen. Keine Monster diesmal, Buffy, nur Menschen. Sie sagten, sie wären gekommen, um ihn abzuholen. Und dann brach die Hölle los.« Sie sah sie wieder an. »Du hättest es mir nur sagen müssen, Buffy. Hat er sich den ganzen Tag im Keller versteckt?«

»Äh, im Keller. Ja«, gab Buffy zu. »Konnte er sich ... bewegen?«

»Was?« Joyce starrte sie an. »Bewegen? Buffy, ich bin keine Idiotin. Er hat sich nicht in unserem Keller versteckt, weil er sich nicht bewegen konnte.«

»Nein. Ich meine, hat er sich bewegt?« Buffy wusste, dass sie kostbare Sekunden verlor. Sie wechselte das Thema. »Diese Leute, Mom. Erzähl mir von den Leuten. Waren es ganz normale Menschen?«

»Buffy, ich verstehe nicht.«

Ihre Mutter kämpfte um ihre Fassung, aber jetzt senkte sie die Augen und berührte mit der Hand ihre Stirn. Joyce hatte eine kleine Schnittwunde an der Stirn, und als sie ihr aschblondes Haar aus dem Gesicht strich, verschmierte sie ein wenig Blut. Nach allem, was sie in dieser Woche besprochen hatten, konnte ihre Mutter das am allerwenigsten gebrauchen.

Buffy wusste, dass sie hartnäckig sein musste. »Die Leute sind gekommen, um Roland zu holen, und er hat sich gewehrt und sie haben ihn trotzdem mitgenommen?«

»Es geschah alles so schnell«, sagte Joyce. »Kurz bevor du kamst.«

Kurz nach Sonnenuntergang.

»Und waren auch ... Pferde dabei?«

Ihre Mutter starrte sie nur an.

»Das habe ich nicht verdient«, sagte Joyce, und Buffy fragte sich, ob ihre Mutter noch mit ihr redete oder mit sich selbst. Gleichzeitig wusste sie, dass sie wertvolle Zeit vergeudete. Wenn die Leute von dem Fest gekommen waren, um Roland zurückzuholen, würden sie vielleicht nicht mehr lange in Sunnydale bleiben. Sie würde jemand anrufen müssen, um die Tür sofort reparieren zu lassen, aber ihre

Mutter sollte in Sicherheit sein, sagte sie sich, solange Roland nicht im Haus war.

»Ich liebe dich, Mom«, sagte Buffy, obwohl sie die Distanz spürte, die sie noch immer von Joyce trennte. »Ich … ich weiß, du wolltest, dass ich Ärztin oder so werde.«

Joyce versteifte sich. Schniefte, wischte sich die Augen und sah ihre Tochter dann durchdringend an. Buffy konzentrierte sich auf die kleinen Krähenfüße an den Augenrändern ihrer Mutter.

»Ich habe dich in dieser Hinsicht nie unter Druck gesetzt, Buffy«, sagte Joyce, das Gesicht noch gerötet von der Panik der letzten Minuten.

»Ich weiß, Mom, und du weißt, was ich …«

»Ganz gleich, was du denkst, ich hatte nie irgendwelche großen Pläne für dich«, fuhr ihre Mutter fort. »Ich hätte alles unterstützt, was du aus deinem Leben machen wolltest. Alles. Du bist meine Tochter, Buffy, und ich liebe dich. Ich wollte immer nur, dass du glücklich bist.«

Joyce sah sie forschend an.

»Für mich siehst du nicht sehr glücklich aus, Buffy.«

Buffy konnte einen Moment lang nicht atmen. Sie schluckte hart, stand dann auf und trat einen Schritt zurück. Sie sah wieder die zerbrochene Lampe an. Etwas knirschte unter ihrem Fuß. Ein antiker Spiegel, der in ihrem alten Haus in L.A. an der Wand gehangen hatte – so weit sie zurückdenken konnte, hatte er zu ihrem Haus gehört, und jetzt lag er auf dem Boden, kaum mehr als ein paar reflektierende Scherben in einem wunderschönen Rahmen.

»Mom, ich …«

»Ich weiß«, unterbrach Joyce. »Geh. Ich werde aufräumen und mich um die Tür kümmern.«

»Mom, bleib im Haus. Und schau … schau nicht nach draußen. Versprich es mir.« Sie ballte die Fäuste. »Mom, versprich es mir!«

»Ich … verspreche es«, sagte Joyce müde.

Buffy wandte sich zur Tür. Noch bevor sie draußen im Garten war, rannte sie bereits wieder, während die Worte ihrer Mutter in ihr widerhallten.

Das habe ich nicht verdient.

»Jamie, bitte ... leg den Revolver weg.« Giles hielt eine Hand hoch, als wollte er einfach nach ihm greifen und ihm die Waffe entreißen. Wenn das nur möglich wäre, dachte er.

Der Police Officer hielt sich seinen Dienstrevolver an die Schläfe, das Gesicht von Verzweiflung und dem unheimlich anmutenden Versuch eines Lächelns verzerrt.

»Es tut mir Leid, Rupert, das kann ich nicht«, sagte Jamie Anderson. »Das ist der einzige Ausweg, verstehst du das nicht? Du hast selbst gesagt, dass diese Wesen ...« Für einen Moment wurde der Mann von seinen Gefühlen überwältigt und konnte nicht weitersprechen.

»Als ich hörte, wie du mit Brian über das sprachst, was er gesehen hat, wusste ich, dass du dich schon länger mit diesen Dingen beschäftigst. Ich wusste jedoch nicht, wie tief du darin verstrickt bist. Aber jeder Idiot hätte erkennen können, dass du mehr wusstest, als du mir erzählen wolltest, Rupert. Ich bin ein Cop. Das musst du mir schon zugute halten. Ich dachte, wenn ich dir folge, könnte ich vielleicht herausfinden, was zu tun ist. Jemand hatte vor mir diese Tür aufgebrochen«, sagte Jamie und wies zur Hintertür der Bibliothek. »Ich kam herein und hörte, wie du über diese Wesen ... Gott, es ist verrückt.«

Giles trat einen Schritt auf Jamie zu, aber der Officer hob warnend eine Hand.

»Jamie, es ist noch immer möglich, dass es uns gelingt, Brian zurückzuholen«, beharrte Giles. »Du kannst jetzt nicht einfach aufgeben.«

Der Mann lachte trocken. Es war ein schrecklicher Laut, voller Zynismus und Resignation.

»Du kapierst nicht, Rupert«, sagte Jamie. »Ich habe gehört, was du gesagt hast. Dieser Mann mit den Hörnern, der Jäger oder wie auch immer du ihn genannt hast –, er hat meinen Sohn verschleppt. Ich habe nicht die geringste Chance, ihn aufzuspüren, aber es gibt eine Möglichkeit, ihn dazu zu bringen, zu mir zu kommen und mich zu holen, nicht wahr?«

Giles blinzelte mehrmals und fuhr sich dann mit der Hand durchs Haar.

»Das ist ... mein Gott, Jamie, das ist nur eine Legende.«

»Genau wie dein Jäger«, fauchte Jamie. »Aber er war wirklich genug, um mir meinen Sohn zu nehmen.«

Giles warf Cordelia einen Seitenblick zu und nickte andeutungsweise.

»Bitte, Mr. Anderson, tun Sie das nicht«, flehte sie. »Mr. Giles hat Recht. Sie wissen nicht mal, ob es wirklich funktioniert. Außerdem sind wir schon mit viel übleren Typen fertig geworden.«

Jamie verengte die Augen. »Du lügst.«

»Entschuldigen Sie, das tue ich nicht«, brauste Cordelia auf. »Ich behaupte nicht, dass wir keine Tragödien erlebt hätten, okay? Ich sage nur, solange Sie nicht mit Sicherheit wissen, dass Sie das Richtige tun, erweisen Sie sich bloß als Feigling, wenn Sie Selbstmord begehen. Ist es das, was Sie wollen?«

»Cordelia!«, stieß Giles hervor und funkelte sie an. Er befürchtete, dass sie zu weit gegangen war.

»Was?« Sie warf die Hände hoch. »Es stimmt doch.«

Giles beobachtete, wie Jamie Anderson in sich zusammen sackte, als hätte ihn bis jetzt eine unsichtbare Kraft gestützt, die sich nun zurückzog und ihn seines Haltes beraubte. Seine Hand mit der Waffe zitterte, aber er löste sie nicht von seinem Kopf.

»Es ist bestimmt nicht das, was Brian will, Jamie.« Giles sprach bedächtig, trat aber nicht näher. Es war ein kritischer Moment. Alles konnte passieren.

In dieser Sekunde wurde die Hintertür der Bibliothek aufgerissen. Xander stürzte herein und packte Jamies Waffe mit beiden Händen.

»Xander, nicht!«, schrie Cordelia.

Aber Xander hatte dem Mann bereits die Waffe entwendet, und Jamie sank zu einem Häuflein Elend zusammen. Xander betrachtete für einen Moment die Pistole und reichte sie dann Giles.

»Passen Sie auf, dass Sie niemanden damit verletzen«, sagte Xander mit leiser Stimme. »Für den Fall, dass Sie es noch nicht bemerkt haben – es ist eine Waffe.«

Dann zog ihn Cordelia zu sich, und die beiden umarmten sich. Es war das erste Mal, dass Giles sah, wie sie ihre Zuneigung in der Öffentlichkeit zeigten. Sofern man die Bibliothek als öffentlich bezeichnen konnte.

»Ich hatte ihn gerade erst zurückbekommen«, sagte Jamie plötzlich mit gequälter, verzweifelter Stimme. »Ich kann ihn nicht noch einmal verlieren. Ich kann es einfach nicht.«

Giles kniete vor dem Mann nieder und sah ihm in die Augen.

»Hör mir zu, alter Knabe«, sagte der Wächter. »Es gab eine Zeit, da hätte ich dir vielleicht ein Versprechen gemacht. Ich bin inzwischen nicht mehr besonders gut, was Versprechen angeht. Aber ich kann dir eins garantieren. Wenn es einen Weg gibt, deinen Sohn zu retten, werde ich ihn finden. Wir werden Brian zu dir zurückbringen.«

Jamie Anderson musterte für einen Moment Giles' Gesicht und nickte dann stumm.

Giles sah die anderen an. »Cordelia, könntest du Mr. Anderson bitte nach Hause fahren?«, fragte er. Ehe sie protestieren konnte, fügte er hinzu: »Xander und ich bleiben hier und machen mit unseren Nachforschungen weiter. Ich möchte, dass du bei Jamie bleibst und dort wartest, bis sich einer von uns bei dir meldet.«

Cordelia öffnete wieder den Mund, um ihn gleich darauf wieder zu schließen. Sie zog eine Braue hoch und sah ihn skeptisch an. Giles hoffte, dass sie verstand, um was er sie bat. Sie sollte nicht nur den Chauffeur spielen, sondern auch verhindern, dass dieser Mann noch einmal eine Verzweiflungstat unternahm. Einerseits widerstrebte es ihm, ihr eine derartige Verantwortung aufzubürden, aber gleichzeitig fragte sich Giles, ob von ihnen allen nicht Cordelia am geeignetsten für diese Aufgabe war.

Möglicherweise würde sie Jamie Anderson ihr Mitgefühl zeigen, ihn aber nicht verhätscheln, so viel stand fest. Vielleicht war sie genau die Richtige, um ihn zur Vernunft zu bringen.

Nach einem Moment des Schweigens seufzte sie und verdrehte die Augen. »Na, fein«, sagte sie verschnupft. »Außerdem habe ich mir gerade die Nägel lackiert. Bösewichter auf Pferden zu verfolgen ist nicht gut für die Maniküre.«

»Vielen Dank«, sagte Giles mit ehrlicher Erleichterung.

Cordelia schnitt eine Grimasse.

»Der Mond ist heute ziemlich hell«, sagte Willow mit einer Stimme, die kaum mehr als ein Flüstern war.

»Ich kann es fühlen.« Oz warf ihr einen Seitenblick zu und zuckte andeutungsweise mit den Schultern. Vollmond war erst Ende nächster Woche, aber an manchen Tagen spürte er die unheimliche Anziehungskraft, die der Planet auf ihn ausübte, stärker als an anderen. In dieser Nacht hatte er fast das Gefühl, dass der Mond ihn verfolgte. Ihn irgendwie bedrohte.

Er steuerte den Transporter die lange Einfahrt zu Angel hinauf. Das große Haus schien ihm Mondlicht zu leuchten. Aus irgendeinem Grund hatte Oz das unheimliche Gefühl, dass niemand zu Hause war. Dass niemand dort lebte. Aber in gewisser Hinsicht, dachte er, traf dies ja auch zu.

Sie stiegen aus dem Transporter und folgten dem zur Haustür führenden Weg. Es war sehr kalt geworden, und Oz hatte Willow eine Lederjacke gegeben, die er im Heck des Transporters gefunden hatte. Oz fror selbst, aber er wollte nicht, dass Willow ein schlechtes Gewissen bekam, weil sie seine Jacke trug, und so versuchte er nicht zu zittern. Es war Herbst, sicher, aber so kalt sollte es um diese Jahreszeit eigentlich nicht sein.

Eigentlich zu keiner Jahreszeit, wenn es nach Oz ging.

Als sie sich der Haustür näherten, schien Willow zu zögern. Oz nahm ihre Hand, weil er glaubte, dass sie diese Umgebung, in der in den letzten sechs Monaten so viel passiert war, nervös machte. Stattdessen runzelte sie die Stirn und sah ihn an.

»Hast du etwas gehört?« Willow sah sich forschend um.

»Was denn?«, fragte Oz und lauschte, um festzustellen, was ihre Aufmerksamkeit erregt hatte.

»Genau das meine ich«, erklärte sie. »Ich höre nichts. Nicht einmal Grillen. Weißt du noch, was für einen Lärm die Grillen gemacht haben, als wir beim letzten Mal hier oben waren? Und jetzt ... nichts. Ist das nicht unheimlich?«

»Unheimlich«, stimmte Oz zu.

Sie sahen sich an. Mehrere Sekunden verstrichen, und dann zuckten sie beide gleichzeitig die Schultern. Willow stieg die Treppe hinauf und klopfte mit der Handfläche an die Tür.

Sie warteten in der gespenstischen Stille, aber niemand öffnete. Oz pfiff die Melodie von »Somewhere over the Rainbow« vor sich hin, und seine Blicke schweiften vom Haus ab. Ein Stück die Auffahrt hinunter, in der Nähe der Stelle, wo sie den Transporter geparkt hatten, wucherte dichtes Gebüsch, und er glaubte ein Tier zu sehen, das im Unterholz verschwand. Er seufzte und hoffte, dass es nur eins der vielen Stinktiere war. Er hatte den Eindruck, dass der Transporter mindestens einmal im Monat von den Biestern eingenebelt wurde.

Willow klopfte wieder an die Tür. »Angel! Jemand zu Hause?«

»Ich glaube nicht, dass jemand zu Hause ist«, sagte Oz schlicht. »Vielleicht ist es zu früh für ihn, um aufzustehen. Oder er hält uns für Zeugen Jehovas.«

Willow sah ihn an und warf einen letzten Blick zur Tür. Dann drehten sie sich um und gingen zurück zum Wagen.

Über ihnen explodierte Glas.

»Mann, Willow, pass auf!«, schrie Oz, packte ihre Hand und zog sie den Weg hinunter.

Aus einigem Abstand drehten sie sich um, blickten nach oben und schützten ihre Gesichter mit den Händen vor dem Regen aus Glasscherben, der an der Stelle niederging, wo sie soeben noch gestanden hatten.

Es war Angel.

Er drehte sich in der Luft, schrie vor Wut, ruderte wild mit Armen und Beinen und schlug dann hart auf dem Boden auf. Als er sich wieder hochrappelte, konnten sie die winzigen Koboldwesen erkennen, die Angels Haut zerfetzten. Mit grausigem Gelächter bohrten sie ihre Zähne und Klauen in sein Fleisch.

Die dunklen Elfen. Das mussten sie sein.

Willow schrie auf, als noch mehr dieser Wesen aus dem Fenster sprangen und sich auf Angel stürzten. Oz reagierte augenblicklich. Er zog seine Schlüssel aus der Tasche und drückte sie in Willows Hand.

»Hol den Wagen!«

Dann, gegen all seine Instinkte, stürzte er los und schleuderte die kleinen Kreaturen von Angel. Oz gelang es, eine davon zu zertreten, und sie kreischte, bevor er spürte, wie sie sich in Schleim und Knorpel auflöste.

Er versuchte, nicht näher darüber nachzudenken.

»Angel, komm!«, schrie er. »Wir müssen von hier verschwinden!«

Der Vampir wirbelte zu ihm herum, mit glühend gelben Augen, gefletschten Fängen, und fauchte: »Warum? Die kleinen Bastarde tun verdammt weh, aber sie können mich nicht töten. Ich werde nicht weglaufen, solange ich es ihnen noch nicht heimgezahlt habe!«

Oz schrie auf, als ein scharfer Schmerz gleichzeitig sein Bein und seinen Rücken durchzuckte. Er wollte sich schon auf den Boden werfen, um die Kreaturen zu zerquetschen, aber dann erkannte er, dass er so noch eine leichtere Beute sein würde. Stattdessen riss er die eine von seinem Bein, was überaus schmerzhaft war, rammte seinen Rücken gegen die Wand des Hauses und zerdrückte so eine andere. Mehrere von ihnen waren auf dem Boden, verteilten sich und stürzten sich wie ein Rudel ausgehungerter Wölfe auf ihn.

»Angel!«, schrie Oz wieder.

Der Transporter rumpelte über den Rasen auf sie zu.

Angel versetzte einem der Elfen einen mächtigen Tritt, und Oz hörte, wie etwas in dem Wesen zerbrach, als es über den Vorgarten flog. Zwei andere huschten davon, um einem ähnlichen Schicksal zu entgehen. Obwohl Angel noch immer sein Vampirgesicht trug, schien er sich etwas beruhigt zu haben.

»Tut mir Leid«, sagte er. »Ich habe ein wenig die Beherrschung verloren.«

Oz heulte wieder schmerzgepeinigt auf und schleuderte einen Elfen davon, der über ihm aus dem Fenster gesprungen kam und mit seinen Klauenfüßen auf seiner Schulter gelandet war.

»Das kann ich gut verstehen.« Oz rannte zum Transporter, dicht gefolgt von Angel. Die Elfen nahmen sofort die Verfolgung auf, aber die meisten von ihnen besannen sich rasch eines Besseren. Einer versuchte, hinter Angel in den Transporter zu schlüpfen, aber der Vampir zog mit aller Kraft die Schiebetür zu und zerschnitt das Wesen in zwei Teile. Die im Wagen liegende Hälfte des winzigen Leichnams verschrumpelte fast augenblicklich zu einer vertrockneten Hülle. Oz gefiel der Gedanke überhaupt nicht, später die Überreste aufheben und beseitigen zu müssen.

Der Transporter holperte über den Rasen und erreichte wieder die Auffahrt. Kurz darauf brausten sie durch die Stadt Richtung Schule.

»Bitte fahr vorsichtig«, sagte Oz zu Willow, die gequält lächelte.

»Wo ist Buffy?«, fragte Angel, dessen Gesicht inzwischen wieder menschliche Züge angenommen hatte.

»Sie ist nach Hause gegangen, um Roland zu holen. Wir sollen uns alle in der Bibliothek treffen«, erklärte Willow.

Angel fluchte. »Halt den Wagen an.«

Buffy schlich sich so leise wie möglich auf das Festgelände. Am Eingang hatte sie ein Schild entdeckt mit dem Hinweis, dass das Fest an diesem Abend wegen Krankheit ausfiel und alle Eintrittskarten erstattet wurden. Buffy bezweifelte das allerdings. Sie würden alles zusammenpacken und verschwinden. Davon war sie überzeugt.

Aber sie würden nicht mit Roland verschwinden. Sie hatte lange über Giles' zahlreiche Theorien nachgedacht, und Buffy war zu einer Schlussfolgerung gelangt: Was auch immer Roland war, er hatte eine Seele. Sie hatte es in seinen Augen gesehen. Und sie hatte eine Menge Erfahrung mit dem kalten, leeren Blick der Seelenlosen. Roland hatte einen Verstand und ein Herz und eine Seele. Sie würde alles tun, was notwendig war, um ihn zu retten.

Obwohl der Großteil des Festgeländes in unheimliche Dunkelheit getaucht war – die Zelte und Wohnwagen, in denen die Schausteller lebten, eingeschlossen –, konnte sie ein Stück weiter vor sich Stimmen hören und einen matten Lichtschimmer sehen. Buffy vermutete, dass sich die Schausteller vor der kleinen Theaterbühne versammelt hatten, wo sie für die Besucher Shakespeare aufgeführt hatten.

Sie erreichte eine lange Reihe von verrammelten Holzbuden, bei denen es sich um Imbissstände handeln musste. Mit dem Rücken am Holz entlang bewegte sich Buffy vorsichtig in Richtung Bühnenbereich. Die Stimmen wurden lauter und die Lichter heller. Sie erkannte die dröhnende Stimme des Schauspielers wieder, der König Richard dargestellt hatte.

»Wir müssen bis zum Morgengrauen von hier verschwunden sein!«, donnerte der König. »In dieser Stadt gibt es Menschen, die aus irgendeinem Grund die Wahrheit kennen oder zumindest ahnen. Niemand darf je erfahren, dass Roland bei uns ist. Und nachdem gestern Nacht die Reiter aufgetaucht sind ... die Jagd ist endlich hier, und wir müssen gehen.«

Lautes Stimmengewirr und Gemurmel folgten, aber Buffy konnte kaum etwas verstehen. Sie hatte sogar Mühe, die Worte des Königs zu erfassen. Offenbar versteckten sie Roland, aber sie wusste nicht, warum. Sie wünschte, der große Mann hätte Recht und sie würde die Wahrheit kennen. Und was er über die Jagd gesagt hatte …

»Du weißt einfach nicht, wann es an der Zeit ist, mit dem Herumschnüffeln aufzuhören, nicht wahr, junge Dame?«, sagte eine sanfte Stimme hinter ihr.

Buffy fuhr abrupt herum und hob abwehrend die Hände. Zwei trüb brennende grüne Lichter knisterten in den Schatten, aus denen sie gekommen war. Sie näherten sich ihr.

Es war Robin Hood. Oder zumindest das Mitglied der Truppe, das für die Besucher Robin Hood verkörperte. Aber dieser Mann war kein Held, dachte Buffy. Wenigstens keiner von der Sorte, die ihr vertraut war. Seine Augen waren zu weiß und seine Finger zu lang, und sie fand es merkwürdig, dass ihr das noch nicht früher aufgefallen war.

Aber jetzt erregten diese Finger ihre Aufmerksamkeit. Sie waren von knisterndem grünen Feuer umgeben, das wie Sturmwolken über seinen Händen tanzte.

»Magie«, flüsterte Buffy.

»Es ist tatsächlich Magie«, bestätigte Robin Hood. »Es gibt an diesem Ort sehr viel Magie. Magie und noch weit, weit schlimmere Dinge. Bis Sonnenaufgang haben wir noch eine Menge zu tun, meine Liebe, und ich spüre, dass noch mehr in dir steckt, als es auf den ersten Blick den Anschein hat. Du bist ein seltsames Mädchen, kein Zweifel. Also werde ich dir diese Chance geben, meine Schöne. Geh jetzt.«

»Nicht ohne Roland«, erwiderte Buffy scharf.

»Nach allem, was Richard durchgemacht hat, um sich in den Besitz dieses Narren zu bringen, wird er den Jungen niemals freilassen. Deine letzte Chance, Mädchen. Geh jetzt und blicke dich nicht um, oder du wirst in große Schwierigkeiten geraten.«

»Schwierigkeiten und ich«, sagte sie böse, während sie zwei Finger kreuzte und damit auf Robin zeigte, »sind wie das hier.«

»Wie du willst, Mädchen. Du wirst bei Tagesanbruch eine Sklavin sein. Ich wette, du wirst im Kostüm einer Dienstmagd einfach hinreißend aussehen«, sagte Robin Hood mit lüsternen Augen. »Vergiss nicht, dass du deine Chance hattest.«

Mit diesen Worten hob er die Hände, sodass sich über ihren Köpfen die Magie ballte. Er sang mit leiser, gutturaler Stimme in einer Sprache, die Buffy nicht einmal kannte, geschweige denn verstand.

Buffy floh zur anderen Seite der Imbissbuden. Sie waren alle geschlossen, die schweren Holzvordächer heruntergelassen. Aber dort hingen noch immer die Holzstangen, die sie gestützt hatten. Fünf Schritte über den weichen Boden, und sie hielt eine lange, dicke Eichenstange in der Hand. Hinter ihr erklang leises Gelächter, und Buffy fuhr herum und schwang die lange Stange wie einen Kampfstab.

Robin Hood war hinter ihr, aber die Magie flackerte nicht mehr über seinen Händen. Stattdessen wirbelte sie über den Boden, eine knisternde grüne Windhose, ein Tornado aus schwarzer Magie, knapp einen Meter groß.

In ihm nahm etwas Gestalt an. Es war monströs, hässlicher sogar als manche der Dämonen, die Buffy bekämpft hatte.

»Es wird dich verschlingen, Mädchen, deinen Körper und deine Seele«, prophezeite Robin Hood. »Dein Herz wird brennen und dann wirst du mich anflehen, dein Leben zu verschonen. Ich bin nicht gerade ein Hexer. Ich musste fast meine Seele verkaufen, um diesen Zauber zu lernen. Aber du ahnst nicht, wie oft er sich schon als nützlich erwiesen hat.«

Buffy trat einen Schritt zurück und starrte ihn an. »Sicher«, knurrte sie. »Vor allem bei Rendezvous.«

Sie wich nach rechts aus, und die Windhose folgte ihr. Eine Hand tauchte aus dem Wirbel auf. Buffy bewegte sich nach links, und wieder folgte ihr der Strudel.

»Jetzt ist es zu spät zum Weglaufen, Mädchen, wenn es das ist, woran du denkst«, erklärte Robin. Ein hässliches Grinsen verzerrte sein Gesicht und ließ es in dem flackernden grünen Licht noch bösartiger erscheinen.

»Nicht ganz«, murmelte Buffy.

Sie trat zwei Schritte zurück und stürmte direkt auf die Windhose zu, obwohl in dieser Sekunde eine zweite Hand und zwei Hörner sichtbar wurden. Mit Hilfe der Stange katapultierte sich Buffy wie eine Stabhochspringerin in die Luft, schlug einen Salto und landete auf beiden Füßen, direkt vor Robin Hood.

Als er protestierend den Mund öffnete, schmetterte sie ihm die Stange mit solcher Wucht gegen den Schädel, dass sie zersplitterte. Robin brach mit einem leisen Wimmern zusammen. Hinter ihr verschwand die Windhose so plötzlich, als hätte jemand eine Kerze ausgeblasen. Sie glaubte, den Schwefel sogar riechen zu können, der von der magischen Erscheinung zurückgeblieben war.

»Schwachkopf«, flüsterte Buffy und wandte sich dann ab, um nach Roland zu suchen.

Er stand direkt vor ihr. Kaum sieben Schritte von ihr entfernt. An seiner Seite König Richard, groß in seiner Arroganz und auch nicht im Mindesten clownesk, trotz seines Leibesumfangs.

»Buffy, bitte lauf weg«, flehte Roland.

Ein guter Rat, wenn man bedachte, dass jetzt auch der Rest der Truppe aufgetaucht war. Einige von ihnen wurden von seltsam gefärbten Energieentladungen umknistert, genau wie Robin Hood. Andere, darunter eine Frau mit runden schwarzen Augen, schienen nicht einmal menschlich zu sein. Buffy war umzingelt, aber sie war überzeugt, entkommen zu können, wenn sie es wollte.

Sie warf Roland einen kurzen Blick zu und sah die Verzweiflung in seinem Gesicht. Er hatte sich bereits aufgegeben. Er wollte, dass sie floh. Aber jetzt, wo Buffy ihn wieder gesehen, ihm wieder in die Augen geschaut hatte, konnte sie ihn nicht im Stich lassen. Ganz gleich, was er war, sie wusste jetzt mit Sicherheit, dass er eine Seele hatte.

»Ich werde ohne dich nirgendwo hingehen«, erklärte sie ihm.

König Richard lachte tief und grausam.

»Tötet sie.«

# 10

Jamie Anderson roch nach Whisky. Zumindest glaubte Cordelia, dass es Whisky war. Für sie roch ein Schnaps so abstoßend wie der andere. Sie betete im Stillen, dass sich der Gestank nicht allzu lange im Wagen halten würde.

»Es ist da vorn«, erklärte ihr Mr. Anderson.

Cordelia lenkte den Wagen an den Straßenrand und hielt den Mund. Durchgedreht oder nicht, er war noch immer ein Cop. Es war besser, wenn niemand erfuhr, dass einige von Mr. Giles' Schülerinnen den Weg zu seinem Haus kannten. Wie schon so viele festgestellt hatten, fehlte Cordelia jedes Taktgefühl. Sie hatte keine Verwendung für die tröstlichen Unwahrheiten, die zerbrechliche Egos schützen sollten. Sie log nie.

Aber sie hatte festgestellt, dass es Zeiten gab, in denen es das Beste war, nichts zu sagen.

Mr. Anderson stieg aus dem Wagen, aber Cordelia zögerte, als sie ein Bein nach draußen gesetzt hatte. Für einen Moment war sie hin und her gerissen, dann drückte sie den Knopf und senkte das Fenster um einen Zentimeter. Sie wollte nicht, dass der Wagen oder die Stereoanlage oder der Airbag oder sonst was gestohlen wurde. Aber sie wollte, dass dieser Gestank verschwand, bevor sie wieder in das Auto stieg.

Sie stopfte ihre Schlüssel in die Tasche und folgte dann dem Mann zu seinem Haus. Während der ganzen Fahrt hatte er sie nicht ein einziges Mal angesehen, und das änderte sich auch jetzt nicht. Wortlos hielt er ihr die Tür auf und führte sie die Treppe zu seinem Apartment hinauf.

Am Ende der Treppe wandten sie sich nach rechts und erreichten die Tür zu Jamies Apartment. Sein schwerer Schlüsselbund klirrte, als er alle drei Schlösser entriegelte und die Tür weit aufstieß. Mr. Anderson trat zur Seite und gab Cordelia den Weg frei.

Als sie über die Schwelle trat, wurde sie plötzlich von Unbehagen überwältigt. Es war eine Sache, ihn mit ihrem Auto nach Hause zu fahren. Es war etwas völlig anderes, in seiner Wohnung zu sein. Sie hatte das Gefühl, auf eine Weise in sein Leben geplatzt zu sein, die ihr ganz und gar nicht gefiel. Sie war jetzt in seinem Wohnzimmer. Zwar keine Fremde, doch auch nicht mehr als eine neue Bekannte.

Cordelia war klug genug zu erkennen, wann sie egoistisch war. Die meiste Zeit, so wie jetzt, kümmerte es sie nicht. Hier war ein Mann, der vor einer kurzen Weile ernsthaft versucht hatte, sich das Gehirn aus dem Schädel zu blasen und über die Altertumsabteilung der Schulbibliothek zu verteilen. Er war mit Volldampf Richtung Tod gerast. Cordelia und die anderen hatten ihn aufgehalten, weil es von ihnen erwartet wurde.

Aber Cordelia wollte jetzt nicht länger auf ihn aufpassen. Er bedeutete ihr nichts. Irgendein Cop, der in Giles' Haus wohnte. Und in einem ziemlich heruntergekommenen Apartment, um es vorsichtig auszudrücken. Die Wohnung brauchte dringend eine Behandlung mit dem Feuerwehrschlauch oder einem Sandstrahlgebläse. Die Vorhänge waren schmuddelig, die Teppiche fleckig und der Kaffeetisch wies so viele Ringe von Bierflaschen und Schnapsgläsern auf, dass das Muster fast natürlich wirkte.

Sie fühlte sich für einen Moment beklommen und war sehr dankbar dafür, dass Giles Jamie Anderson die Waffe abgenommen hatte. Der Mann schien derzeit okay zu sein, aber wenn er noch immer vorhatte, sich das Leben zu nehmen, würde Cordelia allein ihn nicht aufhalten können.

Der Ausdruck mulmig konnte nicht einmal ansatzweise das Gefühl beschreiben, das sie jetzt überwältigte. Sie wollte nicht hier sein, sie wollte keine persönliche Beziehung zu diesem Mann herstellen. Wollte ihn nicht kennen oder sich Sorgen um ihn machen. Sie hatte sich leichtsinnigerweise schon mit genug Leuten eingelassen, um die sie sich Sorgen machte. Außerdem war er offensichtlich verstört. Niemand konnte wissen, was er im nächsten Moment anstellen würde.

Er machte ihnen Tee.

Cordelia stand am Fenster, blickte nach draußen und fragte sich, ob es Xander und den anderen gut ging. Sie nippte an ihrem Chamomile und versuchte sich darauf zu konzentrieren, die spürbare Distanz aufrechtzuerhalten, die zwischen ihr und Mr. Anderson bestand.

»Hör mal, ich möchte mich bei dir bedanken«, sagte Jamie und beendete damit das minutenlange Schweigen.

»He, kein Problem«, erwiderte Cordelia. »Es war keine lange Fahrt.«

»Du weißt, dass ich nicht die Fahrt meine«, sagte der Mann.

Cordelia wollte nicht den Mitleid erregenden Ton in seiner Stimme hören, die quälende Traurigkeit. Aber sie konnte nichts dagegen tun. Sie hatte so gehofft, dass er einfach versuchen würde, den Macho zu spielen und sich hart zu geben. Vielleicht ist der Schmerz einfach zu groß, dachte sie. Seinen Sohn zurückzubekommen und ihn dann auf so grausige Weise erneut zu verlieren.

Sie wandte sich vom Fenster ab und sah ihn an. »Kein Problem«, sagte sie, um sich dann zu ihm zu setzen und ihren Tee zu trinken. Cordelia machte ein freundliches Gesicht und beugte sich neugierig nach vorn.

»Erzählen Sie mir von Ihrem Sohn«, bat sie.

Jamie Andersons rote trübe Augen weiteten sich und ein mattes Lächeln spielte um seine Mundwinkel.

»Seit er laufen konnte, wollte er immer nach draußen und Abenteuer erleben«, begann Mr. Anderson.

Cordelia hörte aufmerksam zu.

Der Wald am Stadtrand von Sunnydale war von Wegen durchzogen. Manche waren breit und viel begangen, andere halb überwuchert. Brian Anderson war in seinem Leben schon Hunderte von Male durch diesen Wald gestreift und dennoch, als man ihn hierher gebracht hatte, war ihm alles völlig fremd vorgekommen.

Auch hier gab es Wege, stellte er fest. Aber keiner von ihnen war ihm vertraut. Die Luft wirkte dünner, als wären sie auf dem Gipfel eines Berges oder so, und Brian hatte Probleme beim Atmen. Nicht nur die Luft war ungewöhnlich. Auch die Dunkelheit und die Art, wie sie um die Bäume strudelte, die sich zu neigen und mit ihren knorrigen Ästen nach ihm zu greifen schienen.

Brian war froh, dass sich die unheimliche strudelnde Dunkelheit, die … atmende Finsternis auf die Bäume beschränkte, in ihren Kronen blieb und nicht die Wege überflutete. Er hatte das Gefühl, von ihr beobachtet zu werden, als könnte sie, wenn sie wollte, ihn packen und … brrrr. Er wollte kein Gefangener sein, den man über den Sattel eines riesigen schnaubenden Pferdes gelegt hatte. Aber Brian spürte, dass es dort draußen im Wald noch andere Dinge gab, die gefährlicher und wilder waren.

Erleichtert bemerkte er, dass nicht alle Bäume, nun, böse wirkten. Während sie durch den Wald ritten, erkannte er einige Bäume wieder, darunter einen besonders mächtigen, den er und seine Freunde »Big Ugly« genannt und auf dem sie einmal ein Baumhaus gebaut hatten, mit gestohlenem Holz von einer Baustelle in Sunnydale.

Und die Lichtung. Er kannte diese Lichtung.

Aber sie hatte noch nie so ausgesehen.

Sie war ein großes Feld in der Mitte des Waldes mit Felsformationen und einer mächtigen alten Eiche, die hoch in den Himmel ragte. Als Kinder hatten sie sich wundervollen Tagträumen über alte Kulturen hingegeben, die diesen Ort angelegt hatten. Er schien tatsächlich künstlich zu sein. Als wäre er irgendwie aus dem Wald herausgeschnitten worden.

Jetzt wimmelte es auf der Lichtung von Kreaturen, die so dunkel waren, dass sie das Licht des Mondes absorbierten. Brian stand in einem großen Käfig aus dicken Bambusstangen, während Treasure zu seinen Füßen lag. Sie war bewusstlos und durch nichts zu wecken gewesen, obwohl er alles versucht hatte. Er hatte auch nicht die leiseste Ahnung, wie der Käfig mit ihnen transportiert worden war, aber er hatte auch nicht gerade viel Gelegenheit gehabt, danach zu fragen.

Treasure sah schrecklich aus. Ihre Kleidung – was davon noch übrig war – bestand aus schmutzstarrenden Lumpen. Ihre Nägel waren abgebrochen und bluteten. Er wusste nicht, ob sie überhaupt etwas zu essen bekommen hatte. Durch die Kleidungsfetzen konnte er ihre Rippen sehen.

Trotz der unnatürlichen Dunkelheit konnte Brian unheimliche schwarze Gestalten erkennen, die drei große Feuer hüteten. Sie waren die Wesen, von denen der englische Bibliothekstyp ihm und seinem Vater erzählt hatte. Die Wilde Jagd. Sie waren die Wesen, die ein Netz über ihn geworfen und aus den Armen seines Vaters gerissen hatten.

Es war wirklich. Es war wahr. Es passierte.

Ihm.

Die schattenhaften Gestalten, die frisches Holz in die Feuer auf der Lichtung warfen, waren Jäger. Am Rand der Lichtung schnüffelten schwarze Hunde im Dreck, und bei jedem Atemzug züngelten Flammen aus ihren Nüstern. Brian hatte einige Zeit gebraucht, um es zu bemerken, aber ihre Pfoten berührten nie den Boden. Sie waren Höllenhunde. Die Pferde waren vom gleichen Schlag, mit dunklen, glühenden Augen und flammenstiebenden Nüstern. Sie wirkten auf gespenstische Weise zahm, als würden sie bloß auf die Befehle ihrer Herren warten. Brian zählte außerdem mindestens sieben riesige schwarze Hirsche mit prächtigen Geweihen.

Und dann war da noch der Anführer: der Erlkönig, der ebenfalls ein Geweih trug. Es war ein verstörender Anblick, seit Brian begriffen hatte, dass es sich dabei nicht bloß um einen ausgefallenen Kopfschmuck handelte. Das Geweih des Herrn der Wilden Jagd hatte nur wenige Spitzen, ganz im Gegensatz zu den Hirschen, die ihn begleiteten. Im Grunde bestand es nur aus zwei Hörnern, die aus den Seiten seines Kopfes wuchsen.

Als wäre es nicht genug, dass Brian alles mit ansehen musste, er musste es auch noch riechen. Sie mochten Geister oder Gespenster sein, doch die Tiere rochen real genug. Genau wie die Menschen, die mit der Jagd ritten. Einige saßen auf Pferden, während andere zu Fuß am Käfig vorbeigingen. Manche von ihnen hatten ihm und Treasure Blicke unendlicher Traurigkeit zugeworfen, aber die meisten lachten entweder oder nahmen nicht die geringste Notiz von ihrer Lage.

»Shock?«, erklang eine leise Stimme neben ihm.

Brian drehte sich um und stellte fest, dass Treasure endlich erwacht war. Ihre Augen sahen wie zwei Blutergüsse aus.

»Brian«, sagte er. »Mein Name ist Brian.«

Damals hatte er Shock für einen richtig coolen Namen gehalten. Er war ein Rebell, der am Rande der Gesellschaft lebte. Jetzt wollte er nur noch nach Hause und die Zeit auf der Straße für immer hinter sich lassen. Aber es sah nicht danach aus, als würde er noch einmal die Chance dazu bekommen. Oder eine Chance, sich mit seinem Dad zu versöhnen.

»Was haben sie mit uns vor?«, fragte Treasure. Als er in ihre aufgerissenen, geschwärzten Augen blickte, wurde ihm wieder bewusst, wie jung sie war.

»Ich weiß es nicht«, war alles, was er sagen konnte.

In die Reiter der Jagd kam Bewegung, als würden sie auf einen unhörbaren Befehl reagieren. Brian hatte außerdem noch andere Wesen gesehen, die ihn noch mehr verängstigten als der Rest.

Der Schrecken hatte begonnen, als ihn der Erlkönig seinem Vater entrissen hatte, aber das war nur der Anfang gewesen. Es gab Dutzende von gespensterähnlichen Wesen, die im Wald lauerten, für einen kurzen Moment im Geäst auftauchten, hinter Pferden und Jägern hervorhuschten. Geister. Es mussten welche sein, denn sie hatten eine Gestalt. Sie hatten Gesichter. Und sie waren offensichtlich an diesen Ort gebannt, ebenso Gefangene des Erlkönigs wie Brian und Treasure.

Es waren Ungeheuer. Ihm fiel kein anderes Wort ein, um sie zu beschreiben. Eine Reihe von abscheulichen Kreaturen. Aber die kleinen grünen Männer waren vielleicht noch schlimmer. Wilde kleine Kreaturen, die der Bibliothekar als »dunkle Elfen« bezeichnet hatte, was immer das auch bedeuten mochte. Doch wichtiger war, dass vor einer Weile der Erlkönig Befehle in einer Sprache gegeben hatte, die Brian noch nie zuvor gehört hatte, woraufhin fast alle kleinen Geschöpfe davongerannt waren.

Bis auf einige wenige, die am Gesicht und den Hörnern des Erlkönigs hingen, auf seine Schultern und den Kopf seines Pferdes sprangen und dabei gackernd lachten, als wäre alles nur ein Spiel.

Dennoch flößte der Erlkönig selbst Brian die größte Angst ein. Er war riesig, seine Schultern waren breiter als sein Pferd, seine Arme und sein Gesicht waren von Fell bedeckt. In seiner Hand hielt er eine mächtige Streitaxt.

Der Erlkönig pfiff. Seine zahllosen Jäger bestiegen ihre Rösser und bildeten einen weiten Halbkreis mit ihm im Zentrum. Sobald alle versammelt waren, öffnete der König den Mund, und zum ersten Mal hörte Brian ihn in einer Sprache sprechen, die er verstand.

»Bald werden wir haben, wofür wir gekommen sind. Und unsere Rache ist ebenfalls nah«, sagte der Erlkönig. Seine Stimme war leise, aber weit tragend, schien jeden Winkel der Lichtung zu erfüllen und bis zum höchsten Zweig des größten Baumes zu dringen. Als er sprach, klangen seine Worte, als wären sie von einem anderen Laut unterlegt, einem dumpfen, tiefen Grollen, wie man es nur aus der Kehle eines wütenden Wolfes erwarten würde, aber sicherlich nicht von einem Menschen.

Mehr denn je war Brian überzeugt, dass der Erlkönig nie ein Mensch gewesen war.

»Wir reiten jetzt los«, sagte der König. »Mit meiner eigenen Peitsche werde ich jedes Tier antreiben. Dieser Ort hat uns gerufen, wir gehören hierher und vor uns liegt eine neue Nacht, in der wir jagen können. Doch zuerst zu unseren Gefangenen.«

Dann tat der Erlkönig etwas, von dem Brian gehofft hatte, dass es ihm erspart bleiben würde. Der gehörnte Mann richtete seinen brennenden Blick auf Brian Anderson und grinste ihn durch seinen dichten, zotteligen Bart an.

»Nun, sehen wir sie uns an«, sagte der König mit grollender Stimme, während er auf ihn zuritt.

»Oh, mein Gott!«, kreischte Treasure. Sie sprang auf und warf sich in dem verzweifelten Versuch, ihrem Schicksal zu entrinnen, gegen die Käfigstäbe.

Brian wollte nach ihr greifen, aber er war wie gelähmt. Er wollte sie ansehen, ihr sagen, dass sie nicht aufgeben sollte, dass man nach ihnen suchen würde. Die Cops hatten ihr Medaillon. Dieser Giles-Typ kannte sich mit okkulten Dingen aus.

Und sein eigener Vater suchte nach ihnen, und der würde ihn finden und retten.

Er wollte ihr all diese Dinge sagen, aber er konnte seinen Blick nicht von den lodernden roten Augen des Erlkönigs wenden.

»Ich will ganz offen zu euch sein«, sagte der Erlkönig mit einem gutturalen Knurren, das Brian aufkeuchen und dann stoßweise und gehetzt atmen ließ. »Hier ist überall Magie. Schwarze Magie von einer Art, wie sie der menschliche Geist nicht verstehen kann. Wenn ihr leben wollt, müsst ihr mit der Wilden Jagd reiten.«

Brian starrte ihn mit aufgerissenen Augen an. »Reiten? Mit der … Oh Gott. Sie machen wohl Witze.«

Der Erlkönig fixierte ihn mit seinem brennenden Blick.

»Schwört mir eure ewige Treue und die schwarze Magie wird euch an diesen Eid binden. Nur dann kann ich euch so weit vertrauen, um euch in die Jagd aufzunehmen. Aber dies ist eure einzige Wahl, Kinder. Jäger oder Gejagte?«

Treasure fing laut an zu schluchzen. Tränen liefen über ihr Gesicht, als sie auf dem Käfigboden zusammenbrach und ihr Gesicht im Dreck vergrub.

»Bitte lassen Sie uns einfach gehen«, flehte Brian. »Wir haben Ihnen nichts getan.«

Das Pferd des Erlkönigs wieherte und blies einen Feuerstrahl über Brians Kopf. Es schien fast so, als würde das Tier lachen. Brian schrie vor Wut und Furcht, vor Frustration und Hilflosigkeit auf und schlug dann mit den Unterarmen auf die Bambusstäbe des Käfigs ein, doch sie gaben nicht nach.

»Sehr gut«, grollte der Erlkönig. »Du bleibst im Käfig.«

Brian spürte eine Woge der Erleichterung. Er hatte erwartet, herausgeholt und gejagt oder einfach auf der Stelle hingerichtet zu werden. Er hatte etwas Zeit gewonnen, sagte er sich. Zeit zum Nachdenken. Zeit zum Planen.

»Ich werde ... ich werde mit euch gehen«, flüsterte Treasure so leise, dass Brian hoffte und betete, der König hätte sie nicht verstanden.

»Connie, nein!«, rief Brian verzweifelt, als er die Hoffnungslosigkeit und Resignation in ihrer Stimme hörte.

Treasure weinte noch immer, aber sie blieb jetzt stumm, während die Tränen über ihre Wangen liefen. Die Zeit des Schluchzens war vorbei. Wenn es keine Hoffnung mehr gab, gab es auch keinen Grund mehr, laut zu jammern und zu klagen. Verzweiflung war still.

»Dann komm, mein hübsches Mädchen«, sagte der Erlkönig, und das Tier in seinem Herzen, das fundamentale Bindeglied zu allem Wilden in der Natur, brüllte bei jeder Silbe vor Freude auf.

Mehrere Diener des Gehörnten kamen herbei, holten Treasure aus dem Käfig und schleuderten Brian brutal auf die harten Bambusstäbe des Bodengitters. Durch die Stäbe stieg ihm der Geruch von feuchtem Erdreich in die Nase, und er nahm auch den Geruch von Menschen wahr. Von schmutzigen, verängstigten Menschen, die vor ihm in diesem Käfig gewesen waren, Treasure eingeschlossen.

Er versuchte nicht darüber nachzudenken, was aus ihnen geworden war.

Als die Käfigtür hinter ihr geschlossen wurde, führte man Treasure zu einem Pferd, das sie rasch bestieg. Brian konnte ihr leises Wimmern hören, als sie die Tränen unterdrückte.

Sie sah schrecklich aus. Ihr Haar war fettig und strähnig, ihr Gesicht eine zerschundene, dreckige Masse. Sie sah wie ein kleines Mädchen aus, das man in einen Müllcontainer geworfen hatte. Es war ein Mitleid erregender Anblick.

»Schwörst du mir, dem Herrn der Wilden Jagd, ewige Treue gemäß den Gesetzen der Magie und der Natur, meine Kleine?«, fragte der Erlkönig.

»J-ja«, stotterte Treasure. »Ja, ich schwöre.«

»Wie ist dein Name?«

Sie schwieg für einen Moment, als wüsste sie, dass ihre Antwort für alle Ewigkeit über ihren Namen entscheiden würde. »Treasure«, sagte sie schließlich und Connie DeMarco existierte nicht mehr.

»Ausgezeichnet«, sagte der König. »Jetzt lasst uns reiten. Und wenn wir zurückkehren, wenn die Winzlinge ihre Aufgabe erfüllt haben, werden wir vielleicht Hochzeit feiern.«

Begleitet vom Donnern Tausender Hufe, einem Lärm, der viel zu laut für die rund dreißig Pferde und Hirsche war, die durch die Nacht ritten, begann die Wilde Jagd von neuem.

Brian beobachtete, wie sich die Bäume fast zu öffnen, die Jagd zu verschlucken schienen und sie nach Sunnydale führten. Treasure war fort. Brian hatte jetzt, während die dunklen Kreaturen zur Stadt galoppierten, nur noch einen Gedanken. Er fürchtete um seinen Vater.

Die Schausteller, die Buffy umringt hatten – inzwischen als Hexen und Hexer und Monster entlarvt –, waren dieselben Leute, die das Fest veranstaltet hatten, aber sie sahen völlig anders aus. Ihre Kleidung war zeitgemäß – Jeans und Hemden, Röcke und Blusen –, aber alt und fadenscheinig. Und während sie vorher bedrohlich gewirkt hatten, so wirkten sie jetzt wie das personifizierte Böse.

»Der arme Robin hat versucht, dich zu warnen«, sagte der fette König Richard zornig. »Aber von uns anderen wird dir keiner diese Chance geben.«

»Pech für mich«, sagte Buffy und duckte sich dann, als zwei muskulöse Männer, die auf dem Fest als Ritter verkleidet aufgetreten waren, sich auf sie stürzten.

Buffy erledigte den ersten mit einem Fußtritt und riss die rechte Hand hoch, in der sie noch immer die abgebrochene Holzstange hielt. Sie traf den Ritter mitten im Gesicht und zerschmetterte ihm die Nase.

Aber es waren zu viele von ihnen. Sie kreisten sie jetzt ein, ohne zunächst anzugreifen, aber wenn sie zusammen über sie herfielen, hatte sie keine Chance. Buffy sah sich rasch um und zählte diejenigen, von denen eine unheimliche, magische Energie ausging. Drei. Zwei Frauen und ein Mann.

Die Magier zuerst, beschloss sie.

Sie rannte zu der Frau zu ihrer Linken. Hinter ihr tauchte ein Mann auf, dessen Haare sich in loderndes orangenes Feuer verwandelt hatten und dessen Hände schwelten, wobei blauer Rauch aus seinen Poren quoll. Er hatte die Hände erhoben und Buffy roch etwas Widerliches und wusste, dass sie ihn definitiv unter keinen Umständen berühren wollte.

Die Frau vor ihr hatte ein lavendelfarbenes Glühen in den Augen, und Buffy war bereit zum Angriff, bereit zum Ausweichen, falls sie eher zuschlagen sollte. Aber der Mann mit den blauen, rauchenden Händen kam immer näher.

Buffy blieb abrupt stehen, wirbelte herum, hob den Arm und zielte mit der abgebrochenen Stange auf die Kehle des Hexers mit den rauchenden Händen. Erst als ihn die Holzstange traf und er die Augen aufriss, erkannte Buffy in ihm den durstigen Mann im Stock wieder, dem sie hatte helfen wollen. Der Mann griff nach seiner Kehle, als könnte er nicht glauben, dass sie ihm tatsächlich die Luftröhre zerschmettert hatte.

Die giftige Magie, die von seinen Händen loderte, tötete ihn auf der Stelle.

Während die anderen ihn entsetzt anstarrten, stürzte sich Buffy wieder auf die Frau mit den Lavendelaugen. Sie sprang, drehte sich in der Luft und versetzte ihr einen derart wuchtigen Tritt gegen die Kopfseite, dass sie bewusstlos zusammenbrach. Damit war der Weg zu den Imbissbuden frei, wo sie sich zuvor versteckt hatte. Buffy rannte los, doch plötzlich versperrte ihr die alte Vettel, von der Cordelia das Kostüm gekauft hatte, den Weg.

Nur dass sie jetzt nicht mehr ganz menschlich war. Die Haut der alten Frau war schuppig und grünstichig. Aus ihrem Mund schoss eine gespaltene Zunge und von ihren spitzen Zähnen tropfte Gift. Eins ihrer Augen hatte noch immer die Farbe von saurer Milch. Das andere, gesunde Auge war wie das einer Eidechse geschlitzt.

»Nicht alles ist das, was es zu sein scheint, Mädchen«, zischte sie.

»Nichts ist das, was es zu sein scheint, Oma«, fauchte Buffy.

Sie musste sich von diesen Giftzähnen fern halten, erkannte sie. Buffy hechtete nach vorn, machte einen Handstand und nutzte ihren Schwung, um der Schlangenfrau beide Füße derart hart in den Bauch zu rammen, dass einige Rippen brachen.

Dann erstarrte sie, konzentrierte sich, ging in die Hocke, stieß sich mit aller Kraft ab und sprang auf das Dach der nächsten Imbissbude.

Ihre Gegner umringten sie bereits. Sie sah sich um und suchte nach Roland. Er stand noch immer bei König Richard, mit einem Strick um den Hals, vielleicht einer Peitschenschnur. Der Anblick machte sie nur noch wütender. Buffy hatte sich bisher zurückgehalten, weil sie nicht genau wusste, mit was sie es hier zu tun hatte. Wären sie bloß Monster gewesen, hätte es ihr die Arbeit erleichtert, aber sie war ziemlich sicher, dass zumindest die meisten von ihnen früher einmal Menschen gewesen waren.

»Genug!«, donnerte König Richard. »Ich werde sie selbst töten.«

Jetzt war der fette Herrscher an der Reihe, wie eine Kerze zu brennen. Ein weißes Licht, blutrot gefleckt, strömte aus seiner Brust, als hätte er in seinen Eingeweiden eine kleine Sonne versteckt. König Richard stimmte einen Singsang an und das Licht wurde heller.

Eine Dienstmagd versuchte auf das Dach der Imbissbude zu klettern, aber Buffy verpasste der Frau einen Tritt gegen den Kopf.

Richard sang lauter.

Dann schrie er schmerzgepeinigt auf.

Buffy kniff die Augen zusammen und starrte in das verglimmende Licht, das aus Richards Brust strömte. Der Hexer wankte. Hinter ihm stand Angel. Er sah schrecklich aus, völlig zerschunden und außer sich vor Wut.

Angel hielt mit beiden Händen einen Baseballschläger aus Aluminium und schwang ihn gegen König Richards Rücken. Der Schläger traf sein Ziel mit voller Wucht, und der Anführer dieses Hexenzirkels – oder was immer es auch war – ging in die Knie. Angel versetzte ihm eine wuchtige Rückhand gegen die Schläfe. Richard fiel ohnmächtig auf den Bauch.

»Buffy!«, schrie Roland verängstigt auf und wich vor Angel zurück.

»Er ist ein Freund«, beruhigte ihn Buffy, während Angel den Strick um Rolands Hals zerriss.

Im nächsten Augenblick stürzten sich zwei Dienstmägde und drei muskulöse Männer auf Angel. Aber sie waren normale Menschen, keine Magier, und der Vampir war stark genug, sie alle abzuschütteln.

Buffy sprang von der Imbissbude, wirbelte herum und schmetterte dem Mann, der die Eintrittskarten zum Fest verkauft hatte, den Fuß gegen das Kinn. Dann sah sie sich hastig um. Wenn sie richtig gezählt hatte, musste noch einer der Magier bei Bewusstsein sein. Ob es nun eine Hexe oder ein Hexer war, konnte sie nicht mit Sicherheit sagen, und so suchte sie nach dem unheimlichen Leuchten oder etwas anderem Ungewöhnlichen.

Ein leises Lachen erklang. Buffy fuhr herum und sah die Frau vor sich stehen. Sie hob eine Hand und winzige Blitze schienen ein Netz zwischen ihren Fingern zu weben und von dort auf Buffy überzuspringen …

Die Frau schrie plötzlich auf und schlug wild um sich. Buffy blinzelte und sah genauer hin. Auf dem Boden um die Hexe wimmelte es von dunklen Elfen. Sie fielen mit Zähnen und Klauen über sie her, bis sie unter ihrer schieren Zahl zusammenbrach. Es war ein furchtbares Gemetzel.

»Angel!«, brüllte Buffy. »Nimm Roland und verschwinde von hier!«

Sie rannte los und schüttelte zwei dunkle Elfen ab, die versuchten, sich an ihre Kleider zu klammern. Im flackernden Licht der Bühne und des Mondes am Himmel konnte Buffy die Mitglieder der Schaustellertruppe erkennen, wie sie auf die Kreaturen einschlugen, die ihr Fleisch zerfetzten, ihnen an die Kehle fuhren oder mit ihren Klauen nach anderen empfindlichen Körperteilen hackten.

Buffy erstarrte. Sie konnte Angel nirgendwo entdecken.

Nicht weit von ihr entfernt war der Boden von einer wogenden Masse dunkler Elfen bedeckt. Ihr Gelächter war eine Kakophonie, die die Seele mit Grausen erfüllte, und Buffy schauderte. Dann erhob sich die Masse, explodierte fast vom Boden, und sie erkannte, dass es Angel war. Er war fast vollständig von den Kreaturen bedeckt.

Jemand rief ihren Namen und Buffy fuhr herum und sah, dass Roland irgendwie gefesselt worden war und jetzt von den Elfen weggeschleppt wurde. Es mussten Dutzende von ihnen nötig gewesen sein, nur um ihn festzuhalten, aber Roland war wie ein Paket verschnürt. Er würde ohne Hilfe nicht entkommen können.

Doch da war noch Angel.

Buffy fluchte laut und riss die boshaften kleinen Kreaturen von Angel, wobei kleine Wunden entstanden und Blut spritzte. Sie hörte von hinten ein wutentbranntes Gebrüll und drehte sich um. König Richard war wieder auf die Beine gekommen, aber er war von Kopf bis Fuß von dunklen Elfen bedeckt. Das blutige weiße Licht aus seiner Brust – Herzmagie, dachte Buffy plötzlich – verbrannte mindestens ein Dutzend von ihnen zu Schlacke und Asche.

Die Elfen, die über Angel hergefallen waren, spürten die Bedrohung und lösten sich von ihm. Einige griffen Richard an, während andere in die Sicherheit der Bäume jenseits des Zaunes flohen.

»Bist du okay?«, fragte Buffy Angel und sah ihn besorgt an.

»Nicht einmal annähernd«, sagte er und knirschte vor Schmerz mit den Zähnen. »Aber das wird schon wieder. Im Moment sollten wir uns besser um deinen Freund kümmern.«

So schnell sich Angel bewegen konnte, setzten sie den dunklen Elfen und Roland nach.

# 11

Vienna war nur leicht angetrunken, als sie das Bronze verließ. Bruno stand heute an der Tür, und sie ging zu ihm, um ihm einen feuchten und sehr leidenschaftlichen Kuss zu geben. Er schüttelte den Kopf und lachte, als sie fertig war.

»Du bist verrückt, Mädchen«, sagte er. »Geh nach Hause.«

»Ich hasse es, allein nach Hause zu gehen«, erwiderte Vienna verführerisch.

»Wenn du noch eine Stunde bleibst, komme ich mit dir«, bot Bruno an.

Vienna lächelte und zuckte die Schultern. Bruno war ein netter Kerl. Er war etwas älter als sie, aber wem wollte sie etwas vormachen? Mit zweiundzwanzig war Vienna im Vergleich zu den anderen Mädchen im Bronze längst überreif. Und ihre ganze Grufti-Kiste war schon so gut wie abgehakt. Obwohl ihr der Look noch immer gefiel. Die glatten schwarzen Morticia-Addams-Haare, die blasse Haut und der grellrote Lippenstift passten zu ihr. Eine Menge Jungs waren derselben Meinung gewesen.

Genau wie Bruno. Sie konnte es in seinen Augen sehen.

»Du weißt, wo ich wohne?«, fragte sie ihn.

»Klar.«

»Ich werde aufbleiben, wenn du vorbeikommen willst, Bruno. Das wäre schön«, sagte sie und drückte leicht seinen Arm. Er war wirklich ein netter Kerl.

Vienna drängte sich an ihm vorbei und ging davon mit großen Schritten, die ihre langen weißen Beine unter dem viel zu kurzen Rock gut zur Geltung brachten. Sie blickte sich nicht um, aber sie wusste, dass Bruno ihr nachschaute. Vienna lächelte. Morgen, dachte sie, mach ich mich wieder auf die Suche nach einem Job.

Nachdem sie Bruno Frühstück gemacht hatte.

»'n Abend, junge Dame.«

Aus dem Dunkeln hinter den Müllcontainern starrte ein hagerer alter Mann sie lüstern an. Sie ignorierte ihn, hielt ihre Augen starr geradeaus gerichtet und ging etwas schneller. Oberdachloser alter Perverso, dachte sie.

Dann machte etwas in ihrem Kopf Klick und ihr dämmerte, dass sie ihn kannte. Es war Old Man Sayre. Er wohnte nur ein paar Häuser von ihrer Großmutter entfernt. Sie fragte sich, ob er irgendwelche Schwierigkeiten hatte, und wäre fast stehen geblieben, aber dann schaltete sich ihr Selbsterhaltungstrieb ein. Wenn er sich in dunklen Winkeln versteckte, um Mädchen anzumachen, die nur ein Viertel so alt waren wie er – okay, vielleicht ein Drittel – nun, er mochte kein Obdachloser sein, aber er war eindeutig ein alter Perverso.

Vienna verdrehte die Augen. Da würde sie Oma ja eine schöne Geschichte erzählen können. Sie kicherte leise.

Eine kräftige Hand legte sich wie eine Stahlklammer um ihre Schulter.

»Verdammt! Lassen Sie mich los!«, schrie Vienna und fuhr herum, die Finger zu Klauen verkrümmt, um ihrem Angreifer das Gesicht zu zerkratzen. Aber Old Man Sayres Gesicht hatte sich verändert. Seine Augen waren gelb und leuchteten und seine Zähne …

Damit ich dich besser fressen kann, mein Kind.

Vienna kreischte.

Old Man Sayre packte sie bei den Haaren und starrte in ihre Augen, während sich sein Mund ihrem Hals näherte. Dann sah sie nur noch das weiße Haar auf seinem Kopf und spürte, wie sich nadelspitze Zähne in das Fleisch ihrer Kehle bohrten.

Ihre Beine gaben nach, aber Old Man Sayre hielt sie aufrecht. Während er sie aussaugte.

Bruno schrie ihren Namen, seine Stimme kam näher.

Zuerst glaubte sie, dass das Donnern, das rhythmische Hämmern von seinen Stiefeln auf dem Pflaster stammte. Sie verlor Blut und alles drehte sich um sie herum, aber bei dem Lärm handelte es sich nicht um bloße Schritte. Er erinnerte mehr an eine alte Dampflokomotive, die mit Höchstgeschwindigkeit dahinraste, wie in den alten Western.

Western.

Nein, kein Zug. Pferde.

Old Man Sayre ließ sie zu Boden sinken. Sie hörte, wie Bruno ihn anschrie, ihn aufforderte, zu verschwinden, und wie er sie fragte, ob sie okay war. Das Wesen, das einst Old Man Sayre gewesen war, erklärte Bruno, dass er sterben würde, weil er es beim Abendessen gestört hatte.

Vienna wollte weinen, aber sie konnte nicht. Und ihr Kopf schmerzte von all dem Donnern. Hörten sie denn nicht die Pferde?

Bruno sagte ganz leise: »Oh, mein Gott.«

Old Man Sayre begann, wie ein verängstigtes Tier zu winseln.

Vienna war gerade dabei, sich trotz ihrer Benommenheit wieder aufzurappeln, und als sie aufblickte, sah sie das Entsetzen im verunstalteten Gesicht des alten Mannes. Der Mund mit den Vampirzähnen formte ein großes O und dann bohrte sich ein dicker mit Federn versehener Holzschaft – ein Pfeil, so unmöglich das auch war – durch Old Man Sayres Brust.

Sie sah, wie er in einer Staubwolke explodierte und der Pfeil klappernd zu Boden fiel. Übelkeit überwältigte sie und sie sank wieder auf die Knie.

Als sie in der Lage war, wieder aufzustehen und sich umzuschauen, hatte sich das Donnern der Hufe weiter die Straße hinunter entfernt.

Bruno war verschwunden.

Vienna stolperte zurück ins Bronze und wartete dort, während jemand einen Krankenwagen rief. Sie hatte das schreckliche Gefühl, dass sie Bruno niemals wieder sehen würde.

Es war das letzte Mal, dass sie ins Bronze gegangen war.

Sunnydale schlief bereits, als die Jagd durch die Stadtmitte ritt. Hufe donnerten und gespenstische Flammen loderten. Die Hunde bellten. Der Erlkönig brüllte seine Macht hinaus und sang das Lied der Hoffnungslosen. Und die Hoffnungslosen kamen zu ihm.

Er war zufrieden.

Aus einigen von ihnen würden Jäger werden. Aber von diesen würden nur die wenigsten die nächste Jagd erleben. Er würde sie persönlich töten, wenn sie sein Missfallen erregten, oder sie zurück ins Hauptlager schicken, zusammen mit jenen, die sie aufgelesen hatten, die Selbstmörder und die ungeliebten Kinder, deren Seelen er gestohlen hatte. Und jene, die so töricht gewesen waren, die Wilde Jagd anzusehen, statt den gebührenden Respekt zu zeigen. Alle würden noch in dieser Nacht ins Lager zurückkehren und dort für immer bleiben, um ewige Qualen zu erleiden.

Aber die Hoffnungslosen, sie bekamen eine Chance. Jagen und dienen. Oder sterben.

Hufe trommelten aufs Pflaster. Der Schwefelgestank breitete sich in einer Straße nach der anderen aus. Die dunklen Elfen schnatterten und die Pferde schnaubten. Und die Jäger ritten, als hätte die Ewigkeit keine Bedeutung und keinen Schrecken für sie.

Obwohl an diesem Ort die Voraussetzungen für die Jagd ausgezeichnet waren, überlebten die meisten Bewohner der Stadt die Nacht. Vielleicht drehten sie sich im Schlaf und stöhnten. Vielleicht träumten sie von Gestalten, die an ihren Fenstern vorbei huschten und auf ihren Dächern galoppierten. Vielleicht fühlten sie sich am Morgen erschöpft und ängstlich. Aber an keinem Ort, den die Wilde Jagd je heimgesucht hatte, hatte man ihr so wenig Beachtung geschenkt wie in Sunnydale. Als ahnten die Bewohner, was draußen durch ihre Straßen ritt. Als wüssten sie, dass es am sichersten war, Türen und Augen geschlossen zu halten.

Es war das Beste für sie. Die meisten von ihnen würden auf diese Weise am Morgen noch am Leben sein.

Dennoch, obwohl die Beute mager war, boten die örtlichen Vampire eine willkommene Abwechslung, und eine Hand voll Jäger nutzten die Gelegenheit, um einige von ihnen zu hetzen und zur Strecke zu bringen. Doch das war auch alles. Eine Art Sport, mehr nicht.

Einst, vor langer Zeit, hatte ein Menschenmädchen dem Erlkönig die wahre Natur der Vampire verraten. Sie gehörten zu keiner der Welten, weder zu dieser noch zu der anderen, wo die Wilde Jagd zu Hause war. Die Untoten waren seelenlos und deshalb in den Augen des Erlkönigs und seiner Jäger Scheusale. Wenn sie welche fanden, töteten sie sie auf der Stelle.

Während die Wilde Jagd ritt, wandte sich der Erlkönig an das neue Mädchen, Treasure, und bot ihr sein Jagdhorn an. Sie führte es an ihre Lippen und trompetete mit aller Kraft ihr neues Leben hinaus.

Der König glaubte, dass diese Treasure die Nacht vielleicht überleben würde. Je genauer er sie betrachtete, desto mehr fragte er sich, ob sie ihm nicht noch auf andere Weise dienen konnte.

»Giles.«

»Hmm.«

»Giles.«

»Hmm?«

»Buffy befindet sich auf einem führerlosen Zug, der direkt in ein schreckliches flammendes Inferno rast. Wenn ich die Wahl hätte, würde ich zwar nicht gerade den Platz mit ihr tauschen, aber unbedingt versuchen, sie von dem Zug herunterzuholen. Was eine wesentliche Verbesserung wäre, denn hier in der Bibliothek herumzusitzen ist in etwa so sinnvoll wie ein Beichtstuhl im Kongress. Flammendes Inferno. Zusehen, wie Giles liest. Die Würfel sind gefallen. Und Sie hören mir überhaupt nicht zu.«

Ohne Vorwarnung begann Xander zu singen. Laut und schief. Die Titelmelodie von *Friends*. Es war offenbar der scheußlichste Song, der ihm einfiel, um auf sich aufmerksam zu machen.

»Xander?«, fragte Giles entsetzt. »Was ist ... hast du gerade etwas von einem Zug gesagt?«

Dem Wächter wurde Xanders Antwort durch Oz und Willow erspart, die in diesem Moment in die Bibliothek platzten. Giles blickte auf und bemerkte sofort ihre frustrierten Mienen. Und zum ersten Mal, seit Giles Oz kannte, wirkte der junge Mann zutiefst aufgewühlt. Seine Gesichtsfarbe entsprach der seiner Haare – die in diesem Monat rötlich orangen waren –, und er hielt Willows Hand so fest, als wollte er sie nie wieder loslassen.

»Kein Glück mit Angel?«, fragte Giles.

»Doch. Irgendwie«, antwortete Oz.

»Wir haben Angel gefunden ... und Hunderte von hässlichen kleinen grünen Männern, die versucht haben, uns aufzufressen. Und ihn«, berichtete Willow schwer atmend. Ihre Blicke huschten hin und her, befeuert von einer Paranoia, an die sie sich alle inzwischen gewöhnt hatten und der jeder von ihnen schon einmal zum Opfer gefallen war. Sie schwieg, legte den Kopf leicht zur Seite und fügte hinzu: »Wir sind ihnen entwischt.«

»In der Tat«, sagte Giles.

»Und wo genau habt ihr Angel gefunden?«, fragte Xander.

»Als wir ihm erzählten, wohin Buffy gegangen ist, verlangte er von uns, den Transporter anzuhalten, und ist einfach verschwunden«, sagte Willow. »Ohne uns irgendetwas Nützliches zu verraten.«

»Wir haben uns gefragt, ob er vielleicht irgendeine Verbindung zwischen diesen kleinen Elfentypen und König Richards Leuten entdeckt hat«, warf Oz ein. »Buffy war der Sache auf der Spur. Als wir ihm davon erzählten, ist er ganz kirre geworden.«

»Für den Fall, dass es irgendjemand wissen will – mein Gehirn ist eine Masse aus geschmolzener grauer Schlacke«, bemerkte Xander. »Mir ist noch immer nicht klar, was für eine Verbindung es zwischen den hungrigen Gnomen, den verrückten Leuten vom Fest, dem Lehmboy, dieser Wilden Jagd und, nun, allem anderen geben soll.«

»Nun, wir leben auf dem ...«, begann Willow.

»Okay, hör bloß auf, Willow«, fauchte Xander. »Die alte Wir-leben-auf-dem-Höllenschlund-Erklärung ist praktisch, aber manchmal reicht sie einfach nicht aus, kapiert?«

»Ich hoffe, alle bekommen mit, dass ich auf die praktische Erklärung verzichte«, sagte Willow fröhlich. Dann sah sie Giles an. »Haben Sie etwas von Buffy gehört?«

»Ich habe angerufen und mit ihrer Mutter gesprochen«, sagte Giles. »Wie es scheint, wurde Buffys neuer Freund Roland mit Gewalt aus ihrem Haus verschleppt. Vermutlich von den Schauspielern, die ihn misshandelt haben.«

»Schauspieler.« Xander rümpfte die Nase.

»Also ist Angel hinter Buffy her?«, fragte Oz.

»Er war in der Vergangenheit immer Recht erfolgreich, wenn es darum ging, sie aufzuspüren«, erklärte Giles. »Ich muss gestehen, ich bin erleichtert, dass Angel jetzt wahrscheinlich bei ihr ist, aber wir sollten jetzt handeln und versuchen, zu ihnen zu stoßen. Wir nehmen meinen Wagen«, fügte Giles hinzu.

»Lieber nicht«, brummte Xander.

»Warum lassen wir Oz nicht fahren?«, schlug Willow eilfertig vor.

Giles seufzte.

Im Transporter warf Willow Giles einen Seitenblick zu. »Also«, sagte sie, »ist Ihnen irgendetwas eingefallen, das uns weiterhelfen könnte?«

Giles zog die Brauen hoch und nahm seine Brille ab. »Um ehrlich zu sein, ich habe in den letzten Stunden eine Menge herausgefunden. Dies ist nicht das erste Mal, dass eine Jägerin mit der Wilden Jagd zu tun hat. Es ist schon mehrfach passiert, zuletzt im Jahr 1865, und zwar einem Mädchen namens Lucy Hanover. Laut dem Tagebuch ihres Wächters hat Miss Hanover mehrere Nächte lang gegen die dunklen Elfen gekämpft, bevor die Jagd durch die kleine Stadt in Virginia ritt, in der sie damals lebte. Sie hielt sich nur eine einzige Nacht dort auf. In dieser Nacht gab es in der Stadt fast so viele Tote und Vermisste wie sonst im ganzen Jahr.«

»Was dem, was wir sowieso schon wissen, nicht besonders viel hinzufügt«, sagte Xander, während er und Willow im Fond des Transporters durchgeschüttelt wurden.

»Aber sie ist dort nur eine Nacht geblieben«, erinnerte Oz. »Demnach müssten wir jetzt erlöst sein, richtig?«

»Schon möglich, aber ich habe da meine Zweifel«, erwiderte Giles. »Schließlich seid ihr alle heute Nacht erneut angegriffen worden.«

Oz nickte und dachte darüber nach, während er nach der Auffahrt zur Route 17 Ausschau hielt und eine Straßenlaterne nach der anderen vorbeihuschen sah.

»Und diese Lucy konnte sie nicht aufhalten?«, fragte Willow beunruhigt. »Sie konnte nichts dagegen tun?«

»Sie war die erste Auserwählte, die eine Versagerin war«, vermutete Xander.

»Eigentlich nicht«, widersprach Giles seufzend. »Lucy Hanover lebte zwar nur sehr kurz, aber sie war eine ausgezeichnete Jägerin.« Er schwieg und wählte sorgfältig seine Worte. »In der Nacht, in der die Wilde Jagd durchritt, verschwand sie offenbar und tauchte erst mehrere Wochen später wieder auf. Als sie zurückkehrte, erzählte sie ihrem Wächter, dass sie entführt worden und später entkommen sei, indem sie mehrere der Jäger tötete, während der Erlkönig außerhalb des Lagers weilte.«

»Aber das ist doch gut, oder?«, fragte Willow. »Man kann sie also töten.«

»Wie aus seinem Tagebuch hervorgeht, glaubte Lucys Wächter, dass die Jägerin log, obwohl er nie herausfand, warum«, sagte

Giles und fragte sich, ob sein Gesichtsausdruck verriet, wie beunruhigend er diese Information fand.

»Allerdings bestätigte Miss Hanover, dass der Erlkönig in der Tat auch als Hern der Jäger bekannt ist, was uns vielleicht etwas weiter bringt«, fügte Giles hinzu.

Für mehrere Sekunden herrschte Schweigen, während sie sich gegenseitig ansahen. Xander verlor als Erster die Geduld.

»In Ordnung«, sagte er. »Und jetzt, wo unsere Nachforschungen abgeschlossen sind, was werden wir tun ...?«

»Zuerst müssen wir dieser Sache mit Roland auf den Grund gehen«, sagte Giles. »Ich habe noch nie zuvor einen Homunkulus gesehen. Das dürfte faszinierend sein. Wenn das erledigt ist, machen wir uns am besten auf die Suche nach dem Nest dieser dunklen Elfen oder dem Lager der Wilden Jagd.«

»Ist das wirklich klug?«, fragte Willow.

»Ich sehe keine andere Möglichkeit für uns.« Giles wich dabei ihrem Blick aus.

»Leute«, sagte Oz langsam. »Seht jetzt nicht hin, aber... Mann ... fest halten!«

Er riss das Lenkrad hart nach rechts, sodass der Transporter quer über die Straße rutschte und für ein paar Sekunden nur noch auf zwei Rädern balancierte. Im Fond des Wagens wurden Willow und Xander gegeneinander geschleudert. Die Vorderräder gerieten auf den Bürgersteig und der Kotflügel bog ein Verkehrsschild im Neunziggradwinkel nach hinten, bevor der Transporter zum Stehen kam.

Unter der Kühlerhaube war das Zischen mehrerer zerrissener Schläuche zu hören. Eine Radkappe, die ursprünglich zu einem Cadillac gehört hatte, rollte über das Pflaster und fiel scheppernd auf die Straße.

Aber das war auch der einzige Laut.

Giles hatte sich den Kopf am Armaturenbrett gestoßen. Blut tropfte auf seine Braue und den Rücken seiner Nase. Er blinzelte mehrmals, blickte auf und entdeckte sie durch die Windschutzscheibe.

»Großer Gott«, flüsterte er, aber er konnte die Augen nicht abwenden.

Hinter ihm murmelten Willow und Xander etwas Unverständliches, und er wollte sie schon davor warnen, nach draußen zu sehen, als beide plötzlich fluchten.

»Ich habe euch doch gesagt, ihr sollt nicht hinsehen«, knurrte Oz, während er sich die Schulter rieb, in die der Sicherheitsgurt hineingeschnitten hatte.

»Bring uns weg von hier!«, rief Giles.

Aber es war zu spät. Die Wilde Jagd hatte kehrtgemacht und kam direkt auf sie zu. Der Erlkönig, Hern der Jäger, führte sie an. Da waren mindestens ein Dutzend Pferde und vielleicht zehn Hirsche, aber so wie der Boden unter ihnen erbebte, hätte es auch eine Büffelherde sein können. Ein Panamahut, den keiner von ihnen je zuvor gesehen hatte, rutschte von der Ablage und landete auf dem Boden des Transporters. Der Wagen schwankte wie bei einem Erdbeben.

Das hier war schlimmer.

Oz drehte den Schlüssel, es gab einen knirschenden Laut, aber der Motor wollte nicht anspringen. Das wird teuer, dachte er absurderweise, vergaß dann aber den Transporter voll und ganz. Das Beifahrerfenster zerplatzte und die Hecktüren wurden aufgerissen, als würden sie aus durchweichter Pappe bestehen.

Furcht schien den Wagen zu überfluten und alle Insassen zu lähmen. Aber Oz konnte es sich nicht erlauben, vor Angst zu erstarren. Willow brauchte ihn. Dann schrie Willow.

Das gab den Ausschlag.

Oz löste seinen Sicherheitsgurt, drehte sich und wollte schon auf den Rücksitz rutschen. Giles packte ihn an der Schulter und drückte ihn mit einem Arm auf den Fahrersitz, während er mit dem anderen Oz' Augen bedeckte.

»Hast du *hingesehen?*«, schrie Giles.

»Ich habe sie gesehen!«, sagte Oz wütend und versuchte ihn abzuschütteln.

Giles wurde von hinten gepackt.

»Aber nur für einen Moment und dann hast du dich weggedreht!«, rief Giles verzweifelt. »Du hast ihnen nach ihren Maßstäben Respekt erwiesen. Du hast deinen Kopf gedreht und sie nicht *angesehen.*«

Oz wollte etwas sagen. Er konnte nicht ins Heck des Transporters sehen. Xander fluchte und stieß dann einen Schmerzensschrei aus. Willow rief nach Oz. Giles stöhnte und klammerte sich an Oz.

»Öffne auf keinen Fall deine Augen!«, sagte Giles.

*Was?* Oz blieb fast das Herz stehen. »Aber Willow ...«

»Wenn du sie retten willst, halte deine verdammten Augen geschlossen!«, brüllte Giles. »Finde Angel und Buffy. Das ist jetzt die einzige Möglichkeit, uns noch zu retten!«

Dann war Giles' Stimme nicht mehr zu hören. Da war ein Gebrüll und ein scheußlicher Gestank und eine Art Geheul, von dem Oz eine Gänsehaut bekam. Er glaubte, Willow seinen Namen rufen zu hören, und er biss sich so fest auf die Lippe, dass Blut hervorquoll.

Dann trat Stille ein. Der Transporter war leer.

Oz knurrte: »Bastarde.«

Cordelia war überzeugt, dass Jamie Anderson eingeschlafen war. Seine Augen waren geschlossen und sein Mund war offen, sein Kopf nach hinten gelegt, und sein Atem ging langsam und regelmäßig. Sie beneidete ihn. Obwohl sie nach den gespenstischen Ereignissen der letzten Tage erschöpft war, konnte sie nicht schlafen. Nicht hier. Der einzige Ort, wo Cordelia schlafen konnte, war ihr eigenes Bett.

Oder ein sehr teures Hotelzimmer, vorzugsweise eins, für das ihre Eltern bezahlten, irgendwo in einer Region, die von den Pauschaltouristen noch nicht entdeckt worden war.

Seufz. Der Gedanke an das klare, eisblaue Wasser der Ägäis ließ sie für einen Moment innehalten. Sie gab sich kurz ihren Träumen hin und verdrängte sie dann. Vor ihr lag das letzte Schuljahr, um das sie sich kümmern musste. Und danach ... Cordelia stellte sich einen unbegrenzten Urlaub am Mittelmeer vor, vielleicht mit Xander als ihrem Poolboy. Aber im Moment musste sie sich noch mit der Schule und dem Höllenschlund herumschlagen, was ihr überaus ungelegen kam.

Sie rekelte sich in dem ledernen Fernsehsessel, schlürfte eine Tasse Tee und wartete darauf, dass der Poolboy oder Giles anrief und ihr berichtete, was passiert war. Sie fragte sich, ob man sie vergessen oder ob sich die Lage so chaotisch wie gewöhnlich entwickelt hatte, sodass niemand dazu kam, sie zu informieren. Wenn das der Fall war, so kümmerte es Cordy nicht. Sicher, Mr. Anderson hatte jeden Kabelkanal gemietet, den es auf dem Markt gab, darunter auch einen, der Cordelia tief erröten ließ, und sie zappte sich bloß von Kanal zu Kanal auf der Suche nach einem Programm, das ihre Aufmerksamkeit fesselte.

Aber das war besser, als jeden Tag der Woche gegen die Mächte der Finsternis zu kämpfen – oder vielmehr vor ihnen zu fliehen.

Sie schaltete auf Nickelodeon um, wo gerade eine Folge von *Sabrina – Total verhext* lief, eine Serie, die Cordelia als Kind immer mit ihrer Mutter zusammen gesehen hatte. Sicher, die Serie war schon vor tausend Jahren eingestellt worden, aber dafür gab es eben das Kabelprogramm. Warum sollte Xander sonst ständig über Scooby Doo reden?

»Genau, Endora, gib's ihm«, flüsterte Cordelia dem Fernseher zu, als Sabrinas durchtriebene Mutter versuchte, Darrin unter ihre Fuchtel zu bekommen. Endora sagte immer das, was sie dachte. Und sie hatte außerdem Recht. Hier war diese wunderschöne, kluge, witzige, hinreißende Frau mit magischen Kräften, die sich in einen gut aussehenden, ansonsten aber absolut ungeschickten dünnen Jungen verliebt hatte.

Mann, sie konnte es richtig nachempfinden.

Cordelia hatte den Fernseher leiser gestellt, um Mr. Anderson nicht zu wecken. Das Fenster war offen und in regelmäßigen Abständen brauste ein Auto vorbei und übertönte den Fernseher, aber sie drehte ihn nicht lauter. Sie hörte einen Lastwagen durch die Straße dröhnen und spitzte die Ohren, obwohl in diesem Moment ein Werbespot über den Bildschirm flimmerte. Der Laster war unglaublich laut und störte sie so sehr, dass sie tatsächlich daran dachte, von ihrem Sessel aufzustehen und das Fenster zu schließen. Aber nein, er würde wieder verschwinden.

Nur verschwand er nicht.

Ihre Teetasse, die am Rand des Beistelltischs stand, geriet unter den Vibrationen des Trucks ins Rutschen, fiel über die Kante und zersplitterte auf dem Holzboden.

Jamie Anderson fuhr mit aufgerissenen Augen hoch und sah sich verwirrt um. Wahrscheinlich hielt er es für ein Erdbeben.

Cordelia war bereits zu dem Schluss gelangt, dass es das nicht war.

Es war kein Laster. Und es war kein Erdbeben.

Die Hunde heulten los, und sie konnte sogar das Schnauben und Wiehern von Pferden hören. Jemand blies auf einem Jagdhorn – Cordelia kannte diesen Klang, weil ihr Vater einmal in England mit einem Duke oder so auf Fuchsjagd gegangen war. Aber das hier war keine Fuchsjagd.

»Sie sind es, nicht wahr?«, fragte Mr. Anderson und starrte sie mit angstvoll geweiteten Augen und einem glitzernden Schweißfilm auf der Stirn an, obwohl es in dem Apartment ziemlich kühl war.

Cordelia nickte und versuchte verzweifelt so zu tun, als hätte sie keine Angst. Wenn es ihr gelang, sich selbst davon zu überzeugen, würde ihr vielleicht auch der betrunkene Police Officer glauben.

»Ich glaube, wenn wir einfach hier bleiben, wird uns wahrscheinlich nichts passieren«, sagte sie und hoffte, dass sie Recht damit hatte. »Giles war in diesem Punkt ziemlich deutlich; diese Jäger haben Regeln, an die sie sich halten müssen. Am besten rühren Sie sich nicht. Solange wir sie nicht ansehen, sind wir in Sicherheit.«

Die Hunde bellten und heulten, während sie vorbeihetzten, und die Pferdehufe donnerten wie ein brutales Trommelsolo auf die Straße. Sie reiten gerade vorbei, dachte Cordelia. Noch ein paar Sekunden und sie konnte sogar wieder anfangen zu atmen. Vielleicht würde auch ihr Herzschlag wieder einsetzen. Vielleicht konnte sie ihre Augen öffnen.

Im Moment hielt sie sie fest geschlossen. Es hatte keinen Sinn, ein Risiko einzugehen.

Erst als sie ein Poltern und Jamie Andersons gepressten Fluch hörte, nachdem er sich das Schienbein am Kaffeetisch gestoßen hatte, erkannte sie, dass er aufgestanden war. Er näherte sich dem Fenster.

Er wollte nach draußen sehen.

»Nein!«, schrie Cordelia.

Sie flog förmlich aus dem Sessel und stürzte sich auf ihn. Er war ein kräftiger Mann, viel stärker als Cordy, und ein trainierter Kämpfer. Aber gleichzeitig war jeder Funke Kampfgeist in dem

Mann schon lange erloschen. Der Wind hätte ihn ohne weiteres aus dem Fenster wehen können. Als Cordelia ihm nachsetzte, griff er nach den schmuddeligen Gardinen, die das Fenster vor den Blicken von der Straße abschirmten. Er kam nicht dazu, sie zu berühren. Cordelia hatte noch nie zuvor jemanden gerammt, aber jetzt leistete sie gute Arbeit, als sie ihre Arme von hinten um seine Brust schlang und die Wucht ihres Aufpralls nutzte, um den Mann von den Beinen zu reißen.

»Was machst du?«, brüllte Jamie. »Wenn ich sie ansehe, werden sie mich mitnehmen! Ich werde weiterleben und Brian sehen können! Vielleicht kann ich ihn retten!«

»Sie werden sich nur selbst umbringen«, brüllte Cordelia zurück. »Vertrauen Sie mir, wenn ich Ihnen sage, dass das nicht der beste Plan ist, um Ihren Sohn wieder zu sehen. Wir werden einen anderen Weg finden, in Ordnung? Wenn es eine Möglichkeit gibt, werden Buffy und Giles sie nutzen. Sie müssen ihnen nur etwas Zeit geben. Nur diese Nacht!«

Jamie sah sie an, die Augen rot und geschwollen, und er schüttelte benommen den Kopf. Er öffnete den Mund, um etwas zu sagen, vielleicht um sich zu entschuldigen, dachte Cordelia. Aber diese Worte kamen nie über seine Lippen. Von draußen drang lautes Jammern, als würden Dutzende von Menschen weinen und vor Schmerz aufschreien und um Hilfe rufen. Das Donnern der Pferde verklang allmählich, aber die Schreie der Gefangenen hallten noch immer durch die Straße.

»Hörst du das?«, fragte Mr. Anderson leise, als hätte er Angst, dass Cordelia den Chor der Qualen und der Angst am Ende doch nicht gehört hatte.

Aber sie hörte alles nur zu deutlich und wünschte, es wäre nicht so. Denn aus dem Schreien und Rufen und Weinen glaubte Cordelia eine Stimme herauszuhören, die sie kannte.

»Xander?«, flüsterte sie in die Dunkelheit vor dem offenen Fenster.

Das Donnern der Hufe war verklungen. Cordelia barg ihr Gesicht in den Händen und wischte Tränen von ihren Wangen.

»Oh Gott, Xander.«

»Löwen und Tiger und Bären«, sagte Buffy mit leiser Stimme.

»Oh je.« Angel lächelte dünn. Er liebte es, sie zu überraschen, und er war überzeugt, dass seine Vorliebe für *Der Zauberer von Oz* nicht auf der Liste der Dinge stand, die sie mit Sicherheit über ihn wusste.

Sie rannten so schnell sie konnten und verfolgten die dunklen Elfen, die ihnen auf dem Fest Roland buchstäblich vor der Nase weggeschnappt hatten. Das ergab für Buffy einen Sinn. Er war ein Ausreißer, also war die Jagd hinter ihm her. Aber wo steckten die Jäger? Und wo die Elfen, die ihn verschleppt hatten?

Vom Festgelände waren es nur knapp zwei Kilometer bis zur Route 17. Trotz ihrer Verletzungen und Erschöpfung legten Buffy und Angel die Strecke in Rekordzeit zurück.

Zu dieser Nachtstunde waren keine Autos auf dem Highway unterwegs. Buffy glaubte, dass sie sich nach Osten wenden mussten, aber Angel hatte Rolands Spur aufgenommen, und statt die Richtung zu wechseln, überquerte er einfach den Highway und sprang auf der anderen Seite die Böschung hinab in einen Abflussgraben.

»Es ist jetzt nicht mehr weit«, sagte Angel leise.

Sie standen am Rand eines dichten Waldes, in dem es so dunkel war, dass Buffy hinter der ersten Baumreihe kaum noch etwas erkennen konnte. Nach wenigen Metern schien der Wald in einer Finsternis zu verschwinden, die mehr war als bloße Nacht. Es war fast so, als würde sie atmen.

»Als Nächstes bekommen wir es noch mit sprechenden Bäumen und fliegenden Affen zu tun«, sagte Buffy deprimiert und wünschte, sie könnten den unheimlichen, finsteren Wald einfach umgehen.

»Wie wäre es mit Werwölfen?«, sagte eine Stimme hinter ihnen.

Buffy fuhr kampfbereit herum. Am Rand der Route 17, an derselben Stelle, wo sie die Böschung hinuntergesprungen waren, stand ein sehr menschlich aussehender, aber angestrengt in die Dunkelheit starrender Oz. Die Gelassenheit, die ihn bisher immer begleitet zu haben schien, hatte ihn völlig verlassen. *Nichts scheint Oz je aus der Fassung zu bringen*, dachte Buffy.

Zumindest nicht bis jetzt.

# 12

Cordelia hielt sich mit einer Hand das Haar zurück, beugte ihren Kopf über das Waschbecken in Mr. Andersons Bad und spritzte sich Wasser ins Gesicht. Sie hatte so heftig geweint, dass ihr Makeup völlig ruiniert war. Mascarastreifen zogen sich wie Schlittenspuren über ihr Gesicht. Nachdem sie den schmutzstarrenden Medizinschrank, die Regale an der Innenseite der leinenen Wandschranktür und den Bereich unter dem Waschbecken durchsucht hatte – wenn auch nur sehr oberflächlich –, hatte Cordelia schließlich eine sehr alte, sehr verkrustete Dose Ponds Feuchtigkeitscreme gefunden. Nein, danke. Sie würde eben ohne auskommen müssen.

Sie spritzte sich noch einmal Wasser ins Gesicht und griff dann nach dem trockenen Handtuch, das sie aus dem Leinenwandschrank geholt und durch heftiges Schütteln vom Staub befreit hatte. Cordelia fuhr sich mit den Fingern durchs Haar und begutachtete sich anschließend im Spiegel. Trotz des Weinkrampfes, den sie erst vor ein paar Minuten gehabt hatte, waren ihre Augen klar und wach. Sie trug kein Makeup. Ohne ein Tuch, mit dem sie ihre Haare zu einem Pferdeschwanz zurückbinden konnte, war sie gezwungen, ein Gummi zu benutzen, das an der Klinke der Badezimmertür gehangen hatte. Natürlich wusch sie es vorher sorgfältig ab. Und rieb es mit der Feuchtigkeitscreme ein, um zu verhindern, dass es ihre Haare ruinierte. Jeder wusste doch, dass normales Gummiband die empfindlichen Haarwurzeln zerstören konnte …

Mr. Anderson telefonierte im Wohnzimmer, als Cordelia aus dem Bad kam. Sie wartete geduldig, bis er sie bemerkte. Er nickte ihr höflich zu und sagte seiner Gesprächspartnerin am anderen Ende der Leitung, dass er sie morgen sehen würde.

»Das war Liz DeMarco«, erklärte er, als er das schnurlose Telefon wieder in die Ladestation steckte. »Ihre Tochter Connie wird seit einer Weile vermisst. Liz leitet das Straßenkinderasyl. Wir werden morgen zusammen frühstücken. Ich habe ihr gesagt, dass ich mich im Dezernat für die Gründung einer Sondereinheit einsetzen werde. Ich muss ihr helfen, aber ich kann ihr schließlich nicht die Wahrheit sagen, oder?«

Cordelia war nicht glücklich über den Umstand, dass sie ohne Make-up vor die Öffentlichkeit treten musste – nun, vor ihn –, aber jeder musste Opfer bringen. »Es laufen eine Menge Kids von zu Hause weg«, meinte sie. »Vielleicht taucht Connie von allein wieder auf.«

»Ich habe ihr gesagt, dass ich mir noch einmal meine Kontaktleute vorknöpfen werde. Vielleicht ist ihnen etwas aufgefallen.«

Sie spürte, dass er verzweifelt auf ein ermutigendes Wort wartete.

»Das ist toll«, erklärte Cordelia und sie meinte es auch so. »Sie hatte nichts dagegen, so spät noch angerufen zu werden?«

»Ich habe sie im Asyl angerufen«, erwiderte Jamie. »Sie geht fast nie vor Mitternacht nach Hause, wenigstens hat sie das gesagt. Aber ihr Mann ...«

Er räusperte sich, wie um sich davon abzuhalten, etwas zu sagen, was er besser für sich behalten sollte. »Liz erzählte mir, dass die Mutter deiner Freundin eine große Elternversammlung in der Schule plant. Joyce Summers. Sie will versuchen, die Eltern dazu zu bringen, sich mehr zu engagieren. Für die Straßenkinder, meine ich.«

Oh, das wird helfen, dachte Cordelia sarkastisch. Aber sie verzichtete darauf, ihre Meinung laut auszusprechen.

»Liz sagte außerdem, dass ihre Tochter dich kennt.«

Cordelia blätterte in ihrem geistigen Fotoalbum aller wichtigen Leute in der Schule – Xander und seine Freunde natürlich eingeschlossen, die jetzt ihre Freunde waren, schätzte sie – ächz –, fand aber nichts.

»Kann schon sein«, meinte sie schulterzuckend. »Wahrscheinlich waren wir im selben Kurs.«

»Nun, nach dem, was Liz sagte, hat Connie dich bewundert.«

Cordelia nickte nur. Das war keine Überraschung. Es gehörte zu ihrer – selbst auferlegten – Verantwortung, für andere Mädchen ein Vorbild zu sein.

Für einen Moment saßen sie schweigend da. Mr. Anderson sah aus, als würde er jeden Moment in seine Depressionen zurückfallen, und sie suchte nach einer Möglichkeit, ihn abzulenken.

»Was Brian angeht ...«, begann sie.

»Nicht«, unterbrach Mr. Anderson und hielt eine Hand hoch wie ein Verkehrspolizist. »Ich komme damit schon klar. Es tut mir Leid, dass ich dich da hineingezogen habe. Ich weiß, dass Rupert und dieses Mädchen …

»Buffy.«

»… alles in ihrer Macht Stehende tun werden. Ich will nicht behaupten, dass ich die Hintergründe verstehe, aber ich weiß, dass du Recht hattest, was mich angeht … ich meine den Selbstmordversuch. Ich bin schon seit vielen Jahren ein Cop, aber ich habe noch nie etwas erlebt wie diese … Jagd, oder was immer das ist. Sie gehört nicht zu den Dingen, für die man als Cop ausgebildet wird. Aber ich bin klug genug, um zu erkennen, dass sie nicht in meiner Liga spielt. Rupert kennt sich mit diesen Dingen aus und …«

Der Mann brach ab, schien ein wenig in sich zusammenzusinken und ließ sich aufs Sofa fallen. »Vielleicht gelingt es mir morgen, wenn ich wieder nüchtern bin, den Lieutenant dazu zu bringen, eine Suchaktion durchzuführen. Im Moment … möchte ich dir einfach nur danken.«

Cordelia verschränkte die Arme. »Keine Ursache.«

Sie betrachtete ihn forschend, sah die Erschöpfung in seinem Gesicht und hatte das sichere Gefühl, dass er nur noch schlafen wollte und keine Dummheiten mehr machen würde, bis die Sonne aufging.

»Ich muss gehen.«

Mr. Anderson blinzelte. Nickte. »Danke, dass du bei mir geblieben bist. Ich bin mir ziemlich sicher, dass sich deine … Eltern inzwischen Sorgen machen. Du solltest nach Hause gehen.«

»Natürlich«, stimmte Cordelia zu. »Sie sind wieder okay?«

»Vielleicht morgen früh«, antwortete Jamie traurig. »Im Moment will ich nur noch schlafen.«

»Kann ich Ihr Telefon benutzen?«

Nur einen Augenblick später hatte Jamie Anderson die Schlafzimmertür hinter sich geschlossen und ließ Cordelia allein telefonieren.

Sie wählte, hörte es vier Mal klingeln und dann ein Klicken, als am anderen Ende der Hörer abgenommen wurde. Eine verschlafene Stimme fragte: »Wo bist du, Cordelia?«

»Hallo, Mom«, sagte sie mit einer Leichtigkeit, nach der ihr nicht zumute war. »Willow und ich sind gerade mit Lernen fertig geworden und völlig erledigt. Ich werde bei ihr schlafen, okay?«

Am anderen Ende der Leitung trat eine lange Pause ein, und für einen Moment fragte sich Cordelia, ob ihre Mutter wieder eingeschlafen war.

»Bist du wieder mit diesem Harris-Jungen zusammen?«

Cordelia konnte den Widerwillen in der Stimme ihrer Mutter heraushören. Normalerweise log sie nicht, aber seit Buffy und die anderen in ihr Leben getreten waren, hatte sie ihre Mutter oft anlügen müssen. Lügen waren dumm und verletzend und Cordelia hasste das. Aber diesmal wünschte sie sich verzweifelt, ihre Mutter anlügen zu können.

»Nein, Mom«, sagte sie und kämpfte gegen die Tränen an, die sie wieder zu überwältigen drohten. »Ich bin nicht bei Xander.«

»Versprichst du mir das?«

»Ich verspreche es, Mom, ja. Gott!«

»Dies ist das letzte Mal, Cordelia«, sagte ihre Mutter scharf und klang jetzt hellwach. »Von jetzt an will ich vorher informiert werden, wenn du die Nacht bei einer Freundin verbringen willst. Wenn du allein lebst, kannst du tun und lassen, was du willst, aber solange du unter unserem Dach lebst, haben dein Vater und ich zu bestimmen.«

»Als ob ich das nicht wüsste«, sagte Cordelia mit einer Bitterkeit, die sie im Grunde gar nicht empfand. Sie hatte dieses Gespräch schon so oft geführt, dass sie fast das Gefühl hatte, die Sätze kamen einfach von selbst.

»Werd bloß nicht frech, Cordelia«, fauchte ihre Mutter.

»Tut mir Leid, Mom. Ich komme morgen früh nach Hause, okay?«

»Du kannst dich gerne mit Willow vergnügen, aber bleibt nicht zu lange auf. Du brauchst deinen Schönheitsschlaf«, erklärte ihre Mutter.

Cordelia verdrehte die Augen.

»Brauchen wir den nicht alle?«, gab sie knapp zurück. »Nacht, Mom.«

»Gute Nacht, Schatz.«

Cordelia rutschte aus und fiel hin, als sie durch Buffys Schlafzimmerfenster kletterte. Bei der Jägerin sah das immer viel einfacher aus. Morgen früh würde sie einen Bluterguss an ihrem rechten Knie haben, so viel stand fest.

Als sie wieder auf den Beinen war, durchsuchte Cordy Buffys Schrank. Buffy hat wirklich ein paar schicke Sachen, bemerkte Cordelia überrascht. Aber, iih, was ist denn das da auf dem Pullover? Blut?

Cordelia hatte es sich zur Regel gemacht, alle Kleidungsstücke wegzuwerfen, auf denen irgendwelche Monster, Dämonen und ähnliche Kreaturen Blut, Sabber oder sonstige Körperflüssigkeiten hinterlassen hatten. Blutflecken ließen sich ja gerade noch entfernen, aber, Hand aufs Herz, gegen die diversen schleimigen, klebrigen, widerlichen Dinge, mit denen sie häufig vollgekleckert wurde, war kein Persil gewachsen.

Mit einer Grimasse wandte sie den Blick von dem Pullover ab, nahm sich einen Moment Zeit, um abzuschätzen, ob Buffys Stiefel ihr passen würden, und durchwühlte dann Buffys Kommode. Socken, Unterwäsche, Strümpfe, Sportklamotten. Eine Menge Sportklamotten. Knieschoner. Schienbeinschoner. Stützbandagen.

Ah.

In der unteren linken Schublade fand sie, wonach sie suchte.

In gewisser Hinsicht.

Da waren ein paar Holzpflöcke, zwei Kruzifixe, drei Plastikflaschen mit Weihwasser, wie sie zu Recht vermutete, und zwei dornenbesetzte Schlagringe aus Messing, die Buffy noch nie in Cordelias Gegenwart getragen hatte. Sie starrte die seltsame Sammlung ein paar Sekunden lang an, bevor sie vorsichtig die Messingschlagringe und einen Flakon Weihwasser nahm, der nicht größer war als ein Fläschchen Nagellack. Sie steckte den Flakon in die Tasche und betrachtete unschlüssig die Messingschlagringe. Sie waren zu groß, um in die Vordertasche ihrer Hose zu passen, und am Ende ließ Cordelia sie versehentlich fallen, sodass sie mit einem lauten Klirren auf dem Boden landeten.

Sie fluchte lautlos, hob sie wieder auf und behielt sie in der Hand. Cordy sah sich in Buffys Zimmer um und versuchte herauszufinden, wo das Mädchen ihre schweren Waffen aufbewahrte, insbesondere die Armbrust. Deswegen war Cordelia in erster Linie gekommen. Sie fragte sich, ob sie noch einmal den Wandschrank durchsuchen sollte.

Da öffnete sich die Tür.

»Buffy, ich habe dir doch gesagt, dass du nicht durchs ...«, begann Joyce Summers, um dann zu erstarren, als sie Cordelia mitten im Zimmer ihrer Tochter stehen sah, mit zwei Schlagringen bewaffnet. Buffys Mom trug einen Bademantel und hatte ein Taschenbuch in der Hand – irgendein billiger Hollywood-Liebesroman, dem Einband nach zu urteilen.

»Cordelia?«

»Es tut mir Leid, Mrs. Summers«, sagte Cordy hastig. »Ich habe nur ... Ich wollte Sie nicht wecken und ...«

Joyces überraschter Gesichtsausdruck verwandelte sich in Entsetzen und Verzweiflung.

»Sie steckt in Schwierigkeiten, nicht wahr?«, fragte Joyce. »Wenn sie ... wenn sie tot wäre, hättest du an der Tür geklingelt. Aber sie steckt in Schwierigkeiten, richtig?«

Cordelia schüttelte den Kopf, trat näher und legte eine Hand auf Mrs. Summers Schulter, als sich die Frau auf das Bett ihrer Tochter setzte.

»Nein«, sagte Cordelia. »Oder zumindest weiß ich nichts davon. Aber *Xander* steckt in Schwierigkeiten, und ich weiß nicht, wo Buffy ist, und ich kann sie nicht einfach ... Ich kann nicht warten, bis sie wieder auftaucht.«

Die Erleichterung war Buffys Mutter anzusehen, doch war die Sorge um Xander Grund zu neuer Betrübnis. »Gibt es irgendetwas, das ich tun kann?«, fragte sie.

»Ich weiß nicht einmal, ob es irgendetwas gibt, das *ich* tun kann«, erwiderte Cordelia. »Aber ich muss es wenigstens *versuchen.*«

Joyce schwieg für mehrere Sekunden und starrte blicklos in eine Ecke des Zimmers ihrer Tochter. Als sie sprach, sah sie nicht einmal auf.

»Es ist wirklich so schlimm, wie sie behauptet, nicht wahr?«, fragte Mrs. Summers. »Hier, meine ich. In Sunnydale.«

»Ja. Das ist es.«

»Warum bleiben wir dann?«, fragte Joyce mit verwirrter, ratloser

Miene. »Warum bleiben alle? Warum suchst du nicht nach einer Möglichkeit, deine Eltern zum Umzug in eine andere Stadt zu bewegen?«

Cordelia dachte für einen Moment darüber nach, aber nur für einen Moment. In Wahrheit war dies eine Frage, die sie sich selbst nur allzu oft gestellt hatte.

»Das hier ist meine Heimat«, erklärte sie. »Es ist albern, ich weiß. Aber ich lebe hier. Ich werde nicht zulassen, dass irgendein schleimiges Ungeheuer aus der Hölle sie mir wegnimmt. Ich bin keine Heldin oder so, doch ich werde auch nicht weglaufen. Bei Buffy ist es allerdings etwas anderes. Sie sind mit ihr hierhergezogen, *Sie* könnten wieder wegziehen. Nur dass Buffy es nicht kann. Schließlich ist sie die Auserwählte und so weiter.«

Joyce lachte bitter. »Ich habe Liz DeMarco gesagt, dass ich eine große Elternversammlung in der Schule organisieren werde. Um die Erwachsenen zu mobilisieren. Oh, natürlich werde ich ihnen kein Wort verraten.« Sie drückte eine zittrige Hand gegen ihre Stirn. »Eigentlich ist es lächerlich, nicht wahr? Sinnlos.«

Cordelia musste sich auf die Unterlippe beißen, um nichts zu sagen.

Als Buffys Mutter weiterschwieg, trat Cordelia wieder ans Fenster.

»Du kannst die Haustür benutzen, Cordelia«, sagte Joyce Summers.

Cordelia seufzte und ging zur Tür.

»Wenn du sie siehst, dann sag ihr, dass ich sie liebe, ja?«

»Sicher«, sagte Cordy sanft. »Kein Problem.«

Als sie ging, saß Joyce noch immer auf dem Bett ihrer Tochter und starrte ins Nichts.

Brian fühlte sich wie betäubt. Er vermutete, dass es an der Anstrengung lag, seine Tränen zu unterdrücken. Er war zu alt zum Weinen. Die Jagd war zurückgekehrt, vor ein paar Minuten auf die Lichtung galoppiert, mit zahlreichen Gefangenen und verschiedenen Wildtieren, die die Jäger unterwegs erlegt hatten. Der Geruch von Schweiß und Angst, Schwefel und Rauch hing schwer über der Lichtung.

Und von Blut.

Sie hatten seinen Käfig geöffnet und ihn zur Arbeit gezwungen. Vom Rücken eines schnaubenden schwarzen Hengstes mit Schaum vor dem Maul – ein übernatürliches Wesen, das nichts mit einem richtigen Pferd gemein hatte – musste er ein totes braunweißes Reh wuchten. Wie befohlen, schnitt er es auf und warf es am Rande der Lichtung auf den Boden.

Von Treasure gab es nirgendwo eine Spur, und er hatte Angst, dass man sie getötet hatte.

Die Hunde zerrissen das Reh und fraßen es vollständig auf, sogar die Knochen, die von den Flammen versengt wurden, die beim Fressen aus ihren Nüstern züngelten.

Die Pferde wurden ebenfalls gefüttert, aus Vorräten, die aus dem Nichts gekommen zu sein schienen. Ihr Futter bestand aus einer Übelkeit erregenden Mischung aus verfaultem Getreide und rohem Fleisch. Seine Gedanken kreisten die ganze Zeit um seine verschwundene Freundin, und er schloss die Augen und würgte.

Die Axt, die einer der Jäger ihm gegeben hatte, säuberte er jetzt von Blut und Knorpel. Ob es von einem Menschen oder einem Tier stammte, wusste er nicht. Er wollte es auch nicht wissen.

Brian hörte lautes Geschrei. Er drehte sich um und suchte die Lichtung ab. Eins der Feuer war erloschen, aber die beiden anderen erzeugten genug Helligkeit. Außerdem drang auf der anderen Seite der Lichtung ein düsteres Leuchten aus einer Öffnung, die, obwohl es eine Öffnung war, überhaupt nicht danach aussah. Statt einer Art Portal oder Tür oder Tor war da nur dichter dunkler Nebel. Er hatte bereits beobachtet, wie Leichen und Gefangene durch diesen Nebel geschafft worden waren, zu Fuß oder auf Pferderücken, getragen oder getrieben von einem der Jäger. Nur die Jäger waren zurückgekehrt.

Erneut hörte er das Geschrei. Die neuen Gefangenen wehrten sich. Protestierten. Er war überrascht, dass Hern sie nicht sofort hinrichten ließ. Der Erlkönig hatte sich bisher als schrecklich ungeduldig erwiesen.

Dann teilte sich die Menge, ein riesiger schwarzer Hirsch wich zur Seite aus, und Brian konnte das Gesicht des Gefangenen erkennen, der für den Aufruhr verantwortlich war.

»Oh, nein«, flüsterte er.

Brian spürte das Gewicht der Axt in seinen Händen, wog sie prüfend, betrachtete sie und näherte sich dann den Jägern und ihren Gefangenen. Sein Zorn wuchs, seine Furcht wuchs und seine Verzweiflung wuchs, bis er die riesige Streitaxt hoch über seinem Kopf schwang.

Eine kräftige Hand landete auf seiner Schulter und riss ihn so heftig herum, dass ihm die Axt aus der Hand rutschte. Sie traf ihn am Kopf und ritzte seine Schädeldecke auf, ehe sie zu Boden fiel.

»Shock, was hast du vor?«, fragte Treasure.

Sie hatte sich sichtlich verändert. Er starrte sie an, das weite Leinenhemd und die braune bestickte Lederhose, die ihre alte Kleidung ersetzt hatten. Das Feuer in ihren Augen und die Art, wie sie sich vor ihm aufgebaut hatte. Die Blutflecken an ihrer rechten Wange und Stirn.

»Treasure?«, fragte er. »Connie?«

»Nenn mich nicht so«, sagte sie wütend. »Und lass die Gefangenen in Ruhe. Ich will, dass du am Leben bleibst, Shock. Du bist mein Freund. Ich werde mich auch weiter um dich kümmern. Aber du musst dich nützlich machen, wenn du hier überleben willst. Und du musst den Mund halten.«

Brian blickte noch einmal in die Richtung, wo er den Bibliothekstypen gesehen hatte, Mr. Giles. Dann wandte er sich ab und machte sich wieder an die Arbeit. Er ignorierte die kleinen Blutstropfen, die wie Tränen über seine Wangen liefen.

Er wollte keine Aufmerksamkeit erregen.

Einige der Gefangenen schrien. Andere weinten. Viele waren bewusstlos. Bluteten. Starben. Schemenhafte Wesen bewegten sich am Rand des Blickfeldes und waren nur einen Moment aus den Augenwinkeln zu sehen, bevor sie davonhuschten. Geister. Gespenster. Von Selbstmördern und schlimmeren Sündern.

Alle wurden zu dem dichten, dunklen Nebel getrieben, der an einem Ende der Lichtung wallte. Alle bis auf eine kleine Gruppe, die etwas abseits stand und apathisch ins Leere starrte.

Sie sehen aus, als hätten sie bereits jede Hoffnung auf Rettung verloren, dachte Willow. Oder als hätten sie nie welche gehabt. Einige von ihnen wurden in einen Korbkäfig getrieben, ohne dass sich auch nur einer von ihnen wehrte.

»Bewegt euch«, brüllte Hern der Jäger. »Bringt die Gefangenen ins Lager und kehrt sofort wieder zurück. In dieser Nacht wartet noch immer eine Menge Arbeit auf uns. Rache muss geübt werden.«

»Königreiche müssen gerettet und Frauen geliebt werden«, flüsterte Xander halbherzig und rieb sich eine dicke Beule an der Stirn.

Willow wusste, dass sie jetzt eigentlich lachen oder zumindest lächeln sollte, aber sie konnte weder das eine noch das andere. Xander versuchte witzig zu sein, doch Willow wusste, dass er genauso viel Angst hatte wie sie – eine tief sitzende, irrationale Furcht, die sie bereits im Transporter überwältigt und zum Schwitzen und Schluchzen gebracht hatte, als man sie hierher in den Wald verschleppt hatte. Die Jagd hatte all das ausgelöst. Aber es war nicht bloß das Entsetzen, von derartigen Kreaturen gefangen zu werden. Es steckte mehr dahinter, ein Angstpheromon oder etwas Ähnliches.

Das Grauen hatte nichts an Intensität verloren, ließ sich jedoch mit klarem Verstand überwinden. Zum Teil. Wenn sie sich zusammenriss, ihre Reaktion beobachtete und verstand, was mit ihr passierte, nun … die Furcht würde nicht weichen, aber sie konnte sie so weit in den Hintergrund drängen, dass sie sich auf das aktuelle Geschehen konzentrieren konnte.

Der Schmerz half ebenfalls.

Sie hatte mehrere Schläge abbekommen und konnte jetzt nur noch mühsam atmen. Sie fragte sich, ob ein paar ihrer Rippen gebrochen waren.

An ihrer Seite trottete Giles daher, mit erhobenem Kopf, den Blick hin und her wandernd, ohne die Jäger und ihre Tiere auch nur eine Sekunde aus den Augen zu lassen. Willow konnte es kaum fassen, dass seine Brille nicht zerbrochen oder unterwegs verloren gegangen war. Reines Glück, schätzte sie.

Dann lächelte sie matt vor sich hin. Immerhin etwas Glück.

Man hatte ihnen allen mit Stricken die Hände auf den Rücken gefesselt. Wie Vieh wurden sie getrieben, umringt von Jägern mit den verschiedensten Waffen. Sie wurden zu diesem Nebel getrieben. Willow verstand nicht viel von dem, was um sie herum vorging, aber eine Sache wusste sie mit absoluter Sicherheit: Sie wollte das Hauptlager der Wilden Jagd nicht sehen.

»Giles, wir müssen irgendetwas tun«, flüsterte sie.

Der Erlkönig brüllte weiter seine Befehle, die überall im Lager augenblicklich befolgt wurden.

»Was können wir tun, Will?«, keuchte Xander mit gepresster Stimme. »Ich meine, außer auf eine Chance für einen Fluchtversuch zu warten?«

»Und das können wir auch nicht, Xander«, widersprach Giles. »Wir müssen diese anderen Menschen ebenfalls retten.«

Xander hatte das Gefühl, im nächsten Moment in Gelächter ausbrechen zu müssen. Eigentlich war Gelächter noch untertrieben. Es war, als würde dieses wahnsinnige Kichern, dass sich in seiner Magengrube und seinem Gehirn aufbaute, immer mehr hochkochen, um jeden Augenblick aus seinem Mund hervorzusprudeln. Seine Augen waren weit aufgerissen, während er sich umschaute, und er biss sich auf die Lippe, um das Kichern zu unterdrücken. Wenn es ihm gelang, dieses Lachen zu kontrollieren, würde er vielleicht nicht mehr so große Angst haben, dachte er.

Und er hatte Angst. Keine Frage. Der Wald war einfach nicht normal. Sie hatten es alle bemerkt, davon war er überzeugt, aber nicht einmal Giles hatte es ausgesprochen. Die Bäume schienen sie zu belauern und sich über den Pfad zu neigen, über den sie zu dieser Lichtung gekommen waren, als würden sie in der nächsten Sekunde anfangen zu sprechen oder sich zu bewegen. Unterwegs war etwas Großes und Weißes brüllend in den Wald geflohen, und zwei der Jäger hatten die Verfolgung aufgenommen, doch sie waren mit leeren Händen zurückgekehrt.

Aber es lag nicht nur an den Bäumen und es lag auch nicht an den unheimlichen Kreaturen, die überall herumwimmelten. Jetzt, wo sie wieder im Lager waren, hatte sich die Dunkelheit, die zwischen den Bäumen wallte und wogte, ein wenig zurückgezogen. Die Hunde bellten nicht mehr und die Pferde schnaubten nur noch hin und wieder. Lediglich ihre Hufe machten noch Lärm, wenn sie auf Steine traten oder trockene Zweige knackend zerbrachen.

Die Stille war schlimmer als der Lärm der Jagd. Mit dem Horn und den Hunden und den donnernden Hufen war es ihm möglich gewesen, in ihnen körperlich existente Feinde zu sehen. Gegner, die er schlagen konnte.

Harter Bursche. Was für ein Witz.

In der relativen Stille, die jetzt herrschte, blickte er sich um und sah die Wirklichkeit. Sie waren keine materiellen Wesen, die er bekämpfen konnte. Die Tiere waren tot oder tot gewesen, bevor man sie ins Leben zurückgeholt hatte. Aber mit Vampiren hatten sie auch nichts zu tun. Dies war eine völlig andere Art von Untoten. Manche der Jäger gehörten wahrscheinlich ebenfalls zu dieser Sorte. Andere wiederum waren Elfen, aber nicht die netten, süßen, klugen, spitzohrigen Elfen aus den Fantasy-Romanen, die er in der Junior High gelesen hatte.

Xander musste zugeben – trotz oder vielleicht gerade wegen seiner Angst –, dass dieser Ort, was immer er auch war, mit Sicherheit nicht der Wald am Rande der Route 17 war. Er nahm zwar denselben Raum ein und die Lichtung war ebenfalls da, aber ... irgendwie war alles verändert oder mit dem Urwald verschmolzen, in dem die Wilde Jagd ihr Hauptlager unterhielt.

Schon jetzt hatte Xander das Gefühl, weit von Zuhause entfernt zu sein, die Welt, die er kannte, hinter sich gelassen zu haben. Man würde sie in den dunklen, wirbelnden, öligen Nebel am anderen Ende der Lichtung treiben, und er wusste, während sein Herz vor Angst raste, dass sie für immer verloren sein würden, sobald sie diesen Nebel durchschritten hatten.

Zu Xanders ungeheurer Verblüffung dämmerte ihm plötzlich, wie sehr er sich nach seinem Zuhause sehnte. Nach seinem Zimmer: X-Men-Poster an der Wind, ein Foto des Schwimmteams in irgendeiner Schublade. Schmutzige Socken neben dem Bett und überall auf dem Boden bereits getragene, aber immer noch saubere Sachen, in die er jederzeit schlüpfen konnte.

Zuhause.

Selbst Mom und Dad. Wenn er noch einmal die Gelegenheit bekam, zusammen mit seiner Mutter um drei Uhr morgens kalten gebratenen Reis mit Schrimps aus einer kleinen weißen Pappschachtel zu essen, dann würde er es tun, schwor sich Xander. Er hatte vielleicht nicht die fürsorglichsten Eltern der Welt, aber sie waren alles, was er hatte.

Er vermisste sie.

Er wollte nicht sterben.

Einige der Jäger saßen noch immer auf ihren schwarzen Pferden und ritten wie Viehtreiber an der Schlange der Gefangenen entlang. Der Erlkönig folgte ihnen und überwachte alles, was im Lager geschah. Sie hatten alle bemerkt, wie haarig er war, fast wie ein riesiger Bär, der aufrecht wie ein Mensch ging. Willow starrte die Hörner an seinem Kopf an. Sie hatten kurz darüber diskutiert, ob sie zu seinem Helm gehörten oder direkt aus seinem Schädel wuchsen. Willow war überzeugt, dass sie angeboren waren.

Wie die des Teufels.

Der Erlkönig machte kehrt und ritt mit glühenden Augen zum Zentrum der Lichtung zurück. Jetzt oder nie, dachte Willow. Sie fuhr herum und wollte ihm schon den Weg versperren, als Giles sie zurückriss. Stattdessen wandte sich der Wächter selbst an den riesenhaften Tiermenschen auf dem schwarzen Pferd und starrte ihn voller Abscheu an.

»König der Elfen und Herr der Wilden Jagd, Hornmann und Jäger, erkenne mich und meinen Namen«, schrie Giles.

Der Erlkönig zügelte sein Pferd, das schnaubte und Feuer spuckte, aber der Wächter wich nicht zurück.

»Du bist Hern«, sagte Giles. »Mein Name ist Rupert Giles. Ich bin der Wächter und du bist nicht mein Lehnsherr. Ich widersetze mich dir.«

Hern der Jäger zog langsam das ebenholzschwarze Schwert, das an seiner Hüfte hing.

»Wie kannst du es wagen?«, grollte er ergrimmt. Stimme und Hand bebten vor Zorn.

Willow hatte nicht die leiseste Ahnung, was Giles vorhatte. Vielleicht wusste nicht einmal er selbst, was er machte, und sie hatte Angst, dass sie alle auf der Stelle eingeäschert wurden, aber sie hatte von ihm verlangt, etwas zu unternehmen, und das tat er jetzt. Sie musste ihm Rückendeckung geben.

»Mein Name ist Willow Rosenberg und du bist nicht mein Lehnsherr!«, schrie Willow. »Ich widersetze mich dir!«

Sie warf Xander einen kurzen Blick zu. Seine Augen huschten von ihr zu Giles und wieder zurück und er sah aus, als müsste er sich jeden Moment übergeben. Aber er trat vor.

»Mein Name ist Alexander Harris und du bist nicht mein Lehnsherr!«, brachte Xander mit unsicherer Stimme vor. Aber dann kniff er die Augen zusammen und hob seine Stimme. »Ich widersetze mich dir!«

Der Erlkönig lachte auf, laut und tief und lange. Sein Gelächter klang grausam, und als er verstummte, geschah dies so plötzlich, dass Willow den Eindruck gewann, er wäre gar nicht belustigt gewesen. Feuer drang aus seinen Nüstern, genau wie bei den Pferden und Hunden. Da war Willow sich sicher, dass er nie ein richtiger Mensch gewesen war.

»Verfüttert sie an die Hunde«, befahl der Erlkönig.

»Du liebe Güte«, murmelte Giles.

Was auch immer er sich erhofft hatte, es erwies sich offenbar als Trugschluss. Aber jetzt, wo die Aufmerksamkeit des Erlkönigs auf sie gerichtet war, wollte Willow es nicht dabei bewenden lassen.

Die Hunde bellten und heulten und rannten auf der Lichtung hin und her. Einige von ihnen schnüffelten am Boden herum, als würden sie die Witterung eines Beutetiers aufnehmen. Speichel tropfte von ihren heraushängenden Zungen. Willow schauderte, als sie sah, dass ihre Pfoten kein Erdreich vom Boden aufwirbelten, ihn nicht einmal berührten, sondern auf gespenstische Weise darüber hinwegschwebten.

»Lauft!«, schrie Xander.

Willow packte ihn und hielt ihn fest und blickte wieder zum Erlkönig auf. Dass sie nicht fliehen wollte, blieb nicht unbemerkt. Der König starrte sie an.

»Viele Grüße von Lucy Hanover«, sagte Willow mit leiser, ruhiger Stimme.

In den glühenden, pupillenlosen Augen des Herrn der Wilden Jagd sah Willow Überraschung aufleuchten. Für einen Moment schien das Gesicht weicher zu werden.

Willow betete.

Der Wald schien sich irgendwie verändert zu haben. Buffy konnte nicht mit Sicherheit sagen, woran es lag, und sie hatte diese Gegend nie genau erkundet, aber der ganze Ort kam ihr irgendwie ... wilder vor als erwartet. Der Boden war von knorrigen Wurzeln und dornigen Ranken bedeckt, die nach ihr zu greifen schienen, während sie weitermarschierte. Dabei hatten sie noch nicht einmal das Zentrum des Waldes erreicht. Stattdessen waren sie ganz um ihn herumgegangen und hatten nach etwas gesucht, das auch nur im Entferntesten einem Pfad ähnelte.

Es roch hier auch ganz anders. Wälder verströmten im Allgemeinen viele verschiedene Gerüche – von fruchtbarer feuchter Erde, wuchernder Vegetation und, ja, auch dem ein oder anderen Kadaver –, aber wenn sie diesen Geruch einatmete, war das für sie eine Warnung, sich fern zu halten. Es war eine atavistische Reaktion, gegen die sie nur mit Mühe ankämpfen konnte.

Außerdem war da noch die Dunkelheit. Direkt hinter der ersten Baumreihe schien sich die Finsternis des Waldes zu verändern. Sie wirkte irgendwie stofflicher, so als würde sie einen ganz bestimmten Zweck erfüllen.

Buffy schauderte und versuchte nicht daran zu denken.

»Es muss hier irgendwo einen Pfad geben, über den sie Roland durch das Dickicht getragen haben«, sagte Oz. Seine Sorge um Willow war aus jedem Wort herauszuhören.

Einen Moment später streckte Angel den Arm aus. »Hier.«

Sie kämpften sich die zwanzig Schritte zu ihm vor, und Buffy entdeckte sofort, was er gemeint hatte. Die Bäume standen hier nicht nur weniger dicht, sondern es gab auch Spuren, dass etwas vor nicht allzu langer Zeit über den Boden gezogen oder getragen worden war. Eine kleine Armee dunkler Elfen kam dafür in Frage.

»Bleibt zusammen«, sagte Buffy.

Und sie marschierten hinein.

Als sie knapp acht Meter in den Wald vorgedrungen waren, lichteten sich die Bäume weiter und ein richtiger Pfad wurde sichtbar. Er war nicht besonders ausgetreten, aber er sah zweifellos danach aus, als würde er irgendwo hinführen.

»Er wird uns zu unserem Ziel bringen«, sagte Angel leise.

Buffy blinzelte überrascht. Seine Stimme hatte einen vertrauten und überaus beunruhigenden grollenden Unterton und als sie zu ihm hinüberblickte, sah sie, dass sich sein Gesicht verändert hatte. Gelbe Augen leuchteten und lange spitze Zähne blitzten: Der Vampir in ihm übernahm die Kontrolle.

»Was ist?«, fragte er. Aber dann sah er den Ausdruck in ihren Augen. Angel hob die rechte Hand und strich mit den Fingern über sein Gesicht. Er blickte verwirrt drein. Zweifellos hatte er die Veränderung nicht bewusst herbeigeführt. Das machte Buffy Sorgen.

»Ich verstehe das nicht«, sagte er.

»Es hat mit diesem Ort zu tun«, erwiderte sie. »Er ist voller Magie. Ich kann sie fast spüren. Sie durchdringt den ganzen Wald wie die Strahlung einer Atomkatastrophe.«

»Willkommen im übernatürlichen Tschernobyl, Kids«, sagte Oz leise und ohne jeden Humor.

Sie legten weitere dreißig Schritte zurück. Wesen huschten zwischen den Bäumen hin und her, und mehrfach glaubte Buffy, tief im Wald schemenhafte Gestalten zu sehen. In weiter Ferne hüpfte eine große weiße Kreatur wie ein Affe durch das Grün. Einmal hörten sie das Donnern von Hufen, aber es klang anders als das der Jagd und entfernte sich schnell wieder.

Buffy glaubte eine Flöte zu hören.

Dann stöhnte Oz schmerzgepeinigt auf, krümmte sich zusammen und hielt sich den Bauch, als hätte er einen Schuss in den Magen bekommen. Sie rief seinen Namen, und Angel kniete neben ihm nieder.

»Was ist los?«, fragte der Vampir.

»Ich ... ich weiß es nicht«, stammelte Oz. »Aber ich denke, ich bin ... ich bin jetzt ... okay.«

Als er aufstand, sah Oz noch wütender aus als zuvor. Sein Gesicht war zu einem einzigen Zähnefletschen verzerrt, und Buffy war nicht sicher, ob es ihr gefiel. Sie behielt ihn im Auge, als sie weitergingen, aber nach ein paar Metern blieb Oz wieder stehen und deutete in den Wald.

»Diese Richtung«, sagte er. »Sie haben Roland in diese Richtung geschleppt.«

»Woher weißt du das?«, fragte sie.

»Ich kann sie riechen.«

Buffys Herz machte einen Sprung, aber sie stellte keine weiteren Fragen. Stattdessen folgte sie Oz, als der sich seinen Weg durch das dichte Unterholz bahnte. Nach kurzer Zeit kniete er nieder und schnüffelte über den Boden.

»Sie sind ganz nah«, knurrte Oz.

»Glaubst du, sie wissen, dass wir sie verfolgen?«, fragte Angel leise. Er sah Buffy an und dann Oz. Sie schüttelte den Kopf. Sie wusste auch nicht, was mit Oz los war.

»Vielleicht ist es ihnen egal«, erwiderte Oz.

Buffy spürte einen kleinen Tropfen auf ihrer Wange und wischte ihn weg. Sie blickte auf und versuchte die Wolken durch die Äste zu erkennen, und ihre Augen wurden groß.

»Äh, Leute?«, flüsterte sie. »Ihnen ist es nicht egal.«

Die dunklen Elfen regneten von den Bäumen auf sie nieder.

Oz stürzte sich auf sie. Er konnte sich nicht erinnern, sich je zuvor so schnell bewegt zu haben, aber andererseits hatte er auch noch nie zuvor solche Angst um einen anderen Menschen gehabt. Er liebte Willow und würde sich von nichts und niemandem daran hindern lassen, sie zurückzuholen. Vor allem nicht von diesen bösartigen kleinen Kreaturen.

Angel stürmte in den Wald, warf sich gegen die Bäume und streifte so die Wesen von seinem Körper, zertrat sie unter seinen Füßen. Schon bald konnte Oz ihn nicht mehr sehen.

Buffy war in Schwierigkeiten. Die winzigen Geschöpfe hatten sich in ihren Haaren verkrallt und schlugen und kratzten sie mit ihren Klauen. Oz wischte so viele wie möglich von ihr, aber dann war sie auf sich allein gestellt. Er hatte selbst genug Schwierigkeiten. Aber Oz wusste, wie man mit diesen Wesen fertig wurde.

Er ignorierte jene, die an ihm hingen. Ignorierte den Schmerz, verdrängte ihn. Stattdessen fing er an sie zu jagen. Er pflückte sie von den Bäumen und stampfte sie in den Boden. Er hetzte eine ganze Horde durch den Wald, sodass viele von jenen, die an ihm hingen, während der Jagd herunterfielen.

Einige von ihnen kreischten, während er sie verfolgte. Sie fürchteten sich vor ihm. Gut. Jetzt wusste er, wie er sie besiegen konnte. Er würde die hässlichen kleinen Feiglinge in Angst und Schrecken versetzen. Oz jagte sie tiefer und tiefer in den Wald hinein. Irgendwo in der Ferne erklang ein schriller Pfiff, und die dunklen Elfen reagierten wie auf Kommando, zogen sich blitzartig auf die Bäume zurück oder rasten über den Waldboden nach Norden. Sie boten einen grausigen Anblick, eine kleine Armee aus kreischenden, keckernden grünen Gnomen, die über Wurzeln und Büsche hüpften – Oz erinnerten sie an eine Horde Ratten, die durch einen Abwasserkanal schwärmten.

Oz packte einen der Nachzügler und zerquetschte ihn in der Faust.

Dann waren sie fort.

Er lachte, aber das Lachen klang wie ein ersticktes Knurren. Spitze, scharfe Zähne drückten gegen die Innenseiten seiner Lippen. Er wunderte sich plötzlich über das Vergnügen, das er beim Töten der Wesen empfunden, und auch über die Mühelosigkeit, mit der er sein Werk vollbracht hatte.

Dann sah er das Fell auf seinen Handrücken.

Es war noch nicht Vollmond. Erst in einer Woche war es soweit. Dennoch hatte Oz angefangen sich zu verwandeln. Angefangen und wieder aufgehört, irgendwo zwischen Mensch und Werwolf.

Er öffnete den Mund und versuchte sich einzureden, dass es unmöglich war.

Was herauskam, war ein Heulen.

# 13

Als sich die knurrenden Hunde auf sie stürzten, fuhr Xander herum und rannte davon. Er zerrte so fest er konnte an seinen Fesseln, sodass der Strick tief in seine Handgelenke schnitt. Aber wenn er seine Hände nicht frei bekam, um auf einen Baum zu klettern oder einen Stock zu ergreifen und sich zu verteidigen, dann hatte er keine Chance, sich zu retten. Willow und Giles würden ihm dann auch nicht helfen können.

Xander fiel plötzlich auf, dass die beiden ihm nicht folgten. Er riskierte einen kurzen Blick über die Schulter.

Sein Fuß verfing sich in einer freiliegenden Baumwurzel und er landete hart auf der festgetretenen Erde der Lichtung. Ein Stein zerkratzte seine Wange und Dreck spritzte in sein linkes Nasenloch.

Die Hunde kamen näher.

Xander schloss die Augen. Ihr flammender Atem verbrannte die Haut an seinem Nacken. Ihr Gestank war unerträglich. Er hörte das Klicken ihrer Fänge und …

»Wartet!«, brüllte der Erlkönig. »Weg mit euch, ihr Hunde!«

Xander öffnete benommen die Augen und fragte sich, warum er noch nicht tot war. Widerwillig gehorchten die Geisterhunde dem Befehl des Erlkönigs und zogen sich zum Feuer am anderen Ende der Lichtung zurück. Xander rollte auf die Seite und rappelte sich wieder auf.

Giles und Willow näherten sich ihm und er näherte sich ihnen, bis die drei wieder mehr oder weniger eine Einheit waren. Der Erlkönig hielt die Zügel seines feuerspuckenden Hengstes und ließ sich von dem Tier zu der kleinen Gruppe tragen. Dicht vor ihnen blieb das Pferd stehen und der König senkte sein Schwert, sodass seine Spitze fast Willows rechtes Auge berührte.

»Was weißt du von Lucy Hanover?«, fragte Hern der Jäger.

Willow wirkte überrascht und öffnete den Mund, um zu antworten.

»Verrat ihm nichts, Will!«, stieß Xander hervor.

Giles räusperte sich, aber Xander warf ihm einen Blick zu, der, wie er hoffte, besagte: Vertrauen Sie mir, ich weiß, was ich tue. In Wirklichkeit hatte er natürlich keinen blassen Schimmer, was er da tat, aber er wusste, was sie erwartete. Der Erlkönig würde sie töten, so viel stand fest. Und Xander hatte keinen blassen Schimmer, wieso Willow diese Lucy Hanover erwähnt hatte; vermutlich griff sie, genau wie er, nur nach jedem sich bietenden Strohhalm. Aber sie hatte ihnen damit ein paar weitere Minuten Leben erkauft.

Xander hoffte, dass er noch mehr Minuten herausschlagen konnte.

»Halt deine Zunge im Zaum, du Wicht«, sagte der Erlkönig drohend, während er sich mit brennenden Augen im Sattel nach vorn beugte. »Oder ich werde sie mir gebraten zum Abendessen servieren lassen ...«

»Ja, ich weiß, mit dicken Bohnen und einem guten Chianti«, sagte Xander. Seine Stimme klang selbst für seine Ohren ein wenig verrückt.

Gut. Vielleicht hielt ihn der König für total durchgedreht und hatte Mitleid mit ihm. Vielleicht, aber wahrscheinlich war es nicht.

Der König schwang sich von seinem Pferd und landete schwer auf dem Boden. Er war riesig. Weit über zwei Meter groß, die Hörner nicht mitgerechnet. Um seine Augen, eine der wenigen Stellen, wo kein dichtes Fell wuchs, war die Haut des Jägers ölig schwarz und roh wie eine Wunde. Xander glaubte, Blut an seinen Hörnern zu erkennen. Danach wagte er nicht mehr hinzusehen.

»Was weißt du von Lucy Hanover?«, fragte der Erlkönig erneut. »Sprich jetzt oder du wirst sterben.«

Xander schluckte und zögerte. Aber nur für einen Moment.

»Nur zu, töte uns!«, sagte er und tat dann etwas, wozu er jeden Muskel seines Körpers zwingen musste: Er trat auf den Erlkönig zu.

»Xander!«, zischte Giles.

Willow sah ihn mit angstgeweiteten Augen an. Sein Herz hämmerte so stark, dass er das Wimmern in ihrer Kehle nicht hören konnte, aber er wusste, dass es da war.

Der Erlkönig richtete sein Schwert auf Xander. Flammen züngelten aus den Nüstern des Tiermenschen und er hob sein Schwert in die Luft.

»Du wirst uns sowieso töten«, sagte Xander hastig. »Was für einen Unterschied macht das schon? Wir haben eine Nachricht von Lucy Hanover für dich, Alter. Wenn du sie hören willst, musst du uns freilassen.«

Das Schwert verharrte in der Luft. Der Erlkönig grollte: »Lucy Hanover ist seit einem Jahrhundert tot.«

»Ich kenne viele tote Leute«, sagte Xander wegwerfend. »Sprichst du etwa nie mit toten Leuten?«

Giles und Willow starrten ihn an, als hätte er den Verstand verloren. Xander zuckte die Schultern und behielt sein arrogantes Lächeln bei. Hauptsache, es funktionierte.

»Wenn deine Worte mir gefallen, werde ich euch am Leben lassen«, erklärte der Erlkönig.

»Das glaube ich nicht, Hernie.« Xander schüttelte den Kopf und verdrehte die Augen, aber er wusste, dass er es nicht zu weit treiben durfte. »Wir brauchen dein Wort, dass du uns freilassen wirst. Ich denke sogar, es ist am besten, wenn du meine Freunde sofort gehen lässt, und erst dann werde ich dir die Nachricht verraten.«

Der Erlkönig lachte und Xander wusste, dass er es zu weit getrieben hatte. Dass er zu viel verlangt und dadurch zugegeben hatte, dass er bluffte.

»Schön«, sagte er, während er fieberhaft nach etwas suchte, womit er den Herrn der Jagd ablenken konnte. »Ich schätze, du willst sie also nicht zurück haben.«

Hern der Jäger hörte auf zu lachen. Xander blinzelte. Es war die Reaktion, auf die er gehofft hatte, aber er spürte etwas, das er absolut nicht erwartet hatte. Der König wollte die vor langer Zeit gestorbene Lucy Hanover zurück, aber nicht, weil sie ihm entkommen war. Es war offensichtlich, dass er sie zurückhaben wollte, weil er sie irgendwie vermisste, so unglaublich dies auch sein mochte.

Während die riesige Kreatur auf Xander hinunterstarrte, legte sich Stille über die Lichtung. Dann, plötzlich, wurde sie von dem Gemurmel und lauten Schnattern von hundert dünnen Stimmchen durchbrochen. Der Erlkönig drehte sich um, blickte über die Lichtung und schien sich dann zu straffen und noch höher aufzuragen, sofern dies überhaupt möglich war.

»Ah«, sagte er, »Roland ist zurückgekehrt. Wir werden ihn entscheiden lassen.«

»Gott sei Dank«, flüsterte Xander und entspannte sich kaum merklich.

»Aber warum soll Roland ...«, begann Giles, um dann zu erkennen, dass er damit nur seine eigene Unwissenheit verriet. Er presste die Lippen zusammen.

Doch zu spät. Der Wächter hatte wieder die Aufmerksamkeit des Erlkönigs auf sich gelenkt. Der König sah ihn an, verengte die Augen und lachte.

»Du weißt gar nichts«, grollte er. »Aber ich werde es dir erzählen, weil es mir gefällt, über meinen Sohn zu sprechen.« Er beugte sich im Sattel seines Rosses nach vorn und musterte sie nacheinander.

»Da sie ihn auf natürliche Weise nie hätte gebären können, gab die Jägerin einen Teil ihres Wesens, ihrer Seele auf, das, was sie menschlich machte, damit Roland geboren werden konnte.«

Sie verfolgten, wie Roland die dunklen Elfen abschüttelte, trotzig zu Boden blickte und dann ohne Furcht auf den Erlkönig zuging.

»In jeder nur erdenklichen Hinsicht«, sagte der König ruhig, »war Lucy Hanover Rolands Mutter.«

Der Junge mit dem traurigen Gesicht blieb vor dem Erlkönig stehen. Er sah Willow und Xander und Giles an, nickte ihnen zu, um ihnen zu zeigen, dass er sie erkannt hatte, und blickte dann kurz zu Hern auf, bevor er die Augen wieder senkte.

»Wenn du noch einmal wegläufst, werde ich dich töten«, warnte ihn der Erlkönig grimmig.

Roland funkelte ihn an.

»Ja, Vater.«

Ira Rosenberg vermisste Johnny Carson. All diese anderen Late-Night-Figuren wirkten im Vergleich zu ihm wie Amateure. Johnny war ein Freund der Familie gewesen. Wenn er lachte, wusste man, dass es echt war. Jetzt gab es keinen mehr wie ihn im Fernsehen, vor allem nicht spät nachts. Obwohl er den Schund hasste, hatte sich Ira einen Kabelanschluss legen lassen, um sich in den Nächten, wenn er nicht schlafen konnte, die Zeit zu vertreiben. Am liebsten sah er sich

Wiederholungen der *Dick Van Dyke Show* an. Dieser Morey Amsterdam brachte ihn jedes Mal zum Lachen.

»Ira?«

Er drehte sich in seinem Sessel und sah, dass seine Frau hereingekommen war und sich den Schlaf aus den Augen rieb. Sie zog ihren Morgenmantel enger um sich.

»Willow ist immer noch nicht nach Hause gekommen?«

»Noch nicht, Liebes«, antwortete Ira. »Hat sie nicht gesagt, dass sie mit Buffy zusammen lernen wollte?«

»Das hat sie gesagt«, bestätigte Mrs. Rosenberg und schnalzte dann mit der Zunge, als sie sich auf die Armlehne des Sessels setzte. »Es ist nicht so, dass ich ihr nicht vertraue, Ira. Sie ist ein liebes Mädchen. Aber seit sie mit diesem Oz zusammen ist, seit dieser Sache mit den Kruzifixen ... und nach all den Schwierigkeiten, in die das Summers-Mädchen geraten ist, mache ich mir einfach Sorgen. Früher hat sie mir immer alles erzählt.«

Ira tätschelte die Hand seiner Frau. »Willow ist ein gutes Mädchen, Schatz«, sagte er. »Das gehört alles zu einer normalen Entwicklung. Sie ist jetzt fast schon erwachsen. Wenn sie aufs College geht, werden wir nicht mehr auf sie aufpassen können. Sie wird ihre Entscheidungen allein treffen müssen.«

Mrs. Rosenberg seufzte. »Vielleicht sind wir in der letzten Zeit zu streng mit ihr gewesen. Ihr erster fester Freund ein Musiker.« Sie warf ihm einen bedeutungsvollen Blick zu. »Vielleicht rebelliert sie.«

Mr. Rosenberg schwieg und sah seiner Frau in die Augen. »Ich war streng zu diesem Jungen. Das wird von Vätern so erwartet.«

»Ja.« Sie seufzte. »Aber es scheint alles so schnell zu gehen.«

Er nickte. »Ich vermisse es auch. Wie sie von uns abhängig war. Wie ihre Augen aufleuchteten, wenn ich von der Arbeit nach Hause kam. Aber das ist nun mal der Lauf der Welt. Kinder werden erwachsen. Ihre Augen leuchten dann nicht mehr ganz so hell. Sie fangen an zu zweifeln, ob ihre Eltern wirklich die klügsten Menschen auf der Welt sind.«

»Ich weiß«, erwiderte Willows Mutter. »Ich weiß, dass das der Lauf der Welt ist. Ich habe es schon vom Tag ihrer Geburt an gespürt. Ich habe mich schon seit langer Zeit auf den Moment vorbereitet, an dem Willow uns verlässt. Aber manchmal habe ich einfach das

Gefühl, dass sie schon längst weg ist, und ich bin immer noch nicht bereit dafür.«

»Nicht bereit dafür, dass sie erwachsen wird, meinst du?«, fragte Ira und neigte mitfühlend den Kopf zur Seite.

»Ich schätze, genau das ist es«, gab seine Frau mit einem leicht verlegenen Lächeln zu.

»Ich glaube nicht, dass ich je dafür bereit sein werde«, gestand Ira und lächelte breit. »Und, ja, ich mache mir Sorgen, weil sie so spät noch unterwegs ist. Und, ja, ich werde sie ausschimpfen, wenn sie nach Hause kommt und ich noch wach bin, denn das wird von Eltern erwartet. Und sie wird trotzig reagieren, denn das wird von Teenagern erwartet. Und weißt du was? Ich werde es genießen, denn selbst das ist etwas, das ich vermissen werde.«

Mrs. Rosenberg lachte. »Weißt du was, Ira? Du hättest Rabbi werden sollen.«

»Das stimmt. Das stimmt sogar sehr.«

Sie lachte wieder, rutschte dann von der Lehne in den Sessel zu ihrem Mann, wo sie sich gegenseitig wärmten und zusammen lachten, während sie Dick van Dyke in Schwarzweiß sahen und an Zeiten zurückdachte, als alles noch einfacher gewesen war.

Während des Angriffs war Angel von Oz und Buffy getrennt worden. Oz in seiner verwandelten Form hatte es den dunklen Elfen an Wildheit gleichgetan, sie gnadenlos gehetzt und zur Strecke gebracht. Um Oz machte er sich keine großen Sorgen. Aber um Buffy.

Er musste sich in Erinnerung rufen, dass sie die Jägerin war und mit Sicherheit von ihm erwartete, dass er der Jagd auf der Spur blieb. Höchstwahrscheinlich würde sie es auch tun und wahrscheinlich in Kürze zu ihm stoßen. Zumindest redete er sich das ein.

Angel stand bis zur Hüfte in stacheligen Disteln und dichtem Unterholz, einer Vegetation, die keinem Wald in Südkalifornien ähnelte, und atmete einen seltsamen Geruch ein, der ihn nur zu gut an das Grab erinnerte. Dieser Ort war ... verflucht, wie man in Galway zu sagen pflegte. Er war nicht in Ordnung. Etwas hatte ihn mit schwarzer Magie vergiftet; etwas war gekommen und hatte von ihm Besitz ergriffen.

»Buffy!«, rief er. »Oz!«

Stille.

Er kämpfte sich langsam weiter, suchte nach dem Pfad und verdrängte alle Gedanken an das Schicksal der anderen. Verdrängte das Gefühl, von tausend Augen beobachtet, von Raubtieraugen belauert zu werden. Alles, was er im Moment riechen konnte, waren die Bäume. Angel fragte sich, ob es vielleicht die Dunkelheit selbst war, die ihn belauerte, während sie im Geäst über ihm wogte und wallte.

Schaudernd bahnte sich Angel seinen Weg durch das Unterholz und spähte nach vorn, um sich zu orientieren. Ohne Oz' Führung musste sich Angel einfach auf seine Instinkte verlassen. Sie hatten ihm früher immer gute Dienste geleistet und diesmal war es nicht anders. Nach kurzer Zeit hatte er die Fährte der dunklen Elfen wieder aufgenommen.

Wachsam auf etwaige Bewegungen in seiner Nähe achtend, schlich er so leise und schnell wie möglich weiter. Obwohl die dunklen Elfen ein Problem waren, vor allem wegen ihrer großen Zahl, hatte er keine andere Wahl. Möglicherweise war es schon zu spät, um Giles und Willow und Xander zu retten, aber er musste es versuchen. Und niemand konnte mit Sicherheit sagen, was aus Oz und Buffy geworden war.

Aber so sicher, wie er den Pfad gefunden hatte, so sicher war Angel auch, dass sie am Ende alle wieder zusammenfinden würden, sobald sie den Erlkönig und die Wilde Jagd aufgespürt hatten.

Während ihm diese Gedanken durch den Kopf gingen und er die Bäume nach kleinen Kreaturen absuchte, die nur darauf warteten, über ihn herzufallen, hörte er aus dem verfilzten Unterholz zu seiner Rechten ein Knurren. Angel kauerte nieder und griff nach einem langen Ast, der an einem Ende gesplittert und spitz war. Er starrte in die Bäume. Selbst für seine Augen war der Wald finster.

»Komm heraus, was immer du auch bist!«, grollte er.

Das Knurren erklang erneut, gefolgt von zwei knappen Worten.

»Entspann dich.« Oz trat zwischen den Bäumen hervor, aber Angel konnte ihn nur an seiner Stimme erkennen. Und der Tatsache, dass er keine anderen Werwölfe kannte.

»Nettes Outfit«, bemerkte Angel. »Aber es ist doch noch nicht Vollmond, oder?«

»Ich habe die Verwandlung auf halbem Weg gestoppt. Sie sogar teilweise rückgängig gemacht. Wenigstens kann ich so sprechen. Aber ich habe keine Ahnung, warum es passiert ist. Es muss an diesem Ort liegen«, sagte Oz mit dumpfer, grollender Stimme. »Die Luft ist voller Magie«, fügte er hinzu. Ein winselnder Unterton schlich sich in sein Grollen.

»Ja«, nickte Angel. »Genau wie in Disneyland.«

Schweigend marschierten sie weiter und folgten der Spur der dunklen Elfen. Angel kam der Gedanke, dass sie schon ein recht seltsames Team abgaben, aber er entschied sich, es nicht zu erwähnen. Er kannte Oz nicht besonders gut und wusste nicht, wie empfindlich er auf diese ganze Werwolfsache reagierte. Angel hatte genug Zeit gehabt, um sich an das Dasein als Vampir zu gewöhnen. Oz war erst seit einem knappen Jahr ein Werwolf.

»Hörst du das?«, fragte Oz.

Angel lauschte und wollte schon verneinen, als ein Heulen wie ein Blitz die Dunkelheit zerriss. Angel versuchte die Richtung zu bestimmen, aber es schien tausendfach zwischen den Bäumen widerzuhallen.

Dann spielte es keine Rolle mehr, aus welcher Richtung es gekommen war. Denn das Heulen wich einem vielstimmigen, von allen Seiten dringenden Knurren und Bellen und Grollen. Zum zweiten Mal in den letzten Minuten waren sie umstellt. Diesmal von sechs riesigen schwarzen Bluthunden, in deren Augen Feuer brannte. Rauch quoll aus ihren Nüstern, während sie gierig hechelten und tief in ihren Kehlen knurrten.

»Es sind zu viele«, fauchte Oz.

Angel straffte sich. »Dann müssen wir sie schnell töten.«

Die Bluthunde stürzten sich auf sie, mit schnappenden Kiefern und Feuer spuckenden Nüstern.

»Falls man sie ...«, begann Oz.

Den Rest hörte Angel nicht mehr. Die Hunde hatten sie erreicht. Er warf sich ihnen entgegen und trat mit aller Kraft gegen die Kehle des vordersten Bluthundes. Das Tier winselte, flog nach hinten und verschwand zwischen den Bäumen.

»Sie sind verletzbar!«, überschrie Angel das Geknurre, obwohl er nicht wusste, ob Oz ihn hören konnte.

Mächtige Kiefer schlossen sich um seinen linken Arm, rasiermesserscharfe Fänge gruben sich tief in sein Fleisch. Sein ganzer Körper war nach den mehrfachen Zusammenstößen mit den dunklen Elfen bereits von Wunden übersät. Aber das hier war etwas anderes. Angel stieß einen Schmerzensschrei aus und fuhr gerade noch rechtzeitig herum, um zu sehen, wie ihn ein dritter Bluthund ansprang. Während der andere noch immer an seinem Arm hing und das Fleisch mit seinen Zähnen zerfetzte, packte er den neuen Angreifer mitten im Sprung an der Kehle. Vor Schmerz und Wut brüllend, würgte er das Tier und schmetterte es dann gegen einen Baum. Er wurde mit dem Knacken berstender Knochen belohnt.

Angel packte die Schnauze der Bestie, die sich in seinen Unterarm verbissen hatte. Er riss und zerrte daran, um die Kiefer zu lösen, und der Schmerz war unvorstellbar. Zähne schabten über Knochen. So funktionierte es nicht.

Er hörte Oz knurren, drehte sich um und sah, dass er sich weiter verändert hatte, mehr Wolf geworden war, und jetzt mit den Klauen einem schwarzen Hund die Eingeweide herausriss. Feuer loderte aus dem Bauch des Tieres.

Jetzt wusste er, dass die Wesen sterben konnten.

Er hob den Arm, in den sich das Tier verbissen hatte, würgte es mit der freien Hand, bohrte seine Finger tief in das Fleisch seiner Kehle. Die Kiefer lockerten sich, aber das Tier ließ noch immer nicht los. Angel fletschte die spitzen Zähne, zischte vor Schmerz und gab sich fast vollständig dem Vampir in ihm hin. Er senkte den Kopf und schlug seine Zähne in die Kehle des Hundes.

Feuer flammte aus den Adern der Bestie, verbrannte Angels Mund und seine Zunge und schoss durch seine Kehle. Der Höllenhund ließ los. Mit beiden Händen schmetterte er das Tier auf sein Knie und brach ihm das Rückgrat.

Als er den Kadaver fallen ließ, biss ihm einer der anderen Hunde ins rechte Bein. Ohne Zeit zu verschwenden, packte er das Biest mit beiden Händen bei den Kiefern und riss sie auseinander. Dann sprang ihn schon der nächste an und schnappte nach ihm, doch konnte er sich nicht lange genug auf einen konzentrieren, um ihn zu töten.

»Oz, kannst du mir helfen?«, keuchte er rasselnd mit wunder Kehle.

Oz knurrte nur. Angel riskierte einen Blick und sah, dass der Werwolf selbst mit zwei riesigen Hunden zu kämpfen hatte. Zwei waren erledigt, vier noch am Leben, und Angel hatte das Gefühl, rasch an Boden zu verlieren. Er wehrte einen der Hunde ab, doch der andere machte einen großen Satz und schnappte nach seiner Kehle. Angel wirbelte herum, verlor das Gleichgewicht und ging zu Boden.

Dann waren die Hunde über ihm. Er spürte, wie sich Zähne durch seine Jacke bohrten, sich in seine Haut gruben und ein Stück Fleisch herausrissen.

»Runter von mir!«, fauchte Angel und schleuderte einen von ihnen zur Seite.

Doch schon im nächsten Moment stürzte er sich wieder auf ihn. Angel fluchte gepresst. Die Sache lief nicht gut.

Er blickte in die feurigen Augen der Hunde, während er sie mühsam von seiner Kehle fern hielt. Er spürte die Hitze ihres Atems auf seinem Gesicht, spürte, wie er seine Brauen und Haare versengte. Angel wusste, dass er sich sehr schnell etwas einfallen lassen musste.

Ohne Vorwarnung spritzten ein paar Tropfen Wasser auf die Hunde, und sie heulten schmerzgepeinigt auf. Ein paar weitere Tropfen, die zum Teil Angels Gesicht trafen, und er wusste, was ihnen diese Schmerzen zugefügt hatte.

Weihwasser. Die Tropfen brannten wie Säure auf seinem Gesicht.

Aber die Hunde flohen in den Wald. Oz, blutüberströmt, aber etwas menschlicher wirkend als zuvor, kam ein paar Meter weiter soeben auf die Knie. Angel hielt sich mit einer Hand den verletzten Arm – er würde ihn sorgfältig verbinden müssen, um den Heilungsprozess zu beschleunigen – und spähte mit hochgezogenen Brauen in die Dunkelheit zwischen den Bäumen.

»Mann, Buffy, du weißt, wie man einen großen Auftritt hinlegt«, sagte er.

»Also bitte«, sagte Cordelia und trat aus dem Dunkeln. »Ich habe einen viel besseren Modegeschmack als sie.«

Ein paar Minuten, nachdem die dunklen Elfen verschwunden waren, hatte Buffy ihre Fährte wieder aufgenommen. Sie hatte überall Schmerzen und blutete aus den zahlreichen Wunden, die ihr die bösartigen kleinen Kreaturen zugefügt hatten. Sie wünschte, sie wäre nicht von Angel und Oz getrennt worden. Zumindest Angel konnte gut auf sich selbst aufpassen. Aber Willow würde sie umbringen, wenn sie zuließ, dass Oz irgendetwas zustieß.

Andererseits schien er in diesem Wald auf seine lykanthropischen Sinne zurückgreifen zu können, sodass Buffy einfach weitermarschierte und hoffte, dass sie bei der Verfolgung der dunklen Elfen am Ende wieder zueinander finden würden.

Während sie sich durch den Wald kämpfte und der Schmerz in ihren Wunden einer dumpfen Taubheit wich, versuchte Buffy ihre Chancen gegen die Elfen einzuschätzen. Sie hatte keine Waffen und würde es wahrscheinlich nicht nur mit den blutrünstigen kleinen Wesen, sondern auch mit den Jägern und dem Erlkönig persönlich zu tun bekommen. Buffy war Realistin. Ihre Chancen waren verschwindend gering.

Sie sah sich um und entdeckte einen dicken Ast, der von einer nahen Eiche gesplittert war. Sie entfernte die dünneren Zweige und brach ihn an einem Ende ab. Als sie fertig war, hielt sie einen knapp anderthalb Meter langen Eichenknüppel in der Hand. Er konnte ihr im Notfall sowohl als Speer als auch als Kampfstock dienen. Keine besonders wirksame Waffe, aber in ihren Händen konnte sie eine Menge Schaden anrichten.

Der Pfad, den die dunklen Elfen hinterlassen hatten, gabelte und verästelte sich jetzt. Als wären noch mehr von ihnen dazugestoßen oder als hätten sie sich verteilt. Er hatte auch die Richtung gewechselt, aber sie folgte ihm trotzdem weiter. Sie hatte keine anderen Möglichkeiten mehr. Um genau zu sein, machte sie sich kaum noch Hoffnung, als sie plötzlich vor sich im Wald ein Rascheln hörte.

So leise wie möglich beschleunigte sie ihre Schritte und hielt den Knüppel kampfbereit in den Händen. Die Dunkelheit zwischen den Bäumen war so tief, als wäre die Luft schwarz angemalt worden. Mit zusammengekniffenen Augen spähte sie nach vorn und versuchte zu erkennen, was das raschelnde Geräusch verursacht hatte.

Plötzlich wurde der Boden von donnernden Hufen erschüttert. Buffy riss das spitze Ende des Astes hoch, hielt ihn wie einen Speer und wartete auf die Wilde Jagd. Ein Gesicht tauchte aus der Dunkelheit auf, ein Jäger, der auf einem kleinen Pferd saß. Er sah grimmig aus und ähnelte nur entfernt einem Menschen. Das Pferd bäumte sich auf, als Buffy mit dem Speer ausholte.

Doch im nächsten Moment erstarrte Buffy und riss verblüfft die Augen auf.

Das war nicht die Wilde Jagd, sondern eine einzelne Kreatur. Kein Pferd mit Reiter, sondern ein einziges Wesen. Ein Zentaur?, dachte sie. Das Geschöpf, halb Mensch und halb Pferd, bäumte sich auf und trat mit den Vorderläufen nach ihr. Ein Huf traf ihre Schulter und schmetterte sie zu Boden. Buffy schrie auf.

»Du wirst mein Fell nicht bekommen, Jäger!«, sagte der Zentaur mit hoher, zorniger Stimme, als er zum nächsten Angriff ansetzte.

»Warte!«, stieß Buffy hervor und hob eine Hand. »Ich bin keiner von ihnen. Ich gehöre nicht zur Jagd!«

Der Zentaur bäumte sich erneut auf, ließ seine Hufe dann aber wieder auf den Waldboden sinken. Er wich mehrere Schritte zurück, alle vier Hufe auf dem Boden, und zum ersten Mal bekam Buffy Gelegenheit, ihn genauer zu betrachten. Ein Pferd, ja. Aber an der Stelle, wo bei einem Pferd der Hals saß, wuchs der Oberkörper mit den Armen und dem Kopf eines Menschen. Er kratzte sich mit einer Hand am Kopf, und Buffy hätte fast gelacht, so menschlich wirkte die Geste.

»Nein, du siehst tatsächlich nicht wie einer von ihnen aus«, sagte der Zentaur. »Aber was bist du dann?«

»Nur ein Mensch«, erwiderte sie und stand mühsam auf, wobei sie sich in sicherem Abstand von dem Wesen hielt.

Es hatte braune Haare und Augen, eine Menge Haare auf der Brust und kräftige, muskulöse Arme, wie sie der Traum eines jeden Mannes waren. Seit sie die Jägerin geworden war, hatte Buffy eine Menge Kreaturen gesehen, unheimliche Kreaturen. Aber die meisten von ihnen waren grausige, böse Geschöpfe gewesen. Es war eine Erleichterung, zum ersten Mal einem übernatürlichen Wesen zu begegnen, das nicht auf die Vernichtung der Menschheit aus war.

Der Zentaur studierte Buffy, während er von einem Huf auf den anderen trat und schließlich mit dem rechten Hinterbein aufstampfte. »Nein«, sagte er. »Nicht nur ein Mensch. Du bist mehr als das, obwohl ich nicht den Huf drauflegen kann.«

Buffy zog die Brauen hoch. »Du gehörst also nicht zur Wilden Jagd? Aber was machst du dann hier? Sunnydale ist nicht gerade für seine mythologischen Wesen bekannt. Wenigstens steht nichts davon in den Reiseführern.«

»Deine Rede ist sehr seltsam, Mädchen, aber deine Annahme ist richtig. Ich gehöre nicht zur Jagd. Ich versuche vielmehr, ihr aus dem Weg zu gehen. Ich will nicht, dass mein Kopf als Wandschmuck im Hauptlager endet, wie es so vielen meiner Brüder und Schwestern ergangen ist.« Er stampfte wieder auf den Boden, trat einen Schritt zurück und scharrte mit einem der Hinterhufe.

»Aber wie bist du hierher gekommen?«, fragte Buffy. »Ich verstehe das nicht.«

Der Zentaur lächelte und schüttelte seinen Kopf wie ein Pferd seine Mähne. »Du musst es auch nicht verstehen«, entgegnete er. »Die Wilde Jagd reitet des Nachts, wenn der erste Wald Gestalt annimmt, dieser dunkle, magische Ort aus längst vergangener Zeit. Es hausen in diesem Wald sehr viele fremdartige und wundervolle Kreaturen, dessen kannst du sicher sein. Wesen, die vor der Jagd fliehen. Aber wir können die magischen Grenzen nicht überschreiten. Wir können den Wald nicht verlassen. Und du? Was hast du hier verloren, du mehr als nur menschliches Mädchen?«, fragte er.

»Die Jagd hat meine Freunde entführt. Ich will sie befreien. Und dafür sorgen, dass der Erlkönig von hier verschwindet«, sagte sie wahrheitsgemäß.

Der Zentaur lachte tief aus dem Bauch heraus.

»Ein Mädchen gegen die Wilde Jagd?«, fragte er.

Irgendwo in der Ferne zeriss der Klang eines Horns die Nacht, scheuchte Wesen aus den Bäumen auf, ließ sie in die Dunkelheit fliehen, die sie umgab. Buffy blickte sich um und glaubte, einige andere seltsame Kreaturen zu sehen, konnte aber nichts Genaues erkennen.

Als sie wieder den Zentauren ansah, hatte Furcht sein Gesicht verdunkelt.

»Wenn du sie finden willst – sie sind dort«, sagte er und nickte in die Richtung, aus der das Tuten des Horns drang. »Sie lagern auf einer Lichtung nördlich von hier. Aber wenn du sie noch einholen willst, musst du dich beeilen. Das Horn ist das Signal, dass sie heute noch einmal auf die Jagd gehen werden.«

Dann rannte er ohne ein weiteres Wort davon und brach krachend durch niedrige Äste, um sich vor dem Erlkönig und seinen Jägern zu verstecken. Buffy sah ihm fasziniert und ehrfürchtig und zugleich auch ein wenig traurig hinterher. Sie war in ihrem Leben so oft mit schwarzer und grausamer Magie, Dämonen und Zaubersprüchen konfrontiert worden, dass sie es als Segen empfand, erleben zu dürfen, dass die Magie auch ihre harmlose und unschuldige Seite hatte.

Als der Zentaur fort war, fragte sie sich, ob sie ihn jemals wieder sehen würde. Fragte sich, ob irgendjemand, selbst Giles, ihr glauben würde. Natürlich konnte sie ihm davon nur erzählen, wenn er die Nacht überlebte. Buffy wandte sich nach Norden, entschlossen, diese letzte Jagd zu verhindern und ihre alten Freunde und neuen Bekannten zu retten.

Aber sie entschied, auf jeden Fall diese kurze Begegnung im Wald für sich zu behalten.

Niemand würde ihr die Geschichte abkaufen. Nicht einmal für einen Moment.

Sie dachte an das, was ihr der Zentaur über das Hauptlager erzählt hatte, und spürte Zorn in sich hochkochen. Buffy wusste nicht, wie Hern der Jäger aussah, aber wenn er einem ihrer Freunde etwas zu Leide tat oder Roland, der schon genug gelitten hatte … nun, an ihrer Schlafzimmerwand gab es genug Platz für den Kopf des Erlkönigs.

# 14

Für einen Moment sah Giles die gesamte Szene um sich herum als grausiges Tableau – der Erlkönig triumphierend, sein armer, sonderbarer Sohn in seinem zerrissenen und elenden Narrenkostüm besiegt, während Giles und die anderen hilflos daneben standen. Dann wurde er zusammen mit den anderen zu dem großen Bambuskäfig getrieben. Der Feuerschein flackerte auf den Gesichtern der Insassen, die ihn an Buffys durstigen Mann in dem Stock erinnerten: rissige Lippen, trübe Augen und so viel Leid.

Großer Gott, dieses Fest schien eine ganze Welt entfernt zu sein. Ein ganzes Leben zurückzuliegen.

Der unheimliche Ruf eines Jagdhorns erklang, und Giles verlangsamte seine Schritte und drehte sich neugierig um – was hatte das wieder zu bedeuten?

»Weiter!«, grunzte ein Jäger mit toten Augen und versetzte dem Wächter einen Stoß von hinten.

Giles stolperte und landete hart auf den Knien. Da seine Hände schmerzhaft fest auf seinem Rücken gefesselt waren, konnte er keinen Widerstand leisten, selbst wenn er dies für eine sinnvolle Möglichkeit gehalten hätte. Was er im Moment jedoch mit fast absoluter Sicherheit ausschloss.

»Hör sofort auf damit!«, fauchte Roland den Jäger an. »Hilf ihm hoch.«

Der Jäger grunzte und packte Giles, wobei er ihm fast den Arm brach. Giles biss sich auf die Lippe, um nicht laut aufzuschreien.

Sein Bewacher sah wie ein Toter aus – und er roch auch so.

Es gab zwei Sorten Jäger. Rund ein Dutzend von ihnen waren groß und dünn, olivhäutige Elfenwesen mit dunklen Haaren und Augen, dünnen Lippen und kantigen Gesichtern. Sie waren nie Menschen gewesen, das war klar. Die anderen Jäger hatten offenbar früher einmal, vor langer Zeit, zu den Menschen gehört. In ihren Augen blitzte abgrundtiefe Bosheit. Jeder unterschied sich vom anderen. Männer und Frauen verschiedener Rassen, aus allen Zeitaltern – von Barbaren über Samurais bis hin zu Vertretern der modernen Zeit.

Der Mann, der Giles überragte, hatte einen langen, verdreckten, zotteligen Bart und verfilzte Haare, aber es gab auch solche, die glatt rasiert waren, und Giles hatte eine Frau gesehen, die völlig kahl war, mit hässlichen Tätowierungen auf dem Schädel und Talismanen, die an ihren Ohren und ihrem gepiercten Gesicht hingen.

Der Jäger sah Roland an und seine Augen leuchteten für einen Moment karmesinrot auf, bevor er sich wieder Giles zuwandte. Er beugte sich nach vorn und zog Giles an seinen gefesselten Handgelenken auf die Beine. Giles konnte einen gepressten Schmerzensschrei nicht unterdrücken, als der Strick in sein Fleisch schnitt.

Diesmal sagte Roland nichts, sondern begleitete sie zu einem großen Bambuskäfig, in dem sich Willow und Xander und Jamie Andersons Sohn Brian befanden.

»Giles, sind Sie okay?«, fragte Willow.

»In Anbetracht der Umstände? Wir sind alle noch am Leben«, erwiderte er.

Der Jäger verschloss hinter Giles den Käfig, funkelte Roland noch einmal an und ging davon. Brian Anderson wollte Giles etwas fragen, aber Giles bedeutete ihm zu schweigen und verfolgte, wie sich der Jäger entfernte. Roland stand vor dem Käfig. Sein Gesicht wirkte im flackernden Feuerschein verbittert und traurig und nicht allzu menschlich.

»Danke für deine Hilfe«, sagte Giles bedächtig.

Roland öffnete den Mund, um zu antworten, schloss ihn jedoch wieder, als er unterbrochen wurde.

»Nicht, dass ich nicht unendlich dankbar bin, Alter«, sagte Xander. Er trat dicht an die Gitterstäbe, um Roland so nahe wie möglich zu sein. »Es ist bloß ..., okay, wir sind am Leben, aber wir sitzen hier noch immer fest. Und nach allem, was ich gehört habe, hat dein gehörnter Daddy dort drüben nicht die Absicht, uns freizulassen.«

Die Traurigkeit auf dem Gesicht des Jungen war nur schwer zu ertragen, sodass Giles für einen Moment den Blick abwenden musste. Er sah ihn erst wieder an, als Roland das Wort ergriff.

»Ihr werdet der Jagd dienen«, erklärte Roland und sah dabei vor allem Willow und Xander an. »Es ... es tut mir wirklich Leid. Ihr und Buffy habt mir geholfen, ohne darum gebeten worden zu sein, und ihr habt mich gerettet, als ich bereits anfing zu glauben, dass ich keine Rettung verdient hätte.«

»Okay, aber jetzt müssen *wir* gerettet werden«, ermahnte ihn Xander mit Zorn und Verzweiflung in der Stimme.

Giles warf ihm einen missbilligenden Blick zu. »Du hast wirklich ein Talent, das Offensichtliche zu sagen.«

Willow legte ihre Finger um die Bambusstäbe, das Gesicht voller Dreck und getrocknetem Blut aus einer Schnittwunde an ihrer Wange. Brian Anderson hatte Roland noch nie zuvor gesehen, aber er trat ebenfalls an das Gitter. Sein Haar war jetzt schlohweiß, seine Kleidung zerrissen und mit Blut befleckt, von dem Giles hoffte, dass es nicht das des Jungen war. Wir bieten alle einen Mitleid erregenden Anblick, dachte Giles, er selbst eingeschlossen.

Roland ließ den Kopf erneut hängen und senkte die sanften braunen Augen. »Ich habe alles getan, was ich konnte«, erklärte er. »Wenn ich euch irgendwie helfen kann, werde ich es tun. Aber ich bin auf meine Weise genauso ein Gefangener hier wie ihr. Ich bin weggelaufen, schon vergessen? Ich wollte wissen, welche Art von Leben die Lichtweltler führen.«

»Dann haben dich die Schausteller gefunden«, sagte Willow. »Die Leute vom Renaissancefest?«

Roland nickte. »Zuerst waren sie nett zu mir. Meine Freunde. Aber sie waren nie meine Freunde. Es war kein Zufall, dass sie mich gefunden haben. Sie sind Hexen und Hexer ... und einige von ihnen sogar Schlimmeres. Ich trage eine Macht in mir. Keine, die ich benutzen kann, sie hält mich nur am Leben. Aber meine Gegenwart schien ihre Magie zu verstärken.«

»Eine Art übernatürliche Batterie«, murmelte Giles fasziniert. Er hatte noch nie von etwas Derartigem gehört, aber es kam ihm durchaus plausibel vor. »Du bist ein Homunkulus und als solcher in der Lage, Dinge in dir aufzunehmen, eine Art Behälter sozusagen? Du musst in all diesen Jahren, die du mit der Jagd unterwegs warst, magische Energien gespeichert haben, eine Art Reserve. Es ist natürlich nur eine Theorie, aber sie ergibt durchaus einen Sinn.«

Xander starrte ihn an. »Könnten Sie vielleicht beim Thema bleiben?«, fragte er verzweifelt.

»Ja, tut mir Leid«, murmelte Giles und blickte wieder zu Roland hinüber, dessen Gesicht Schmerz und Reue zum Ausdruck brachte. »Was ist mit dir?«, fragte er. »Ich bedaure es, wenn ich etwas gesagt haben sollte, das ...«

Er brach ab. Giles war taktlos gewesen und er wusste es.

»Ein Homunkel?«, fragte Roland leise. »Ich ... ich wusste nicht, dass es ein Wort für das gibt, was ich bin. Gibt es ... andere wie mich?«

In den Augen des Jungen glomm ein Hoffnungsfunke auf. Giles konnte es nicht über sich bringen, diese Hoffnung zu zerstören.

»Ich weiß es nicht«, sagte er. »Ich weiß wirklich nicht, wie du erschaffen wurdest. Du hast eine Seele, aber keine menschlichen Eltern, zumindest nicht im biologischen Sinne.«

»Ich verstehe es auch nicht«, gab Roland zu und trat unbehaglich von einem Fuß auf den anderen. »Meine Mutter ... gab einen Teil ihrer Selbst, einen Teil ihres Lebens, ihrer Träume, wie mein Vater sagte. Er gab einen Teil seiner Träume dazu und tat beides in mich hinein.«

»Deine Mutter war Lucy Hanover?«, fragte Willow sanft.

»Ich habe sie nie kennen gelernt«, sagte Roland.

»Sie war eine Vampirjägerin wie Buffy«, erklärte Willow.

»Du kannst es ruhig allen erzählen, Will«, knurrte Xander verärgert und nickte Richtung Brian Anderson.

»Ignoriert mich einfach«, sagte Brian. »Ich will nur weg von hier. Ich möchte auch Treasure von hier wegschaffen. Ich meine Connie. Connie DeMarco. Sie reitet jetzt mit ihnen.«

Roland seufzte. »Treasure soll meine Frau werden. Vater hat es bestimmt. Er ist der König und sein Wille geschieht. Nach unserer Rückkehr ins Hauptlager werden wir Hochzeit feiern. Eines Tages wird sie die Königin der Jagd sein. Mein Vater wird sie niemals gehen lassen. Er wird auch keinen von euch freilassen. Das wäre gegen die Gesetze«, sagte Roland bekümmert.

»Dann werden wir uns selbst befreien«, versicherte Xander.

Giles sah den Prinz der Jagd forschend an. Sah das angedeutete Lächeln, das um Rolands Mundwinkel spielte.

»Nichts würde mich glücklicher machen«, sagte Roland.

Dann wandte er sich ab und ging davon, während sie flüsternd ein

Dutzend Ideen für einen Fluchtversuch besprachen, von denen keine besonders praktikabel erschien. Im Lager herrschte kontrolliertes Chaos, aber ein Chaos, das aus Dutzenden von Tieren und Männern und übernatürlichen Wesen bestand, deren einzige Fähigkeit, einziger Daseinszweck und einzige Freude die Jagd und das Töten ihrer Beute war.

Das ist verrückt, dachte Giles. Eine primitive Irrenanstalt aus Launen und Blutrünstigkeit. Einige der in der Nähe grasenden Pferde schnaubten Feuer. Hunde bellten. Jäger gaben grunzende Laute von sich und brüllten Schlachtrufe. Die Feuer prasselten. Die dunklen Elfen gickelten wie verrückt und tollten umher, jagten sich gegenseitig über die Lichtung.

Dennoch, er würde nicht aufgeben. Irgendwie würden sie schon einen Ausweg finden.

Der verdreckte, bärtige Jäger hieß Lars. Sein Magen knurrte, während er mit den Zähnen halbrohes Fleisch von einer Wildschweinkeule riss. Er grunzte, war aber ansonsten still. Das Hornsignal war erklungen. Die letzte Jagd an diesem Ort stand unmittelbar bevor, aber diesmal würde es mehr als nur eine Jagd sein. Nein, diesmal musste Vergeltung geübt werden. Diesmal diente das Morden einem Zweck. Was etwas völlig Neues war, so viel stand fest. Er freute sich schon darauf.

Er saß am Feuer, genoss das knorpelige Fleisch, die Art, wie es sich vom Knochen löste, wie die Muskelfasern daran hingen und abgerissen werden mussten. Es war fast so vergnüglich wie die Jagd selbst. Ein Geräusch irgendwo zwischen den Bäumen, das Knacken eines Zweiges, lenkte ihn ab. Lars hörte auf zu kauen. Spähte in den Wald.

Ein stinkender kleiner dunkler Elf riss ihm die Wildschweinkeule aus den Händen und floh blitzartig zu den Bäumen. Elendes Geziefer, dachte er wütend. Sie lenkten ihn ab und stahlen ihm das Essen. Das machten sie die ganze Zeit.

Lars schrie dem boshaften grünen Wicht nach, stehen zu bleiben und sein Essen zurückzubringen, aber der Elf rannte in den Wald, wo sich zwei weitere zu ihm gesellten. Mit einem Schlachtruf riss Lars die Streitaxt aus seinem Gürtel und nahm die Verfolgung auf, aber er kam ihnen nie nahe genug, um sie zu fangen. Sie hetzten durch das dichte Unterholz, versteckten sich in den Bäumen und waren dann verschwunden, zu schnell für Lars.

Lars seufzte enttäuscht und wandte sich ab, um zur Lichtung zurückzukehren. Seine Augen leuchteten rot in der Dunkelheit und er rief sich ins Gedächtnis, dass er eigentlich gar nicht essen musste. Er war schon vor Jahrhunderten gestorben und so tot, wie man es nach menschlichem Ermessen nur sein konnte. Das Verspeisen der Beute gehörte zum Ritual, zur Jagd. Aber dieser Teil gefiel ihm am besten. Lars hasste es, das Abendessen zu verpassen.

Rechts von ihm brach knackend ein weiterer Ast. Lars nahm an, dass der Elf zurückgekehrt war, und hob die Axt. Etwas bewegte sich hinter ihm. Lars fuhr herum und jemand drosch ihm einen Knüppel ins Gesicht, zerschlug seine Nase und zerschmetterte seinen Schädel. Der Knüppel sauste in schnellen Schlägen auf seinen Kopf nieder, aber Lars versuchte immer wieder aufzustehen und seine Axt zu heben. Der Erlkönig hatte ihm versprochen, dass er bis in alle Ewigkeit jagen würde, wenn er sich erst einmal der Jagd angeschlossen hatte.

Dann wurde der Knüppel zum Speer. Das spitze Ende bohrte sich in seine Brust und reinste Dunkelheit, ölig und wallend, quoll als dichter Nebel heraus, wie Blut auf Wasser.

Lars würde nie wieder auf die Jagd gehen.

Buffy wog prüfend die Axt, nickte grimmig und nahm dann dem Jäger, oder was von ihm noch übrig geblieben war, auch noch seinen Dolch ab. Sein Körper war in sich zusammengefallen und hatte sich in eine vertrocknete Hülle verwandelt. Der dunkle Nebel, der aus ihm gequollen war, stieg zu den Baumwipfeln auf und verschmolz mit der brodelnden Finsternis wie Quecksilber, das ineinander floss.

»Okay, das war grässlich«, sagte Buffy zu sich selbst.

Aber mit leiser Stimme.

Sie wollte die Überraschung nicht verderben.

Einen Augenblick später stand sie am Rand der Lichtung hinter einem mächtigen Baum, sah sich forschend um und überlegte sich ihren nächsten Schritt. Zu viele Jäger. Zu viele dunkle Elfen. Zu viele Hunde. Selbst der große Hirsch wirkte gefährlich. Da entdeckte sie den Erlkönig. Er hatte sein Pferd bestiegen und ritt über die Lichtung zu einem Mädchen in Buffys Alter, das – von seiner Kleidung abgesehen – einen relativ normalen Eindruck machte. Nicht weit entfernt fuhr Roland mit den Händen durch die Mähne eines schwarzen, feueräugigen Hengstes. Er schien ihm etwas zuzuflüstern. Wie das Mädchen so war auch Roland jetzt wie die Jäger in Leder und Fell gekleidet. Aber es sah weit weniger elegant aus, als die Worte vermuten ließen. Seine Kleidung war handgefertigt, schlecht gegerbt und vernäht.

Wieder ein Sklave, dachte Buffy. Armer Kerl.

Dann entdeckte sie den Käfig. Ihr Herz machte einen Sprung, als sie erkannte, dass Giles, Willow und Xander noch am Leben waren. Aber das war bloß der erste Schritt. Der leichte Teil. Der harte Teil war, sie auch am Leben zu erhalten. So lautlos wie möglich schlich Buffy durch die Bäume am Rand der Lichtung.

Als sie einen weiteren Schritt machte, knirschte etwas unter ihren Füßen. Sie blickte nach unten und schnitt eine Grimasse, als sie die zerquetschte Leiche eines dunklen Elfen sah. Nach kurzem Zögern bückte sie sich und verrieb etwas Blut von der Kreatur auf ihre Kleidung und ihr Gesicht, um ihren eigenen Geruch zu übertünchen. Sie rümpfte die Nase bei dem Gestank; er erinnerte sie an Stinktiersekret, nur schlimmer.

Sie ging an den Pferden vorbei, die vor einer Baumgruppe grasten, und mehrere von ihnen schnaubten und stampften mit den Hufen. Buffy hielt den Atem an. Starr vor Schreck versteckte sie sich hinter einem Baumstamm und wartete auf irgendwelche Anzeichen, dass man sie entdeckt hatte. Nichts passierte.

Dann kroch sie weiter, wagte sich aus dem Schutz der Bäume und rannte los.

Einer der Hunde fing an zu bellen und sie glaubte, dass diesmal die Hölle losbrechen würde.

Sie hatte keine andere Wahl, als weiterzulaufen. Wenn sie einfach auf freiem Feld stehen blieb, würde man sie garantiert entdecken. Aber als sie ihren Sprint fortsetzte, beruhigte sich das Tier wieder, und die Gefahr war vorerst gebannt.

Sie erreichte ein Gebüsch und zählte bis hundert, bevor sie im Laufschritt die letzten Meter zur Rückseite des Käfigs zurücklegte.

»Buffy!«, flüsterte Willow heiser.

Sie waren alle da, zusammen mit einem Jungen, den sie nicht kannte. Wow. Bleiches Gesicht, weiße Haare ... für einen Sekundenbruchteil hielt sie ihn fast für Spike, ein Vampir, der mehr als einmal versucht hatte, sie alle zu töten. Dann erkannte sie, dass er ein Mensch war. Ein verängstigter Mensch.

Willow sah aus, als hätte sie Tränenspuren im verdreckten Gesicht. Auf Xanders Stirn prangte eine dicke Beule. Giles wirkte zutiefst erleichtert. Sie waren alle wund und zerschunden, schienen aber ansonsten unversehrt zu sein. Buffy musterte den Jungen, den sie nicht kannte, und fragte sich, wie viel sie vor ihm sagen konnte. Dann dämmerte ihr, wie dumm dieser Gedanke war.

Er war hier. Er wusste, dass die Welt nicht so war, wie er bisher geglaubt hatte.

»Buffy, Gott sei Dank«, flüsterte Giles.

»Was ist aus den anderen Verschleppten geworden?«, fragte Buffy mit leiser Stimme. »Ich sehe keine anderen Gefangenen außer euch.«

»Die anderen wurden alle durch diesen Nebel getrieben«, erklärte Willow. Buffy blickte zu dem schwarzen Nebel hinüber, der die Ostseite der Lichtung verhüllte. »Er führt wahrscheinlich zu dem Ort, von dem sie kommen. Sie bezeichnen ihn als das Hauptlager.«

Der Junge, den Buffy nicht kannte, trat näher an die Gitterstäbe. »Ich bin Brian.«

»Buffy.«

»Es gab noch ein paar andere, die entführt wurden, um ihnen zu dienen, so wie ich«, sagte er. »Treasure ... Ich meine Connie, sie hat sich der Jagd angeschlossen.«

Connie DeMarco? Buffy blinzelte verdutzt. Das musste das Mädchen sein, das sie gesehen hatte.

»Warum?«

Er schüttelte den Kopf und senkte bedrückt die Augen. »Ich weiß es nicht. Sie sagten uns, wenn wir ihnen Treue schwören, könnten wir mit ihnen reiten. Wir würden dann keine Gefangenen mehr sein.« Er hob die Schultern und seufzte rau. »Ich dachte mir, ob wir nun da draußen oder hier drinnen sind, was macht das schon für einen Unterschied?«

Buffy nickte zustimmend. Sie konnte nicht verstehen, wie sich jemand freiwillig der Wilden Jagd anschließen, einer von ihnen werden konnte. Aber dann dachte sie an Billy Fordham und seine Verliererfreunde, die alle Vampire werden wollten. Einige von ihnen waren gestorben, als sie versucht hatten, diesen Traum zu verwirklichen.

»Aber du bist ein Sklave«, sagte sie. »Richtig? Und sie ist eine Jägerin.« Wenn Sklaverei die Alternative war, konnte sie Connies Entscheidung etwas besser verstehen.

»Ja.« Er sah Buffy durchdringend an. »Hör zu, am Anfang waren außer mir und Connie noch andere Leute hier drinnen. Aber sie ... sie haben es nicht geschafft. Der Erlkönig sagte uns, dass uns nur ein Fehler gestattet ist, und sie haben bereits mehr als einen gemacht.«

»Dann werden wir eben keinen Fehler machen«, erklärte Buffy grimmig und strich sich die Haare aus den Augen.

»Siehst du irgendeine Möglichkeit, uns hier rauszuholen?«, fragte Giles sie.

»Ich schätze, ich könnte die Stäbe zerbrechen«, sagte sie schnell, nachdem sie den Bambus begutachtet hatte. »Aber es wird eine Menge Lärm machen. Wenn ich irgendein Ablenkungsmanöver inszenieren könnte ...«

Giles runzelte die Stirn. »Du musst vorsichtig sein. Die Übermacht ist zu groß. Die Jäger und der Erlkönig sind schon schlimm genug, aber wenn noch die Hunde und die dunklen Elfen dazukommen, hast du es mit einer ganzen Armee zu tun.«

»Ich werde ihnen schon aus dem Weg gehen«, versicherte Buffy und zog den Dolch, den sie dem Jäger abgenommen hatte. Sie steckte ihn Giles durchs Gitter zu. »Damit können Sie das Schloss aufbrechen oder vielleicht sogar die Stäbe durchschneiden. Ich werde sie ablenken und dann ...«

»Was dann, Buffy?«, fragte Willow.

Buffy dämmerte, dass ihr Plan nicht funktionieren würde. »Nichts. Mir ist gerade nur der Gedanke gekommen, dass ich warten muss, bis Roland das Zentrum der Lichtung verlassen hat. Sperren sie ihn dann zu euch?«

»Was, den kleinen Lehmprinz?«, fragte Xander gepresst. »Tut

mir Leid, Buff. Er ist einer von ihnen. Konzentrieren wir uns besser darauf, die echten Menschen hier herauszuholen, und überlassen wir die bösen Märchenwesen ihrem Schicksal, okay?«

Buffy starrte ihn an und blickte dann zu Willow hinüber, die zur Seite sah. Giles rückte seine Brille zurecht.

»Es ist eine lange Geschichte, Buffy«, sagte er, »aber Roland ist der Sohn des Erlkönigs. Es ist nur ihm zu verdanken, dass man uns nicht auch ins Hauptlager gebracht hat. Er war ausgerissen und ist jetzt ...«

»Er ist jetzt wieder in ihrer Gewalt«, beendete Buffy für ihn den Satz. »Also ist er noch immer ein Gefangener, ob er nun zur Familie gehört oder nicht, richtig?«

»Nun, es ist klar, dass er lieber woanders wäre, aber er scheint aus freien Stücken hier zu bleiben. Allerdings ist es offensichtlich, dass diese Entscheidung von Angst geprägt ist«, erklärte Giles.

»Typisch Teenager«, sagte Xander abfällig. »Die Eltern sind etwas streng, also hauen sie ab. Dann stellt sich heraus, dass die wirkliche Welt härter zu sein scheint, als man denkt, und, he, schon scheinen die Eltern nicht mehr so schlimm zu sein.«

»Die wirkliche Welt *ist* härter, als man denkt«, sagte Brian. Er schien sich innerlich zurückgezogen zu haben. Diese Diskussion ging ihm sehr nahe, das war offensichtlich. Dann erkannte Buffy, wer er war. Brian Anderson. Der Ausreißer.

»Manchmal redet Xander, ohne vorher nachzudenken«, sagte Buffy in freundlichem Tonfall zu Brian. »Manchmal vergisst er, mit wem er spricht. Ich bin vor einiger Zeit auch weggelaufen. Aber das hier hat nichts mit meinem oder deinem Leben zu tun. Rolands Vater ist wirklich böse, nicht nur in Rolands Vorstellung. Ich werde hier nicht weggehen, ohne von Roland gehört zu haben, dass er bleiben will.«

Giles fuhr sich mit der Hand durchs Haar und zuckte zusammen, als er eine Beule berührte, die er offenbar vergessen hatte. »Ich bin mir nicht sicher, ob das so klug ist«, sagte er. »Mit Roland zu reden, könnte uns allen das Leben kosten. Auch dir, Buffy.«

»Wartet einfach auf mein Ablenkungsmanöver«, sagte sie und verschwand wieder zwischen den Bäumen.

Als sie die Südseite der Lichtung erreicht hatte und so weit vom Käfig entfernt war wie nur eben möglich, sah sich Buffy erneut forschend um. Sie prägte sich die Positionen der Jäger, der Hunde sowie den Standort Rolands und des Erlkönigs ein.

Sie überlegte, ob sie sich nicht tiefer in den Wald zurückziehen und laut schreien sollte, um so die Aufmerksamkeit auf sich zu lenken und dann durch das Gehölz zu fliehen. Vielleicht konnte sie sogar eins der Pferde stehlen. Das könnte funktionieren, dachte sie. Jedoch ohne Pferd würde sie ihnen kaum entkommen. Aber sie hatte keine Ahnung, ob die Tiere sich von ihr reiten lassen oder versuchen würden, sie abzuwerfen. Außerdem würde ihr dieser Plan keine Gelegenheit bieten, noch einmal mit Roland zu reden.

Wenn ich sie ablenken und mich zu Roland durchschlagen will, dachte Buffy, gibt es nur eine Möglichkeit. Buffy straffte sich, holte tief Luft, duckte sich und rannte mit der Axt in der rechten Hand auf die Lichtung zu. Sie sprang über eine freiliegende Wurzel und verharrte hinter einer Steinformation, die aus der Erde ragte.

Drei Jäger säuberten ihre Waffen von Eingeweiden und grunzten einander zu, während sie, nur ein paar Schritte weiter, um ein flackerndes Feuer saßen. Buffy marschierte direkt auf sie zu. Ein Hund entdeckte sie und rannte laut knurrend in ihre Richtung. Sie kam an einem Hirschbock vorbei, aber das Tier floh vor ihr.

Buffy ignorierte den Hund.

Sie war noch knapp drei Meter von den Jägern entfernt, als das Knurren des Hundes deren Aufmerksamkeit erregte. Dann entdeckten sie Buffy. Alle drei sprangen gleichzeitig auf und rissen die Waffen hoch. Buffy blieb stehen, stemmte die Füße in den Boden, hob die Axt mit beiden Händen über den Kopf und schleuderte sie nach vorn. Die doppelschneidige Streitaxt wirbelte durch die Luft und bohrte sich in die Brust eines dunklen Jägerelfen. Knochen splitterten und ein Schwall schwarzen Nebels schoss mit einem Übelkeit erregenden Zischen aus seinem Brustkorb.

Der Jäger brach zusammen. Die beiden anderen starrten ihren toten Kameraden mit aufgerissenen Augen an, als würde Buffy warten, bis sie ihre Kommentare zu dem Geschehen abgegeben hatten. Die Jägerin wartete nicht. Sie griff wieder an. Noch während einer der Jäger ein gefährlich aussehendes Schwert hob, dessen Klinge im

Feuerschein glitzerte, wirbelte Buffy herum und trat ihm das Schwert aus der Hand, sodass es in den Dreck fiel. Ein weiterer schneller Tritt, diesmal direkt in den Unterleib, und der Jäger kippte nach hinten ins Feuer und blieb dort schreiend liegen. Die Glut fraß ihn wie ein hungriges Tier, verschlang ihn in Sekundenschnelle, Leder und Fell gingen zusammen mit seinem Haar und dem Zottelbart in Flammen auf. Feuer explodierte aus seinen Augen und aus den leeren Höhlen quoll schwarzer Nebel wie Blut aus einer Wunde.

»Schluck«, murmelte Buffy.

Es waren seine Schreie, die das Lager schließlich in Aufruhr versetzten.

Der dritte Gegner war eine Frau, die ihr vorher schon aufgefallen war, kahlköpfig und mit zahlreichen Piercings versehen, an denen Talismane baumelten, sodass sie an einen grausigen S/M-Weihnachtsbaum erinnerte. Buffy hörte bereits das Donnern der Hufe, hörte lautes Geschrei. Die glatzköpfige Frau hob ihre Hand und Buffys Augen weiteten sich, als sie die Waffe erblickte. Es war ein Schweizer Morgenstern, wie sie ihn bisher nur in Giles' Büchern gesehen hatte. Ein langer Metallschaft mit einer Kette, an deren Ende eine große, stachelbesetzte Metallkugel befestigt war.

Die Augen der Frau glühten auf, als sie die Kugel am Ende der Kette wirbeln ließ. Buffy wusste, dass sie mit Tritten, Saltos oder ähnlichen Aktionen aus der Distanz nichts ausrichten würde. Ehe die Frau zum Angriff übergehen konnte, stürzte sich die Jägerin auf sie. Buffy rammte die Finger ihrer rechten Hand in die Kehle der kahlen Frau und zerquetschte ihren Kehlkopf. Die Frau wankte und versuchte, den Morgenstern auf Buffys Schädel niedersausen zu lassen. Die Jägerin griff ihren linken Arm, duckte sich, glitt hinter sie, brach den Arm und packte dann die Hand mit der Keule.

Mit der Kette, die den stachelbesetzten Ball mit dem Metallschaft verband, brach ihr Buffy das Genick. Schwarzer Nebel quoll aus ihrem Mund.

Donnernde Hufe erschütterten den Boden. Buffy blickte auf und sah einen Jäger mit erhobenem Schwert auf sie zugaloppieren. Sie schwang den Morgenstern und schlug ihm damit das Schwert aus der Hand, als er vorbeidonnerte.

Buffy ließ den Morgenstern fallen, hob das schwere, glänzende Schwert auf und fuhr herum, um sich den Jägern zu stellen, die auf sie zukamen. Auch die dunklen Elfen waren zur Stelle, aber nicht mehr als eine Hand voll. Die anderen hielten sich zurück und lachten wie wahnsinnig. Die Jäger verharrten, als drei Bluthunde durch ihre Reihen stürmten, um Buffy anzugreifen.

Die Jägerin machte kehrt und rannte davon. Drei Hunde auf einmal waren eine tödliche Übermacht.

Das Mädchen war hinter ihr, Connie DeMarco. Treasure, wie Brian sie genannt hatte. Sie ritt auf einem Pferd und schwang ein Schwert. Aber sie war nicht wirklich eine von ihnen, noch nicht. Sie war noch immer am Leben. Buffy hatte nicht vor, sie zu töten, und hoffte, dass auch Connie noch nicht bereit war, wahllos zu töten.

Buffy stürzte sich auf sie.

Connie hob das Schwert.

»Deine Mutter vermisst dich«, sagte Buffy laut.

Die Augen des Mädchens wurden groß, das Schwert schwankte, und Buffy packte ihr Bein und zog sie vom Rücken des Pferdes. Buffy sprang gerade noch rechtzeitig in den Sattel, um den Hunden zu entgehen. Sie sah, wie Connie sie mit aufgerissenen Augen anstarrte, und Buffy fühlte sich schrecklich, weil sie sie manipuliert hatte. Aber zu viele Leben hingen von ihrem Erfolg ab. Sie konnte sich keine Schuldgefühle leisten.

Sie bohrte ihre Hacken in die Flanken des Pferdes, und zu ihrer Überraschung reagierte das Tier und galoppierte los. Buffy hob ihr Schwert und ritt direkt auf die Schar der Jäger zu, die ihr gefolgt waren. Dunkle Elfen wimmelten um die Hufe des Pferdes und versuchten aufzuspringen, aber das Pferd ignorierte sie und zertrampelte sogar einen von ihnen.

»Roland!«, schrie Buffy. »Wo bist du?«

Für einen Moment fragte sie sich, ob den anderen die Flucht geglückt war. Sie betete inständig, dass sie es geschafft hatten.

Ein Jäger wollte ihr zu Fuß den Weg abschneiden. Buffy duckte sich auf dem Pferd und riss den Mann um, sodass er unter die Hufe des Tieres geriet. Zwei weitere Angreifer auf Pferden galoppierten ihr entgegen, und Buffy ritt direkt auf sie zu.

»Roland!«, schrie sie.

Buffy riss ihr Pferd zur Seite, sodass beide Jäger rechts von ihr waren. Ihr Schwert blitzte durch die Luft und der Kopf des nächsten Jägers flog von seinen Schultern, während dichter schwarzer Nebel aus dem Halsstumpf zischte. Sofort machte sie kehrt und stellte sich dem anderen zum Kampf.

Ihr Pferd bäumte sich auf. Buffy wurde fast von seinem Rücken geworfen, konnte sich aber mit letzter Kraft fest halten. Als sie wieder aufblickte, stürmte der Erlkönig auf sie zu. Er bot einen Furcht erregenden Anblick, Feuer brannte in seinen Augen und Nüstern, die Hörner waren blutverkrustet ... und er war riesig.

Buffy hob ihr Schwert und trieb ihr Ross auf ihn zu. Innerlich verabschiedete sie sich von ihrer Mutter.

Der Erlkönig riss sein Pferd im letzten Moment herum und bellte etwas in einer gutturalen Sprache. Buffys Pferd blieb abrupt stehen und entging nur um Haaresbreite dem Zusammenprall mit dem Ross des Königs. Buffy wurde nach vorn geschleudert.

Hern der Jäger warf sie mit einem Rückhandschlag vom Sattel.

Buffy landete so hart auf dem Boden, dass die Luft pfeifend aus ihrer Lunge entwich. Der Hieb des Königs hatte sie halb betäubt und sie schmeckte Blut in ihrem Mund. Sie hatte das Gefühl, einen Zahn verschluckt zu haben, und fragte sich, ob ihre Nase gebrochen war. Benommen blickte sie zu Hern auf, der abstieg und mit dem Schwert in der Hand auf sie zutrat. Die anderen drängten sich hinter ihm.

Dann bahnte sich Roland einen Weg durch die Menge.

»Vater, nicht!«, sagte er. »Sie hat mich gerettet. Vor den Hexern. Sie war diejenige, die mich befreit hat.«

Der Erlkönig starrte ihn an und sagte streng: »*Ich* habe dich gerettet, Roland.«

»Ja, Vater, aber ... Buffy ist meine Freundin«, erwiderte er. »Bitte!«

»Buffy?«, wiederholte der Erlkönig und lachte kollernd. Feuer züngelte aus seinen Augen, als er sich zu ihr umdrehte.

»Was für ein Name ist Buffy?«, fragte er mit einer Stimme, die wie aneinander knirschende Steine klang.

Sie sah ihn trotzig an. »Was für ein Name ist denn Hern?«

Buffy wollte die Augen schließen und auf den Tod warten, der ihr mit Sicherheit bevorstand. Aber sie tat es nicht. Sie funkelte ihn weiter an. Dann, als sie den Eindruck gewann, dass er sie nicht sofort töten würde, rappelte sie sich mühsam auf. Ihre zahlreichen Wunden forderten allmählich ihren Tribut, der Schmerz und das Brennen der vielen Schnitte, Bisse und Schrammen raubten ihr die Kraft. Dennoch war es besser, aufrecht zu sterben, mit Würde, dachte sie.

»Du bist kein gewöhnliches Mädchen«, stellte der Erlkönig fest. »Was also bist du?«

»Ich bin die Auserwählte«, sagte sie schlicht. »Die Jägerin.«

Der Erlkönig wich tatsächlich einen Schritt zurück. Das Feuer in seinen Augen erlosch. Buffy wusste, dass es nicht Furcht war, was plötzlich über ihn kam, aber was war es dann? Im nächsten Moment tat Hern der Jäger etwas derart Unerwartetes, dass Buffy es sich in ihren kühnsten Träumen nicht hätte vorstellen können. Er hob sein Schwert, die Spitze nach unten, beide Hände um den Knauf, und trieb es zwischen ihnen in den Boden.

Und er sank auf ein Knie.

»Du ehrst uns mit deiner Gegenwart, Auserwählte«, sagte er. »Du bist nicht die erste Jägerin, die unter uns weilt. Die Jagd bringt wie du die seelenlosen Vampire zur Strecke, die durch schmutzige Gassen schleichen, um den Menschen das Leben auszusaugen. Sie sind Missgeburten. Wie du siehst, haben wir vieles gemeinsam. Auch wenn mich dies ebenso wenig wie die fehlgeleiteten Bitten meines Sohnes davon abhalten wird, dein Leben zu nehmen. Doch stattdessen mache ich dir folgendes Angebot.

Reite mit uns. Ehre die Wilde Jagd, indem du eine von uns wirst. Das Mädchen Treasure war als Rolands Braut auserkoren, aber du … du bist die Jägerin. Heirate meinen Sohn, schließe dich der Wilden Jagd an, und eines Tages wirst du ihre Königin sein.«

Buffy öffnete den Mund, um etwas Gemeines zu sagen. Dann schloss sie ihn wieder und überlegte einen Moment. Dies war nicht der richtige Zeitpunkt für Beleidigungen. Dieses Problem musste auf andere Weise gelöst werden.

»Ich fühle mich durch dein Angebot geehrt«, sagte sie. »Aber ich bin die Jägerin. Damit sind Pflichten verbunden, die ich nicht einfach vernachlässigen kann.«

Hern der Jäger bellte Befehle in seiner gutturalen Sprache und die Reihen seiner Gefolgsleute öffneten sich erneut. Hinter dem Kreis umringten mehrere Jäger und eine Horde dunkler Elfen Giles, Xander, Willow und Brian. Sie sahen noch schlimmer aus als zuvor.

»Es tut mir Leid, Buffy«, sagte Giles. »Wir hätten es fast geschafft, aber dann entdeckten uns die dunklen Elfen ... sie haben uns verraten.«

Buffy ließ den Kopf hängen.

»Schließe dich uns an und sie werden leben«, erklärte der Erlkönig. »Wenn du dich weigerst, werde ich sie töten. Langsam. Sie werden sterbend deinen Namen verfluchen.« Er sah ihr direkt in die Augen. »Schließe dich uns an.«

Sie starrte ihn an, ignorierte ihre Freunde. Sie wollte sie nicht sehen. Es würde ihre Entscheidung nur noch schmerzhafter machen.

»Lass sie frei. Wenn ich weiß, dass sie in Sicherheit sind, werde ich mich euch anschließen«, sagte sie.

»Buffy, das ist es nicht wert!«, schrie Xander. »Bitte, tu es nicht.«

»Bringt ihn zum Schweigen!«, donnerte der Erlkönig und deutete mit einem langen Klauenfinger auf ihren Freund.

Sofort preschte ein berittener Jäger auf Xander zu. Er hielt ein Schwert in der Hand und zielte damit auf Xanders Herz.

»Nicht!«, schrie Buffy. »Hört auf!«

»Halt!«, befahl der Erlkönig, aber erst, als das Schwert des Jägers Xanders linken Arm durchbohrt hatte. Xander schrie schmerzgepeinigt auf und sank auf die Knie. Willow rannte zu ihm und nahm ihn in die Arme.

»Buffy, nicht«, keuchte Xander mit großen, flehenden Augen. »Tu es nicht.«

Tränen liefen über Willows Gesicht, während sie versuchte, Xander mit ihrem Körper zu schützen. »Buffy, tu es nicht.«

Mit Tränen in den Augen hob Buffys Wächter das Kinn. »Buffy«, sagte er, »tu es nicht.«

Buffy ignorierte sie alle. Wenn ich sie ansehe, wenn ich in ihre Augen sehe, werde ich nie die Kraft aufbringen, diese Sache durchzuziehen, dachte sie.

Der berittene Jäger riss sein Pferd herum und wartete auf die Befehle des Erlkönigs. Der König hob seinen Arm. Der Jäger hob sein Schwert.

Der Erlkönig sah Buffy durchdringend an. »Also, Auserwählte. Willigst du ein?«

Sie versuchte zu sprechen, aber ihre Kehle war wie zugeschnürt.

Der König senkte seinen Arm und der Jäger trottete mit ausgestrecktem Schwert auf ihre Freunde zu. Xanders Blut tropfte von der Spitze.

»Ja!«, schrie sie. »Ja, ich willige ein!«

»Nein«, stöhnte Xander. »Oh, Buffy.«

»Du wirst alle Befehle des Erlkönigs befolgen. Du wirst Rolands Braut werden«, grollte Hern.

»Ja.«

»Schwöre es beim Licht von Hekates Mond, unter dem verlorenen Auge Odins«, forderte der Erlkönig.

»Buffy, tu es nicht!«, stieß Giles hervor. »Es ist ein magischer Schwur. Er kann nie mehr gebrochen werden.«

»Ich schwöre beim Licht von Hekates Mond, unter dem verlorenen Auge Odins, dass ich alle Befehle des Erlkönigs befolgen werde«, sagte Buffy.

»Lasst sie frei!«, erklärte der Erlkönig glücklich. Feuer glomm aus seinen Nüstern und Blut befleckte sein breites, zähnestarrendes Grinsen.

Willow begann laut zu schluchzen. Giles fluchte. Xander war still. Buffy wagte nicht, sie anzusehen.

Sie war noch nie besonders gut darin gewesen, Lebewohl zu sagen.

# 15

Während Brian Anderson und seine neuen Freunde zum Rand der Lichtung gebracht wurden, ergriff der Erlkönig die Zügel von Buffys Pferd und führte sie davon. Sie blickte sich nicht um.

Brian konnte es ihr nachfühlen. Zurückzusehen tat schrecklich weh. Mr. Giles hatte seine Krawatte abgenommen und band sie fest um Xanders Arm. Xander hatte etwas von einem Kratzer gemurmelt und versichert, dass es ihm gut ging. Er behauptete, dass das Schwert ihn nur gestreift und er mehr vor Schreck denn vor Schmerz geschrien hatte. Brian war davon nicht überzeugt. Andererseits sah Xander zwar nicht kerngesund aus, machte aber auch nicht den Eindruck, als würde er sterben.

Es war fast so, als wären Brian und die anderen drei jetzt für die Jagd unsichtbar geworden. Die Hunde knurrten sie nicht mehr an. Die Jäger ritten an ihnen vorbei, als wären sie nicht vorhanden. Selbst die dunklen Elfen ignorierten sie. Brian war frei. Er konnte jetzt zu seinem Vater zurückkehren.

Buffy hatte alles für ihre Freunde geopfert, und er hatte einfach das Glück gehabt, zur richtigen Zeit am richtigen Ort zu sein. Er war frei.

Aber er konnte noch nicht gehen.

»Brian, wir müssen jetzt verschwinden«, flüsterte Giles. »Wir müssen einen Weg finden, Buffy zu retten, und das können wir nicht, solange wir hier sind.«

»Nur … nur einen Moment«, bat Brian und starrte Connie DeMarco an, das Mädchen, das er unter dem Namen Treasure kannte.

Sie wollte ihn nicht ansehen.

Brian hob die Hände zum Mund, formte einen Trichter und rief nach ihr. »Treasure! Komm mit uns, bitte!«

Treasure drehte sich nicht um.

»Treasure!«

»Brian«, sagte Xander mit todernstem Gesicht. »Ich weiß, es ist hart, aber du musst sie gehen lassen, Mann. Wahrscheinlich ist das

Ticket, mit dem wir hier rauskommen, nur begrenzte Zeit gültig, und ich für meinen Teil will nicht, dass Buffy sich umsonst geopfert hat. Wir müssen auf der Stelle weg von hier.«

Brian starrte Treasure durchdringend an. Er hatte bis zu diesem Moment nicht gewusst, dass er sie liebte, auf seine Weise. Nicht im romantischen Sinn, sondern vielleicht eher wie ein guter Freund.

Hatte er diese Art Schmerz auch seinem Vater zugefügt?

Wie konnte man mit einer derartigen Wunde nur weiterleben?

Connie DeMarco drehte Shock den Rücken zu und weinte menschliche Tränen. Sie war noch immer ein Mensch, noch immer am Leben. Sie wusste das. Aber sie wusste auch, dass dies nicht mehr lange der Fall sein würde.

Sie wünschte sich nichts sehnlicher, als mit Shock ... mit Brian in die Welt zurückzukehren. Connie vermisste ihre Mom schrecklich. Sie wünschte jetzt, sie wäre nicht weggelaufen. Wie hatte sie nur so kindisch sein können. Sicher, ihre Mom konnte manchmal ein verdammtes Miststück sein und sie schienen sich gegenseitig nie richtig verstanden zu haben. Und ihr Dad, verdammt, er war bloß ein gemeiner alter Bastard. Aber sie hätte sich mehr Mühe geben können, Mom die Augen über ihn zu öffnen. Sie hätte mehr mit ihr reden sollen.

Jetzt war es zu spät.

Ihre Mutter würde ihr nie verzeihen, was sie getan hatte, dass sie mit der Jagd geritten war. Sie hatte noch niemanden getötet, nicht eigenhändig. Aber sie hatte danebengestanden, während die anderen getötet hatten. Sie war mitverantwortlich. Selbst wenn ihre Mutter sagen würde, dass sie ihr vergab, so glaubte Connie nicht, dass sie sich jemals selbst vergeben konnte. Sie gehörte jetzt hierher. Sie war eine von ihnen.

Wenn sie nicht Rolands Braut werden würde, dann würde sie eben zu den Jägern gehören. Sie würden ihre Familie sein.

Sie weinte die ganze Zeit, während Brian versuchte, ihren Blick auf sich zu lenken, mit ihr zu reden. Nach einer Weile trockneten ihre Tränen, doch sie weinte weiter. Ein kleiner Schwaden des dunklen Nebels hing vor ihrem Gesicht, und Treasure starrte ihn an. Es konnte natürlich sein, dass er nur vorbeigetrieben war.

Aber ihr drängte sich die Frage auf, ob er nicht aus ihrem Innern gekommen war. Mit ihren Tränen.

Das Horn erklang. Sie schob ihr Schwert in die Scheide. Treasure bestieg ihr Pferd und war bereit, erneut auf die Jagd zu gehen. Etwas hatte sie endlich begriffen. Sie starb bereits allein durch ihre Anwesenheit hier. Allein durch ihre Zugehörigkeit zur Jagd. Es brachte sie um.

Sie verwandelte sich in etwas anderes. Verwandelte sich in einen Jäger.

Treasure fiel es schwer, es zuzugeben, aber ihr gefiel es. Ihr Vater hatte sie häufig geschlagen und als Herumtreiberin beschimpft. Ihre Mutter hatte ihr im Streit oft vorgeworfen, dass sie ihr Leben verschwendete. Dass sie nichts erreicht hatte.

Treasure war jetzt wer.

Treasure war jetzt etwas Schreckliches.

Willow wischte sich die Tränen aus den Augen, während sie Xander durch den Wald folgte und die Lichtung hinter ihnen zurückfiel. Trotz seines verletzten Armes hielt er mit Giles und Brian Anderson Schritt. Bald würden sie die Route 17 erreichen.

Willow versuchte immer wieder langsamer zu gehen, aber jedes Mal wurde sie von Giles und Xander gedrängt, sich zu beeilen. Schließlich blieb sie einfach stehen.

Xander bemerkte erst nach ein paar Schritten, dass sie den Anschluss verloren hatte.

»Komm schon, Will«, sagte er besorgt.

»Wir können nicht«, sagte Willow. »Wir können sie nicht einfach zurücklassen.«

Xander starrte sie an. Giles trat zu ihr und legte ihr eine Hand auf die Schulter.

»Natürlich nicht«, sagte er sanft. »Wir werden ohne Buffy nirgendwo hingehen.«

»Aber dieser Schwur«, protestierte Willow. »Sie sagten ...«

»Ich weiß, was ich gesagt habe«, unterbrach Giles heftig, um dann entschuldigend den Kopf zu schütteln. »Ich wünschte nur, wir hätten Zeit, genau zu untersuchen, wie man diesen Schwur brechen kann. Ich fürchte, wir werden improvisieren müssen.«

»Improvisieren ist gut«, sagte Willow ermutigend.

»Leute, wir sollten hier nicht stehen bleiben«, warf Xander ein. »Bringen wir besser etwas Abstand zwischen uns und ihre winzig kleinen Ohren.«

Schließlich begriff Willow. Möglicherweise wurden sie von den dunklen Elfen verfolgt. Oder es hausten noch andere Wesen in diesem Wald. Xander wollte in sicherer Entfernung sein, bevor sie einen Plan schmiedeten.

»Ganz meine Meinung, Xander«, sagte Giles. »Aber nicht zu viel Abstand. Wahrscheinlich bleibt nicht mehr viel Zeit bis zum Beginn der letzten Jagd.«

Sie marschierten weiter und Willow fühlte sich etwas besser. Nicht, was die Übermacht des Gegners oder ihre Chancen betraf. Aber sie wusste, dass sie es sich nie vergeben würde, wenn sie von hier weggingen, ohne zumindest den Versuch zu unternehmen, Buffy zu retten, ganz gleich, wie hoch der Preis war.

Kurze Zeit später erreichten sie einen breiten, nach Süden führenden Pfad. Willow hatte versucht, ihre Position einzuordnen, und sie vermutete, dass der Pfad sie höchstwahrscheinlich zur Route 17 bringen würde. Sofern sie in diese Richtung gehen wollten. Aber das taten sie nicht. Sie blieben.

»Brian«, sagte Willow leise. »Wir bleiben hier. Du solltest besser weitergehen.«

»Ja, Brian. Das solltest du wirklich«, stimmte Giles zu.

Brian ließ sich nicht beirren. »Buffy hat auch mein Leben gerettet.«

Willow dachte an Brians Vater, an dessen Selbstmordversuch. Wie betrunken und verzweifelt er gewesen war. Sie wollte nicht daran denken, wie ihre Eltern reagieren würden, wenn sie verschwand. Aber Buffy war ihre Freundin, die gekommen war, um sie zu retten. Und das nicht nur in dieser Nacht, sondern unzählige Male. Sie mussten zurückgehen. Brian nicht.

Offensichtlich dachten sie alle dasselbe, aber Xander sprach es als Erster aus.

»Dein Dad wartet auf dich, Alter. Verschwinde von hier«, sagte er, während er den verwundeten Arm gegen seinen Bauch presste in dem Bemühen, den anderen die Schwere seiner Verletzung zu verheimlichen.

Brian sah sie nacheinander an und richtete seinen Blick zuletzt auf Giles. »Danke«, sagte er schließlich. Dann wandte er sich ab und folgte dem Pfad.

»Brian?«, fragte Willow.

Er blieb stehen und drehte sich zu ihr um.

»Wenn wir nicht zurückkommen, dann versuche es unseren Eltern zu erklären, okay? Und sag meiner Mom und meinem Dad ...« Sie brach ab und biss sich auf die Lippen. Ihre Augen waren feucht.

Aber Brian verstand. Er nickte. »Ich werde es ihnen sagen«, versprach er und sah Xander an. »Von euch beiden.«

Sie blickten ihm nach, bis er hinter einer Biegung des Pfades verschwand und die Dunkelheit zwischen den Bäumen die Sicht auf ihn versperrte.

»Gut«, sagte Giles, nahm seine Brille ab und rieb sich die Nasenwurzel. »Lasst uns nachdenken. Was wissen wir?«

»Dass Buffy bei Hekate einen Eid geschworen hat, der sich nicht aufheben lässt, und dass Papa in diesem Moment die Hochzeit vorbereitet«, fasste Xander zusammen. »Und sagen Sie mir bloß nicht, ich soll keine Witze darüber machen, denn genau das werde ich tun.«

»Hekate ist die Königin der Hexen«, sagte Giles. »Vielleicht gibt es hier eine Parallele zu der Holda-Jagd-Legende. Andererseits ist die Übereinstimmung nicht groß, denn unser Herr der Jagd ist männlich ...«

»Was hat es mit dieser Odin-Sache auf sich? Sie musste bei seinem verlorenen Auge schwören.«

Giles setzte die Brille wieder auf. »Es ist ein weit verbreitetes Ritual, bei einem Körperteil zu schwören. In einigen Kulturen schwört man bei seinem rechten Schenkel. Dem Mythos zufolge verlor Odin ein Auge bei seiner Suche nach Weisheit. Wahrscheinlich hängt es mit der Schwere des Eides zusammen.«

»Hört mal, das ist ja alles ganz nett«, sagte Xander, »bringt uns aber nicht weiter. Ich schätze, wir haben nur eine Möglichkeit – wir müssen zur Lichtung zurückkehren, feststellen, welchen Weg sie nehmen und dann auf ihre Rückkehr warten. Wenn wir Horny den Jäger in einen Hinterhalt locken können, gelingt es uns vielleicht, die anderen abzuschütteln und zu entkommen.«

»Das ist nicht gerade ein toller Plan«, sagte Willow zögernd.

»Es ist überhaupt kein Plan«, meinte Giles naserümpfend. »Vor allem, wenn man die Hunde und die dunklen Elfen bedenkt. Viele von ihnen sind getötet worden, aber es gibt noch immer jede Menge von ihnen. Zu viele. Die Elfen allein könnten uns töten, wenn wir versuchen, mit Buffy zu fliehen.«

»Dann müssen wir eben auch die Elfen ausschalten«, erklärte Xander.

»Und wie genau stellst du dir das vor?«, fragte Giles.

Die Antwort kam nicht von Xander, sondern aus den tiefen Schatten im Wald jenseits des Pfades.

»Wir hätten da die eine oder andere Idee«, sagte eine Stimme.

Angel trat auf den Pfad, gefolgt von Cordelia. Willows Herz schlug schneller, als sie in die Dunkelheit spähte und nach einem dritten Neuankömmling Ausschau hielt.

»Oz?«, fragte sie.

»Ich bin hier«, sagte eine knurrende Stimme.

»Oh, Oz«, flüsterte sie, als er sich aus dem finsteren Wald löste. Er ging leicht gebückt, seine Kleidung war zerrissen. Dort, wo seine Haut freilag, wuchs Fell. Seine Ohren waren spitz und sein Kinn und seine Nase standen unnatürlich vor. Als er sprach, entblößten seine Lippen nadelspitze gelbe Reißzähne.

Willow sagte wieder seinen Namen und ging zögernd auf ihn zu.

»Es ist cool«, erklärte Oz. »Eigentlich ist es wie ein Virtual Reality-Computerspiel. Nur mit Konsequenzen, wisst ihr.«

»Nebenbei – man nennt es Leben«, warf Xander ein.

Sie schwiegen, während Willow zu Oz trat und ihn umarmte. Xander und Cordelia nahmen sich kurz an der Hand und sahen sich in die Augen.

»Was ist mit deinem Arm passiert?«, fragte sie besorgt.

»Ich habe Blut gespendet.« Er zuckte die Schultern. »Gegen meinen Willen.« Dann lächelte er, als er ihren besorgten Gesichtsausdruck bemerkte. »Das wird schon wieder. Versprochen.«

»Wie habt ihr uns gefunden?«, wandte sich Giles an Angel.

»Das ist eine lange Geschichte«, erwiderte Angel. »Ich erzähle sie Ihnen später bei einem Bier.«

Die beiden musterten sich. Nach kurzem Zögern nickte Giles knapp und sagte: »Mir wäre ein Guinness lieber.«

Angel lächelte matt. Dann sagte er zu Xander: »Cordelia hat mir und Oz das Leben gerettet.«

»Eine tolle Leistung von Queen C«, sagte Xander und versetzte ihr mit seinem unverletzten Arm einen Rippenstoß.

Cordelia boxte ihn.

Es war fast so, als wäre alles wieder in Ordnung. Was es natürlich nicht war.

»In Ordnung«, sagte Willow und sah Angel und Giles an, »lasst uns den Plan hören. Ich will genau wissen, wie wir das durchziehen werden.«

Man hatte Buffy neue Kleidung angeboten. Sie lehnte ab. Man bot ihr Fleisch an, das über einem Feuer gebraten wurde, aber sie dachte an den Zentaur im Wald und schüttelte den Kopf. Es gehörte zu den Summers-Grundsätzen, nichts zu essen, mit dem man eine Unterhaltung führen konnte.

Das Jagdhorn ertönte erneut, aber diesmal hatte es einen klagenden, traurigen Klang, der sich völlig von dem triumphierenden Ton unterschied, den sie zuvor vernommen hatte. Die Leichen der Jäger, die Buffy getötet hatte, wurden ins Feuer geworfen und verbrannten binnen kürzester Zeit. Erstaunlicherweise brachte ihr keiner der anderen feindselige Gefühle entgegen. Sie hatte ein halbes Dutzend von ihnen massakriert, aber es schien keinen zu kümmern.

Aber schließlich bestand ihr ganzes Dasein aus Jagen und Töten. Sie waren bereits tot. Und sie hatten beschlossen, Roland mit ihr zu verheiraten, was sie eines Tages zur Königin der Jagd machen würde. Wenn sie ihre Illusion von Leben aufrechterhalten wollten, mussten sie Buffy mit Respekt behandeln.

Wenn sich die Gelegenheit bot, konnte sie es vielleicht gegen sie verwenden. Wenn sich die Gelegenheit bot.

Sie sah sich nach Roland um, ihrem einzigen Freund unter diesen albtraumhaften Wesen. Wie würde es sein, ihn zum Mann zu haben? In alle Ewigkeit an seiner Seite durch die Nacht zu reiten? Würde sich seine Freundlichkeit mit der Zeit verlieren? Würde sich diese

Seele, die sie so bewundert hatte, in eine ölige Rauchwolke verwandeln?

Schließlich erklang wieder das Horn. Roland kam auf einem Feuer spuckenden, stampfenden Ross zu ihr getrottet und Buffy sah ihn forschend an. Er hasst das, dachte sie.

»Besteig dein Pferd, Buffy«, sagte er freundlich zu ihr. »Und nimm deine Waffen. Dies ist die letzte Jagd vor unserer Rückkehr ins Hauptlager. Mein Vater will sich an den Leuten vom Fest rächen.«

Buffy griff nach dem Schwert, das sie erbeutet hatte, und nahm auch den Morgenstern. Er hatte sich als wirksame Waffe erwiesen, und an dem von ihr ausgewählten Pferd gab es eine Art Holster dafür.

»Warum bleibst du?«, fragte sie Roland, als sie sich auf das Pferd schwang.

Als er nicht antwortete, sah sie ihm fragend in die Augen und fand dort Schmerz.

»Warum bist du die Vampirjägerin?«, fragte Roland.

Buffy wollte schon antworten, als sie erkannte, dass dies nicht nötig war. Es war eine rhetorische Frage gewesen. Aber sie verstand jetzt, wie wichtig die Verpflichtungen waren, die man ihr auferlegt hatte, und sie akzeptierte sie.

Roland würde der nächste Erlkönig sein.

»Ich hätte nie gedacht, dass wir in derselben Lage sind«, sagte sie zu ihm.

»Nicht in derselben«, berichtigte Roland. »Aber in einer ähnlichen.«

»Weißt du, wenn ich einen Weg finde, werde ich von hier fliehen«, erklärte ihm Buffy.

»Wenn ich einen Weg wüsste, wärest du längst zu Hause in deinem Bett«, erwiderte er.

»Du hast eine bewundernswerte Seele, Roland«, sagte Buffy. »Pass gut auf sie auf.«

Roland antwortete nicht, aber Buffy glaubte, Tränen in seinen Augen zu sehen. Dann ertönte wieder das Horn, unglaublich laut und tief. Im Zentrum der Lichtung saß der Erlkönig auf seinem wilden Hengst und sprach mit lauter Stimme, damit alle ihn hören konnten.

»Genießt die letzte Jagd in diesem Zyklus«, sagte er. »Wir müssen unsere Fleischvorräte auffüllen, deshalb sind exotische Tiere unsere wichtigste Beute. Außerdem durchsucht das Gebiet nach den hoffnungslos Verlorenen. Unsere Zahl hat sich verringert und wir müssen unsere Reihen wieder schließen.«

Er sah seinen Sohn an. »Doch zuerst reiten wir zum Lager der Schausteller. Wie ihr wisst, haben diese Wichte, als unser Prinz sich in der Lichtwelt verirrt hatte, so getan, als wären sie seine Freunde. Sie spürten, dass er etwas Besonderes ist, und machten ihn zu ihrem Sklaven. Dann floh er aus ihrer Gewalt, um zu uns zurückzukehren. Unsere Prinzessin gewährte ihm Zuflucht, und dafür danken wir ihr.«

Der Erlkönig machte eine höfliche Verbeugung in Buffys Richtung. Sie aber reagierte nicht darauf.

Er fuhr fort: »Aber dieselben Bösewichte entweihten ihr Heim und verschleppten unseren Prinzen wieder in ihren Schlupfwinkel. Der Elfenführer berichtet, dass einige der Hexer, jene, die meinen Sohn und die Jagd selbst entehrten, noch immer am Leben sind. Das Hauptlager wird seine Pforten nur jenen öffnen, deren Lippen bei der Heimkehr mit dem Blut unserer Feinde benetzt sind.«

»Versprochen?«, murmelte Buffy.

Dann wurde ein letztes Mal ins Horn geblasen und der Erlkönig führte seine Truppen von der Lichtung in den Wald. Buffy spürte, wie sich die Welt abrupt veränderte. Sie hatte sich weiß Gott schon oft in grausigen, surrealen Situationen befunden. Aber dies war etwas völlig anderes. Sie war jetzt ein Teil der Jagd und befand sich somit auf der anderen Seite jenes Schleiers aus Mystizismus und Mordlust. Sogar die Luft schien sich irgendwie verändert zu haben, schmeckte anders. Es war, als ob der Wald sich vor ihnen teilte, so als würde auch er bereitwillig der Jagd dienen, und vielleicht war es auch so.

Buffys Haarspitzen knisterten und Funken tanzten über ihre Zügel, als sie in den auffrischenden Wind galoppierten. Eine eisige Kälte ließ sie frösteln.

Sie fragte sich, ob ihr je wieder warm sein würde.

Einer der riesigen schwarzen Hirsche rannte neben ihrem Pferd her. Sie hätte zu gerne gewusst, ob er früher selbst einmal das Ziel, die Beute, gewesen war.

Ihr Pferd spuckte Feuer. Seine Augen loderten. Dennoch fühlte es sich unter ihren Schenkeln so kalt an wie Eis. Das Tier kannte ganz von allein seinen Platz in der Horde, brauchte ihre lenkende Hand nicht. Die Hunde bellten, während sie den Staub schmeckten, der von den donnernden Hufen der Pferde aufgewirbelt wurde, und ihre Pfoten kamen mit dem Boden nicht in Berührung. Buffy wurde gegen ihren Willen vom Jagdfieber gepackt. Für einen Moment durchzuckte sie wie ein Stromschlag das Gefühl von Macht. Von Hunger und Blutdurst. Als Vampirjägerin wusste sie, wie es war, auf die Jagd zu gehen, ein Wesen aufzuspüren und zu töten, einen Feind zur Strecke zu bringen. Aber das ließ sich mit dem hier nicht vergleichen. Denn als Vampirjägerin war sie diesen Feinden hoffnungslos unterlegen. Es war ein Krieg.

Die Wilde Jagd beschränkte sich rein aufs Abschlachten. Plündern. Sie waren Barbaren, aber für einen kurzen Moment glaubte Buffy, dass in dieser Barbarei eine gewisse Freiheit lag.

Buffy schauderte vor Entsetzen und bemühte sich, den Gedanken zu verdrängen. Sie würde niemals ein Teil dieser Horde, nie eine von ihnen werden, selbst wenn dies ihren Tod bedeutete. Irgendwie würde sie den Schwur brechen, den sie dem Erlkönig geleistet hatte. Doch im Moment blieb ihr nichts anderes übrig, als sich an die Zügel ihres Pferdes zu klammern.

Sie donnerten durch den Wald, und der schwarze Nebel in den Bäumen löste sich auf, während sie vorbeiritten. Die Luft pulsierte vor Energie; manchmal schimmerte eine blaue Aura um die Bäume und Büsche. Die Jäger schimmerten schwarz.

Trotz der Dunkelheit, die durch die Äste des Waldes strömte, konnte Buffy in der Ferne ein weißes Fell aufblitzen sehen. Dieses Etwas musste sehr groß sein, um aus dieser Entfernung sichtbar zu sein. Vielleicht ein Bigfoot?, fragte sie sich. Nach dem Zentaur war sie in diesen Wäldern auf alles gefasst.

Zwei Jäger, die es offenbar auch gesehen hatten, nahmen die Verfolgung auf und verschwanden zwischen den Bäumen. Einen Moment später hörte sie einen fast menschlich klingenden Todesschrei und das Triumphgeheul der Jäger.

Buffy dachte an die Leute vom Renaissancefest. Ihr war es gleichgültig, was mit jenen geschah, die von den dunklen Elfen am Leben gelassen worden waren. Sie waren böse, keine Frage, und verdienten, was sie bekamen. Buffy hätte sie in einer Notwehrsituation selbst getötet. Aber Mord? Sie zu jagen und kaltblütig zu ermorden? Sie glaubte nicht, dass sie dazu in der Lage war.

Sie hatte aber auch keine Möglichkeit, es zu verhindern.

Ihr Pferd schnaubte. Buffy blickte zur Seite und sah einen der Hunde am Rand des Pfades durch den Wald hetzen. Seine Pfoten schwebten über dem Waldboden. Er drehte den Kopf und sah sie mit seinen brennenden Augen an. Er knurrte kurz. Vielleicht lag es an ihrem Geruch, jedenfalls schienen die Hunde in ihr immer noch einen Feind zu sehen.

Weiter vorn erklang ein Gebrüll, das nicht aus einer menschlichen Kehle drang. Der Erlkönig, dachte Buffy. Pferde wieherten und lautes Geschrei brach los. Buffy zügelte ihr Pferd, als Roland sein Ross zügelte und auf dem breiten Pfad zurückfiel, bis er an ihrer Seite war.

Zum ersten Mal bemerkte Buffy, dass der Wald um sie herum jetzt weniger düster wirkte. Der schwarze Nebel, der die Bäume verhüllt hatte, war verschwunden, zumindest in dieser Gegend. Sie konnte sogar die Sterne und den Mond erkennen.

»Was ist passiert?«, fragte sie.

Dann brüllte der Erlkönig erneut, und Buffy spähte nach vorn. Vorbei an den Bäumen, vorbei an den berittenen Jägern, die sich an einer Stelle gesammelt hatten und nun von den Pferden sprangen. Da sah Buffy, was ihren Vormarsch gestoppt hatte.

Am Ende des Pfades erhob sich eine Art Mauer, eine wogende Masse aus schwarzem Nebel, der aber viel dichter war als jener, der zuvor den Wald verhüllt hatte. Irgendeine Kraft hatte ihn hier zusammengezogen, verdichtet und zu einer harten Masse geformt, die ihnen jetzt den Weg versperrte. Diese Mauer aus wallendem Morast war mindestens zehn Meter hoch und, allem Anschein nach, mehrere Meter dick.

Der Erlkönig schrie wutentbrannt auf, schwang sein Schwert und schlug mit aller Kraft auf die schwarze Mauer ein. Ihre ölige Oberfläche waberte und wogte, und das Schwert bohrte sich tief in die Masse hinein, bevor es stecken blieb. Die Mauer war wie Teer. Der König hatte große Mühe, sein Schwert wieder herauszuziehen, und als er es geschafft hatte, war die Mauer so unversehrt wie zuvor.

»Was ist das?«, wandte sich Buffy an Roland.

»Das wollte ich dich auch gerade fragen«, erwiderte Roland. »Ich dachte, deine Freunde hätten irgendetwas damit zu tun.«

Buffy dachte darüber nach, aber weder Giles noch Willow hatten genug magisches Wissen, um in so kurzer Zeit etwas Derartiges zustande zu bringen. Sie sah Roland an und schüttelte den Kopf.

»Sitzen wir hier fest?«, fragte sie.

»Es sieht ganz danach aus«, antwortete er. »Ich habe so etwas noch nie gesehen. Mein Vater ist überaus mächtig, aber so ist er noch nie gedemütigt worden.

Buffy blickte völlig verblüfft wieder zur Mauer hinüber. Der Erlkönig und mehrere Jäger schlugen noch immer auf die dichte Wand aus wallender Magie ein. Sie waren noch nicht bereit aufzugeben. Buffy fragte sich besorgt, was wohl passieren würde, wenn sie aufgaben. Ihr Eid war magischer Natur, wie Giles gesagt hatte. Sie konnte sich zwar innerlich gegen den Erlkönig auflehnen, sobald sie aber versuchte, sich ihm in feindlicher Absicht zu nähern oder gar davonzureiten und die Jagd zu verlassen, würde ihr Körper ihr nicht gehorchen.

Natürlich hatte sie es schon ausprobiert.

Aber solange sie in diesem Wald blieben oder auch nur in Sunnydale, gab es immer noch Hoffnung, dass sie irgendeinen Ausweg finden würde.

Doch wenn sie zum Hauptlager zurückkehrten, Buffys vertraute Welt verließen, dann würde alle Hoffnung verloren sein. Und um ein vollwertiges Mitglied der Jagd zu sein, eine von ihnen zu werden, musste Buffy sterben. Sterben und mit schwarzer Magie in den Adern weiterleben. Sie würde dann kein Mensch mehr sein.

Sie hatte bereits entschieden, was sie tun würde, wenn das geschah. Dann blieb ihr nur noch eine Wahl.

Sie würde Roland bitten, sie zu töten.

Obwohl ihn schreckliche Schuldgefühle plagten, weil er die anderen im Stich gelassen hatte, empfand Brian ungeheure Erleichterung, als sich die Dunkelheit um ihn herum auflöste. Es war noch immer

Nacht, aber eine Nacht, die ihm vertraut war. Real und greifbar. Sie hatte nichts Magisches an sich. Er wollte seine Erleichterung am liebsten hinausschreien. Stattdessen beschleunigte er seine Schritte trotz bleierner Müdigkeit und erheblicher Verletzungen.

Er konnte es kaum erwarten, seinen Vater wieder zu sehen.

Dann knickte der Pfad ab, und hinter der Biegung sah er die tintenschwarze Masse am Rand der Bäume.

Brian starrte sie einen Moment lang an, rannte dann los und blieb wenige Zentimeter davor stehen. Er streckte seine Hand aus, aber er hatte zu viel Angst, sie zu berühren. Ein kurzer innerer Konflikt endete damit, dass er sich seine Angst eingestand und ihr nachgab. Er fiel auf die Knie, bedeckte sein Gesicht mit den Händen und weinte. Er schluchzte laut.

Dann hörte er eine Stimme.

»Er ist also keiner von ihnen?«, fragte die Stimme. Sie klang tief und kräftig.

»Nein, nur ein Junge«, antwortete eine andere.

Brian sah sich um, konnte aber niemanden entdecken. Er glaubte schon, den Verstand verloren zu haben.

Dann schoss eine Hand durch die tintige Schwärze, als wäre sie nicht existent, packte ihn am Handgelenk und zog ihn durch die schwarze Mauer, als hätte sie sich plötzlich in Luft aufgelöst.

Er stolperte, fiel ins Gras und rollte einen kleinen Abhang hinunter in einen Graben, der die Böschung der Route 17 vom Wald trennte. Von dort unten blickte er zu seinen Rettern hinauf.

Ein riesiger fetter Mann in zerrissener Kleidung hatte die Hände an die schwarze Mauer gelegt, die den Blick auf den Wald versperrte. Nur die Wipfel der Bäume waren sichtbar. Die Brust des Mannes leuchtete hell, fast weiß, von einem rosafarbenen Schimmer überzogen.

Neben ihm stand ein anderer Mann, ganz in Grün gekleidet. Zwischen den Händen des grünen Mannes und der Mauer knisterten grelle Energieentladungen.

»Du bist also entkommen?«, fragte der Mann in Grün. »Wie hast du das geschafft?«

»Was machen Sie da?«, fragte Brian wie betäubt von dem, was er sah, aber viel zu ausgelaugt, um Angst zu empfinden.

»Wir halten sie gefangen«, sagte der fette Mann. »Wonach sieht es denn sonst aus, Junge?«

»Nach Magie«, sagte Brian leise.

Beide Männer lachten.

»König Richard und ich werden bis zum Morgen hier bleiben, mein Sohn«, sagte der grüne Mann. »Wenn die Mauer fällt, sind wir beide tot. Wir wären dir dankbar, wenn du zu diesem rund um die Uhr geöffneten Lokal gehen könntest und uns Kaffee holen würdest.«

Brian starrte sie an, als wären sie beide verrückt. Keiner von ihnen sprach danach noch ein Wort, und er bemerkte den Schweiß auf ihren Gesichtern, die Anstrengung, die es sie kostete, die Mauer aufrecht und die Wilde Jagd somit eingesperrt zu halten. Er beobachtete sie minutenlang, ohne auch nur eine der vielen Fragen in seinem Kopf laut auszusprechen. Im Grunde wollte er die Antworten gar nicht wissen, entschied er.

Schließlich stand er auf, suchte nach seiner Geldbörse, die wundersamerweise noch immer in seiner Gesäßtasche steckte, und trottete dann über den leeren Highway, nur von einem einzigen Gedanken beseelt.

Kaffee holen. Kein Problem.

Da die Wilde Jagd all ihre Kräfte auf die Mauer konzentrierte, die sie im Wald gefangen hielt, bemerkte niemand, wie sich der Hirschbock von der Horde löste. Er trottete den Pfad entlang, verspürte Hunger und witterte etwas Ungewöhnliches. Etwas Neues. Es gab nicht sehr viele neue Dinge, und er fragte sich auf seine Weise, ob dieses neue Etwas essbar war oder etwas, wovor er auf der Hut sein sollte.

Er trabte weiter, bis er eine Stelle erreichte, wo die flüssige Dunkelheit noch immer die Bäume umhüllte. Er verließ den Pfad und schlug sich in den Wald. Er wusste, dass das neue Etwas ganz nah war.

Einst war der Hirsch etwas anderes gewesen, etwas, das kein Fleisch fraß. Jetzt war Fleisch alles, was er fressen konnte. Dies roch wie gutes Fleisch.

Aus der Dunkelheit vor dem Hirschbock kam ein Knurren.

Zwei große, gelb leuchtende Augen spähten aus den tiefdunklen Schatten.

Kräftige Hände packten das Geweih des Hirsches und brachen ihm mit einem Ruck das Genick. Er fiel schwer zu Boden, unbemerkt. Eine kleine Wolke aus schwarzem Nebel entwich seinem Maul.

# 16

Kurz nachdem die Standuhr zwei Mal geschlagen hatte, schob Mr. Chase die schwere, geblümte Decke zur Seite, die seine Frau bei ihrem letzten Ausflug nach Los Angeles unbedingt hatte kaufen müssen, und stieg aus dem Bauernbett, das sie im Jahr zuvor in Österreich erworben hatten. Er schlüpfte in seinen seidenen Morgenmantel und ging hinunter in die Küche im Erdgeschoss, wo er sich ein Glas Mineralwasser eingoss.

Auf dem Weg ins Bett blieb er einen Moment in der offenen Tür zum Zimmer seiner Tochter stehen. Cordelia schlief diese Nacht bei einer Freundin.

Draußen knatterte ein Wagen mit defektem Auspuff – eindeutig keiner aus der Nachbarschaft – durch die Straße und brachte das Fenster in Cordelias Zimmer zum Vibrieren. Mr. Chase lauschte einen Moment, ob der Lärm seine Frau geweckt hatte. Als er sicher war, dass sie weiterschlief, trat er ans Fenster, blickte nach draußen und sah eben noch, wie die Rücklichter des Autos hinter der nächsten Straßenbiegung verschwanden.

Rowdys. Halbstarke hatte man sie in Mr. Chases Jugend genannt.

Er machte sich jedes Mal Sorgen, wenn seine Tochter nicht zu Hause war. Aber zumindest wusste er, dass Cordelia klug genug war, sich nicht mit Rowdys einzulassen. Nein. Bis auf wenige Ausnahmen hatte sich Cordelia von Unruhestiftern und Teenagern, die sich in Gefahr brachten, immer fern gehalten.

Mr. Chase kehrte ins Bett zurück. Irritiert musste er feststellen, dass er zum ersten Mal seit seiner Collegezeit nicht schlafen konnte.

In der Küche des Harris-Hauses, an einem runden Tisch, der seit zehn Jahren an derselben Stelle stand, saß Xanders Mutter in schlafwandlerischem Zustand im Dunkeln und aß. Sie machte dies mindestens einmal pro Woche. In der finsteren Küche rauchte sie eine Zigarette (etwas, das ihr waches Selbst vor zwei Jahren aufgegeben hatte), trank warme Cola Light und aß Hühnerflügelreste von einer

Imbissbude. Es kam häufig vor, dass, wenn sie in diesem Zustand war, die Mitglieder ihrer Familie ganze Gespräche mit ihr führten, an die sich Mrs. Harris am nächsten Morgen nicht mehr erinnern konnte.

Wenn nichts von dem chinesischen Essen übrig geblieben war, gab sie sich auch mit Schokolade zufrieden. Oder mit Kuchen oder Keksen oder, noch besser, Fondue. Sie fragte sich oft, warum sie die zwanzig Pfund Übergewicht nicht los wurde, die sie zugelegt hatte, seit ihr Ältester ausgezogen war. Mr. Harris hatte einmal im Scherz gesagt, dass sie ihr Gewicht vermutlich verdoppeln würde, wenn Xander irgendwann das Haus verließ.

Einmal hatte gereicht. Nach dem Blick, den sie ihm zugeworfen hatte, hatte ihr Mann nie wieder etwas Derartiges gesagt.

Sie blinzelte kaum, als ihr Mann das Licht einschaltete. Er stand in der Küchentür, rieb sich die Augen und nestelte an seinen Pyjamaknöpfen.

»Ich nehme an, dir ist schon aufgefallen, dass Xander noch nicht zu Hause ist?«, fragte Mr. Harris.

»Vielleicht ist er bei dieser netten Cordelia«, erwiderte Mrs. Harris. Da sie schlief, war ihr nicht richtig bewusst, wie spät es schon war.

»Das werden ihre Eltern schon zu verhindern wissen«, erklärte Mr. Harris. »Nein. Er ist jetzt in der Oberstufe, und Oberstufenschüler, daran kann ich mich noch gut erinnern, feiern eine Menge Partys. Ich verstehe das ja. Aber wir müssen uns in diesem Haus an bestimmte Regeln halten, oder alles versinkt im Chaos. Morgen früh – vorausgesetzt, er lässt sich dazu herab, heute Nacht überhaupt nach Hause zu kommen – werde ich ihn mir vorknöpfen und ihm sagen, dass er Hausarrest hat«, brummte Mr. Harris.

»Wir müssen uns in diesem Haus an bestimmte Regeln halten«, erwiderte Mrs. Harris fröhlich. Tief schlafend zog sie an ihrer Zigarette.

Joyce Summers stand am Fenster ihres Wohnzimmers und blickte nach draußen. In den Händen hielt sie einen langen, sehr spitzen Holzpflock. Sein Gewicht war für sie eine sehr reale Verbindung zur Wirklichkeit.

Ihre Unterhaltung mit Cordelia hatte ihr geholfen, sich mit der Realität abzufinden, ein Problem, das sich ihr seit Buffys Rückkehr nach Hause immer wieder gestellt hatte. Die Realität war für sie eine subjektive Angelegenheit gewesen, wie für alle Eltern, die einerseits alles wissen wollen, was ihre Kinder so treiben, es andererseits aber vorziehen, lieber unwissend zu bleiben. In ihrem Fall war es nur so, dass die Konsequenzen dieses Wissens viel extremer waren.

Sie hatte es geschafft, ein paar Stunden zu schlafen. Als sie aufwachte, dämmerte Joyce, dass das, was in dieser Nacht vor sich ging, sehr gefährlich war. Nach allem, was die kleine Cordelia ihr erzählt hatte, und schon allein wegen der Tatsache, dass Cordelia Chase ins Haus gekommen war ... Joyce kannte die Risiken. Und Buffy war irgendwo dort draußen und kämpfte. Ihr kleines Mädchen musste sich Schrecken stellen, die sich die meisten Menschen nicht einmal vorstellen konnten. Sie hatte darauf bestanden, dass sich Joyce aus allem heraushielt. Weil sie nur eine Belastung sein würde, eine Ablenkung, und weil ihre Hilfe am Ende unbeabsichtigt zu Buffys Tod führen konnte.

Aber in dieser Nacht hatte Joyce ein seltsames Gefühl. Buffy brauchte alle Hilfe, die sie bekommen konnte. Da war etwas ... es war, als würde ihr Buffy entgleiten, als würde man sie ihr wegnehmen.

Deshalb hatte sie Buffys Kommode durchsucht und den Pflock gefunden. Sie hatte eine Jacke und ihre Freizeitschuhe angezogen und war zur Haustür gegangen. Joyce hatte die Haustür schon geöffnet, als ihr dämmerte, dass sie keine Ahnung hatte, wo Buffy steckte. Sie wusste nicht einmal, wohin Cordelia gegangen war. Es gab nichts, was sie tun konnte.

Sie stand wie betäubt am Fenster, hielt den Pflock in den Händen und wartete darauf, dass ihre Tochter nach Hause kam.

Nachdem der Rest ihrer Truppe von den dunklen Elfen massakriert worden war, hatten Robin Hood und König Richard – die schon vor langer Zeit ihre richtigen Namen abgelegt hatten – ihre magischen Kräfte benutzt, um sich gegenseitig zu heilen. Dann waren sie der Fährte der dunklen Elfen mit Hilfe eines Spürzaubers gefolgt, den

Robin vor Jahren perfektioniert hatte, ohne ihn je ausprobieren zu können.

Sie hatten Roland zurückholen wollen, aber sehr schnell erkannt, dass sie keine großen Chancen hatten. Als sie entdeckt hatten, dass die Jagd nach Sunnydale gekommen war, nun, da war ihnen nur eine Möglichkeit geblieben: bis zum Morgen überleben und dann so schnell wie möglich verschwinden.

Leichter gesagt als getan.

Robin ächzte unter der Anstrengung. Er stand längst nicht mehr, sondern saß mit seinem feuchten Hintern auf diesem taubenetzten Grashang, die Ellbogen auf den Knien, und pumpte so viel magische Energie wie möglich aus dem Äther in die Barriere, die die Wilde Jagd am Verlassen des Waldes hinderte. Es gab keine Hoffnung für sie, den Erlkönig im offenen Kampf zu besiegen. Aber wenn sie schon nicht gegen ihn kämpfen konnten, so konnten sie zumindest versuchen, ihn aufzuhalten.

»Wow«, sagte der Junge, der ihnen den Kaffee gebracht hatte. »Das ist ... das ist einfach irre.«

Robin sagte nichts. Richard grunzte nur. Sie hatten ihm allerdings beide für den Kaffee gedankt. Es war dieses aromatisierte, nach Haselnuss schmeckende Gebräu, aber Robin sagte sich, dass sie in ihrer Lage nicht wählerisch sein konnten. Ohne den Kaffee und das Koffein hätte er vielleicht schon vor einer halben Stunde aufgegeben.

Aber die Mühe war ohnehin vergeblich. Ihnen blieben vielleicht noch fünfzehn Minuten. Höchstens fünfundvierzig. Es würde keinen Unterschied machen. Er und der dicke Richard konnten unmöglich bis zum Morgen durchhalten.

»Sie kennen doch bestimmt Mr. Giles, oder?«, fragte Brian. »Er versteht eine Menge von diesen Dingen.«

»Nie von ihm gehört«, keuchte Robin, während er die magischen Energien weiter fließen ließ.

»Sie sind nicht seine Freunde?«, fragte Brian. »Aber woher wussten Sie dann ... Ich meine, warum tun Sie das hier?«

Robin lächelte dünn, konzentrierte sich aber weiter auf die Barriere. Richard beantwortete die Frage des Jungen.

»Du irrst dich, Kleiner«, sagte Richard. »Wir sind keine heldenhaften Zauberer aus irgendeinem Märchen. Wir sind Hexer. Meister der schwarzen Magie. Wir sind nur hier, weil der Erlkönig – ich nehme an, du weißt, wen wir meinen, schließlich kommst du von der anderen Seite der Barriere – Hackfleisch aus uns machen wird, wenn er uns erwischt.«

Der Junge schwieg. Nach einer Weile fragte er: »Warum?«

»Wir haben seinen Sohn gefangen gehalten«, erwiderte Richard kühl.

Robin schüttelte den Kopf. »Hör mal, Junge, vielen Dank für den Kaffee«, sagte er. »Aber du solltest jetzt besser nach Hause gehen, in Ordnung?«

Es kam keine Antwort. Doch Robin musste nicht einmal den Kopf drehen, um zu wissen, dass Brian bereits so schnell er nur konnte die Böschung hinaufstieg.

Gut für ihn, dachte Robin. So wird wenigstens einer von uns noch einmal die Sonne sehen.

Aber noch während er dies dachte, spürte er etwas anderes. Die Barriere hatte in der letzten Dreiviertelstunde unter einem immensen Druck von innen gestanden. Plötzlich verringerte sich dieser Druck, so als hätte jemand ein Ventil geöffnet.

»Richard?«, fragte Robin leise.

»Ich spüre es, Rob«, antwortete Richard. »Sie haben aufgehört. Sie geben auf. Möglicherweise ziehen sie sich sogar zurück. Kehren heim.«

»Gott sei Dank«, flüsterte Robin.

»Gott hat nichts damit zu tun, Rob«, sagte Richard selbstbewusst. »Er schuldet uns keinen Gefallen. Wenn wir das hier überleben, dann nur, weil wir reines Glück hatten. Reines Glück.«

Buffy zügelte ihr Pferd und ließ die beiden Elfenjäger passieren. Der Erlkönig hatte sie in entgegengesetzte Richtungen losgeschickt, um die magische Barriere abzureiten und nach einer möglichen Öffnung zu suchen.

Roland ritt an Buffys Seite. Zusammen verfolgten sie, wie die beiden fellbedeckten Kundschafter dem Herrn der Jagd Bericht erstatteten.

»Nun?«, dröhnte der Erlkönig Flammen schnaubend. Sein Zorn wuchs mit jedem verstreichenden Moment.

»Wir sind gefangen, Herr«, erklärte einer der Jäger.

Ein kaum merkliches Lächeln spielte um Buffys Mundwinkel. Die Jagd würde Sunnydale in dieser Nacht nicht heimsuchen. Ihre Mutter war in Sicherheit. Zumindest im Moment.

»Wir können nicht heimkehren, ohne an jenen Vergeltung zu üben, die Roland so schreckliches Leid zugefügt haben!«, fauchte der Erlkönig. »Reitet noch einmal los. Wir müssen einen Ausweg finden.«

Mit einer majestätischen Würde, die Buffy überraschte, führte Roland seine Mähre ein paar Schritte nach vorn. »Vater«, rief er. »Die Elfen haben die meisten von ihnen getötet. Wer noch lebt, ist schon so gut wie tot. Sie sind nicht wichtig. Sie wurden bestraft und ich bin wieder bei dir.«

»Sie sind noch nicht hart genug bestraft worden«, grollte Hern der Jäger. Feuer loderte aus seinen Nüstern.

»Was wäre hart genug? Sicherlich nicht einmal der Tod«, argumentierte Roland.

Hern starrte seinen Sohn einen Moment lang an, warf dann den Kopf zurück und lachte grollend. Bei jedem Lacher schossen Flammen aus seiner Kehle.

»Du bist mein Sohn«, sagte der Erlkönig.

Buffy fühlte sich unendlich erleichtert. Die Wilde Jagd würde Sunnydale verlassen. Wenn sie jemals zurückkam, dann wahrscheinlich nur für kurze Zeit. Jetzt würden sie ...

»Oh nein«, flüsterte Buffy. Ihr Herz raste und für einen Moment bekam sie keine Luft, während sie auf den Befehl wartete, vor dem sie sich fürchtete.

Und er kam.

Der Erlkönig hob sein Schwert hoch in die Luft. »Also gut, wir kehren zum Hauptlager zurück, um dort ein Fest zu feiern, wie es keiner von uns je erlebt hat. Wir feiern die Rückkehr des Prinzen und wir bereiten seine Hochzeit mit der Jägerin vor!«

»Nein«, wisperte Buffy.

Aber sie konnte bereits spüren, wie ihr Körper auf die Befehle des Erlkönigs reagierte. Schließlich hatte sie ihm Treue geschworen. Brennende, salzige Tränen traten in ihre Augen, und ihr Herz fühlte sich an, als wollte es ihrer Brust entfliehen, so stark und schnell schlug es.

Roland sah sie mitleidig an. »Es tut mir Leid«, flüsterte er. »Ich habe alles getan, was ich konnte.«

»Schneller, Giles!«, stieß Willow hervor.

Sie blickte wieder zu Cordelia hinüber, die neben dem breiten Weg Wache hielt. Bis jetzt war nichts passiert, aber es konnte nicht mehr lange dauern. Willow sagte sich, dass sie von Glück reden konnten, dass der Erlkönig bis jetzt so starrköpfig gewesen war. Aber selbst er würde bald erkennen, dass seine Bemühungen vergeblich waren.

»Ich glaube, ich hab's jetzt«, sagte Giles.

Willow sah zu Giles hinüber, der im Schneidersitz in einem Pentagramm saß, das er mit einem dicken Zweig in den Dreck gekratzt hatte. An den fünf Zacken, kaum mehr als Furchen im Erdreich, waren Holzstücke angebracht, deren Spitzen mit Streifen von Oz' Hemd umwickelt waren, das ohnehin völlig zerfetzt gewesen war. Angel hatte ein altes Zippo-Metallfeuerzeug beigesteuert, das einmal Spike gehört hatte. Er hatte es offenbar gefunden, als er in das Haus zurückgekehrt war, das er sich mit Spike und Drusilla vor ihrer Flucht aus Sunnydale geteilt hatte.

Willow hatte einen kleinen, blutbefleckten Notizblock und einen Kugelschreiber aus einer der tiefen Taschen ihrer Jacke zum Vorschein gebracht. Giles war im Moment fieberhaft damit beschäftigt, aus dem Gedächtnis einen mächtigen Zauberspruch aufzuschreiben, den er vor vielen Jahren auswendig gelernt hatte während seiner Ausbildung zum Wächter.

Xander hatte eine Hand voll Milkyway Miniriegel opfern müssen, die er aus dem Halloween-Vorrat seiner Mutter entwendet hatte. Obwohl Giles versucht hatte, es ihm zu erklären, schien er einfach nicht zu begreifen, warum er gezwungen wurde, seine persönliche Schoko-Notration abzugeben. Aber Giles hatte darauf bestanden.

Willow war dennoch stolz auf Xander. Ganz gleich, wie viel Witze er machte, und trotz der Angst, die alle hatten, war der Großteil ihres Planes Xanders Werk. Er spielte seine Leistung so hartnäckig herunter, dass Willow sich manchmal fragte, ob er die anderen in Wirklichkeit nicht nur narrte, damit sie nicht merkten, wie oft er mit einem Plan durchkam. Der Mann mit dem Plan. Und, was in diesem Fall fast noch wichtiger war, mit den Snacks.

»Ob das reicht?«, fragte Willow jetzt, während sie die Süßigkeiten anstarrte.

»Es muss reichen«, erwiderte Giles. »Wir haben weder Wein noch Brot noch Obst. Und die Loa – die großen Geister, mit denen wir beim Voodoo-Ritual Kontakt aufnehmen – werden häufig auch mit Honig und Bonbons besänftigt. Wenn es überhaupt funktioniert, dürften unsere Gaben ausreichend sein.«

Willow schüttelte den Kopf. »Ich glaube noch immer nicht, dass es funktionieren wird. Die Magie der Jagd muss doch uralt sein, oder? Und kulturell ist Voodoo Lichtjahre von ihr entfernt.«

Giles sah sie an. »Wenn du es unbedingt wissen willst, es ist die einzige Möglichkeit, die mir einfällt«, gab er zu. »Hoffen wir, dass sich die wandelnden Toten nicht allzu sehr voneinander unterscheiden, hmm?«

Dann stand er auf und reichte ihr zwei kleine Notizzettel. »Lies dir das sorgfältig durch.«

Willow starrte die auf Französisch hingekritzelten Worte an und versuchte sie mühsam zu entziffern. Ein paar Schritte weiter räusperte sich Cordelia laut. Dann hörte Willow das Donnern von Hufen.

»Es scheint loszugehen«, sagte Giles ruhig.

»Oh«, keuchte Willow. Sie hatte ihre Angst besiegt, indem sie sich auf die Gefahr konzentriert hatte, in der Buffy sich befand. Aber jetzt ergriff sie wieder Besitz von ihr. Sie hatte früher schon Angst gehabt, als sie sich Schreckgestalten stellen musste, wie sie es sich in ihren schlimmsten Träumen nicht hatte vorstellen können. Aber das hier war etwas anderes. Sie hatten es nicht nur mit irgendeinem höllischen Dämon zu tun, der ihnen das Herz herausreißen wollte, sondern fast mit einer ganzen Armee. Die Chancen waren ... katastrophal.

Willow schluckte hart und ließ sich innerhalb des Pentagramms nieder, neben einem völlig schmutzigen und verschwitzten Giles, der in diesem Moment die selbst gebastelten, ringförmig angeordneten Fackeln anzündete.

»Es geht los«, murmelte sie.

Der Erlkönig war weitergezogen. Er würde nicht vergessen, was hier geschehen war. Er würde auch nicht auf seine Blutrache an jenen verzichten, die Rolands Befreiung durch die dunklen Elfen überlebt hatten. Die Hexer würden eines Tages sterben. Aber jetzt galt es, eine Hochzeit vorzubereiten. Allein der Gedanke erfüllte ihn mit Freude. Er hatte einst eine Vampirjägerin geliebt, sie aber nicht heiraten können. Jetzt würde Roland bekommen, was Hern selbst immer so schmerzlich vermisst hatte – eine Braut, die es wert war, den Herrn der Jagd zu ehelichen.

Der Erlkönig steckte sein Schwert in die Scheide und gab dem Mann mit dem Horn ein Zeichen. Das Signal hallte tief und klar durch den Wald. Er gab seinem Hengst die Sporen, und die Jagd galoppierte los. Die Hunde bellten, während sie voraus rannten, und die dunklen Elfen hingen an den Pferdemähnen und Sätteln, ritten auf den Rücken der Hunde oder schwangen sich auf den Bäumen von Ast zu Ast.

Einer der dunklen Elfen landete in seinem Schoß. Der Erlkönig senkte den Blick und sah, dass er keinen Kopf hatte. Bevor die Wut, die im Glutofen seiner Brust eingesperrt war, hochlodern konnte, blieb das Pferd abrupt stehen, sodass er nach vorn geschleudert wurde und sich an seinem Ross fest halten musste.

Vor ihm auf dem Pfad lagen vier schwarze Hirsche. Ihre grauen, verfaulten Eingeweide waren über den Boden verstreut. Er hatte ihr Fehlen nicht einmal bemerkt, und die außergewöhnliche Beleidigung, die dieser Affront darstellte, diese Verletzung seines Territoriums, ließ Hern vor Raserei aufschreien und sein Schwert ziehen. Seine mächtige Brust blähte sich auf, als er seinen Zorn hinausbrüllte, seine Augen loderten, spitze Zähne blitzten in dem fahlen Mondlicht, das durch die Baumwipfel sickerte.

Die Hunde stürmten los und gruben ihre schwarzen, feurigen Schnauzen in die aufgeschnittenen Kadaver der Hirsche. Die dunklen Elfen stürzten von den Bäumen herab, rannten über den Pfad, rissen Fleischbrocken aus den Hirschen und schlangen sie so schnell es den gierigen kleinen Kreaturen möglich war hinunter. Dann fingen die Elfen und die Hunde an, um jeden Fetzen Fleisch zu kämpfen.

Der Erlkönig brüllte sein Missfallen hinaus und befahl ihnen, sofort damit aufzuhören. Aber sie waren bereits in einen Blutrausch geraten. Der König musste zu härteren Maßnahmen greifen.

»Jäger, bringt sie zur Vernunft!«, befahl er. »Und findet jene, die für diese Unverschämtheit verantwortlich sind. Ich werde ihre Zähne an einer Kette tragen!«

Es waren noch siebzehn Reiter der Jagd übrig, die Vampirjägerin, das Mädchen Treasure und seinen Sohn nicht mitgerechnet. Fünf waren vorausgeritten, um die Hunde und die Elfen voneinander zu trennen. Der Erlkönig winkte den anderen zu, durch den Wald auszuschwärmen und seine Feinde herzuschaffen. Er wollte ihre Augen zwischen seinen gezackten Zähnen platzen hören.

Er suchte den breiten Weg hinter und vor sich ab. Hinter sich sah er seinen Sohn und die Jägerin, wie sie miteinander berieten. Er wollte glauben, dass sie endlich zueinander gefunden hatten, ein Paar, das in Kürze heiraten würde. Aber ihm kam ein anderer Gedanke.

Die Freunde der Vampirjägerin. Jene, für deren Freiheit sie sich geopfert hatte. Die Art, wie ihm der dunkelhaarige Junge ins Gesicht gesehen und ihn belogen hatte, respektlos, mit erhobenem Kopf.

Hern der Jäger begriff.

»Herr!«, rief einer der Jäger.

Der Erlkönig sah sich verblüfft um, als die Jäger von ihren Rössern fielen und wie geschlagene Kinder zu Boden stürzten. Ihre eigenen Pferde zerstampften sie mit den Hufen, sodass ihre Knochen knirschend zerbrachen, während sich noch ein anderer Laut hineinmischte, wie Wind, der in den Blättern rauschte. Aber sie spürten keinen Schmerz, soviel war offensichtlich. Jene, die herunterfielen, waren tot, bevor sie auf dem Boden aufschlugen. Direkt neben dem Erlkönig kippte ein Reiter namens Pontius, der ihn begleitete, seit er sich im zwölften Jahrhundert erhängt und seine menschliche Gestalt aufgegeben hatte, von seinem Pferd und explodierte in einer Wolke aus schwarzem Nebel. Eine vertrocknete, zerschmetterte Hülle und ein Haufen Leder und Fell waren das Einzige, was von ihm übrig blieb.

Zum ersten Mal seit tausend Jahren spürte der Erlkönig einen kalten Klumpen in seiner Magengegend. Ein Gefühl, das er nicht benennen konnte. Doch was immer es auch war, es gefiel ihm nicht.

»Sucht zwischen den Bäumen!«, brüllte er mit erhobenem Schwert. »Findet sie und bringt sie zu mir!«

Die verbliebenen neun Jäger waren Elfenkreaturen, die sich ihm freiwillig angeschlossen hatten. Sie waren nie Menschen gewesen. Auf irgendeine Weise war der Funke, das Feuer der Jagd, das er in jenen Menschen entzündet hatte, die zu ihm gestoßen waren ... dieser Funke war erloschen. Das Leben, das er seinen Getreuen zur Belohnung geschenkt hatte, war ihnen gestohlen worden.

Der Erlkönig grollte tief in seiner Brust, neigte instinktiv den Kopf mit den Hörnern und wünschte sich nichts sehnlicher, als seine Feinde damit aufzuspießen. Wie ein Mann brachen die neun Elfenjäger auf ihren dunklen Rössern durch den Wald und schrien ihre Wut hinaus, die der des Königs gleichkam.

Nur ein paar Schritte neben dem Pferd des Königs kämpften die dunklen Elfen und die Hunde noch immer um die Kadaver der toten Hirsche. Einige der Elfen machten sich jetzt sogar über die Reste der gefallenen Jäger her.

Der Erlkönig senkte sein Schwert ein Stück.

In diesem Moment fiel aus dem Geäst über ihm der Vampir und schlug mit rasiermesserscharfen Klauen nach seiner Kehle.

»Angel!«, schrie Buffy.

In einem Wirbel aus gefletschten Zähnen und blitzenden Klauen kämpfte er mit dem Erlkönig, bis beide vom Rücken des königlichen Hengstes fielen. Angel stürzte sich sofort wieder auf seinen Gegner, aber der Erlkönig schleuderte ihn mit einem einzigen Schlag seiner mächtigen Klauenhand davon. Angel prallte gegen einen dikken Baumstamm und landete in einem Nest freiliegender Wurzeln. Seine Stirn schlug hart auf dem Boden auf.

Der Erlkönig stapfte auf ihn zu.

Buffy erhob ihr Schwert, um Angel zu Hilfe zu eilen, aber es gelang ihr nicht, sich vorwärts zu bewegen.

»Roland!«, schrie sie verzweifelt.

Der Prinz der Jagd senkte beschämt den Kopf. Tränen glitzerten in seinen Augen, und er schien in seiner Montur aus Leder und Pelz, die er nun als der Thronfolger des Erlkönigs trug, zu schrumpfen.

»Du bist deinem Schwur verpflichtet«, erinnerte er sie.

»Es hat funktioniert!«, rief Willow von ihrem Posten hinter einem Baum aus. »All die toten Typen sind … tot. Wir haben sie um mehr als die Hälfte reduziert, glaube ich!«

Einer der Hunde wurde auf sie aufmerksam und kam knurrend auf sie zugerannt. Mit einem Satz sprang er ihr an die Kehle.

Treasures Blick wanderte unruhig hin und her. Sie wusste nicht, was sie tun sollte. Nach all dem, was Pontius und den anderen widerfahren war, fragte sie sich, warum sie nicht schon lange zusammengebrochen war. Vielleicht war es noch nicht zu spät für sie? Vielleicht konnte sie immer noch entkommen. Vielleicht war sie noch gar nicht wirklich tot.

Sie spürte, wie sie von einer Hand fest am Knöchel gepackt und fortgezogen wurde. Treasure glitt vom Rücken des Pferdes und die Luft wich aus ihren Lungen – sie bemerkte einen Hauch von Schwarz in ihrem ausströmenden Atem. Sie rappelte sich auf, versuchte auf die Beine zu kommen und angelte nach ihrem Schwert.

Willow schrie auf, als der brennend heiße Atem des Hundes über ihren Hals strich.

Oz sprang auf den Pfad. Unter seinem Fell malten sich die angespannten Muskeln und Sehnen ab. Er packte den Hund mit beiden Händen und wirbelte ihn in die Luft, um ihn gleich wieder zu Boden zu werfen. Als die Wirbelsäule des Tieres zerbrach, klang es, als zerberste Porzellan.

»Ich kümmer mich um die anderen«, knurrte Oz und war schon wieder verschwunden. Er rannte einem Elfenjäger hinterher, der noch im Sattel saß, sprang ihn an, um ihn von seinem Pferd zu stürzen, und schlug seine Klauen in das böse Wesen.

Willow starrte ihm eine Weile hinterher. Da spürte sie eine Hand auf ihrer Schulter. Sie fuhr herum. Giles stand vor ihr und hielt ihr ein Schwert entgegen. Mit einer Handbewegung wies er auf die toten

Hirschböcke und die Elfen und Hunde, die sich um die Beute schlugen.

»Ihr Fressrausch wird nicht ewig anhalten«, meinte Giles. »Sie sind schon auf uns aufmerksam geworden ...«

»Wem sagen Sie das!«, entgegnete Willow und dachte an ihre Begegnung mit dem Hund.

Ohne sich weiter um Giles zu kümmern, rannte sie auf die Elfenmeute und die knurrenden Hunde zu. Sie bot ihr ganzes Geschick auf, das sie erworben hatte, seit sie Giles und Buffy einmal um ein paar Selbstverteidigungs-Tipps gebeten hatte, schwang das Schwert und erledigte einen Hund, der sogleich zu schwarzem Nebel explodierte und in zwei tote Hälften zerfiel. Ein paar Elfen drehten sich interessiert zu ihr um. Zwei von ihnen zerteilte sie mit dem nächsten Schwertstreich der Länge nach, woraufhin die verbleibenden die Flucht ergriffen.

Doch Giles war schon an ihrer Seite, und bald wirbelte um die beiden eine kleine Wolke schwarzen Nebels, die stetig größer wurde.

Xander ließ sich von seinem Hochsitz in den Ästen herunterfallen. Dabei riss er einen kräftigen, glatzköpfigen Jäger von seinem Pferd. Die beiden schlugen hart im Unterholz auf, und Xander gab dem dunkelhäutigen Elfen nicht einmal Zeit, sich zu orientieren. Er fing sofort an, das Gesicht des Jägers mit den Fäusten zu bearbeiten. Die Waffe des Reiters, eine schwarze Eisenkeule, lag einen Meter weiter auf dem Boden. Das massive Stück war aus einem Guss und ohne Kette, wie er es vom Morgenstern kannte.

Als der Jäger ihn abschüttelte, landete Xander direkt neben der Keule auf dem Boden. Er packte sie mit beiden Händen und richtete sich langsam auf. Der Jäger stürzte sich mit gezücktem Dolch auf ihn. Xander schwang die Keule, die krachend auf das Knie des Jägers traf und den Knochen in kleinste Teilchen zertrümmerte. Der Elfenjäger ging zu Boden, und Xander drosch auf dessen Hand ein, die den Dolch umklammert hielt.

Sein Herz raste wie wahnsinnig vor Angst, aber er ließ nicht von seinem Widersacher ab. Er hob die Keule und ließ sie auf das Gesicht seines Gegners krachen. Der Schädel des Elfen implodierte, und öliger, schwarzer Nebel stieg auf, der rasch von dem inzwischen aufgekommenem kräftigen Wind davongetragen wurde.

»Nein, nein, nein! Tu es nicht!«, rief Cordelia.

Mit einem kräftigen Ruck riss sie Treasure am Arm zu sich herum. Aber das Mädchen wollte nicht von seinem Schwert ablassen. Cordelia hatte gehofft, mit ihr reden zu können, aber dafür war es zu spät. Sie schlug Treasure einen großen Stein auf den Kopf, den sie vom Weg aufgelesen hatte, und schloss dabei die Augen, als spüre sie den Schmerz am eigenen Leibe.

Treasure brach zusammen; Blut lief über ihr Gesicht. Sie stand nicht wieder auf.

»Oh mein Gott, oh mein Gott«, flüsterte Cordelia zu sich selbst.

»Ich kann zwar nicht den König töten«, sagte Buffy wütend, »aber solange er mir nicht befiehlt aufzuhören, mache ich weiter Jagd auf den Rest seiner Truppe.«

Roland sagte nichts, aber Buffy hatte auch gar keine Antwort erwartet. Sie galoppierte auf einen der Elfenjäger zu, die von ihren Rössern abgestiegen waren. Ihr Schwert wirbelte durch die Luft und trennte den Kopf des Reiters von seinem Rumpf. Es hörte sich an, als hätte sie mit der Axt einen Holzblock zerschlagen. Der Kopf flog im hohen Bogen durch die Luft und rollte zwischen die Bäume, während der kopflose Körper direkt unter die Hufe von Buffys Pferd geriet.

Ein weiterer Reiter war direkt vor ihr; seine Augen glühten, die Ohren waren an den Enden zugespitzt. Er war sehr dünn und wirkte ausgemergelt und knochig. In ihm, wie auch in den anderen Elfen, die noch lebten, war nichts Menschliches mehr. Sechs waren es noch, wie Buffy mit einem raschen Seitenblick erfasste.

Nun war alle Angst von ihr abgefallen. Es galt, ihre Freunde zu retten und diesen Monstern Einhalt zu gebieten, die schon zu lange auf die Hoffnungslosen, Hilflosen und Ahnungslosen Jagd gemacht hatten; auf die, die keine Zuflucht hatten. Und die Babys. Sie dachte an die Babys und schrie laut auf. Ein derart grausames Gebrüll durchfuhr ihre Lungen, dass es sie schauderte.

Buffy stemmte ein Bein auf den Rücken ihres Pferdes, stieß sich ab und stürzte sich auf den Elfenjäger. Sie war schon dicht hinter ihm, und er versuchte, sein Pferd herumzureißen, um sich gegen ihren Angriff zur Wehr zu setzen. Nicht schnell genug. Buffy umklammerte ihr Schwert, dessen Spitze nach unten wies, mit beiden Händen und landete hinter ihm auf seinem Ross. Sie trieb die Klinge so tief in den Rücken des Jägers, dass die Spitze auch noch den Pferderücken durchbohrte.

Der Hengst schrie vor Schmerz und bäumte sich auf. Mit dem toten Jäger wurde auch Buffy zu Boden geworfen. Sie versuchte, ihr Schwert aus dem Körper des leblosen Elfenkriegers zu ziehen, aber es steckte zu tief. So fest sie auch daran zog, die Klinge war nicht freizubekommen.

Giles sah, wie der Erlkönig Angel in die Luft hob. Er hatte sein Schwert gezückt und über seinen Kopf gehoben. Dabei brüllte er unverständliche Worte; er war mittlerweile viel zu wütend, als dass er noch Menschlichkeit hätte vortäuschen können. Anstatt Angel mit dem Schwert zu erledigen, schleuderte ihn der König wieder gegen einen Baum. Dann senkte er seinen Kopf mit den spitzen, blutverkrusteten Hörnern. Zu Giles Erstaunen und seinem größten Schrecken wich der Erlkönig zurück und raste dann wie ein wilder Stier auf Angel zu.

Buffy schrie auf.

Die Hörner des Erlkönigs bohrten sich in den Bauch seines Gegners, der mit weit geöffneten Augen vor Todesangst aufschrie. Blut spritzte aus den Wunden, tränkte Angels Kleidung, lief über den Baumstamm und spritzte in das Gesicht des Königs.

Oz sprang ihn von hinten an.

Giles rannte vorwärts und bohrte dem König das Schwert bis zum Griff in die Seite und zog es dann mit aller Macht hoch, um die Kreatur zu vernichten. Aber es gelang ihm nicht, denn die Klinge traf auf einen Knochen.

Der Erlkönig verpasste ihm einen Schlag mit seiner mächtigen Krallenhand. Giles Brille flog davon, er stolperte rückwärts und stürzte fast ohnmächtig zu Boden. Mehrere dunkle Elfen gackerten wie die Wahnsinnigen und stürzten sich auf ihn.

Aber Xander und Willow waren zur Stelle. Sie zogen die Elfen von Giles weg, zertraten sie mit ihren Füßen und stampften sie in den Boden.

Oz griff den Erlkönig an, aber auch er wurde beiseite geschleudert. Jetzt wandte sich Hern der Jäger gegen sie alle. Er schnaubte wie ein Stier und Flammen loderten aus seinen Augen und Nasenlöchern. Blut tropfte von den Hörnern. Aus den Wunden am Hals, die Angel ihm beigebracht hatte, züngelten Flammen. Die ausgefransten Ränder waren schon verkohlt.

Da richtete sich der Blick des Erlkönigs auf Buffy. »Du!«, röhrte er durch seinen versehrten Hals und klang dabei mehr denn je wie ein Tier. »Das ist alles deine Schuld!«

Er kam auf Buffy zu. Oz wollte ihn erneut angreifen und bekam einen Schlag verpasst. Angel rappelte sich auf, aber einer der wenigen Jäger, die noch übrig waren, warf sich von hinten auf ihn und sie rollten ineinander verknäult über den festgetretenen Boden des Pfads.

Buffy wandte sich dem Erlkönig zu. Sie hatte ihr Schwert verloren, aber nun zog sie die grausamste aller Waffen, den Morgenstern. Die mit Stacheln besetzte Kugel schwang bedrohlich an der Eisenkette.

»Leg das weg«, knurrte der König.

Da ihre Bewegungen von dem Schwur dirigiert wurden, legte Buffy die Waffe nieder.

»Auf die Knie!«

Buffy fiel auf die Knie.

Der Erlkönig erhob sein Schwert.

Willow und Cordelia fegten die wenigen dunklen Elfen fort, die noch übrig waren, und eilten Buffy zu Hilfe. Allerdings hatten sie Waffen in den Händen, mit denen sie so gut wie nichts ausrichten konnten.

Das Schwert begann zu fallen.

Es klirrte und Funken sprühten, als die Klinge einer Streitaxt es ablenkte.

Der Erlkönig fuhr wütend herum, bereit, denjenigen zu erledigen, der es gewagt hatte, sich einzumischen. Er sah sich Auge in Auge seinem einzigen Sohn gegenüber, dem Prinzen der Jagd. Roland hielt seine Doppelaxt kampfbereit.

»Ich werde nicht zulassen, dass du sie tötest, Vater«, sagte Roland. Seine Stimme klang tief und gefährlich. »Du müsstest zuerst mich töten, und ich glaube nicht, dass du mein Leben nehmen würdest.«

Hern der Jäger starrte seinen Sohn eine ganze Weile an, bevor er das Schwert sinken ließ. »Du hast Recht, Roland. Ich kann meinen eigenen Sohn nicht töten.«

Roland schien sich für einen Augenblick zu entspannen. Aber da fing der Erlkönig an zu lachen, und stoßweise brodelten Flammen aus seinem brennenden Hals.

»Jägerin«, sagte der Erlkönig zu Buffy gewandt. »Töte Roland!«

Und gegen ihren Willen griff Buffy nach dem Morgenstern.

# 17

Auf der Lichtung zertrampelten reiterlose Pferde die vertrockneten Überreste eines Großteils der Wilden Jagd. Eine kleine Handvoll dunkler Elfen hatte überlebt, aber sie rannten in blinder Panik umher, unfähig, sich zu irgendeiner gemeinsamen Aktion zusammenzufinden. Die Luft war erfüllt von Kriegsgeheul und dem Stampfen von Pferdehufen.

Obwohl es nicht besonders warm war, trat Buffy der Schweiß auf die Stirn. Sie stand gebeugt da, den eisernen Griff des Morgensterns fest in beiden Händen. Das Haar war ihr ins Gesicht gefallen, und sie pustete sich ein paar Strähnen aus den Augen. Sie biss die Zähne so fest aufeinander, dass ihr der Kiefer wehtat. Alles in ihr strebte verzweifelt danach, den Morgenstern fallenzulassen, ihn wegzuwerfen. Sie dachte daran, sich selbst damit zu verletzen; vielleicht konnte ja der Schmerz den magischen Schwur, den sie geleistet hatte, brechen.

Auch das vermochte sie nicht.

»Töte ihn, Jägerin!«, brüllte der Erlkönig.

Da griff Roland seinen Vater an, und die Klingen der Waffen rieben aneinander, bis Roland ruckartig abdrehte. Während er noch zu einem erneuten Angriff ansetzte, raste der Erlkönig schon mit gesenktem Kopf auf ihn zu. Da der König groß und kräftig, sein Sohn hingegen klein und wendig war, schaffte Roland es mit Leichtigkeit, seinen Vater ins Aus zu manövrieren und fügte ihm eine tiefe Wunde in der Seite zu, als er an ihm vorbeistreifte.

»Buffy, du musst gehorchen«, donnerte Hern der Jäger. »Töte meinen Sohn!«

Buffy hatte sich aufgerichtet. Mit einem qualvollen Schrei raste sie auf Roland zu. Ihre Augen baten um Verzeihung, als sie den Morgenstern an der Kette herumwirbelte und die Dornenkugel ihm bedrohlich nahe kam. Aber Roland war ein Kämpfer wie kein anderer. Schließlich war er vom Herrn der Jagd selbst trainiert worden. Er drehte die Klinge seiner Axt und begegnete der Wucht der Kugel mit der Breitseite seiner Waffe. So verhinderte er, dass sich die Kette des Morgensterns um die Axt wickelte, und die Eisenkugel schlug ins Leere.

Der Prinz der Jagd parierte nicht nur Buffys Angriff, er brachte sich auch rechtzeitig vor seinem Vater in Sicherheit, bevor er ihn hinterrücks überfallen konnte.

»So ist es richtig, Jägerin! Töte ihn!«, ließ sich der Erlkönig selbstgefällig vernehmen. »Zertrümmere für mich den Schädel dieses undankbaren Nachkömmlings.«

Giles wusste zwar geschickt mit dem Schwert umzugehen, aber der Elfenjäger, der ihn nun angriff, hatte ihm die Trainingseinheiten mehrerer Jahrhunderte voraus. Giles konnte ihn unmöglich schlagen. Er konnte nur hoffen, noch ein Weilchen durchzuhalten, und um Hilfe beten.

Die erreichte ihn auch ziemlich rasch in Form eines breiten, wie ein Krummsäbel gebogenen Schwerts, das den Kopf des Jägers von seinem Körper trennte. Der Elfenkrieger ging zu Boden, und Giles durchbohrte den Körper mit seinem Schwert.

Als er aufsah, erwartete er Angel zu sehen oder vielleicht Oz.

Aber es war Cordelia.

»So was sieht man nicht alle Tage«, sagte Xander grimmig.

»Ja«, stimmte Giles ihm zu, »wirklich nicht.«

Cordelia schrie plötzlich auf, und Giles fuhr herum. Er sah, wie Buffy gemeinsam mit dem Erlkönig gegen Roland kämpfte. Sie wehrte sich mit aller Macht gegen den Schwur, das konnte er klar erkennen. Aber es war nur eine Frage der Zeit, bis der junge Prinz der Übermacht des Ansturms erlag.

Giles rannte auf sie zu.

»Buffy!«, rief Giles.

Obwohl sie gerade – fast wie bei einem Abwehrschlag im Baseball – den Morgenstern in die Luft riss, um Rolands Axt abzuwehren, drehte sie sich zu Giles um. Die abgelenkte Klinge traf sie an der Schulter. Lediglich eine oberflächliche Verletzung, aber der Schmerz half ihr dabei, die Gedanken zu bündeln.

»Du musst dagegen ankämpfen!«, ermahnte sie der Wächter.

»Du bist die Jägerin. Du bist nicht wie andere Menschen. Du kannst kämpfen!«

Buffy runzelte die Stirn. Giles hatte ihr doch selbst erklärt, der Schwur sei nicht zu brechen. Und nun deutete er an, dass es doch möglich sei. Buffy war verwirrt, aber in einer Hinsicht hatte Giles sicherlich Recht: Sie war nicht wie andere Menschen. Sie war die Jägerin.

»Wir haben ein Ritual durchgeführt!«, fügte Giles hinzu. »Es hat sie bereits geschwächt, merkst du das?«

»Töte ihn jetzt!«, grollte der Erlkönig. Da Buffy abgelenkt war, hatte Roland sich wieder seinem Vater zugewandt. Die Axt des Prinzen der Jagd fügte dem Erlkönig eine schwere Verletzung am linken Arm zu. Schwarzer Nebel drang heraus, und der Arm baumelte leblos an der Schulter des Königs.

Buffy fröstelte. Sie spürte, wie ihr übel wurde. Es war dieser Moment totaler Körperanspannung, kurz bevor sich einem der Magen umdreht. Sie begann zu hyperventilieren, ihr Atem ging zu schnell. Trotz der Gefahr um sie herum schloss sie die Augen. Sie hörte die Klingen aneinanderschlagen, denn ihre Freunde kämpften weiter gegen die restlichen Elfen.

Ihre Muskeln schmerzten, schienen fast zu zerreißen, als sie krampfhaft gegen sie ankämpfte.

Ganz langsam konnte sie ihre Atmung beruhigen. Dann öffnete sie plötzlich wieder die Augen.

Und erhob den Morgenstern.

Der Erlkönig grinste breit.

Die Dornenkugel peitschte durch die Luft und traf seine linke Gesichtshälfte. Flammen schossen aus dem Eisen.

»Ich bin die Jägerin«, flüsterte sie mit zugeschnürtem Hals. »Ich bin nicht wie die anderen Mädchen.«

Mit einem Schmerzensschrei ließ der Erlkönig sein Schwert fallen. Er verpasste Buffy einen solchen Schlag, dass sie taumelte und im Gestrüpp am Wegrand landete. Mit schmerzverzerrtem Gesicht rappelte sie sich auf, aber Roland hatte schon ihren Platz eingenommen.

»Ergib dich, Vater, oder du wirst hier sterben, weit entfernt von

Zuhause. Nicht einmal dein Geist wird dorthin zurückkehren«, sagte Roland und seine Stimme brach vor Kummer angesichts einer Kreatur, die sich ihm gegenüber stets kalt und herzlos verhalten hatte.

Der Erlkönig brüllte. Auch das kleinste Bisschen Empfindungsvermögen oder Menschlichkeit war von ihm gewichen. Die Flammen loderten so kräftig aus den Augenhöhlen, dass sie seinen Helm versengten, und Rauchschwaden folgten ihm, als er den Kopf senkte und auf seinen Sohn zuraste, die Hörner auf die Eingeweide gerichtet.

Roland war erschöpft und das wilde Gebaren seines Vaters lähmte ihn vor Entsetzen. Zwar erhob er seine Streitaxt, aber zu spät. Schon wurde sein Bauch von den Hörnern des Erlkönigs durchbohrt, er wurde in die Luft gehoben, und immer noch preschte Hern der Jäger vorwärts. Roland schrie vor Schmerz laut auf, als es ihn von den Füßen riss, und dann rammte der Erlkönig ihn gegen einen stämmigen Baum. Die Hörner bohrten sich noch tiefer in seinen Leib.

Hätte Roland auch nur die geringste Ähnlichkeit mit einem Menschen gehabt, wäre er nun tot gewesen.

Stattdessen hielt er den Griff seiner Axt mit beiden Händen umklammert und hob sie hoch über den Kopf seines Vaters. Mit ungeheurer Kraft ließ er sie niederfahren und spaltete den Schädel seines Vaters in zwei Hälften. Ein ohrenbetäubendes Gebrüll ertönte – allerdings vermochte Buffy nicht zu sagen, aus welcher Hälfte –, und dann schien Rolands Axt in den Flammen zu explodieren. Feuer stieg aus den Schädelhälften des Erlkönigs, als er starb.

Feuer, das sich über Rolands Arme bis in sein Gesicht ausbreitete.

Roland schrie auf, und das Feuer drang in sein Inneres, fast als suche es Schutz.

Der Prinz der Jagd warf die Arme in die Luft, als seine Augen explodierten und der schwarze Nebel aufstieg.

Dann brannten die leeren Augenhöhlen aus.

»Stirb in Frieden, Roland«, flüsterte Buffy.

Sie schloss die Augen und ließ einem einzigen, rauen Schluchzer freien Lauf.

Dann peitschte der Wind durch ihr Haar. Sie spürte die elektrische Energie, die sie während ihres Ritts mit der Jagd geladen hatte. Geschrei drang an ihr Ohr.

Sie öffnete die Augen.

Rittlings auf einem pechschwarzen Pferd saß der Erlkönig in seiner ganzen Größe.

»Oh Gott«, stöhnte Buffy. Sie hatte furchtbar versagt.

Roland war tot, aber sein Vater hatte irgendwie überlebt.

»Hern der Jäger ist tot«, sagte der König, seine Stimme war nur ein kehliges Knurren. Seine Silhouette schimmerte in einem schwarzen Licht, das die Farben des Waldes aufsaugte und die Welt um ihn grau und düster erscheinen ließ.

»Lang lebe der Erlkönig!«, riefen die vier überlebenden Reiter der Wilden Jagd und reckten in behandschuhten Fäusten ihre Waffen in die Luft.

Drei von ihnen waren Elfen. Der vierte war Connie DeMarco, von nun an für alle Zeiten als Treasure bekannt.

Buffy starrte die Gestalt auf dem Pferd an. Das war Roland!

Sie wollte etwas sagen, aber da wuchsen vier spitze Hörner aus Rolands Kopf, die in ihren Ausmaßen sogar die seines Vaters übertrafen. Seine Haut war dunkel, und Buffy beobachtete, wie Fell darauf wuchs. Schrecklich anzusehen, wie er immer zotteliger wurde.

Er glich seinem Vater bis aufs Haar.

Mit den Flammen, die vom Vater auf den Sohn übergewechselt waren, hatte zugleich die Übergabe des Lebens stattgefunden; der König hatte dem Thronfolger die Herrschaft überantwortet. Auch war die ganze Macht des Urwalds, die der ersten Tiere, die übers Land gezogen waren, vom Erlkönig auf Roland übergegangen, den Sohn von Hern dem Jäger und Lucy Hanover der Auserwählten.

Er sah auf sie hinab und lächelte. Er stieg ab. Das Mädchen, Connie, nahm die Zügel seines Pferdes.

»Wie …?«, keuchte Buffy.

»Mein Körper war bisher nichts anderes als ein Gefäß«, sagte er. »Und nun ist er ein Schatten. Die Nacht ist mein Deckmantel. Sie wird mich immer schützen.«

»Roland«, flüsterte sie. »Ich …«

Er nahm ihr Gesicht in seine Krallenhände, beugte sich vor – denn er war nun viel größer als sie – und küsste sie auf die Stirn.

»Du hast geschworen, den Befehlen des Erlkönigs zu gehorchen. Ich bin nun der König, Buffy. Gehe hin in Frieden, Jägerin«, sagte er. »Ich fürchte, bei unserer nächsten Begegnung werden wir keine Freunde sein.«

Buffy runzelte die Stirn. »Du könntest die Dinge ändern«, sagte sie. »Es muss nicht so sein.«

»Doch«, sagte Roland nur und nahm ihre Hand. Das Grollen in seiner breiten Brust klang wie die Laute von Tieren, die in der Dunkelheit lauern. »Oh, es werden sich natürlich Dinge ändern. Ganz langsam. So viel ich vermag. Aber die Wilde Jagd wird immer reiten, und die Hoffnungslosen und Törichten werden sich uns immer anschließen, ob sie nun wollen oder nicht. Wir sind ein Teil der Nacht, Buffy. Und weder der Herr der Jagd noch die Jägerin sind mächtig genug, das zu ändern.«

Er gab ihr einen formvollendeten Handkuss.

»Ich würde dich ja noch einmal fragen, ob du meine Königin sein willst«, flüsterte er, damit niemand sonst seine Worte hören konnte. »Aber ich kenne deine Antwort bereits.«

Buffy entzog ihm langsam ihre Hand.

»Alles Gute, Roland«, sagte sie.

»Für dich auch«, entgegnete er.

Dann drehte er sich um und nahm Treasures Hand. Er half ihr auf ihr Pferd, und Buffy bemerkte, wie er sie ansah. Natürlich würde sie die Königin der Jagd werden. Giles hatte versucht, mit ihr zu reden, und auch Cordelia – auf ihre Art. Aber Treasure war nicht davon zu überzeugen gewesen, dass es für sie eine Zukunft in der Welt gab, in der sie aufgewachsen war. Abgesehen davon hatte sie bereits zu sterben begonnen, um im Leben der Jagd wieder aufzuerstehen.

Auch jetzt, als Buffy sie so ansah, fand sie, dass Treasures Augen glühten, wenn auch nur ein kleines bisschen.

Die Barriere, die die Wilde Jagd am Verlassen des Waldes gehindert hatte, hatte sich allmählich aufgelöst, als Roland die verbleibenden Jäger zurück auf die Lichtung und in den dunklen Nebel führte, der dort immer noch waberte. Gegen Morgen würde sie sich aufgelöst haben.

Als sie aus dem Wald traten, wurde Oz wieder ganz normal. Es war kalt, und er hatte kein Hemd, also gab Giles ihm seinen Tweedmantel. Er war ohnehin schon so ruiniert, dass es unmöglich war, ihn noch einmal zusammenzuflicken.

»Oh Mann, das hab ich ja ganz vergessen«, stöhnte Oz, als sie die Böschung an der Route 17 hinaufstiegen. »Sie haben doch meinen Transporter kaputtgemacht.«

»Das wird schon wieder«, sagte Willow zuversichtlich. »Es mag eine Weile dauern, aber ich bin sicher, du kannst ihn reparieren.«

»Vielleicht könnte ich dabei helfen?«, schlug Giles vor.

Oz schwieg eine Weile, dann meinte er: »Nein, nein, ich werde schon klarkommen. Wirklich!«

»Okay, ich schlafe heute offiziell bei Willow, also habe ich keine Probleme«, verkündete Cordelia. »Aber wir passen nicht alle in meinen Wagen. Wer steckt also in den größten Schwierigkeiten?«

»Wieviel Uhr ist es denn?«, fragte Willow und sah ein wenig besorgt in den Nachthimmel.

Auch Angel blickte nach oben. »Fast drei Uhr morgens«, sagte er erfahren.

»Ich bin total fertig«, sagte Xander mit einem schicksalergebenen Seufzen.

»Ich weiß nicht, ob ich noch ein Zuhause habe, wenn ich so spät erst komme«, meinte Willow.

Buffy biss sich auf die Unterlippe; die Stimmen der beiden klangen so traurig. Was sie gerade erlebt hatten, war so furchtbar, so schrecklich real und gleichzeitig doch absolut surreal gewesen, dass es sehr schwer war, sich wieder in der Wirklichkeit, wie der Rest der Welt sie kannte, einzufinden. Was war schon die Tatsache, dass man die ganze Nacht wegblieb, gegen die Schlägerei mit einer Horde übernatürlicher Wesen, die Jagd machten auf die Schwachen, Hoffnungslosen und Tollkühnen.

Wie sollte man das Eltern nur klarmachen?

»Okay, dann bleibe ich heute Nacht bei Buffy«, verkündete Cordelia.

Buffy zog die Augenbrauen hoch, zuckte dann aber mit den Schultern, als sie erkannte, dass dies der einzig vernünftige Plan war.

»Xander und Willow, ich bringe euch beide zur Ambulanz. Ihr könnt euren Leuten ja erzählen, ihr wurdet überfallen oder so, und mal ehrlich: Ihr braucht wirklich medizinische Betreuung. Giles, Sie hätten die auch nötig, aber das ist Ihre Sache. Sie haben ja keine Eltern, die zu Hause auf Sie warten«, fuhr Cordy fort. »Dann komme ich zurück, um den Rest von euch abzuholen und zu Giles Auto zu bringen.«

»Ich schaffe es allein nach Hause«, sagte Angel.

Er trat zu Buffy, verabschiedete sich flüsternd, und als sie sich noch einmal nach ihm umdrehte, war er schon verschwunden. Wenn er wollte, bewegte sich Angel wie ein dunkler Schatten, und je mehr man nach ihm Ausschau hielt, desto schwerer war er zu entdecken.

Oz trat zu Willow und gab ihr einen sanften Kuss. »Wirst du klarkommen?«, fragte er.

»Ja«, meinte sie. »Sie können schließlich nicht sauer auf mich sein, wenn ich überfallen wurde. Und auch wenn sie es mir nicht abkaufen, können sie mich nur einmal töten, nicht wahr?«

Sie lächelten sich zwar an, aber Willow machte sich ziemliche Sorgen.

Dann fuhr Cordelia ab, und Buffy blieb mit Giles und Oz zurück. Sie saßen schweigend am Straßenrand. Während der halben Stunde, die sie auf Cordelias Rückkehr warteten, kam nur ein einziges Fahrzeug an ihnen vorbei, ein Traktor.

Endlich im Wagen und auf dem Weg nach Hause, schlief Buffy augenblicklich ein.

Als sie am nächsten Morgen aufwachte, konnte sie sich nicht einmal daran erinnern, wach geworden und die Treppe zu ihrem Zimmer hochgestiegen zu sein.

Es war Freitagabend, kurz nach acht, und Joyce Summers war im Stress. In der Galerie fanden zwar übers Jahr viele Veranstaltungen statt, aber nur eine oder zwei waren so wichtig wie diese.

Es war ein Empfang der Gemeinde zu Ehren des neuen Chefs der polizeilichen Spezialeinheit für jugendliche Ausreißer Jamie Anderson. Der Polizist stand stolz neben seinem Sohn, dem es offensichtlich auf der Straße nicht sonderlich gut ergangen war.

Eine hohläugige Liz DeMarco half bei dem Empfang und hoffte weiterhin, dass ihre Tochter heimkam. Sie hörte nicht auf, dafür zu beten. Sie und ihr Mann lebten mittlerweile in Scheidung.

Joyce sauste durch die Galerie, hatte ein Auge auf die Mitarbeiter der Catering-Firma, vergewisserte sich, dass ihre Gäste genug Wein hatten, sprach mit den Leuten von der Security und spielte die lächelnde Diplomatin für jeden, der hilfreich für die gefährdete Jugend von Sunnydale sein konnte.

Es würde eine lange Nacht werden, und die schwarzen Pumps, die sie sich gerade erst gekauft hatte, brachten sie fast um.

»Mom?«

Joyce fuhr herum und machte vor Überraschung große Augen. Da stand Buffy in einem burgunderroten Kleid, das sie noch nie gesehen hatte. Es war wunderschön. Buffy war wunderschön.

»Buffy?«, fragte Joyce erstaunt. »Was machst du denn hier?«

»Du hast mich doch gebeten zu kommen, erinnerst du dich?«, entgegnete Buffy zerknirscht. »Abgesehen davon sieht es so aus, als könntest du hier noch ein Paar Hände gebrauchen.«

Joyce lächelte, griff nach Buffys Hand und drückte sie fest.

»Ich bin froh, dass du hier bist, Liebling. Ich freue mich wirklich sehr darüber.«

Buffy grinste und rollte mit den Augen, wie Töchter es gern tun. Dann sagte sie: »Ich auch.«

Buffy – Im Bann der Dämonen

Richie Tankersley Cusick
**Buffy – Im Bann der Dämonen**
Die Wiederkehr des Meisters
Roman

John Vornholt
**Buffy – Im Bann der Dämonen**
Der Hexer von Sunnydale
Roman

Christopher Golden/Nancy Holder
**Buffy – Im Bann der Dämonen**
Halloween
Roman

Arthur Byron Cover
**Buffy – Im Bann der Dämonen**
Die Nacht der Wiederkehr
Roman

Christopher Golden/Nancy Holder
**Buffy – Im Bann der Dämonen**
Das Blutschwert
Roman

**vgs verlagsgesellschaft, Köln**

## Buffy – Im Bann der Dämonen

Mel Odom
**Buffy – Im Bann der Dämonen**
Willow und das Monsterbaby
Roman

Craig Shaw Gardner
**Buffy – Im Bann der Dämonen**
Verschwörung der Druiden
Roman

Nancy Holder
**Buffy – Im Bann der Dämonen**
Die Angel Chroniken I
Roman

Richie Tankersley
**Buffy – Im Bann der Dämonen**
Die Angel Chroniken II
Roman

Nancy Holder
**Buffy – Im Bann der Dämonen**
Die Angel Chroniken III
Roman

**vgs verlagsgesellschaft, Köln**